DROEMER

Thomas Raab

# STILL

## Chronik eines Mörders

DROEMER

*Besuchen Sie uns im Internet:*
*www.droemer.de*


Ein Imprint der Verlagsgruppe
Droemer Knaur GmbH & Co. KG, München

Covergestaltung: NETWORK! Werbeagentur, München
Coverabbildung: © plainpicture/Folio Images
Satz: Adobe InDesign im Verlag
Druck und Bindung: CPI books GmbH, Leck
ISBN 978-3-426-19956-5

3 5 7 6 4

*Für Anna*

*Weil Du bist wie ich.*

*In Liebe,*

*Dein Vater*

# Teil 1 GLAUBE

*Einmal ausgesprochen und gehört lässt nichts mehr sich zurücknehmen, nie wieder, kein Wunsch, kein Fluch, kein Gebet.*

# 1 *Der Anfang*

Der Tag, an dem Karl starb, war ein guter Tag.
Weißer Rauch stieg aus dem Backsteinschlot jenseits der Hügel und schob sich wie ein Brautschleier über den wolkenlosen Himmel. Darunter das Grün der Wiesen und Wälder. Saftig. Üppig. Ausgedehnt. In großer Ferne erst die sanfte Erhebung des Kalvarienberges, dahinter der immerfort qualmende Rauchfangzipfel der Stahlfabrik, und diese Stille. Nur der Vogelgesang, das Summen der Insekten, das Knistern der Stromleitungen, das Rauschen der Bäume, der Wind. Ein Ort des Friedens – für einen flüchtigen Moment.
Irgendwann nämlich ragt der erste Wegweiser aus dem Erdreich empor, deutet in nur eine Richtung, beschriftet mit Jettenbrunn. Vielleicht mag die Sonne scheinen, es klar sein und warm, dennoch wird sich von nun an über jeden Kieselstein, jeden Grashalm, über alles und jeden ein Schatten schieben, eine Wolke voll Erinnerung, düster, unheilschwanger. Denn inmitten dieses Friedens kam einst ein Kind zur Welt: Karl Heidemann.
Und dies ist seine Geschichte.

Es war der 6. Dezember des Jahres 1982, da durchschnitt ein Schrei die Stille der kleinen Siedlung. Schrill, andauernd, als wollte er sichergehen, wahrgenommen zu werden. Unüberhörbar drang er in die beheizten Stuben und brachte den Menschen Freude. Nichtsahnende Freude. Neues Leben bedeutete neue Hoffnung. Zu wenig Junge blieben, zu viel Alte starben, zu viele Häuser standen bereits leer.

An diesem zweiten Adventssonntag aber leerten sich die Jettenbrunner Häuser nicht aus Gründen der Landflucht, sondern aus Gründen der Dankbarkeit. Es galt, als wäre der Heiland geboren, an den Ort der Niederkunft zu pilgern. Denn dort im Hause Heidemann lag der mit Käseschmiere und Blut überzogene Karl in den noch feuchten Laken seiner glückerfüllten Mutter und brüllte um sein junges Leben.

Man kam der schneidenden Kälte wegen warm umhüllt aus allen Richtungen, mit Körben voll Brot und Wein, mit kleinen Gaben, gehäkelten Häubchen, bunten Strickwesten, das neue Leben willkommen zu heißen.

Man scharrte sich dampfend um die Mutter, wärmte die Hände über dem glühenden Holzofen, wärmte den Körper mit dem ausgiebig zur Begrüßung gereichten Selbstgebrannten, betrachtete das lauthals, mit grässlichem Ton schreiende Kind und wusste auf Anhieb: Der Junge wolle die Brust, den Jungen dürste es nach Fencheltee, der Junge brauche den Schnuller, Daumen, Kissenzipf, der Junge benötige Frischluft, und nicht zu vergessen, der Junge müsse erst die zurückgelegte Reise namens Geburt verdauen: Bestürzung, Enge, Gewalt, Schmerzen, dann gellendes Licht, klirrende Kälte, Todesangst, Entrissenheit, Erstickungsgefahr. Nur ganz wenigen wäre bei solch einem fundamentalen Ereignis auf Anhieb nach Lachen zumute, es gäbe also mit Sicherheit keinen Grund zur Sorge.

Und Karl schrie immer noch.

Charlotte Heidemann hörte zu, aber sie verstand nicht, hielt nur behutsam ihr sich immerfort verkrampfendes Fleisch und Blut in Händen.

Ohrenbetäubend war der Lärm, den dieses kleine Wesen schon

in den ersten Stunden seiner Existenz hervorzubringen imstande war. Ohrenbetäubend und von einer derartigen Klugheit. Jedem der Jettenbrunner dämmerte es schließlich, den wohlig warmen Gemächern der Jungmutter möglichst zügig den Rücken kehren zu sollen.
Und so geschah es.
Wie ein Liebkosen strich der eisige Wind über die pulvrig beschneiten Felder, während die Jettenbrunner unterwegs in ihre Häuser kleine, mit Tratsch gefüllte Atemwölkchen hin und her schickten.
Zwar liefen, wie stets um diese Jahreszeit mit Einbruch der Dunkelheit, die Rädchen der Stromzähler auf Hochtouren, denn erhellt waren die mit Lichterketten geschmückten Häuser, Adventsfriede aber wollte sich keiner einstellen.
An diesem sechsten Dezemberabend kam in Jettenbrunn der heilige Nikolaus, begleitet von einem durch Mark und Bein gehenden, bis weit hinein in die Wälder, ja bis hinauf an die Spitze des Kalvarienhügels vernehmbaren Geplärre.
Karl schrie. Und schrie. Und schrie. Keine mütterliche Liebkosung, kein inniger Gesang, kein Anlegen an die Brust vermochten ihn zu trösten. Alles von ihm zum Ausdruck Gebrachte war Verschmähung. Während Charlotte Heidemann zärtlich auf ihn einredete, leise summend sein Köpfchen streichelte, verweigerte er aus seiner Mutter zu trinken, verweigerte er sich seiner Mutter zuzuwenden, verweigerte er sich von ihr beruhigen zu lassen. Er schrie und strampelte ohne Unterlass, bis er nicht mehr konnte, bis er weit nach Mitternacht schweißnass und eng mit Stoffwindeln umwickelt aus Erschöpfung in seinen ersten, abgenabelten Schlaf fiel.

Behutsam wurde das ermattete Kind in sein Bettchen gelegt, friedvoll von Johann Heidemann geschaukelt.
Friedvoll und still.
Eine für alle erlösende Stille, für ganz Jettenbrunn, für Karls

Eltern und für Karl selbst. Nur das Ticken der Uhr, das leise Reiben der sich über den Dielenboden bewegenden Wiege, der tiefe väterliche Atem.
Ein Schlaf nur von kurzer Dauer.

# 2 *Die Herkunft*

Karls Vater Johann Heidemann war ein kräftiger Mann, klein zwar, aber von der körperlichen Widerspenstigkeit eines Baumstumpfes. Stamm und Krone zu fällen ist keine Kunst, ein Wurzelstock jedoch krallt sich unnachgiebig in sein Erdreich und bleibt, als Sitzgelegenheit, als Basis neuen Lebens, als Stolperstein. Und über die Schattenseiten des Lebens wusste Johann Heidemann von Kindesbeinen an zu berichten. Sechs Jahre war er alt, da kam eines Abends anstelle seiner Eltern ein Polizeibeamter nach Hause. Viel gab es nicht zu berichten, außer eben das für diese Gegend Übliche:
Die sanfte, hügelige Weite.
Die sich in zarten Bögen darüber schlängelnde Bundesstraße.
Die darauf grob das Geschwindigkeitslimit ausreizenden Lastkraftwagen.
Das Überholmanöver eines solchen.
Die als unbefahren vermutete Gegenspur.
Das dennoch vorhandene Fahrzeug seiner Eltern.
Das nächste eiserne, zwischen staubigen Begrenzungspflöcken errichtete Gedenkkreuz.
Von da an wuchs Johann bei seinem Großvater und seiner schwerkranken Großmutter auf, mütterlicherseits, denn auch Johanns Vater hatte in jungen Jahren seine Eltern verloren.

Kein Jahr später wurde aus seiner neuen Heimat ein reiner Männerhaushalt, mit neunzehn schließlich der Haushalt eines Alleinstehenden. Nur sein Nachbar, der ebenfalls auf sich gestellte Dorflehrer Alois Daxberger, war ihm als Bezugsperson geblieben.
Zu diesem Zeitpunkt erledigte Johann Heidemann, wie viele Stammhalter dieser Region, bereits sein Tagewerk in der Siegensharter Stahlfabrik.
Den Rest seiner Zeit aber verbrachte er bevorzugt allein. Der Postwirt wurde ebenso gemieden wie jede dörfliche Festivität, jede Zusammenkunft, denn Reden war seine Sache nicht. Johann Heidemann sprach nur das Nötigste und ertrug den daraus resultierenden Ruf, geistesarm zu sein, ebenfalls mit Schweigen. Was sollte er den Jettenbrunnern schon entgegenhalten. Vergeudetete Liebesmüh, wenn es den Menschen, um sich ein Bild von etwas oder jemanden zu machen, meist schon genügt, allein die Karikatur zu sehen.
Karls Mutter Charlotte, geborene Auböck, hingegen sprach zusätzlich das, was Johann Heidemann nicht sprach. Und sie sprach es mit einer Ausdauer, Schnelligkeit, Lautstärke, sägend, schrill, schmerzvoll oft, als liefen ihr gleichermaßen Zeit und Zuhörer davon. Dass Letztere blieben, lag allein an der kultivierten Heuchelei des Menschen namens Höflichkeit, denn Charlotte war die Frau des Johann Heidemann, und Johann Heidemann war trotz seiner ihm attestierten Zurückgebliebenheit der Mann für alle Fälle. Ein Hilfsarbeiter, der selbstlos anzupacken wusste, ob Baumschlag, Hausbau, Senkgrubenaushub. Ein Nutztier allerhöchster Güte, geschickt, unbezahlbar, und das für den aus Restanstand aufgedrängten Lohn eines Abendessens, eines Fläschchen Weins, einer Packung Pralinen.
Mit ihm galt es sich gut zu stehen, nichts zu erwähnen von der durch seine Partnerwahl über das Dorf gekommenen akustischen Plage. Einer Plage, der kaum zu entkommen war.

Wochentags nämlich stand Charlotte an der Wurstschneidemaschine der betagten Lebensmittelhändlerin Adele Konrad, brachte wie auch die Tageszeitung den neuesten Tratsch in Umlauf, ließ zu der gewünschten Menge Schinken gerne noch ein paar Scheiben mehr auf das Papier gleiten, ergänzte zuweilen jedes vierte Stück Gebäck kostenfrei auf ein fünftes. All das, während um ihren Hals an einem Lederbändchen ein fünfzackiger Stern hin und her baumelte. »Den haben mir meine Eltern geschenkt! Er soll Böses von mir abhalten. Fünf ist meine Glückszahl!«, wusste bald jeder der Dorfbewohner.

»Und? Hilft es?«, kam es oft verächtlich zurück.

»Uns jedenfalls nicht!«, war man sich im Kreise des Stammtisches einig. Belustigt. Grölend. Niederträchtig. Denn Charlotte war ein guter Mensch und inmitten der Obst- und Gemüsekisten, Mehl- und Gewürzsäcke, Wein- und Sauerkrautfässer zu Hause. Damit kannte sie sich aus. In ähnlichem Umfeld nämlich wuchs sie heran, weit im Norden des Landes, als Kind eines städtischen Kleinkrämer-Ehepaares, spezialisiert auf Zubehör und Reparaturen. Als das einzige Kind. Mutter und Vater mit grauen Arbeitsmänteln um den Leib, die Mutter Gertraud mit Perlen an den Ohren, der Vater Heinrich mit Pomade im Haar, das Geschäftslokal durchwegs aus polierten, nach Honig und Wachs duftenden Hartholzmöbeln, darin unzählige Schubladen verschiedenster Größe, wiederum darin unzählige Gegenstände. Stets hatten ihre Eltern alle Hände voll zu tun, und doch war ihnen das wichtigste Teilchen unter all den abertausenden die eigene Tochter. Der Stubenwagen, das Krabbelgitter, der Hochstuhl standen hinter dem Verkaufstisch, irgendwann auch Charlotte höchstpersönlich. Und niemals gab es ein: »Lass das, du kannst das nicht!«, ein: »Pfoten weg, du machst hier noch alles kaputt!«, sondern nur ein: »Du schaffst das schon.«

Und weil Mama und Papa Auböck eben kaum eine Hand frei

hatten, schon gar nicht die erhobene, wurde Charlotte ein im Grunde ihres Herzens fleißiges, liebenswertes Wesen.
Nur was nützt die größte innere Strahlkraft, wenn allein auf den äußeren Makel geachtet wird. So also war sie ihres Organes wegen seit Kindesbeinen an dazu verdammt, inmitten der Nägel- und Schraubenschachteln, Katzenstreu- und Rasendüngersäcken, Knopf- und Reißverschlussladen einsam aufzuwachsen, ohne Klarheit über die Ursache ihrer Verstoßung. Sie wusste nur: Da lag anders als bei ihren Mitschülern keine Einladung zu Kindergeburtstagsfeiern auf ihrer Schulbank, da stand bei Faschingsbällen niemand auf, um sie zum Tanz zu fordern, da trat kein junger Mann in den Laden, um sie auszuführen. Nichts.
Je größer die Zurückweisung, desto lauter, ungefragter ihr Ton. Und niemand da, der in Charlottes Schrillheit das darin verborgene Notrufsignal erkannte, dieses stumme, aber dennoch immer eindringlicher werdende: »Wer sagt mir endlich, was nicht stimmen soll mit mir? Wer, außer meine Eltern, nimmt mich an? Wer nimmt mich an der Hand?«
Und dann, ja dann kam Johann Heidemann.
Er von links des Weges, wortlos und allein.
Sie von rechts des Weges, wortlos und allein.
Beide entlang der rot-weißen Markierung.
Es war Charlottes erster Urlaub ohne Eltern. Sie wollte weg, weit weg, allem Trübsinn den Rücken kehren, woandershin, wer andrer sein, nur für zwei Wochen. Irgendwo im Grünen, weniger Menschen, weniger Zurückweisung, weniger Schmerz, so ihre Hoffnung. Eine kleine Pension am Fuße eines Kalvarienhügels, lange schlafen, viel spazieren, ein wenig den Stationsberg erklimmen, dem Kreuzweg folgen bis hinauf zum Gipfel, das Leiden Jesu abschreiten, das eigene vergessen, auf der anderen Seite wieder hinunter, dann durchs Gehölz, die Füße im Wasser baumeln lassen. Einen Weiher soll es geben.

Dann dieser laue Frühlingstag. Der Wald, der Duft des Bärlauchs, das Blühen, Sprießen überall, darin zwei Menschen. Charlotte und Johann. Fremde, die sich einen flüchtigen Gruß zunicken, aneinander vorbeigehen. Keine zwei Meter danach ein Anhalten. Von ihr. Von ihm.

»Verzeihung, wissen Sie, wo es zum Weiher geht?«

»Weiß ich.«

»Das ist gut, ich bin nämlich nicht aus der Gegend.«

»Sondern?«

»Sondern hier auf Urlaub.«

»Hier! Auf Urlaub?«

Worauf der Weg gemeinsam fortgesetzt wurde.

Johann hörte zu, Charlotte sprach, die ganze Strecke, hin und retour, sah immer wieder die Augen dieses fremden Mannes und erkannte erstmals mehr darin als in den Augen all der anderen. Sie sah das wortlose Interesse, die ungebrochene Aufmerksamkeit, nie die Langeweile, nie den Spott, nie den Verriss, an keinem ihrer weiteren Urlaubstage, und an jedem davon waren sie einander erneut begegnet, absichtlich, gemeinsam durch den Wald spaziert.

Auch für Johann Heidemann schlüpfte diese Welt aus ihrem grauen Kokon, bekam die Sehnsucht nach Zweisamkeit plötzlich ein wahrhaftiges Gesicht. Ein Gesicht, das geduldig an seiner Seite blieb, bis zu dem Umkehrpunkt des täglichen Spazierganges: Die Marienkapelle am Ufer des Jettenbrunner Weihers.

Ein Weiher, der schon viel zu Gesicht bekommen hatte: Menschen, die vergnügt aus dem Wasser kamen, Menschen, die verzweifelt ins Wasser gingen, Menschen, die im Sommer eine Abkühlung suchten, Menschen, die im winterlichen Eis einbrachen, Menschen, die an seinem Ufer die Unschuld verloren, Menschen, die in der Kapelle um die Vergebung ihrer Schuld baten, Menschen, die ihre Sehnsüchte der darin stehenden Marienstatue zuflüsterten, hier die Worte fanden für

all das, worüber sie ansonsten mit niemand anderen sprechen konnten.
Keine sechs Monate später sprach Johann Heidemann genau an selbiger Stelle vor aller Ohren ein bisschen mehr als sonst und nahm Charlotte Auböck mittels eines dermaßen schallenden »Ja« zur Frau; so laut hatte man ihn nie zuvor das Wort erheben gehört.

# 3 *Die Geburt*

Nie zuvor durfte man Zeuge solche einer Eintracht, einer wie füreinander geschaffenen Liebe werden. Man sah Johann und Charlotte spazieren gehen, täglich, sah sie auf offenen Futterwiesen Picknickdecken ausbreiten, sah Johann dies voll Liebe dokumentieren, bewegte Bilder, sah Charlotte auf der Wiese stehen, eine Schnur in der Hand, den Blick konzentriert empor gerichtet, ein kurzes Lächeln in die Kamera, ein Deuten gen Himmel, ein Papiervogel, weit oben, schwebend, Drachen steigen lassen wie Kinder, hörte ihr Lachen und etwas davon schummelte sich auf die Jettenbrunner Gesichter. Und selbst wenn gelegentlich ein aus Spott verstohlenes dabei war, es hatte doch seinen bewundernden Ursprung: Wie machen die beiden das? Kann ein gemeinsames Leben wirklich so harmonisch sein? Warum geht es nicht mir so?

Und bald suchte sich die Liebe ihren Weg zur bleibenden Zeugenschaft, ihren Weg zur Fleischwerdung. Es stellt sich Nachwuchs ein. Karl Heidemann. Und er kam bereits unüberhörbar, da konnte von Geburt noch gar keine Rede sein.

Groß war die Glückseligkeit der werdenden Mutter, überbordend ihr Frohsinn. Voll des Beifalls sah sie das Treiben des Gemahls, die Instandsetzung des alten Bauernhofes zu einer Oase des Wohlgefühls mit Weinkeller, Sauna, Ruhe- und Freizeitraum.

Dankbar ihr Erdulden des sich wochenlang Übergeben-Müssens. Selig war sie, wenn das in ihr heranwachsende Leben sich streckte, seine Fäustchen, Beinchen gegen die mütterlichen Grenzen stemmte. Überbordend ihr Frohsinn, zum Ausdruck gebracht durch das unermüdliche Geträller ganzer Litaneien an Kinderliedern. Geträller mit gellendem Ton. Endlosschleifen oft derselben Zeilen:

*Leise, Kindelein, leise!*
*Der Mond geht auf die Reise.*
*Er hat sein weißes Pferd gesäumt.*
*Das geht so still, als ob es träumt.*
*Leise, Kindelein, leise!*

*Stille, Kindelein, stille!*
*Der Mond hat eine Brille.*
*Ein graues Wölkchen schob sich vor,*
*das sitzt ihm grad auf Nas und Ohr.*
*Stille, Kindelein, stille!*[1]

Und der noch ungeborene Karl tat es Charlotte mit seinen Möglichkeiten gleich: Tobte die Mutter, tobte auch das Kind, erhob die Mutter ihre Stimme, reagierte auch das Kind, boxte, trat, im Laufe der Schwangerschaft immer lebhafter, immer schmerzhafter. Erst wenn es Zeit war, zu Bett zu gehen, erst wenn Charlotte endlich schlief, wurde es endlich auch ruhig in ihr. Als wären Mutter und Kind eine Einheit, verbunden wie Herz und Seele, so erschien es ihr.
Und sie lag falsch. Völlig falsch.

Karl durchbrach diese Einheit mehr als einen Monat vor dem vorausgesagten Termin, verursachte eines Vormittags den be-

[1] Altes Kinderlied »Leise, Peterle, leise«

freienden Blasensprung. Dann ging es schnell, sehr schnell. Keine Endloswehen, keine Marter, als wollte Karl seiner Mutter nicht nur sich, sondern auch das Heroentum einer langen, schweren Niederkunft rauben. Ein Wunschkind, innig erwartet, und doch war dieses Zur-Welt-Kommen nichts anderes als der erste von Karl gesetzte Schritt einer nicht enden wollenden Flucht und Welle der Zerstörung. Ein verheerender, unüberhörbarer Schritt. Laut und unbarmherzig drang sein fortwährendes Gebrüll bis in den verborgensten Winkel des Dorfes.

Nach kurzer Zeit hatte die körperliche Konstitution des Neugeborenen einen besorgniserregenden Zustand erreicht. Unterernährt, entkräftet und heiser wand er sich in den Armen seiner über alle Maßen verzweifelten Mutter. Und immer wieder und wieder:

*Leise, Kindelein, leise! …*
*Stille, Kindelein, stille! …*

Doch kein leise, keine Stille. Jede Müh vergeblich. Auch gaben weder die täglichen Visiten des Dorfarztes Dr. Albrecht Hofstätter, noch der Besuch des nächstgelegenen Spitals Aufschluss. Keiner vermochte eine sichtbare Erkrankung des Säuglings festzustellen. Bis auf das zu geringe Gewicht entsprach alles der Norm. Charlotte Heidemann hätte also, so wurde ihr erklärt, ein Schreikind zur Welt gebracht, so etwas käme vor, und so leid es allen täte, dafür gäbe es oft keinerlei medizinischen Befund, keinerlei Erklärung, schon gar nicht, wenn Schwangerschaft und Geburt so reibungslos verlaufen wären wie in ihrem Fall. Den Eltern wurde also angeraten, dem Kind viel Ruhe und eine Großzucht mit der Flasche angedeihen zu lassen.

Von da an trank Karl. Und er trank mit der Geschwindigkeit eines Eilboten, eines Flüchtigen, gierig, hektisch, als müsste er unmittelbar nach Einnahme der Wegzehrung weiter. Nur wo soll ein in Windeln und Stubenwagen steckender, allem und jedem ausgelieferter Säugling schon hin?

Während Charlotte anfangs ihr tobendes Kind nicht aus der Hand zu geben bereit war, es verbissen an sich drückte, bis es völlig ermattet an ihrer Seite einschlief, wurde auch sie mit der Zeit immer schwächer.

»Überlass ihn doch kurz mir, damit du dich ausruhen kannst«, forderte Johann besorgt.

»Ausruhen kann ich mich, wenn ich tot bin«, war die Antwort, als hätte sie eine Ahnung, was kommen würde.

Zuerst aber kam Dr. Hofstätter, denn lange dauerte es nicht und Charlotte Heidemann war für alles zu schwach. Die unbändige Angst, die Ratlosigkeit in Anbetracht des eigenen hilflos wirkenden Kindes, der Kummer der Zurückweisung, der Schmerz der sich entzündenden Brust, das einsetzende Fieber brachen ihren Willen. Dr. Hofstätter setzte ihr Infusionen, verordnete strenge Ruhe, übergab Karl den kräftigen Armen seines Vaters, schickte die beiden hinaus.

Da wurde Karl ruhig.

Und er blieb es, auch als sein Vater ihm eine Mütze überzog, ihn in Winterbekleidung steckte und mit Decken umwickelt ins Freie trat.

Finsternis und Stille. Spät war es geworden. Erstmals umgaben Karl Heidemann die frische, eisige Luft, der klare Sternenhimmel, das Treiben der Nacht. Groß wurden seine Augen, weit spreizten sich seine Nasenflügel, leicht neigte er sein Köpfchen, roch, lauschte, fühlte, neugierig und gierig zugleich, ein wenig wie ein Entdecker in fremdem Land, ein wenig wie ein Raubtier auf Jagd.

Für einen Moment blieb Johann im Mondlicht stehen, betrachtete seinen Sohn, atmete tief. Dann sah er es, und nichts Schöneres hatte er jemals zuvor zu Gesicht bekommen: Das Lächeln seines Kindes, kurz, reflexartig zwar, und doch von

einer alles erwerbenden Eindringlichkeit. Schwarz funkelnde Augen hefteten sich suchend an den Blick des Vaters. Um dort zu bleiben.
In diesem Moment wurde Karl Heidemann ein zweites Mal geboren, erneut von seiner Mutter getrennt, abgenabelt in einem Sinn, den Mütter erst dann in dieser Endgültigkeit empfinden, wenn in Kinderzimmern nur noch die Kinderfotos an die einstige Anwesenheit der Abgebildeten erinnern.
Karl war zu diesem Zeitpunkt keine drei Wochen alt.

# 4 *Die Lösung*

Es kam der Tag, dem Charlotte Heidemann mit großer Angst entgegenblickte: Der Ruf der Stahlfabrik, das Ende der ständigen Anwesenheit ihres Mannes, das Auf-sich-allein-gestellt-Sein: Ihre eigene Familie zwecks Hilfe zu weit entfernt. Die Eltern ihres Gatten tot. Zu den Verwandten in der Umgebung nie ein Kontakt. Freunde, die man hätte fragen können, gab es keine.

Erstmals bekamen die Worte: »Du schaffst das schon allein« eine völlig andere Dimension. Sitzengelassen, so fühlte sie sich, sitzengelassen mit sich und ihrem möglicherweise schweren Schicksal.

Und tatsächlich, der an die Wand gemalte Teufel kam, sprang aus seinem geistigen Schaubild heraus in die Realität, von wegen also, angekündigte Revolutionen fänden nicht statt. Diese fand statt, mächtiger, unnachgiebiger noch als befürchtet. Kein Bewegen der Wippe, keine Kindermelodien, kein Spaziergang mit dem Kinderwagen halfen. Undenkbar, Karl in ein Auto zu setzen und loszufahren, hoffend, das Vibrieren, das Rumpeln, die Fahrzeuggeräusche, könnten als letztes Wundermittel dienen.

Erst abends, wenn Johann nach Hause kam, gab es Erleichterung. Noch in der Tür nahm er, verschwitzt von der schweren

körperlichen Arbeit, seinen brüllenden Sohn in Empfang, band ihn sich fest eingepackt vor die Brust und marschierte los.
Wo anfangs erst nach ein paar Kilometern Ruhe eingekehrt war in den müden, kleinen, verkrampften Körper, reichten mit der Zeit bald wenige Schritte, reichte bald allein der strenge väterliche Körpergeruch. Dennoch folgte Johann stets derselben Route. Weit hinaus aus dem Örtchen bis an das Ufer des Weihers stapfte er durch den in diesem Jahr sich zäh haltenden Schnee, eins mit seinem schlafenden Sohn, eins mit sich. Es war seine Zeit, sein Tagesausklang, als wollte er all den Sorgen davonlaufen. Es war sein schneller Herzschlag, der dem Kind zur Zuflucht wurde.
Unter Tags und ab etwa zwei Uhr nachts aber gab es kein Entkommen, nicht für Karl, nicht für seine Mutter, nicht für ein ganzes Dorf. Immer mehr fand Charlotte schließlich in jenem einzige Mittel Zuflucht, mit dem ihr Kind zumindest kurz zu besänftigen war: Das Fläschchen.
Und weil Karl, als wüsste er keinen Ausweg, auch stets trank, wurde sein Geschrei als unstillbarer Hunger und immerwährende Aufforderung, gefüttert zu werden, gedeutet. Der immerwährenden Aufforderung folgte die stetig anwachsende Frequenz an Hauptmahlzeiten, der hohen Frequenz folgte der wachsende Körperumfang, dem wachsenden Körperumfang der tatsächlich wachsende Hunger, ein Teufelskreis. Karl Heidemann also bekam in mehrerlei Hinsicht das Maul gestopft, so lange, bis er randvoll abgefüllt nichts anderes mehr konnte, als wie betäubt in einen kurzen Schlaf zu fallen.
Dieses »gestopft« sah man dem Jungen recht schnell an. Schweigen dazu von Karls Vater Johann, was hätte er auch sagen sollen, Charlotte den einzigen kurzen Rettungsanker rauben?
Belustigung im Kreise des Stammtisches: »Wie es aussieht, geht das bei dem Heidemann-Brocken mit dem Auswachsen gewaltig in die falsche Richtung. Wenn der Bengel laufen kann, müssen wir unsere Speisekammern zusperren.«

So lange lustig hatte es die Stammtischrunde, bis diesem humorigen Reihum eine weitere Vermutung hinzugefügt wurde: »Vielleicht ist Karls Geschrei die Strafe für euer jahrelanges Schandmaul Charlotte gegenüber!«
Das saß, verbreitete sich wie ein hoch infektiöses Virus und nistete sich als Vorbote des Bösen in den Köpfen der Jettenbrunner ein.
Und auch Charlotte nistete sich ein: in ihrem Schicksal. Verkroch sich, erfüllt von dem Glauben, die Einheimischen gäben ihr die Verantwortung für das Gebrüll ihres Sohnes. Gebrüll, offenbar begründbar mit weiblicher Unfähigkeit, ja sogar einer schlechten Mutterschaft. Nur ist eben jeder Glaube aus Sicht der Andersgläubigen ein Irrglaube. Folglich lag Charlotte falsch, denn die Jettenbrunner mieden das Haus der Heidemanns aus anderen Gründen. »Krank ist der Bub, und zwar im Kopf! Und vom Teufel besessen ist er womöglich auch.«
So also trat auf beiden Seiten genau das ein, was für jeden Glauben gilt, der für sich selbst die Möglichkeit außer Acht lässt, in Frage gestellt zu werden: Er wurde zur Wahnvorstellung.
Bald mied Charlotte die Straße und Jettenbrunn Charlotte, mehr noch als sonst. Und obwohl jeder die Hilfsbedürftigkeit der jungen Mutter registrierte, obwohl so etwas wie Mitleid die Runde machte, so etwas wie Scham vor der Tatsache, mit einem Säugling nichts zu tun haben zu wollen, es änderte nichts. Gebückt, fluchtartig ging man Charlotte und Karl aus dem Weg, suchte bereits in großer Distanz eine geeignete Abzweigung, den erstbesten Gesprächspartner. Da wurden nur aus Angst, mit ihr ins Wort kommen zu müssen, jahrzehntelange Konflikte beendet, was dem Jettenbrunner Frieden in gewisser Weise wieder einträglich war.
Überhaupt setzten sich in den Köpfen seltsame Gedanken fest. Gedanken, die selbst denjenigen, die sie dachten, befremdend, ja unzulässig erschienen. Nur welche Kraft ist mächtiger, ansteckender, aufbauender oder zerstörender als die in

den Köpfen der Menschen? So also gab man Karl an allem die Schuld, enthob den Jungen aller Rechte eines Säuglings, sprach ihm die Absichtslosigkeit ab und die Zurechnungsfähigkeit zu, ja den Mutwillen, die Gemeinheit. Etwas Beängstigendes, Schauriges läge in seiner Stimme, seinem Blick. Nichts also an Bösem hatte dieser lächerliche, an Charlottes Hals baumelnde fünfzackige Stern abhalten können, ganz im Gegenteil.
Wie würde ein Kind, das beschlossen hatte, vom Anbeginn seiner Existenz dieser Welt vorwiegend ins Gesicht zu brüllen, handeln, wenn es erst des Handelns fähig wäre?

Vorerst aber handelte Charlotte Heidemann.
Zu zäh vergingen ihr die einsamen Stunden, zu unerträglich war ihr der permanente Lärmpegel, die allerorts spürbare Zurückweisung, zu verspannt, zu schmerzend der Körper von der täglichen Mühe des Herumtragen, Versorgen ihres Sohnes. Schier unmöglich wurde es bald, Windeln zu wechseln, ihr wie eine Larve immer fetter werdendes Kind hochzunehmen, es überhaupt zu berühren. Immer stärker wuchs Karls Widerstand, und bald wuchs auch ihr eigener, durchbrach dieses Bollwerk an mütterlicher Liebe und legte den ersten Funken an von Herzen kommender Abscheu.
Abscheu gegen diese stets grässlich verzogene, aufgeblähte Fratze. Sie stand am Ende ihrer Kräfte. Nur noch eines übrig an Sehnsucht: Flucht. Alles liegen, alles stehen lassen.
Eines Nachmittags vollzog sie diesen Wunsch, anders als gedacht. Vom Sträuben ihres Kindes war sie mit blank liegenden Nerven zur Badewanne gelaufen, wollte den mit Kot verschmierten Rücken des Jungen säubern, wollte Karl behutsam in das warme Wasser legen. Nur daraus wurde nichts, und nichts daran war ein Versehen.
Vor ihr das wild mit seinen kleinen Fäustchen um sich schlagende Kind, in ihr der Zorn, die Verzweiflung.

Vor ihr das immer höher steigende Wasser, in ihr das Verlangen nach Befreiung, der Gedanke, die Tat.
Ein kurzer Blick ins Leere, dann ein Stoppen des Wassereinlaufes, ein Betrachten dieses Bündels Verachtung in ihren Armen, ein Vorbeugen, ein Aus-den-Händen-gleiten-Lassen.

# 5 *Der Untergang*

Karl erstarrte, spreizte seinen Körper gleich einem Fallschirmspringer und verschwand unter der Wasseroberfläche, wehrlos, mit aufgerissenem Mund, aufgerissenen Augen. Dumpf der Aufschlag seines Köpfchens gegen den Emailleboden.
Dann wurde es still.
Vom Grund der Wanne aus starrte Karl Heidemann zur Decke empor. Nur kurz der Schrecken in seinem Gesicht, dann Entspannung, als hätte er etwas begriffen. Keine Angst war es, die Charlotte an ihm erkennen konnte, auch nicht, als ihre Blicke sich trafen.
Ein einziges Luftschnappen entfernt von seinem Ende lag Karl regungslos vor seiner Mutter, ohne das Verlangen nach Rettung zu äußern, ohne seine Augen von ihr zu lösen.
Augen voll Stolz, als würde er wissentlich dieses noch so junge Leben aufs Spiel setzen wollen, nur um seiner Peinigerin den Hilferuf zu verwehren.
Ein Frösteln im Nacken, den kalten Schweiß auf der Stirn riss Charlotte Heidemann, wie aus den Klauen des Teufels befreit, ihr Kind zu sich empor, presste es an ihr Herz, lief unter Tränen ins Schlafzimmer, trocknete es ab, zog es an, steckte es ins Bettchen, unentwegt flüsternd: »Verzeih mir, bitte verzeih mir!«, und stürmte ins Freie, hinaus in die Kälte.

An ihrem Körper nur ein dünnes Kleid, an ihren Füßen nur Strümpfe, darüber die Pantoffeln, lief sie wie eine Getriebene den schneebedeckten Weg entlang. Nur, was nützt schon die Flucht, wenn vor sich selbst davongelaufen wird.
Dass Flucht allerdings helfen kann, wenn vor anderen davongelaufen wird, wusste der neben seinem knisternden Kachelofen, aus seinem Fenster blickende Nachbar der Heidemanns, Alois Daxberger. Fahnenflucht in seinem Fall. Umgeben von Toten und Kindern saß er im Jahr 1944 fern der Heimat in einem Schützengraben, sein Maschinengewehr im Anschlag, und befahl jenen paar Knaben neben sich, die man ihren Eltern entzogen hatte, um mit stolzgeschwellter Brust an dem teilnehmen zu lassen, was als siegreicher Endkampf propagiert wurde, ihre Waffen, ihre Uniformen abzulegen und, so schnell ihre Beine sie tragen mögen, davonzulaufen. Vierzehn-, fünfzehnjährige Buben, die mit halben Leibern auf den Feldern lagen und nach ihren Müttern schrien, hatte er bereits genug gesehen. Höchste Zeit, dieser gottlosen Welt den Rücken zu kehren, denn egal wohin der Tod ihn führen würde, so seine Gewissheit, schlimmer könne es nicht kommen. Keine Stunde nachdem die Kinder zu laufen begonnen hatten, schlug eine Granate ein, neben ihm, und für Alois Daxberger war es nicht wie gewünscht mit dem Leben vorbei, sondern mit der vollen Funktionstüchtigkeit seines Hörvermögens und dem Vorhandensein seiner Beine.
Heimgekehrt war er in Jettenbrunn als einer der wenigen männlichen Überlebenden seiner Generation, ein Dorfsterben der anderen Art, und lange benötigte er nicht, um feststellen zu müssen: Sosehr ihm einst der Krieg Bitterkeit gegeben und im Gegenzug dazu alles genommen hatte, seine Angehörigen, seine Beine, sein Gehör, manchmal war es absurderweise genau dieser Mangel, der ihm hier das Leben etwas weniger beschwerlich erschienen ließ. Eines nämlich

wusste er seit seiner Zeit als Soldat: Gut ist es, nicht überall dabei sein zu müssen. Denn so wie überall galt auch hier: Viel leichter, als ein freiwilliger, akzeptierter Außenseiter zu sein, ist es, ein unfreiwilliger, inakzeptierter zu werden.
Besorgt legte Alois Daxberger also an diesem Nachmittag seine Lektüre aus der Hand. Vor seinem Fenster war Charlotte vorbeigelaufen, kaum bekleidet, hinein in die Nacht, hinaus aus dem Ort. Unmöglich, ihr hinterherzueilen. Zurückgeblieben das schreiende Kind.

Charlotte Heidemann lief und lief und lief, verlor ihre Pantoffeln, verlor die Kräfte, stürzte und blieb liegen, in dem Wissen, so viel von sich gar nicht abstreifen zu können, um das eine verlieren zu können: die Erinnerung an das eben Geschehene, den an ihre Fersen gehefteten eigenen Schatten.
»Karl!«, flüsterte sie, zusammengekauert, die Hände vor ihrem Gesicht, die Nässe auf ihrer Haut. Dann begann sie zu beten, immer wieder dieselbe Stelle:
»Heilige Maria, Mutter Gottes, bitte für uns Sünder,
jetzt und in der Stunde unseres Todes.«
Und je länger sie sprach, desto sinnloser erschien ihr dieses Bitten. Keine Selbstvergebung mehr möglich, für den Rest des Lebens.
Wie ein schauriges Bett, weich und endgültig, empfing sie die Schneedecke. Einfach hier bleiben, einschlafen, ein allerletztes Mal, bis nichts mehr zu fühlen, zu hören sei.
Und genau dieses Hören ließ Charlotte Heidemann still werden, denn tatsächlich: Es war still. Zu still. Selbst hier, mit Blick auf die klein gewordenen Umrisse ihres Hauses müssten sie zu vernehmen sein: Karls Schreie.
Doch nichts. Kein Ton.
Panisch nahm Charlotte Heidemann den Weg zurück in Angriff, stolpernd, hellwach, das Schlimmste vor Augen:
Ihr starres Kind, sie die Täterin, das Leben verwirkt.

Und tatsächlich, Karl lag in seinem Bettchen, die leicht gebeugten Arme wie ein Gekreuzigter mit den Handflächen nach oben weggestreckt, das Gesicht entspannt, der Kopf zur Seite geneigt, die Augen zu.

»Ich hab dich umgebracht, ich …!«, fiel sie flüsternd auf die Knie und weinte. Bitterlich.

»Er schläft.« Brüchig, sanft die aus dem Hintergrund den Raum erfüllende Stimme. Alois Daxberger.

»Er schläft«, wiederholte Charlotte wie in Trance, ihre Hand auf Karls Körper. Kaum spürbar die Bewegung des wattierten Schlafsacks. Auf und ab, auf und ab.

»Alois«, kam Charlotte langsam zu Sinnen, flüsternd, »wie bist du herübergekommen, ohne Rollstuhl?«

»Von mir zu euch geht es bergab. Eine Rutschpartie, wenn Schnee liegt. Und für das Stück herein in die Stube sind meine Arme noch kräftig genug! Alles in Ordnung mit dir?« Ohne Vorwurf sein Blick.

»Ich musste mal an die Luft!«

»Das ist zu verstehen. Karl war jedenfalls ruhig, als ich zur Tür herein bin, und ist dann eingeschlafen, vor meinen Augen. Ganz friedlich.«

»Wie? Eingeschlafen?«

»Wie und warum, das weiß ich nicht, Charlotte. Hauptsache, er ist, oder?«

»Ja, Hauptsache, er ist.« Leise Charlottes Stimme. Erstmals also war Karl in ihrer Gegenwart nicht völlig geschwächt von seinem ständigen Gebrüll, seinem Überfüttertwerden ruhig geworden, sondern aus anderem Grund. War es der Schock des Untertauchens, das Wasser?

»Sei so gut, holst du den Rollstuhl und bringst mich bitte zurück.« Müde die Augen des Alois Daxberger. Und als die Stube allein wieder gefüllt war mit Mutter und Kind, begriff Charlotte Heidemann, erkannte sie ihren Denkfehler. Und erst jetzt wurde ihr kalt, unbeschreiblich kalt.

»Ich!«, flüsterte sie, sank auf die Knie, klammerte sich an die Gitterstäbe, als wären es ihre eigenen: »Bin ich der Grund deiner Schmerzen?«
Karl war eingeschlafen, nicht nur ohne Gebrüll, sondern auch ohne ihre Gegenwart.

# 6 *Die Erkenntnis*

Als Johann Heidemann an diesem Tag nach Hause kam, fand er seine Frau in einem besorgniserregenden Zustand vor: Eine leere, teils über den Boden verschüttete Likörflasche in der Hand, saß sie in nasser Kleidung an Karls Bettchen gelehnt auf dem Teppich, den Kopf vorgeneigt, hinter ihr in tiefem Schlummer das um diese Zeit ansonsten niemals schlafende Kind.

Die Innentüren alle offen, auch die ins Badezimmer, darin die mit Wasser und Kot gefüllte Wanne. Johann wusste nicht: Wurde Karl Alkohol verabreicht? Schläft er deshalb? Schläft er einfach so? Was war hier geschehen? Johann wusste nur: Zeit zu handeln.

Vorerst aber handelte Karl. Noch am selben Abend.

Fürsorglich hatte Johann Heidemann seine Frau ins Bett getragen, versucht, ihrem Lallen, ihrem Dahinphantasieren Sinn zu entnehmen, da ließ auch wie gewohnt wieder sein Sohn von sich hören, und höchst Sonderbares war zu beobachten.

Noch lange bevor ein Mensch seine Existenz begreifen kann, greift er nach ihr. Bisher aber hatte Karl nie den Eindruck erweckt, irgendwelche ihm entgegengestreckten Finger oder die neben seinem Köpfchen liegenden Stofftiere berühren zu wollen, hatte sich anfangs nur gestreckt, suchend, tastend, immer präziser in Richtung seiner Stirn, seiner Schläfen. An diesem Abend schien es, als wären ihm durch das Abtauchen, durch das Eindringen des Wassers, endlich die Koordinaten bewusst geworden. Karl Heidemann fand sein Ziel, fand Halt: an seinen Ohren.

Und er griff ab diesem Zeitpunkt nach nichts anderem mehr, brüllend wie eh und je. Was anfangs noch einem belanglosen Fingerspiel glich, entpuppte sich schon tags darauf als Akt der Gewalt. Als wollte er sie ausreißen, so zog er daran, als wollte er sie abschaben, so grub er seine Nägel in sein noch weiches Fleisch. Blutig bald sein Bettchen, seine Matratze.

Charlotte blieb in Gegenwart des vor ihren Augen ausbrechenden Wahnsinns gar nicht die Gelegenheit, in ihren eigenen zu verfallen. Denn verklebte sie Karl die Blessuren oder verband ihm den Kopf, zerrte er so lange daran, bis seine wunde rote Haut wieder frei lag, um noch wunder zu werden. »Vielleicht das Wasser!«, brach Charlotte schließlich unter dem Druck der ständigen Fragen ihres Mannes das Schweigen und gestand, Karl wäre ihr tags zuvor in die Wanne gerutscht, untergetaucht. Darum ihre Verstörung. Vielleicht wäre etwas über den Gehörgang in sein Ohr geraten, verursache Schmerzen. Und keine Vorstellung hatte Charlotte über das Ausmaß dieser Schmerzen.

So also kam Karl auf dringendes Anraten des jungen, ortsansässigen Allgemeinmediziners Dr. Albrecht Hofstätter erneut in ein Krankenhaus, und diesmal wurde ihm geholfen. Anders als vorgesehen.

Keine Diagnose zu stellen. Nicht auf Anhieb, nicht nach genauerem Hinsehen. Ein Rätsel war es den Ärzten, dieses gewaltsame, selbstzerstörerische Handanlegen. Folglich wurde keine Bemühung ausgelassen, wurde Johann mit seinem brüllenden Sohn durch ein Gebäude ungeahnten Ausmaßes

geschickt, von einer Untersuchung zur nächsten. All das, während Charlotte zu Hause den ersten Tag seit Karls Geburt für sich allein verbringen konnte.
Endlose Gänge, Stockwerke über Stockwerke, Fahrstühle neben Fahrstühlen, metallische Kästen, die Menschen auf und ab schoben. Und genau in einem dieser geschlossenen Räume passierte es. Nur Vater und Sohn darin. Surrend, vibrierend die Fahrt abwärts in eine der Kellerebenen.
Plötzlich ein außerplanmäßiger Halt. Ein kräftiger Ruck. Ein Knarren. Ein Flackern des Lichts. Dann Stillstand. Kein Mucks mehr. Finsternis.
Johann Heidemann griff um sich, erfüllt von Angst. Stecken geblieben mit seinem schreienden Kind. Doch Karl schrie nicht mehr, lag ruhig in den Armen seines Vaters. So ruhig, als wäre er weit hinausgetragen worden, immer tiefer hinein in den Wald.
Johann aber war nicht gelaufen, nur einen einzigen Schritt hatte er getan, aus dem Lärmen des Krankenhauses hinein in die Isolation einer abgeschlossenen Zelle.
Wieder ein Flackern, ein Ruckeln, dann Licht, Bewegung, Weiterfahrt. Ein kurzes Stück nur. Denn Johann betätigte, ohne zu überlegen, die Stopptaste, zwang, noch bevor Karl erneut zu weinen beginnen konnte, dem Gefährt die nächste Pause auf. Keine Erklärung wusste er für die Ursache dieser schlagartigen Zufriedenheit seines Sohnes, der plötzlich die Hand nicht zu den Ohren, sondern den Daumen in den Mund führte. Was war hier anders?
Johann Heidemann sah sich um, irgendwo zwischen Untergeschoss zwei und Untergeschoss drei, dachte nach, ließ die letzten Wochen an sich vorüberziehen, verglich die Lebenssituation seines Kindes mit den gegenwärtigen Umständen.
Warum diese plötzliche Ruhe?
Und er stand lange, sehr lang.
Dann verstand er.

Dann verstand er alles, dann wurde ihm klar: Keinem der Ärzte, deren letzte Strategie es nur sein könne, seinem Sohn Schmerz- und Beruhigungsmittel zu verabreichen, ohne zu wissen, wogegen, wäre es möglich zu helfen.
Mit dieser Einsicht beendete Johann den erzwungenen Halt, kehrte ins Erdgeschoss zurück, trug sein mit Öffnen der Tür wieder brüllendes Kind zum Wagen »Gleich, mein Junge, gleich hast du ihn wieder, deinen Frieden! Nur noch den Heimweg musst du überstehen!«
Voll Hoffnung nun die Fahrt hinaus aus der Stadt, durch das immer spärlicher besiedelte Land, eilig, ohne Rücksicht auf Geschwindigkeitsbeschränkungen, ohne Zweifel an seiner Theorie. Kaum zu Hause angelangt, stürmte er mit dem Bündel Verzweiflung in seinem Arm durch das Wohnzimmer, nahm Charlotte an der Hand, den Kellerschlüssel an sich, stieg hinunter, betrat die kleine Sauna, schloss die Tür.
»Johann, was sollen wir hier?«
»Bleib einfach ruhig und warte.«
Und tatsächlich, wie zuvor dieselbe Reaktion: Karl wurde mit offenen Augen still, so still, wie ihn Charlotte im Zustand völligen Wachseins noch nie erlebt hatte, tief unter der Erde, in einem abgeschlossenen, fensterlosen Raum, seinen Blick an das Gesicht des Vaters geheftet, dankbar fast.
Dann schlief er ein.
»Er braucht Ruhe. Wahrscheinlich brüllt er aus Verzweiflung über all den Wirbel, der um ihn ist.« Flüsternd der Ton, und wenngleich Johann in diesem Augenblick mit seiner Vermutung richtiglag, hatte er doch nicht die geringste Vorstellung über das Ausmaß seiner Theorie, über die für Karl vorhandene Wirklichkeit und den sich daraus ergebenden Folgen.
Denn von solch feiner, unausnehmbarer Empfindlichkeit war Karl Heidemanns Gehör, wie es in keinem Buch der Rekorde zu finden, keinem medizinischen Sammelsurium menschlicher Mutationen nachzuschlagen ist. Er hörte den Flügel-

schlag eines Schmetterlings, hörte das Rauschen der Wipfel des weit entfernt gelegenen Waldes, hörte eine Blindschleiche durchs Gras gleiten, er hörte zwar keinen fremden Gedanken, aber er hörte den Atem und das Pulsieren des Blutes, deren Zusammenspiel oft mehr verrät als jedes Wort. Wie jedes ungeborene Kind hörte auch Karl im Fruchtwasser das Gurgeln, Gluckern der mütterlichen Magen- und Darmgeräusche, den mütterlichen Herzschlag, die mütterliche Stimme, nur für ihn war diese Stimme ein messerscharfes, schneidendes Eindringen, dieser Herzschlag ein nicht enden wollendes Donnern, das Strömen des mütterlichen Blutes ein reißender Sturzbach, jedes Aufsetzen ihrer festen Schritte ein dröhnendes Hämmern.

Nichts anderes wollte er, als dieser immer enger werdenden Folterkammer zu entfliehen, und wäre es ihm möglich gewesen, er hätte den Schöpfer verflucht für die Marter der frühen vorgeburtlichen Entwicklung des Gehörsinns. Er hätte den Schöpfer verflucht für die ihm dadurch geraubte Liebe. Vielleicht nämlich hätte er ihn ertragen, für ein paar Tage, all diesen Lärm im Inneren seiner Mutter, nicht aber für so elend lange Wochen. Vielleicht hätte er unter anderen Umständen ein Zuhause finden können in den mütterlichen Armen, einen Rückzugsort. Stattdessen aber fand er auch, auf die Welt gekommen, keinen Frieden vor, sondern nichts als ein Wüten, ein ununterbrochenes Wüten.

Und nun stand Johann Heidemann, seinen Sohn im Arm, inmitten der Abgeschiedenheit des Kellers, und war voll Hoffnung. Mit der freien Hand zog er seine Frau zu sich und hauchte ihr nichtsahnend ins Ohr: »Alles wird gut.«

Ein Lächeln rang sie sich ab, ein Nicken, von dem sie bereits ahnte: Es ist ein Irrtum.

Von diesem Tag an wurde es still in Jettenbrunn.

# 7 Das Verschwinden

Karl Heidemann war von heute auf morgen aus dem Ortsbild verschwunden, sowohl optisch als auch akustisch.
Selbiges galt für seine Mutter.
Anfangs fragte man nicht, nahm die Abwesenheit erleichtert zur Kenntnis, genoss die Ruhe. Krankheit vielleicht?
Doch nach einigen Tagen immer noch dasselbe Bild: Dunkelheit im Kinderzimmer, kaum noch Licht im Haus, Dauerbeleuchtung im Stiegenabgang, abends ein eilig heimkehrender Johann, Tür auf, Tür zu, kein Spaziergang mehr, so wie sonst. Irgendwann stellte man ihn zur Rede, durchaus mit Besorgnis, vernahm ein: »Alles in bester Ordnung, dem Kleinen geht es endlich gut, er hat es nur eben gern ein wenig ruhiger!«, vermutete aber tatsächlich den ausgebrochenen Wahnsinn der Eltern. Wem auch sei es zu verübeln, gebrandmarkt von den so schweren letzten Monaten, der Wirklichkeit nicht ins Auge blicken zu können, zu wollen? Denn höchstwahrscheinlich, so fraß sich das Gerücht durch die Reihen wie die Miniermotte durch Rosenblätter, läge irgendwo im Hause Heidemann der Leib des so ruhig gewordenen, leblosen kleinen Karl herum, vielleicht sogar einbalsamiert und aufgebahrt in den Tiefen des Kellers.

Und Karl lag tatsächlich dort, inmitten des Saunabereiches, Tag für Tag, Nacht für Nacht. Er stemmte sich in seinem Bettchen, seinem Laufstall hoch, saß bald, stand bald, gewann an Ichbewusstsein, gewann an Neugierde, Fertigkeiten, gewann die Erkenntnis, den größten Lärm und zugleich Schmerz selbst verursacht zu haben: durch sein eigenes Geschrei. Nur eines verlor er mit einem Schlag, und er verlor es trotz des ständig ihn umgebenden Rauschens der Heizungsrohre, Wasserleitungen, trotz des Surrens der Neonlampen, Tiefkühltruhe: Die Notwendigkeit, seine Stimme erheben zu müssen.
Von nun an also brüllte er nicht mehr. Schwieg. Kein Ton, kein Wort mehr aus seinem Mund, schon gar nicht jenes, das Eltern, kaum bringt ein Kind erste Laute über die Lippen, mit täglicher Sehnsucht erwarten: Wird aus dem Dada und Baba irgendwann das erhoffte Mama, Papa?
Es wurde nicht.
Was keineswegs bedeutete, dass Karl nicht sprach.
Seine Augen, die Stellung seines Kopfes, die Haltung seines Körpers, die stets langsamen Bewegungen seiner Arme, seines vom fehlenden Tageslicht erblassten, vollen Gesichts: Immer verständlicher wurde sein Kommunizieren, immer leichter fiel es ihm bald, sich mitzuteilen, minimalistisch zu verdeutlichen, allein sein, in Ruhe gelassen werden zu wollen. Nur ein Wegdrehen, eine kleine Mimik, wenn seine Mutter die Stimme erhob, im schlimmsten Fall ein langsames An-die-Ohren-Pressen seiner Handflächen.
Stille Ablehnung, das war es, was Charlotte entgegenschlug. Unentwegt. Und das traf. Es traf sie mehr als all das bisher Geschehene. Bald wurde ihr die im Haus eingekehrte Ruhe mehr Fluch als Segen. Denn vorbei der im Lärm verborgene Mangel an Direktheit, an klarer Botschaft, vorbei der Trugschluss: »Er brüllt deshalb oder deshalb, oder deshalb. Ich jedenfalls bin es nicht!« Erst das Schweigen, die wortlose Abkehr, erklärte alles, brachte Klarheit. Unmissverständlich.

Kein Blick, kein Lächeln, kein Zeichen der Zuwendung, nichts. Nicht beim Wickeln, nicht beim Füttern, nicht bei all den Dingen, die zwangsweise so lange der mütterlichen Nähe bedürfen, bis ein Kind sauber ist, vieles alleine kann.
Und Karl lernte schnell, sehr schnell.
Noch bevor er laufen konnte, krabbelte er zu seinem Töpfchen, zog sich Hose, Leibchen an und aus, schlug seiner Mutter den Löffel aus der Hand, ergriff ihn selbst, um sein eigener Herr zu sein, um Distanz zu schaffen, immer größere Distanz. Nur eine Möglichkeit blieb Charlotte, Karls Nähe zu spüren, so absurd sie ihr auch schien, so schaurig und unverständlich: »Badezeit, mein Schatz!«
Aufmerksamkeit in seinem Gesicht, ein Strahlen fast, ein Emporstrecken der Arme.
»Willst du zu mir? Na, dann komm.«
Das Glück der Mutter, für einen Moment. Ihr Kind in den Armen ging Charlotte ins Bad, verschloss ihm mit knetbarer Masse die Ohren, während plätschernd die Wanne einlief, strich ihm über den Kopf, drückte ihn an sich: »Willst du hinein, ja, willst du? Na, dann ab mit dir ins Wasser.«
Dort saß er ein Weilchen, aufrecht, stolz wie inmitten einer selbstgebauten Seifenkiste, seine kleine, aufgeblasen wirkende Hand an den Rand gelegt. Irgendwann ein langsames Zurücksinken, ein Betten des Kopfes auf die Oberfläche, als wäre sie ein Kissen. Das Wasser stieg ihm über die Ohren, bis hinauf an den Augenrand. Ein kurzes, gestrecktes Schweben, ein tiefes Luftholen, das Lösen der Hand, dann ein Abwärtsgleiten, die Lider offen.
Karl Heidemann war glücklich. Lauter zwar, dröhnender, jedes in der Flüssigkeit erzeugte Lärmen, das Pulsieren seines eigenen Herzens, das Rauschen in seinen Ohren, das Pochen seiner Fersen an das Emaille. Von außen aber verlor alles, umgeben von einer dumpfen Hülle, an Intensität. Federleicht wurden seine Gliedmaßen, sein behäbiger Körper, schwer nur

sein Kopf, sein Brustkorb, wenn er ihn heben und Luft holen musste, um erneut frei sein zu können. Frei für diesen einen, in seinem Körper festgehalten Atemzug. Und immer länger vermochte er ihn in sich zu bewahren.
Charlotte stand derweilen daneben, zupfte nervös wie eine ertappte Sünderin an der Seitennaht ihrer Hose, sah in Erinnerung an die schwärzeste Stunde ihres Lebens auf das versunkene Kind, ab und an trafen sich ihre Blicke. Doch je öfter sie sich trafen, umso weniger vermochte Charlotte den Gedanken wieder loszuwerden, dieser Blick ihres Sohnes könnte möglicherweise gar kein herausgeworfener, sondern ein hineinziehender sein. Als würde sich eine Hand aus der Tiefe erheben, um sie zu sich zu holen.

Vorerst aber erhob sich Karl, stand eines Tages plötzlich an den Rand geklammert in der Wanne, »Um Gottes willen, wenn du ausrutschst!«, überstieg die Kante, ging vor den Augen der Mutter seine ersten Schritte, nackt, hinaus aus dem Bad, stürzte lieber zu Boden, immer wieder, als sich an der Hand nehmen zu lassen.
Und nichts anderes brachte Charlotte gegenüber ihrem heimgekehrten Mann zum Ausdruck, als pure Verzweiflung.
»Er kann laufen, Hans!«
»Wunderba …!«
»Ein Horror ist das. Weißt du, was das bedeutet, weißt du das? Raufkommen will er nicht, und ihn unten allein herumlaufen lassen ist viel zu gefährlich. Ich muss also in Zukunft den ganzen Tag bei ihm im Keller hocken. Im Keller, hörst du. So will ich nicht leben. Wir müssen etwas tun.«
»Was?«
»Dir unterwegs den Kopf zerbrechen zum Beispiel!«
Dabei drückte sie ihm, so wie früher, Karl in den Arm.
»Nimm ihn mit. Vielleicht fällt dir dann was ein. Und das muss es, Hans, verstehst du, das muss es.«

Und Johann Heidemann marschierte hinaus in den Wald, seinen immer schwerer werdenden Sohn bei sich, bis an den Jettenbrunner Weiher, nahm Karl dort von den Schultern, setzte ihn neben sich, zog sich verschwitzt die Jacke aus, nahm sie in die eine Hand und spürte plötzlich die kleinen, weichen Finger seines Sohnes in der anderen.
Karl hatte sich erhoben.
Hand in Hand standen die beiden im Uferkies, wortlos, sahen über das Wasser, zeitlos. Irgendwann ein Beugen der väterlichen Knie, ein Blick in die dunklen Augen des Sohnes, ein stolzer Griff auf die kindlichen Schultern, ein Schmunzeln, ein Nicken als Aufforderung, das große Kunststück zu zeigen: »Geh! Den ersten Schritt hinaus in deine Freiheit. Geh.«
Und Karl ging über die Steinchen, unsicher, wackelig, aber alleine. Ein Schritt. Dann der zweite. Leise, fast verborgen die Freude des Vaters. Flüsternd, als wollte er nicht stören, sein: »Wir werden Drachen steigen lassen eines Tages!«
Drei Schritte.
»Gut machst du das.«
Vier Schritte. Fünf. Unsicherheit.
»Pass auf!«
Körpervorlage, nur ein Stück entfernt ein Felsbrocken, zu nahe, viel zu nahe.

Als Charlotte Heidemann an diesem Abend den beiden Heimkehrenden die Tür öffnete, lag Karl in den Armen seines Vaters.
»Und, hast du dir den Kopf zerbrochen!«
»Zum Glück meinen.«
»Was ist mit ihm?«
»Er schläft.«
Dann erzählte Johann von den Schritten, dem Sturz, von der in seiner Hand gehaltenen Jacke, dem Wurf, der Landung des

zusammengeknäulten festen Stoffes auf dem Fels, dem gottlob weichen Aufprall seines Sohnes, von seinem Einfall.
»Morgen geht es los!«
Und es ging los, in einer Dimension, die Charlotte niemals für möglich gehalten hätte. Zuallererst wurde aus Sicherheitsgründen das Schlafzimmer der Eltern in den neben Karls Sauna gelegenen Ruheraum verlegt. Des Weiteren verwandelte Johann den Keller in einen Hochsicherheitstrakt, einen Schauraum des Erfindungsreichtums, einer Vorstudie der Prototypen wahrscheinlich aller heute im Handel erhältlichen Kindersicherungen.
Karl saß, die Ohren mit Wachspfropfen verschlossen, derweilen in seiner Sauna, verborgen im hintersten Winkel, und litt: »Da müssen wir durch!«, so die Worte des Vaters. Des wie ein Besessener wütenden Vaters: Keine Steckdose blieb unverklebt, keine Ecke unverpolstert, Schaumstoff, Styropor kamen zum Einsatz, vorhandene Regale wurden als mögliche Kletterwand entfernt, Kästen an der Wand fixiert, Kastentüren mit Riegeln, Laden mit Schlössern versehen, Zimmertüren ausgehängt. Vor allem aber war Johann in einem Punkt seiner Zeit voraus und ihm gelang, was mittlerweile allerorts gang und gäbe ist: Die Verwandlung eines Orts der Zurückgezogenheit in eine Realityshow. Nicht klein und kaum zu entdecken wie heute, sondern wuchtig ragte sie an einer Verstrebung montiert aus der Wand heraus: Eine Videokamera. Beinah rund um die Uhr eingefangene Bilder, schwarz-weiß wiedergegeben einen Stock höher auf einem in einer der Luken des Wohnzimmer-Einbauschranks eingetischlerten Bildschirm.

Von nun an fand unter Tags das Leben der Heidemanns auf zwei Etagen statt. Im Tiefgeschoss Karl und sein Revier, im Erdgeschoss Charlotte und ihr Bildschirm. Zumeist befand sie sich in der Sitzgruppe des Wohnzimmers, hörte Radio, las

Zeitschriften, sah fern, telefonierte mit ihren Eltern, oft all das zusammen, und beobachtete dabei ihr Kind. Abends kam Johann, nahm gelegentlich seinen Sohn auf die Schulter, spazierte mit ihm wie früher, als er noch schrie, in den Wald, samstags und sonntags übernahm er die Aufsicht, und Charlotte hatte Zeit für sich. Und sie war voll des Dankes, unwissend, dass es nur einen geben sollte, der langfristig in diesen neuen Zuständen Zufriedenheit finden würde.
Und während die Zeit verlässlich tat, was sie einzig und allein auch konnte, nämlich vergehen, wuchs Karl in seinem Gehege heran wie ein Bewohner des städtischen Zoos, gefüttert, beobachtet, abgegrenzt. Mit nur einem Unterschied:
Er war frei.
Er schritt keine Gitterstäbe ab, hatte stets den offenen Ausgang seines selbstgewählten Asyls vor sich, allerdings kein Interesse durchzugehen, saß auf seinem Teppich, umgeben von seinen Bilderbüchern, seinen Spiel- und Malsachen, umgeben von den verstaubten alten, auf Kästen hockenden Porzellanpuppen mit ihren offenen Mündern, blonden Echthaarperücken, bestickten Kleidchen, die ihn Tag für Tag ansahen mit ihren gläsernen, blauen Schlafaugen, umgeben von den ihm gereichten Mahlzeiten, Imbissen, umgeben von der ihm gewährten Ruhe, Einsamkeit.
Und dennoch war Karl Heidemann verbunden mit seiner Außenwelt, mehr als diese es ahnte.

# 8 *Charlottes Augen*

Unwetter, Stürme, die Gegend kreuzende Flugobjekte, sich nähernde Fahrzeuge, Müllabfuhr, Postbus, Schneepflug, Mähdrescher, der Zweisitzer des Mechanikers Lamprecht, das Moped des Postlers, das Waffenrad des Postwirts Oberwaldner, der heimkehrende Wagen des Vaters – Karl Heidemann wusste von Ereignissen, Dingen, Menschen, die herannahten, noch lange bevor sie eintrafen. Er wusste allein aufgrund der Gangart, des Herzschlages, der Atmung, in welcher Verfassung sich seine Eltern befanden, was sie taten. Er wusste anhand der sich dem Haus nähernden Schritte, zu welcher Person diese Schritte gehörten. Oft schloss er dabei die Augen, um noch klarer wahrzunehmen. War es ein Schleichen, ein Schlurfen, ein Hacken, langsam, schnell, der Ferseneinsatz eines Diebes, eines Soldaten? War es ein Gehen oder Kommen, ein bestimmtes, ein gehetztes, ein zögerliches? Welche Kleider wurden getragen, wallende, enge? Welche Stoffe rieben an den Knien, dem Körper, Wolle, Leinen, Baumwolle, Langarm, Kurzarm? Wie verhielten sich die Arme, pendelten sie neben dem Körper hin und her, waren die Hände hinter dem Rücken verschränkt, wurden sie vor der Brust aneinander gerieben, wie die eines Wärmesuchenden, eines Geschäftemachers, Betrügers?

Er kannte bald die Menschen allein an ihrer Annäherung, malte sich deren Gesichter, Körperhaltungen aus, schlug in seinem Inneren aus dem Steinblock all der von ihm Gehörten deren vermeintliche Äußerlichkeit heraus. Allesamt Menschen, die er noch nie gesehen hatte. Menschen, die vorbeispaziert oder gar zu Besuch kamen.
Und zu Besuch gekommen wurde.
Ab und zu riskierten ein paar Jettenbrunner eine vordergründig fürsorgliche Kurzvisite. Meist kam man ausgerüstet mit selbsterzeugten Marmeladen und Backwaren, schlürfte Kaffee, bediente sich schmatzend an den mitgebrachten Mehlspeisen, nur um forschende Blicke auf das so ruhig gewordene, aber offenbar immer noch lebendige Kind zu werfen.
Manchmal kam die Krankheit zu Besuch, Fieber, Erbrechen, gefolgt von Dr. Albrecht Hofstätter, stets gertenschlank, gekleidet wie ein Bankangestellter, ein Kreditgeber. Den festen Griff der knochigen, kalten Hände, die körperliche Nähe, den süßsauren Geruch, Rasierwasser und Schweiß, den abgestandenen Atem, all das musste Karl ein ums andre Mal über sich ergehen lassen, voll Abscheu und doch zu schwach, um davonzulaufen.
Gelegentlich nahmen auch Charlottes Eltern Gertraud und Heinrich Auböck die weite Anfahrt in Kauf, wagten sich bis an das vor die Kellertreppe montierte Gitter hinab, streckten, als ginge es um das Auswerfen eines Köders, um das Füttern eines behäbig scheuen Haustieres, Schokolade in den Raum, äußerten hüstelnd ein: »Geht es dir gut?«, betrachteten ihren langsam herannahenden, immer fetter werdenden Enkelsohn, der ohne Augenkontakt sein Geschenk an sich nahm und umgehend in seiner Sauna verschwand.
Es folgte ein flüsterndes: »Groß bist du geworden. Willst du nicht mit uns raufkommen, es gibt Kuchen«, ein kurzes, vergebliches Warten auf Reaktion, schließlich eine Rückkehr ins Wohnzimmer, »Mach's gut.«

Dort dann Gespräche, bemüht leise und doch mit verheerenden Konsequenzen. Denn was will ein Kind anderes als seinen Eltern, seinen Angehörigen gefallen, Liebe erfahren. Liebe, nicht wie sie die eine Seite von der anderen erwartet, erhofft, sondern Liebe, wie sie den anderen einfach nimmt, ganz so wie er ist, rein, unwissend, hilflos.
Karl aber verstand jedes Wort, hörte seine Großeltern, die keinen Hehl daraus machten, dem so schwer geprüften eigenen Kind im Nachhinein eine Totgeburt gewünscht zu haben. Und er verstand auch sonst all das, was Charlotte telefonierend sprach, oder fernsehend erzählt bekam, selbst bei geschlossenen Türen. Er verstand Dinge, die er aus seiner unter der Erde liegenden Position heraus gar nicht verstehen hätte können, erfuhr von dem gewünschten Glück namens Karl Heidemann und dem wunschlosen Unglück, ebenfalls namens Karl Heidemann, erfuhr von dem Leid seiner Mutter und dem Verursacher dieses Leides, wieder er selbst.
Er, in dessen Geistesgut es keine bösen Absichten gab. Weder dachte er schlecht von seinen Eltern, noch war es ihm ein Wunsch, anderen Schaden zuzufügen, sie zu verletzen. Allein davon zu hören, wo er doch ohnedies so zurückgezogen lebte, rief große Unsicherheit in ihm hervor. Was hatte ihn vom Gewollten zum Ungewollten werden lassen? Karl wusste es nicht. Und er würde diese Unwissenheit auch nie wieder vergessen können.

Erstmals empfand er Unfreiheit. Eine Unfreiheit, die darin lag, Worte hören zu müssen, die er nicht hören wollte und die dennoch auf ihn herniederprasselten, Spuren hinterließen, wie der Hagel in den Gärten, auf den Feldern, den Blechdächern.
Nur, wohin fliehen?
Und Karl fand offene Türen, direkt vor sich liegend, unzählige. Hinter jeder Tür lag gleich die nächste. Nur noch Gren-

zenlosigkeit vor sich, Seite für Seite. Grenzenlosigkeit in Gestalt bedruckter, gebundener Blätter. Bücher. Bücher, nicht nur gefüllt mit bunten Bildern, sondern gestapelt in abgenutzten, modrig duftenden Kartonschachteln: Adalbert Stifter, Artur Schnitzler, Theodor Storm und Fontane, Goethe und Schiller. Bald war Karl das Betrachten der ihm zugedachten Lektüre zu wenig. Also griff er zu jenen Werken, deren Seiten weder farbenfroh noch bis zum Rand in engen Zeilenabständen überladen waren mit Text. Aphorismen-Sammlungen, Gedichtbände.

Groß sein Forschungseifer, was all die seltsamen Zeichen, all die verschiedenen Striche mit ihren Bögen, Kreuzen, Ecken, Unterbrechungen zu bedeuten hätten. Und weil ein Kind, bevor Erziehung zu greifen und Ausbildung zu wirken beginnt, von vornherein hochbegabt zur Welt kommt, es allein durch seine unbändige Neugierde, seinen Willen laufen, allein durch Zuhören sprechen lernt, ging es Karl bald, als stünde er Tag für Tag vor ein und denselben losen Teilen eines Puzzles. Teile, die irgendwann Sinn ergaben und deren Gesamtbild, als wäre es immer schon da gewesen, ersichtlich, begreifbar wurde. Wodurch sich ihm bald neue Welten erschlossen.

Welten voll Freiheit.

Freiheit, die Charlotte in ihrem Dasein nicht finden konnte. Immer dunkler, reizbarer ihr Gemüt, immer größer die Angst vor den wie Blei gewordenen Tagen, immer aggressiver ihr Ton gegenüber Johann.

»Da fehlt etwas, verdammt! Ist das so schwer? Mit der Einkaufsliste in der Hand von Regal zu Regal latschen? Ich kann ja nicht raus! Oder waren dir die paar Flaschen zu schwer?«

»Du trinkst zu viel.«

»Bist du mein Vormund! Und warum glaubst du, trink ich zu viel, warum? Es bringt mich um, Hans! Den ganzen Tag hier eingesperrt zu sein.«

»Du brauchst Hilfe, Charlotte.«

»Ich? Das ist wieder typisch, als wär das alles mein Problem! Wir brauchen Hilfe. Wir.«
Die in dieser abgelegenen Gegend übliche Hilfe kam: Wieder Dr. Hofstätter.
»Schläft Charlotte bei Nacht?«
»Kaum.«
»Weint sie oft?«
»Ja, schon.«
»Abgemagert ist sie auch, appetitlos. Da fehlt jede Lebenslust.«
»Gibt es ein Mittel?«
»Gibt es.«
Die daraufhin verordnete orale Tageseinheit erwies sich bald als wirkungsvoll, legte den Schalter auf eine Mittelstellung zwischen Licht und Dunkelheit, schob Charlotte hinter einen Grauschleier, ließ sie in einen neutralen Zustand des müden, fahlen, fast empfindungslosen Dahingleitens versinken, wie in ein Wohnzimmeraquarium. Vorhandensein, lebendig und doch nur ein von allen begutachtbares Standbild.
Aus dem Leid wurde ein Art Taubheit, aus einer den Arzt scheuenden Person eine regelmäßig vom Arzt besuchte Dauerpatientin.
Geborgenheit, das war es, was Charlotte bald in diesem Zustand fand. Geborgenheit und das Gefühl, ganz für sich zu sein.

So wie auch Karl in seinem Keller, in seinen Büchern, in seinen Gedanken.
Bis zu jenem Tag, an dem er die auf ihn gerichtete Linse als das erkannte, was sie war: Charlottes Augen.

# 9 *Die Besucher*

»Also gut, Papa, dann bis morgen!«, konnte Karl Heidemann wie so oft die Stimme seiner Mutter hören. Der Rest aber war neu: »Wie bitte? Was er gerade macht? Aber das hast du noch nie gefragt. Warum interessiert dich das? Weil er dein Enkel ist. Das freut mich jetzt irgendwie, weißt du das. Also pass auf, er, er, … mhmm. Ich seh nur seinen Rücken, aber ich glaube, er starrt in eines seiner Bücher.«
Wie konnte Charlotte seinen Rücken sehen, ohne tatsächlich bei ihm zu sein? Karl verstand nicht, blieb regungslos sitzen. Dann endlich begriff er, was ihm so lange schon ein Rätsel war: Die Ursache des Zusammenhangs vieler seiner Handlungen und der prompten Reaktion seiner Mutter.
Und Karl nahm Kontakt auf.
Dazu erhob er sich, kehrte sich langsam um, erfasste sein Ziel.
»Papa. Ich, ich muss jetzt Schluss machen, er hat sich gerade aufgerappelt!«, ging der Kamera entgegen, vorsichtig, blieb stehen, mit hängenden Armen, starrte hinein, starrte zu seiner Mutter ins Wohnzimmer empor.
Und er blieb lange stehen.
»Alles gut, Karl?«, drang es von oben herab, gefolgt von der Verunsicherung, »Brauchst du etwas?«, dem Unbehagen. »Jetzt hör doch endlich auf damit!«

Endlich aufhören? Womit?
Karl war nur anwesend, tatenlos, mehr nicht?
Mit dem Nichtstun aufhören? Mit dem Anwesendsein aufhören? Verschwinden? Sich selbst verschwinden lassen?
Wie? Und Karl Heidemann trat neben den Lichtschalter, betätigte ihn.
»Was tust du?«, rannte seine Mutter in den Keller, schlug die Hand zur Wand.
Licht an.
»Wie willst du deine Bücher ansehen, ohne Licht!«
Karl vor ihr, bewegungslos sein Gesicht, griff erneut nach dem Schalter.
Licht aus.
Licht an.
»Aber das geht so nicht! Wie soll ich da auf dich aufpassen, wie …?«
Licht aus.
Licht an.
»Das bleibt an, verstehst du!«
Licht aus.
»Dann bitte, wenn du es so willst!«
Verschwunden.
So wollte er es. Genau so.
Zurück blieb die Schwärze des Bildschirms, die Dunkelheit des Kellers. Eine Dunkelheit, die allein in Karls Macht lag, die ihm für die gewählte Dauer immer mehr zur Zuflucht, immer vertrauter wurde. In diesen Phasen übte er das Gehen ohne Sicht, das Orientieren, nur auf sein Gehör konzentriert, schloss zusätzlich die Augen, wusste bald allein aufgrund des Klanges seiner Schritte, des Einwirkens der stets vorhandenen Kellergeräusche, wie weit die Mauer entfernt, wie nahe der Treppenaufgang lag. Immer besser fand er sich zurecht, setzte sich Ziele, wurde bald des Sehens überdrüssig. Nur noch hören.

Hören, das klügere Auge, das vieles deutlicher beschreibt, das überhaupt erst dort, wo der Blick alles zudeckt, ein Wahrnehmen schenkt.
Er stellte sich Aufgaben: Nur durch Tasten mit Bauklötzen Häuser errichten, Puzzle lösen, kleine, dann immer größere.
Oft waren es Stunden, in denen er seiner Mutter kein Bild von sich hinauf gewährte, als trainiere er für ein Leben, von dem er ahnte, es würde kommen. Und in all der Finsternis fand er Gefallen daran, so wie in der Wanne den Atem anzuhalten, dieses fortwährend zischende Ein- und Ausströmen der Luft zu unterbinden, sich die größte ihm mögliche Stille zu schenken, wenigstens für einen Augenblick.
Zuflucht, das wurde ihm die Dunkelheit.
Zuflucht und Vergnügen, denn mittlerweile konnte er das indirekt auf ihn gerichtete Gegaffe spüren bis in den hintersten toten Winkel.

Hedwig, die Gemahlin des Postwirts Hubert Oberwaldner zum Beispiel, stand hin und wieder unter irgendeinem Vorwand in der Tür, nur um einen neugierigen Blick auf den Bildschirm zu erhaschen. Eines Tages kam sie, die neu nach Jettenbrunn gezogene, zukünftige Frau des Mechanikers Gerwald Lamprecht, vorzustellen: Veronika. Eine Frau wie ein Geschenk, denn Veronika und Charlotte kannten einander nicht, waren unvoreingenommen und schlossen sich vom ersten Tag ihrer Begegnung an gegenseitig ins Herz.
Der Malzkaffeegeruch schlich aufdringlich, wie sonst nur die Auböckschen Großeltern, in den Keller, dahinter das Geschlürfe, das Zermahlen, das Geschmatze der in die Brühe getunkten Biskuits.
»Sollen wir Karl etwas runterbringen?«
»Lieber nicht, Veronika!«
»So ordentlich sieht es bei ihm aus.«

»Ja, das ist sein Tick. Alles hat seinen Platz, da liegt nichts einfach nur so herum.«
»Na, so einen Tick wünsch ich unseren Männern auch!«
Gelächter.
»So allein sitzt er da in seinem Eck und starrt auf, auf ... Was ist das?«
»Puzzlesteine«
»Ein eher schweres Puzzle für sein Alter, oder? Und das schafft er?«
»Ja, das schafft er.«
»Gib das mal unseren Männern!«
Gelächter.
»Er starrt auf die Teile, ohne sie anzurühren, oft tagelang, und irgendwann beginnt er sie dann zusammenzubauen, zügig, greift genau zu den richtigen Stücken, ohne viel zu probieren.«
»Achtung!«, aufgeregt die Stimme der Hedwig Oberwaldner, »Schau hin, Veronika, jetzt steht er auf! Jetzt geht er! So weit nach hinten.«
Langsam der Schritt. Karl wusste, wohin. Zwei Lichtschalter gab es, einer direkt unterhalb der Kamera, der zweite im hinteren Teil des Kellers.
»Ich glaub, er ...«
Und Licht ab.
»Eu, eu, eu, jetz is es aber dunkel da unten! Ja wo ist er denn hin, der Junge?«
Und zurück, direkt unter die Kamera, einen Besenstiel in der linken, einen Stuhl in rechten Hand. Leise, lautlos. Karl hatte Zeit. Zeit den Sessel zu plazieren, hinaufzusteigen, sich emporzustrecken, den Kopf so nahe wie möglich an die Linse zu führen. Todernst die Miene. Ein paar vergebliche Tippversuche mit dem Besenstil in Richtung Schalter. Dann der Treffer. Licht an.
Oben Geschrei, unten ein stilles inneres Lachen.

Die Besuche der Jettenbrunner blieben, abgesehen von Alois Daxberger und Veronika Lamprecht, bald aus.
Veronika Lamprecht kam als Freundin der Hausherrin, als Betroffene eines ähnlichen Schicksals: Zwei zugereiste Frauen, zwei hiesige Männer, zwei Ehen, beide in gewisser Weise kinderlos, die eine, weil einfach kein Kind kommen wollte, die andere, weil das gekommene Kind sich jeder Gemeinschaft fernhielt.
Alois Daxberger kam als Freund der Familie, ließ sich in seinem Rollstuhl den kleinen Hügel hinunterschieben, war einfach nur da und saß im Wohnzimmer.
»Du kannst jetzt gehen, Charlotte.«
Da sein eben.
Vor ihm der Bildschirm, kein Verdunkeln, kein Verschwinden, denn groß war Karls Dankbarkeit für die nun einkehrte Ruhe. Dankbarkeit ebenso bei Charlotte Heidemann. Endlich ihrer Gefangenschaft den Rücken kehren, endlich hinaus, endlich die so lang ersehnten Freigänge, machmal gemeinsam mit Veronika.
Einfach nur in die Stadt. Einkaufen.
Einfach nur vor die Tür. Spazieren.
Einfach nur zu Dr. Albrecht Hofstätter.
So ein Schwermut braucht eben regelmäßige Behandlung.
Ja, und manchmal fand diese Behandlung im Hause Heidemann statt.

# 10 *Die Behandlung*

Der Arzt erwies sich als ruhigster aller Gäste.
Gesprochen wurde wenig.
Stattdessen gab Dr. Hofstätter laute, angestrengte Atemgeräusche von sich, während Charlotte seltsam zurückhaltende, nach Erlösung und Verzweiflung zugleich klingende, rhythmische Töne ausstieß. Töne, wie sie Karl, wenn sein Vater zu Hause war, in äußerst seltenen Fällen bei Nacht schon gehört hatte.
Mit einem letzten Aufschrei wurde es kurz ruhig, danach noch ein Weilchen gekichert, das eine oder andere Wort gewechselt, sanft im Tonfall, manchmal liebevoll. Eines Vormittags aber mit für Karl befremdlichem Inhalt:
»Ach, Charlotte! Hätten wir uns nur früher kennengelernt.«
»Was wäre dann?«
»Dann wäre dein Leben ein anderes. Was du an Hans gefunden hast, versteht die Welt nicht. Da kommst du nach Jettenbrunn und suchst dir den größten Schwachkopf aus. Weiß er, was für ein Geschenk des Himmels du bist, was für ein Glücksfall? Weiß er das?«
Karl saß in der Mitte seines Kellerteppichs, starrte in eines seiner Bücher, bemüht, ein Schutzschild aufzuziehen, sein Umfeld auszublenden.
Doch vergeblich.

Wie Pfeile drangen die Worte zu ihm herab, trafen, schmerzhaft, warfen Fragen auf:
Was passiert hier zwischen seiner Mutter und Dr. Hofstätter?
Ist es richtig?
Warum weiß Vater nichts?
Darf er es nicht wissen?
Warum erzählt Mutter nie davon?
Warum erzählt sie abends, gefragt, ob wer zu Gast, wie der Tag gewesen sei, zwar stets von Veronika, von Alois, aber nie von Dr. Hofstätter.
Was hat all das zu bedeuten?
Etwas lief hier falsch. Etwas für Karl nicht Benennbares, ihm Fremdes.
Er wusste nichts von all dem, was geschwisterlose Kinder spätestens ab Kindergarteneintritt erfahren. Er kannte kein Gefühl der Freundschaft, kein Miteinander, kein tägliches Selbstbehaupten-Müssen, keinen Gruppenzwang, keine Rangeleien um in den Augen Erwachsener noch so mickrige Besitztümer, kein aus Mangel an rhetorischen Möglichkeiten im Menschen offenbar von Natur aus verankertes Aufeinander-Einprügeln, keine Feindseligkeit, keine Treue, keinen Betrug. Und trotz dieses Mangels an Erfahrung empfand Karl eine sonderbare Beklemmung in sich, als stünde er hilflos großer Bedrohung gegenüber.
Das Überstreifen der Kleidung war zu hören, das Schließen einer Gürtelschnalle.
»Und wenn ich ihn verlasse?«
»Dann müssten wir weg, weit weg. Irgendwo neu beginnen, denn hier in Jettenbrunn, undenkbar.«
Das Schaben der Absätze auf dem staubigen, bröseligen Fliesenboden.
»Neu beginnen klingt schön!«
Das Öffnen der Haustür.
»Klingt leider nur so, Charlotte. Denn manches lässt sich

nicht rückgängig machen. Karl zum Beispiel. Der ist eben nun mal da.« Tränen als Antwort seiner Mutter.
Dann ein Abschiedskuss. Ein Ins-Schloss-Fallen der Tür. Kurz darauf das Starten eines Wagens, das Zur-Seite-Schieben eines Vorhanges, das leise Hinterherflüstern: »Deine Uhr. Du hast deine Armbanduhr vergessen.«
Das Verstauen der Uhr in einer Schublade, um eines Tages ein: »Hast du meine Uhr gesehen?« mit »Nein« beantworten zu können, um sie wie ein Kleinod ihrer heimlichen Liebe nie wieder aus der Hand geben zu müssen, um eines weiteren Tages in den Augen ihres wortkargen Ehemannes die zwar gedachte, aber niemals gestellte Frage: »Warum, Charlotte, hast du Albrechts Uhr in deiner Lade, und warum betrügst du mich?« zu übersehen.
Knarrend die Bretter des Küchenparketts, unruhig die Schritte. »Zeit, tick, tack, geht dahin, geht dahin.«
Albrecht Hofstätter also ging, das schlechte Gewissen blieb, gefolgt von einem Abstieg in den Keller. Wiedergutmachung an falscher Stelle: »Willst du baden? Schau, Karl, was ich für dich hab. Keine roten Augen mehr.« Eine Taucherbrille.

Und die Zeit schritt voran wie eine sich stetig ausdehnende Masse, ein Hefeteig, der dem Deckel des Gefäßes näher rückt, ihn irgendwann öffnet, sprengt, von innen heraus.
Es mochte den Jettenbrunnern seltsam erschienen sein, warum die Heidemanns dermaßen dem Willen ihres Kindes hörig waren, es nicht einfach herausrissen aus seinem selbstgewählten Asyl. Andererseits wusste man um die große Sorge der Elternschaft an sich, unter Umständen dem eigenen Fleisch und Blut einen noch größeren Schaden zufügen zu können, als genau dieser bereits von vornherein schon da war. Und ja, vielleicht lag Alois Daxberger mit seiner vielfach geäußerten Theorie goldrichtig, laut denen es erst die Ungeduld der Eltern und deren getriebenes Empfinden von Tempo sei,

durch das den Kindern die Freude abhanden und die Beinchen ins Straucheln kämen.
Wozu also Druck erzeugen? Karl hatte offenbar seinen Frieden und würde, wenn er es für richtig hielte, schon kommen, so die Vermutung.
Karl kam nicht.
Der Alltag kam, drehte die Scheibe, formte wie ein Töpfer mit seiner beständigen Arbeit aus dem Ungewöhnlichen das Gewöhnliche, aus der Abweichung die Regel, die Normalität. Anpassung, die größte menschliche und unmenschliche Begabung, Ursache des Überlebens, Ursache der Zerstörung.
Irgendwann also hörte man auf, sich das Maul zu zerreißen über den freiwillig wie einen Schläfer, wie eine Zelle der Unberechenbarkeit in den Tiefen seines Elternhauses verschanzten Jungen. Ein Junge, der nie getauft wurde, der keinen Kindergarten besuchte, keine Weihnachts-, keine Sonnwendfeier, kein Maibaumaufstellen, keinen Frühschoppen.
So also wurde die Kelleretage ihrer ureigenen Bestimmung gerecht: Der über Jahre unbeachteten Lagerung nicht im Einsatz befindlicher Güter, so lange, bis der Mantel des Vergessens jedes dieser Güter trotz Vorhandenseins verschwinden lässt. Und Karl Heidemann verschwand. Zum zweiten Mal. Diesmal nicht nur optisch, sondern auch als kollektiv besprechenswertes Thema. Womit auch das sinnlose Unterfangen der Urteilsbildung ein Ende hatte. Sinnlos, denn wie auch vermochte der freilaufende, zumeist unzufriedene Jettenbrunner, der den Sommer und den Winter kannte, den Schnee und die Hitze, das Leben des zufrieden in seinem Keller hockenden Karl zu bewerten. Unmöglich.
Ein Leben, das trotz Verborgenheit stattfand.
Karls Geburtstage, Karls Trotzphasen, Karls Weihnachtsfeste, der Jahreswechsel, lärmbedingt die schlimmste aller Nächte, Karls Krankheiten, die Entwicklung seiner körperlichen, vielmehr aber noch geistigen Fähigkeiten. Alles fand statt. Selbst

jene Unausweichlichkeit, die jedes andere Kind hervorgelockt hätte, zwangsweise: Die Schulpflicht.
Undenkbar, Karl plötzlich emporsteigen zu lassen in die von ihm bisher gemiedene Welt, undenkbar, ihn einzugliedern in einen Raum voll tobender Erstklässler.
Also umgekehrt: Hinabsteigen, mehr oder weniger.
Das Entfernen des Sicherungsgitters der Kellerstiege, die Montage einer am Rande des Handlaufes montierten, selbstfahrenden Einheit. Ein Lift zwar, allerdings keine Materialseilbahn. Nicht um Wäschekörbe, Bierkisten und Vorräte auf- und abzuhieven, sondern den pensionierten, in seinem Rollstuhl sitzenden Dorflehrer. Alois Daxberger nämlich hatte sich angetragen, als Personifizierung dieser Schulpflicht in Erscheinung treten zu wollen. Hausunterricht, eine rechtmäßige Alternative zum Schulbesuch, besonders in sonderpädagogischen Fällen. Und wie sehr es sich bei Karl tatsächlich um Sonderpädagogik handelte, bekam Alois Daxberger schnell zu spüren. Nie zuvor hatte er ein klügeres Kind gesehen. Dieser Junge war in geistigen Belangen Gleichaltrigen weit voraus, schrieb, beherrschte Grundrechenarten, konnte schriftliche Aufgaben erfassen, all das, ohne jemals zuvor unterrichtet worden zu sein.
Und weil Karl den so ruhigen Alois wie die Porzellanpuppen und modrigen Bücherkisten bald als Inventar seines Kellers zu akzeptieren begann, störte es ihn auch nicht, den alten Dorflehrer gelegentlich seine leise, brüchige Stimme erheben zu lassen. Fast regungslos saß dieser dann in seinem Rollstuhl, bewegte weder Arme noch den Kopf, nur die Augen sprühten voll Leben, und Karl hörte zu, Geschichten, Wissen, Erfahrungen. Bildung eben: Die Alten, die erzählen, die Jungen, die achtgeben. Bildung im Geist, Bildung im Herz, Bildung einer Nähe, einer Verbindung zwischen zwei Menschen. Alois Daxberger und Karl Heidemann wurden Freunde.

Und wie auch überall sonst, zogen Frühling, Sommer, Herbst, und Winter durch die Lande, bis es schließlich Jahre waren, in denen die Jettenbrunner Karl Heidemann keinen einzigen Laut mehr von sich geben gehört hatten.
An einem Tag des Frühsommers 1992 aber brach Karl Heidemann sein Schweigen, nur für ein einziges Wort.
Und es war ein tödliches Wort.

# 11 *Der Ausflug*

Das Tagblatt des Kalenders zeigte Donnerstag, den 20. Juni. Liebevoll markiert war die Zahl, handschriftlich umrandet, rot, in Form eines Herzens, angefertigt von Johann Heidemann. Frische Rosen hatte er an diesem Morgen aus dem Garten geholt, zurechtgestutzt in eine Vase gesteckt und in die Mitte des gedeckten Tisches gestellt. Gedeckt mit frischer Backware, frisch gepresstem Orangensaft, einer Thermoskanne Kaffee, Schinken, Käse, Ei, Obst, Gemüse, einem Törtchen, einer Kerze, der Tageszeitung, einem schriftlichen Geburtstagsgruß. Worte der Liebe. Im Anschluss war er noch einmal leise hinabgestiegen in den Keller, neben das Ehebett getreten, hatte seine schlafende Frau betrachtet, einen Kuss auf ihrer Stirn hinterlassen. All das in dem Glauben, sie in den Abendstunden desselben Tages wiedersehen, in die Arme nehmen und beglückwünschen zu können.

So wie stets war Charlotte ein Weilchen nach Johann aus dem Bett gekrochen, zwecks Morgentoilette im Bad verschwunden und schließlich mit Frühstück zu Karl in den Keller gestiegen. Diesmal fiel die Toilette gründlicher aus, das Äußere gepflegter, Karls Morgenmahlzeit üppiger. So wie ihre eigene. Zufrieden nahm sie an dem von Johann so reich gedeckten Tisch

Platz. Auf Punkt neun stand die in ihrer Hand liegende männliche Armbanduhr. Nie zurückgegeben schien sie nun das letzte, einzige Band zu ihrem Besitzer Dr. Albrecht Hofstätter. Es folgten Anrufe der Eltern Gertraud und Heinrich Auböck, Anrufe ferner Verwandtschaft, mehr nicht. Kein Anruf von Veronika Lamprecht. Freundschaften vergehen, schmerzvoll oft.

Um zehn Uhr saß Charlotte Heidemann immer noch dort, den Blick stumpf nach vorn gerichtet. Nichts hatte sie angerührt, keinen einzigen Bissen zu sich genommen, keinen einzigen Schluck.

Anders das Jettenbrunner Erdreich.

Dichte Regenwolken hingen über der Siedlung, entluden sich seit den Morgenstunden in einem fort und durchtränkten den Boden. Dunkel, triefend war der Tag, fast windstill, laut hingegen schlugen die Tropfen auf das Dach, die Rinnen, die Fensterbretter.

Mit schmerzverzerrtem Gesicht werkte Karl in der fensterlosen Sauna, spannte Wolldecken von den Holzbänken zum Boden herab, beschwerte sie mit den Steinen des Ofens und verkroch sich in dem so entstandenen Zelt. Und nicht allein das unbändige Hämmern des Regens war der Grund seines Handelns. Karl ahnte, was so wie stets an Fest-, Feier- und Geburtstagen kommen würde: Seine Mutter.

Mit schleichendem Schritt, gerührt des Anlasses, angespannt der Absicht wegen. Immer dasselbe sinnlose Vorhaben, immer derselbe unerfüllte Wunsch. Nur ein kurzes Zu-sich-Drücken des eigenen Kindes. Für einen Moment ein Spüren all dessen, was ihr ansonsten verwehrt blieb. Nur Karl würde sich verbergen in seinem Zelt, taub stellen. Charlotte würde weinen, ihn anflehen, sich blicken zu lassen. Unaufhörlich.

Karl würde irgendwann unter den Decken durch einen Spalt heraus seine Mutter betrachten, das Leid sehen in ihrem Gesicht, das Mitleid empfinden in sich, die Zerrissenheit. Da der eigene Widerstand, dort die Sehnsucht, ihr zu helfen. Er würde sich, nur um dieses schrille Gejammer, dieses Gedröhne beendet zu wissen, irgendwann zumindest blicken lassen, in sicherer Distanz.

Sie würde ihm allein schon dafür dankbar entgegenlächeln und erklären, es wäre alles gut: »Ist es doch, Karl, oder?«

An diesem Junitag aber schien nicht alles gut zu sein. Nein, gar nichts schien gut zu sein.

Karl lag unter den Saunabänken und wartete.

Charlotte saß vor einer vollen Tasse Kaffee und wartete ebenfalls.

Irgendwann kam Karl das Öffnen einer Weinflasche zu Ohren, ein leises Selbstgespräch, das Schaben der Fingernägel auf der zerfurchten hölzernen Tischplatte, ein immer schnelleres Hin- und Hergehen, schließlich ein energisches Betätigen der Wählscheibe: »Wo bist du? Ich dachte, du kommst?«

Ein Weilchen blieb es still, bis seine Mutter gedämpft fortfuhr.

»Was soll das heißen: Du kommst gar nicht mehr?«

Langsam hob sich ihre Stimme.

»Wir sollten ein Pause einlegen? Eine Pause? Was bitte ist das für miese Ausrede! Also: Wie heißt sie? Ist es Hedwig, der Oberwaldner Trampel? Oder, oder, um Gottes willen, Veronika?« Hysterischer nun: »Es ist Veronika, hab ich recht? Veronika. Darum rührt sie sich nicht!«

Immer lauter wurden Charlottes Worte.

»Nein, es ist nicht jeder für sich selbst verantwortlich. Ich war, wie du ja weißt, völlig am Ende, und es gibt wohl für einen Arzt kein leichteres Opfer als jemand, der am Ende ist! Du ...!«

Nur noch Zorn:

»Zur Ruhe kommen! Ich soll zur Ruhe kommen! Ist das jetzt ein medizinischer Rat, du elendes Schwein?«

Gewaltsam wurde der Hörer auf die Gabel geschlagen. Dann ein Schrei, so laut, wie Karl ihn bisher aus dem Mund seiner Mutter noch nie vernommen hatte. Es folgte ein Schluchzen, Jammern, Heulen, Fluchen, Brüllen, ein Herumgehen, das Werfen von Gegenständen, Glas-, Porzellanbrüche, ein Ruhigwerden, eine endlose Phase der Tatenlosigkeit und schließlich das Befürchtete:

Das Öffnen der Kellertür.

»Karl!« wurde überdreht, lallend Besuch angekündigt:

»Heut ist mein Geburtstag, und wenigstens du bist hier. Was heißt ›wenigstens‹, du bist doch alles, was ich hab. Oder? Bist du nicht alles, was ich hab? Bist du nicht mein Ein und Alles? Ja? Mach mir ein Geschenk. Lass uns rausgehen, gemeinsam, nur du und ich, ein einziges Mal. So wie du es früher jeden Tag mit deinem Vater gemacht hast.«

So bittend der Inhalt dieser Worte auch sein mochte, sie klangen doch wie eine Aufforderung, ein Befehl.

Und Karl kroch aus seinem Zelt, presste sich die Wachspfropfen so tief wie möglich in seine Gehörgänge und kam seiner Mutter entgegen, wissend um die Unausweichlichkeit seiner Situation. Kein Entkommen.

Diesmal ging es nicht um das obligate Spiel, diesmal ging es um etwas anderes, diesmal war, wie ansonsten jeden Donnerstag, Dr. Albrecht Hofstätter nicht aufgetaucht, und diesmal würde Charlotte ihrem Sohn nicht zugestehen, sich fernzuhalten.

Mit hängenden Armen stellte sich Karl Heidemann vor den Stiegenaufgang.

»Du wartest schon auf mich! Ach wie schön!«

Dann ging es hinaus. Allerdings nicht ins Freie.

»Wir machen etwas, an das du dich sicher nicht erinnern kannst, so lange ist es her, okay? Dann gehört uns dieses Erlebnis ganz allein, nur uns zweien.«

Zögerlich folgte Karl seiner Mutter in die Garage.

»Du wirst sehen, wie eine kuschelige Höhle ist es da drinnen. Das muss dir doch gefallen.«
Charlotte, eine Flasche Wein in ihrer Hand, öffnete die Tür, ließ Karl auf die Rückbank steigen. Um davonzulaufen war es zu spät.
Völlig unbeachtet ließ Charlotte, erstmals mit ihrem Kind an der Seite, Jettenbrunn hinter sich.
»Wir machen doch nur einen Ausflug«, wurde Karl, der unter stillen Tränen seine Hände an die Ohren presste, Trost zugedacht.
»Also kein Grund zu weinen.«
Eine Melodie wurde angestimmt:

*»Ri ra rutsch,*
*wir fahren mit der Kutsch!*
*Wir fahren über Stock und Stein,*
*da bricht das Pferdchen sich ein Bein.*
*Ri ra rutsch,*
*es ist nichts mit der Kutsch!«*

Immer wieder die erste Strophe, immer wieder dieselbe gezwungene Fröhlichkeit, immer wieder kurz unterbrochen von einem Aufschluchzen, einem Wiederholen: »Bricht sich ein Bein!«, einem Auflachen, einem Lauterwerden »Ri ra rutsch, es ist nichts mit der Kutsch. Hörst du, Karl, es ist nichts.« Immer mehr sank Karl in sich zusammen, spürte die Bedrohung, spürte die Ungewissheit des Bevorstehenden. Alles war möglich. Unter ihm das Brummen des Wagens. Vor ihm der mütterliche Gesang, die beschlagenen Scheiben, das messerscharfe Zischen der Lüftung, als würde er abstürzen, freier Fall. Über ihm der auf das Blechdach prasselnde Regen.
Was Charlotte wie ein Trommeln schien, käme für Karl, hätte er Derartiges jemals schon hören müssen, einem stetigen Maschinengewehrfeuer gleich.

Weit über die erlaubte Geschwindigkeit hinaus wurde der Wagen gelenkt, unruhig, durch mächtige Wasserlachen, vorbei an dröhnend dahinrollenden Lastwagen. Einzig mit sich beschäftigt schien Charlotte, trank, flüsterte, glasig ihre Augen, zittrig ihre Hand. Zum ersten Mal in seinem Leben verspürte Karl wissentlich ein Gefühl der Angst, gepaart mit einer noch nie da gewesenen Übelkeit. Ziel- und endlos schien die Fahrt. Beides ein Irrtum.

# 12 *Die Erlösung*

Von der Bundesstraße bog das Fahrzeug auf einen Forstweg, und Karl übergab sich. Ein Auswurf wie der Vorbote dessen, was noch kommen sollte.

»Mein Schatz, um Gottes willen!«, die mütterliche Sorge. »Wir sind schon da. Und dann machen wir das weg.«

Neben einem matschigen, in ein dichtes Waldstück hineinführenden Weg wurde angehalten, die Tür geöffnet. Ohne zu zögern, schlüpfte Karl an seiner Mutter vorbei, sprang ins Freie, die Kleidung voll Erbrochenem, den Kopf wie ausgehöhlt vor Schmerz.

Als wäre es ein senkrechtes Strahlen, so schoss der Regen auf ihn herab, scharf, brennend, warm. Regen, den er zwar gehört, aber niemals zuvor zu spüren bekommen hatte. Neugierig reckte er sein Gesicht empor, die Augen geschlossen, die Wangen, die Stirn, die Haut wie das gespannte Fell einer Trommel, in ihm ein einziges Lärmen. Und doch war da mehr, war dieses Gefühl des Umspültwerdens, ein wohliges, reinigendes, als hätte der Regen Kräfte, die weit über die Äußerlichkeiten hinaus etwas fortzuschwemmen, wegzuwaschen imstande sind.

Hinein in den Wald ging es, bis die dichten Tannenreihen lichter wurden und das Gemäuer der Marienkapelle zum Vor-

schein kam. Dahinter die vom aufprallenden Regen sich wild kräuselnde Oberfläche des Jettenbrunner Weihers.
»Hier hab ich deinen Vater geheiratet. Genau hier warst du doch immer mit ihm, oder? Und jetzt sind es wir. Wir beide.«
Einladend das Dach der Kapelle und dennoch: Kein Unterstellen.
Zielstrebig trat Charlotte ans Ufer: »Karl, weißt du, was ich wirklich möchte, heute an meinem Geburtstag?«, flüsternd die Worte, sanft: »Etwas, das sich jede Mutter wünscht. Was glaubst du, könnte das sein?«
Sie griff nach seiner Hand, und Karl ließ es zu, stand regungslos im Kies des Ufers, den Blick zu Boden gerichtet. Schlamm, der sich zwischen die Bänder seiner Sandalen presste, Hand, die seine Finger umschloss, fester nun, auffordernd.
»Dass du mich liebhast, wünsch ich mir. Und: Hast du mich lieb? Ja?«
Langsam sank seine Mutter auf die Knie. Scharf der aus ihrem Mund strömende Geruch. »Dann zeig es mir und sag es.«
Leere verspürte er in sich, Taubheit, alles Empfinden auf seine Füße konzentriert, an denen das Wasser heraufgekrochen kam bis zu den Knöcheln.
»Sag es, Karl!«, flüsterte Charlotte. »Ein einziges Mal! Mama. Sag es!«
Nur Karl schwieg.
Charlotte erhob sich, streifte, bis sie völlig entblößt vor ihm stand, langsam ihre Kleider ab: »So warm ist der Weiher, der Regen, spürst du es, von oben und von unten. Lass uns schwimmen gehen. Ich halt dich fest. Dir kann nichts passieren!«
Dann trat sie ins Wasser.
»Komm.«
Doch Karl kam nicht, sprach nicht, sah nur zu, sah seine Mutter einen Fuß vor den anderen setzen, sah sie bis zu ihren Hüften in den Weiher hineinwaten, sich umdrehen und ihm

zurufen: »Sag es, Karl. Sag Mama. Nur dieses eine Wort. Sag mir durch dieses eine Wort, dass du mich liebhast. Mehr will ich nicht. Oder willst du, dass ich weitergehe? Willst du …«, sie unterbrach kurz, umfasste mit den Händen ihre Schultern, als würde sie sich selbst umarmen, wärmen wollen, und setzte mit leiser Stimme fort: » … , dass ich gehe? Willst du das? Sag es, Karl: Mama.

Sag es!«

Und nun brach es erneut aus Karl heraus. Ähnlich wie zuvor auf der Rückbank war es ein Übergeben, und doch kam es aus einem gänzlich anderen Impuls. Wie ein Würgen fühlte es sich an, dieses erste jemals gesprochene Wort, als ob es im Halse steckte und herausmüsste, unaufhaltbar. Ein Wort, einst von seinem Vater gesprochen, genau hier, am Ufer des Weihers. Karls erste Schritte, Johanns Freude. Freude über die von diesem Tag an eingeschlagene Route Richtung Freiheit.

»Sag es!«, brüllte ihm Charlotte nun entgegen.

Dann sprach er.

Klar klang seine Stimme, tief für sein junges Alter. Laut und unmissverständlich schnitt jeder Buchstabe schonungslos seine Schneise durch den Regen.

»Geh.«

Beharrlich und schwer wie eine der dunklen Wolken verharrte dieses eine Wort über dem See, als wollte es sichergehen, in seiner ganzen Tragweite verstanden zu werden.

Charlotte hingegen blieb nicht stehen.

Jede Regung verschwand aus ihrem Gesicht, während sie rückwärts, ihrem Sohn entgegenblickend, einen Fuß hinter den anderen setzte, so lange, bis langsam ihre Brust, ihre Schultern, ihr Kinn, ihr Mund, ihre bis zum letzten Moment wartenden Augen unter der Oberfläche verschwanden. Nur es kam nichts mehr, kein »Bleib«, kein »Mama, bitte«, kein rettendes Hineinstürzen, nichts.

Alles schien eins zu sein, unmöglich auszunehmen, wo das

herabfallende Wasser herkam, die Wolken aufhörten, der Himmel anfing. Und inmitten dieses trüben Schleiers, dieses unbändigen Hämmerns, stand Karl Heidemann, blickte über die leer gewordene Oberfläche und schwieg.

Lange noch verharrte er im weichen Uferkies des Jettenbrunner Weihers, versteinert fast. Wie soll ein Mensch, so sein Fragen, dermaßen lange mit nur einem Atemzug ausharren können?
Mehrmals hatte er versucht, den Atem anzuhalten, seinen Blick, seine Sinne auf das Wasser gerichtet. Warten. Auf den Moment, bis auch seine Mutter endlich nach Luft schnappen, wieder auftauchen, zu ihm heraussteigen würde. Nur sie kam nicht.
Karl wusste keine Erklärung.
Er wusste nur, dass es gut war.
Wohin auch immer Charlotte nun hatte fortmüssen, die einzigen beiden Wünsche, die Karl in sich verspürte, waren: Dort, wo sie ist, möge sie auch bleiben, und es möge ihr wohl ergehen. So wie ihm, der nichtsahnend, was Sterben bedeutet, keinerlei Verlassenheit, Traurigkeit empfand.
Nur Frieden. Frieden, durchströmt von einem für ihn noch nie da gewesenen Zustand innerer Ruhe.

Da hatte hoch über der dicht geschlossenen Wolkendecke die Sonne bereits ihren Zenit erreicht, stand Karl immer noch dort. Auch als die graue Wand sich lichtete und wärmende Strahlen auf seinen nassen, aufgedunsen blassen, zittrigen Körper trafen.
Auch als sein Vater des Geburtstags wegen früher als sonst zu Hause ein-, aber niemanden antraf. Nur Chaos, nur die darin inmitten des Esstisches liegende männliche Armbanduhr. Nicht seine, und doch wusste er die Herkunft.
Verzweifelt sein Hetzen von Haus zu Haus, das Rufen nach

seiner Frau. Nur keiner der Jettenbrunner konnte weiterhelfen. Auch als ein kleiner Suchtrupp zusammengestellt wurde. Karl stand immer noch dort.
Auch als der an den Waldrand geparkte Wagen und schließlich Karl selbst entdeckt wurde, vor ihm das ruhig im Sonnenlicht schimmernde Gewässer, neben ihm die verwaist im Kies liegende Kleidung seiner Mutter. Laut der Ton des Vaters, verzweifelt: »Wo ist Mama?«
Langsam hob Karl seinen gestreckten Arm in Richtung Mitte des Weihers und bekam einen ersten Eindruck davon, was Sterben bedeutet: Entsetzen, Verzweiflung, Schmerz.
Laut wurde es, hektisch. Karl sank zu Boden, wie gepeinigt, das Gesicht verzerrt, die Handflächen gegen die Ohren gepresst. Sein Vater stürmte los, an ihm vorbei, brüllend, »Nein!«, langgezogen, voll düsterer Vorahnung. Dahinter der Postwirt Hubert Oberwaldner, der Mechaniker Gerwald Lamprecht, zwei weitere Herren, sie alle schwammen hinaus, tauchten unter, immer wieder, klar war das Wasser, dann nahm der Schrecken die Umgebung in Beschlag.
Die wenigen anwesenden Menschen schlugen die Hände vor ihre Gesichter, manche brachen in Tränen aus, während Johann Heidemann triefend nass mit seiner nackten, leblosen Frau in den Armen, als würde er sie über die Schwelle tragen wollen, aus dem Wasser kam, Charlotte in den Kies legte und vor ihr auf die Knie sank.
Zugeschnürt Karls Kehle. Alles, was er in diesem Augenblick mit Bitterkeit, mit Sorge vor Augen hatte, war die Tatsache der Rückkehr seiner Mutter. Wieder da, sie war wieder da, alles war wieder da: Seine Schuldgefühle, die eigene tatenlose, stumme und dennoch so viel Leid verursachende Existenz betreffend, seine Angst vor Bedrängnis, Nötigung, sein Fluchtinstinkt. Weg, nur weg, so sein erster Impuls. Dann aber sah er es, sah Charlottes regungslosen Körper, das schneeweiße, so entlastete Gesicht, ihre Atemlosigkeit.

Seltsam ruhig war es geworden, keiner der Anwesenden wagte ein Wort, eine Bewegung. Rundum nur Erstarrung. Was immer auch zwischen Charlotte Heidemanns Weg ins Wasser hinein und aus dem Wasser heraus geschehen war, Karl konnte den Blick von seiner Mutter nicht mehr lösen, gebannt von dieser stattgefundenen, unbekannten Verwandlung. Wie weggespült sein Wunsch nach Distanz.
Langsam setzte er sich in Bewegung, auf sie zu.
»Bringt den Jungen ins Dorf, er soll das nicht sehen!«, hörte er aus dem Hintergrund, entriss seinen Oberarm der fremden, nach ihm fassenden Hand, kniete sich neben seinen Vater, ergriffen von der Schönheit seiner Mutter, ihrem alles in Beschlag nehmenden Frieden. Karl Heidemann schien es fast, als würde sie nun zärtlich die Hand nach ihm strecken, versöhnlich sagen wollen: »Ach, mein Kind, sieh nur, alles ist gut, nun bin ich bei dir.«
Endlich war sie zur Ruhe gekommen, genauso, wie Dr. Hofstätter es ihr an diesem Morgen noch gewünscht hatte.
Erlöst sah sie aus, von ihrem eigenen Leid, von der Marter des Lebens. Erlöst durch etwas Unsichtbares von offenbar gewaltiger Natur. Etwas, dem seine Mutter aus freiem Willen entgegengegangen war, als wüsste sie von der bevorstehenden Verzauberung. Etwas, das sie in kurzer Zeit zu jemand hatte werden lassen, für den Karl mit einem Schlag imstande war, ein für ihn bisher nie da gewesenes Maß an Zuneigung zu empfinden. Liebe. Nach all den Jahren.
Nur welche Macht, welche Kraft konnte so stark, so versöhnlich sein, konnte all die Marter mit einem einzigen Schlag beenden? In einem einzigen kurzen Augenblick?
Karl wusste es nicht.
Und wie er da kniend neben dem Weiher diesen unendlichen Frieden in sich spürte, diese Versöhnung, schälte sich aus all den vielen kurzen Sätzen, Aphorismen, die er so oft schon grübelnd, nichtsahnend in seinen Büchern gelesen hatte, ei-

ner heraus, wie ein Flüstern, und füllte sich mit Bedeutung, mit Sinn.

*In einem Augenblick gewährt die Liebe,*
*was Mühe kaum in langer Zeit erreicht.*[2]

Liebe. Ist es das?
Hat sie seine Mutter erlöst?
Behutsam strich Karl Heidemann das nasse Haar aus Charlottes Gesicht, lautlos weinend, glücklich.
Neugierig.
Und nichts hätte verheerender sein können.

[2] Johann Wolfgang von Goethe

# 13 *Der Friedhof*

Als wäre Jettenbrunn in ein bleiernes Schwarz getunkt, so verliefen die diesem Ereignis folgenden Frühsommertage. Gebückt vom gnadenlosen langen Atem des schlechten Gewissens schlichen die Einwohner durch die Gegend. Zwar hinterlegte man aus lauter Reue zu empathischen Höchstleistungen getrieben sowohl büschelweise Blumen ans Ufer des Weihers als auch Körbe voll Nahrung vor das Haus Heidemann, dennoch: Keine noch so große floristische Überreizung, keine noch so schmackhafte Mahlzeit, konnte all das Versäumte der letzten Jahre, die vielen unterlassenen Hilfeleistungen den Heidemanns gegenüber ungeschehen machen. Eine Tatsache, die der in Stein gemeißelten Vergangenheit zwar ohnedies zu eigen ist, nur wenn ein Mensch endgültig die Reihen seiner Mitbürger verlässt, entzieht er diesen Hinterbliebenen auch den Selbstbetrug der Möglichkeitsform: Nichts könnte mehr, auch wenn es gewollt werden würde.

Charlotte Heidemann wurde, noch mit dem Einsetzen des Abendrots ihres Geburtstags- und Todestages zugleich, den letzten irdischen Wegen übergeben und keine zweiundsiebzig Stunden später beerdigt.

Farbenfroh strahlten die Kränze, die Blumenbuketts, und derer gab es reichlich, denn ebenso wie das schlechte Gewissen einen langen Atem hat, hat es eine großzügige Hand. In geschwungenen Lettern stand auf den Schleifen, was den Jettenbrunnern nun, wo Charlotte tot war, so sehr auf ihren Herzen brannte: »Innige letzte Grüße«, »In ewiger Liebe«, »In aufrichtiger Freundschaft« und vieles mehr. Und all dies rief in Johann Heidemann, der den in seinem Rollstuhl sitzenden Alois Daxberger vor sich herschob, nichts als Groll, Übelkeit hervor. Wäre es ihm möglich gewesen, er hätte auf jeden einzelnen der in seinem Schlepptau marschierenden, blank polierten schwarzen Schuhe gespien, Heuchler, Verweigerer, Herzlose – und die Reihe war lang, sehr lang.
Unmittelbar hinter ihm Gertraud und Heinrich Auböck, Charlottes Eltern. Noch in den Abendstunden des Geburts- und Todestages ihrer Tochter waren sie nach Jettenbrunn angereist, sofort an das Ufer des Weihers gefahren, hatten dort ausgeharrt, als würden sie die Widerkehr ihrer Tochter erhoffen, hatten im Hause Heidemann ihrem Schmerz freien Lauf lassen, tränenreich Johann verhört, ihn im Affekt des Wegweisens Richtung Untergang bezichtigt. Und Johann war ruhig geblieben, wissend um den wohl größtmöglichen in diesem Leben erleidbaren Verlust: den des eigenen Kindes. Wie auf Schienen, leblos fast, absolvierten seine Schwiegereltern nun diese harte Prüfung, dieses letzte Begleiten den Kiesweg entlang, weiße Tulpen in Händen, Ausdruck niemals enden wollender Liebe. Keine Blasmusik, kein Vorbeter, kein lauter Einklang eines kollektiv in die Luft geschmetterten Rosenkranzes waren zu hören, nur ein ganzes, diesen Kiesweg abschreitendes, schweigsames Dorf.
Alles entsprach den von Johann geäußerten Bitten. Und selbst wenn er dies nicht erbeten hätte, den Trauergästen war nicht nach Gesang, Getröte, Geschwatze zumute. Etwas zog sie in ihren Bann, schnürte ihre Kehlen zu. Denn an der Spitze des

Trauerzuges, Seite an Seite mit seinem Vater, trat erstmals in aller Öffentlichkeit die Personifizierung des Jettenbrunner schlechten Gewissens in Erscheinung: Karl Heidemann.
Mächtig wirkte er für sein Alter. Zu schwer. Viel zu schwer. Das bereits vor Jahren überfettete Kind hatte sich zu einem bemitleidenswerten und zugleich abstoßenden Koloss entwickelt. Da war kein Hals zu sehen, kein Ansatz eines Knochens, nicht an den Finger-, Hand-, Fußgelenken.
Hoffnungslos zu klein der ihn umhüllende, wie ein praller Schlauch gespannte schwarze Anzug. Zu kurz die Hose. Weiße Socken ragten aus polierten schwarzen Schuhen und gruben mit ihrem engen Bund rötlich gerippte Furchen in die geschwollenen Beine. Zartrosa, speckig glänzten Karls in die Gehörgänge gepressten Wachspfropfen und hoben sich dennoch unübersehbar von der Blässe seiner Haut ab. Es schien, sein mit blondem, kurzem Haar bedeckter runder Kopf würde nur aus diesen beiden Farbtupfern und den zwei alles einvernehmenden, zwischen engen Sehschlitzen herausschimmernden schwarzen Augen bestehen.
Ohne auch nur einen einzigen der versammelten Jettenbrunner zu beachten, war sein Blick zu Boden gerichtet. Als wäre nichts um ihn herum. Nichts, außer der vor seinen Füßen auf einem hölzernen Wagen den Kiesweg entlanggezogene, von Kränzen flankierte Sarg.
Dabei blieb es nicht. Kurz ging ein Getuschel durch die Reihen. Auf samtenen Sohlen sprang, den Kondukt begleitend, die schwarz-weiß gefleckte Katze der alten Lebensmittelhändlerin Adele Konrad von Grabstein zu Grabstein, huschte an ihrer Besitzerin vorbei, weiter bis an die Spitze des Aufmarsches und schob sich zärtlich zwischen die Füße des für sie fremden Jungen. Karl musste anhalten, um nicht zu Fall zu kommen. Ein kurzes Auflaufen hinter ihm, dann stand ganz Jettenbrunn still. Nur vereinzelt ein Räuspern, schließlich das Ausscheren der alten Adele Konrad: »Her da, her zu mir!«

Doch die Katze kam nicht, zog weiter an die weichen Knöcheln des Karl Heidemann geschmiegt ihre Kreise. So lange, bis sie von Adele Konrad, unter den liebevollen Blicken des Alois Daxberger, hochgenommen wurde. Alois und Adele, beide alt, einander nahe nun hinter dem Sarg einer jungen Frau. Und sie sahen sich an. Blicke, die sich trafen, die schon ein Leben lang ineinander verschlungen waren, stumm, heimlich, fragend, flehend fast, und die doch die ersehnten Arme, die leibhaftig dazugehörigen Körper nicht mitzuziehen vermochten. Ein Mysterium, der Mensch, ein Gefangener seines Kopfes, ein Opfer seines Handelns, des verabsäumten, des vollzogenen.
Adele Konrad wandte sich dem Jungen zu, die Katze in ihren Händen. »Willst du sie tragen?«
Karl verstand nicht, da wurde ihm das pelzige Etwas bereits an den Körper gepresst. Warm, weich, nahe. Wie versteinert seine Haltung, heftige Bewegung hingegen in seinen Augen, links, rechts, ein hilfloses Suchen. Berührung in dieser Form war ihm nicht erinnerlich. Wann hatte er zuletzt den Körper eines anderen Lebewesens so nahe bei sich? Wann hatte ihn zuletzt jemand in den Arm genommen?
Die Spaziergänge zum Weiher kamen ihm verschwommen in den Sinn. Er und sein Vater. Nur wie lange war das schon her? Als liefe ein lauter, aber dennoch besänftigender Motor in seinem Zentrum, begann ihn das Schnurren der Katze zu erfassen, nahm ihm einen Moment seine für niemanden ersichtliche, große innere Spannung.
»Wir sollten es zu Ende bringen!«
Ein sanftes, väterliches Anstupsen, ein Fallenlassen der Besucherin, ein Weitergehen an der Spitze eines Dorfes, dessen Hauptinteresse unübersehbar an ihm hing, distanziert, forschend. Er, der von alldem hier nichts verstand, sich nicht erklären konnte, warum so etwas Wunderbares wie der Tod ein solches in Schwärze und Düsternis getunktes Gebaren hervorrief.

»… so bitter vom Schicksal getroffen …«,
»… so früh von uns gegangen …«,
»… so lebenslustig wie sie einst warst, wollen wir unsere Charlotte in Erinnerung bewahren«, klang es schließlich vor dem offenen Grab aus priesterlichem Mund durch die Reihen der lebenden und toten Jettenbrunner.

Gepflegte Gräber und ein gepflegter Ärger, denn Johann Heidemann wusste sehr genau, wen der Pater hier als das seiner Frau widerfahrene, so bittere Schicksal gemeint hatte. Jeder hier wusste es, auch Karl selbst. Wie einen Schutzmantel spürte er die Hand des Vaters auf seinen Schultern, wie ein Joch die Blicke der anderen.

Blicke, die es am Ende zu erwidern galt.

# 14 *Erde zu Erde*

Mit einem Schäufelchen voll Erde trat man zuerst vor die Grube, tauschte dieses nach Entleerung gegen einen Ausdruck des Mitgefühls, ging zu Charlottes Eltern, »Herzliches Beileid«, ging vorbei an den in seinem Rollstuhl sitzenden Alois Daxberger, »Alois«, ging weiter zu Charlottes Ehemann, »Unsere Anteilnahme, Hans«, und schließlich zu Charlottes Sohn. Karl Heidemann war, bevor in der Gaststube des Postwirtes der erhoffte Leichenschmaus kredenzt werden würde, die letzte abzuschreitende Station. Und sie verdarb den hungrigen Jettenbrunner Mägen gehörig den Appetit.

Unbeirrt und regungslos sah der Junge jedem einzelnen der Trauergäste in die Augen, als wollte und könnte er auch noch tiefer hineindringen, hinter den Blick, dorthin, wo Gedanken nicht dazu gedacht sind, jemals ausgesprochen zu werden. Er hielt deren Hände, spürte deren Aufregung, hörte deren Unsicherheit, und bei jedem dieser Gesichter dachte er, wie schön es wohl aussähe, hätte der Tod darin seine Handschrift hinterlassen. Verlegen wurden die Köpfe gesenkt, Sätze voll Sinnlosigkeit verloren:

»Groß bist du geworden!«, so der Postwirt Hubert Oberwaldner, »Du machst das ganz, ganz tapfer!«, so seine Frau Hedwig. »Deine Mama ist sicher stolz und wird jetzt auf dich aufpassen, da bin ich sicher!«, so Adele Konrad, »Wirst dem Papa eine große Hilfe sein, gell!«, so der Mechaniker Gerwald Lamprecht.

»Ich wünschte, ich könnte, ich könnte noch einmal zu ihr, so vieles klären, so, so. Es, es ...!«, so seine Frau Veronika, ein Schatten ihrer selbst, » ... es tut mir so leid, so unendlich leid!«, und froh war Karl über jede dieser Äußerungen, sog sie auf, studierte die dazugehörigen Gesichter, ordnete sie den in seinem Inneren abgespeicherten Klängen, Körperhaltungen zu. Nun endlich nahmen Stimmen, die er bereits aus dem Kellergeschoss heraus gehört hatte, nahmen die im Geist geformten Figuren reale Gestalt an.

Und Karl hätte lachen können über die Deckungsgleichheit der Wirklichkeit mit seiner Vorstellungskraft. Denn keinem dieser Menschen, nicht einmal jenen, die ihn gelegentlich von oben herab begafft hatten, war er je zuvor begegnet. Bis auf eine Ausnahme.

Und diese war nun im Anmarsch.

Vor Johann Heidemann war er gerade getreten, nahm ihn vertrauenerweckend sogar kurz in den Arm. Ein Klopfen auf die hängenden Schultern, ein Äußern des Mitgefühls: »Schlimme Geschichte. Mein Beileid, Hans!« Kein nervöses Gezappel, kein erhöhter Pulsschlag, kein schneller Atem, kein beschleunigtes Sprechen, nichts war, wie bei all den anderen, nun bei ihm zu spüren. Ungerührtheit. Als stünde Dr. Albrecht Hofstätter nicht vor dem Grab einer ihm nahen Person, nicht vor dem dazugehörigen Witwer, sondern vor einer Säule, einem Randstein. Vorhanden zwar, und doch übersehen.

»Wenn du mich brauchst, ich werde da sein!«

Die Erwiderung blieb aus, matt der Blick, gebrochen Johanns Haltung. Eine seiner Hände in der Hosentasche, zur Faust geballt, als würde sie etwas umklammern. Karl stand daneben, schloss die Augen, konnte es spüren, das Tosen im Inneren seines wortlosen Vaters. Und auch in ihm stieg etwas hoch. Unbenennbar. Trieb ihm Feuchtigkeit in die Augen, Röte ins Gesicht, spannte seinen Körper, lastete wie ein Stein auf seiner Brust. Enge, beginnend in der Magengruppe bis hinauf in den Hals. Als wäre der Schmerz des Vaters in seinen Körper geschlichen und wollte nun heraus.

»Sie war so ein guter Mensch«, vernahm er noch zu seiner Rechten. Dann ein Weiter, zum Nächsten, Letzten in der Reihe.

»Guter Mensch«, klang es in Karl nach, während der Arzt zu ihm kam, sich herabbeugte, mit der Linken über seinen gesenkten Kopf strich, die Rechte zum Gruß reichte.

Tief, besänftigend der Ton, hart, knöchern die Hand, kalt.

»Tut mir so leid, mein Junge. Aber lass dir sagen: Sie wird dich immer liebhaben. Hörst du? Ein Kind bleibt im Herzen der Mutter auf ewig. Liebe vergeht nicht.«

Worte, die Karl erreichten, tief in ihn eindrangen.

Ein Kind bleibt im Herzen der Mutter auf ewig.

Karl vermied zuerst den Blickkontakt, nur auf das Fühlen konzentriert, auf diese unfassbare Gelassenheit seines Gegenübers. Verkrampft hingegen sein eigener Körper.

»Wirst sehen, ihr beide, du und dein Papa, ihr schafft das.«

Da wollte der Arzt den Händedruck schon lösen, spannten sich mit aller Kraft die kindlichen Finger wie ein Schraubstock.

»Bist du aber ein starker Junge!«

Verniedlichend der Tonfall, als läge in dem kleinen Kraftakt nichts weiter als ein spielerisch protziges: »Schau mal, was ich kann!« Nur konnte von Spiel nicht die Rede sein. Viel eher von Vorspiel. Etwas in Karl drängte danach, sich unüberhörbar auswärtszustülpen. Seine Nasenflügel aufgebläht, langgezogener, geräuschvoller sein Atem, es folgte das Öffnen des Mundes, ein noch tonloses, stoßartiges Auspusten, ein Luftholen und schließlich ein Ächzen.

»Karl, was ist mit dir?«, wandte sich Johann seinem Jungen

zu. Der aber umklammerte weiter die Hofstätter-Hand, hob langsam sein Kinn und nahm die hellen Hofstätter-Augen ins Visier. Feuerrot vor Kraftanspannung dabei sein Kopf. Langgezogen, tief sein Stöhnen, nur drei, vier Atemzüge lang. Ein Stöhnen, genauso, wie es immer zu hören war, wenn seiner Mutter ärztliche Behandlung zuteilwurde.
Sinnlos das Unterfangen der Gegenseite, äußerlich möglichst ruhig, gefasst wirken zu wollen. Karl konnte den inneren Aufruhr, die plötzliche Getriebenheit spüren.
»Ich nehme an, er steht unter Schock! Wer kann es ihm verübeln?«, flüsterte der Arzt, wissend um die ihm zugedachte Botschaft, unwissend um die Folgen.
Ruhig war es wieder geworden. Schneller als sonst noch Karls Atem, gesenkt nun sein Kopf. Erstmals war für ihn spürbar, was Unrecht bedeutet. Spürbar in einer seinem Willen vorauseilenden körperlichen Reaktion. Zorn.
»Alles in Ordnung, mein Junge? Gott sei Dank. Und du, Hans, bitte, wenn du mich brauchst, du weißt, wo du mich findest! Jederzeit.«
Und Johann Heidemann gab eine unmissverständliche Antwort.
»Zeit?« Dabei nahm er die zur Faust geballte Hand aus seiner Hosentasche und streckte sie geöffnet Dr. Hofstätter entgegen.
»Meine Uhr, wo, wo hast du sie her?«
»Du weißt es, und ich weiß es. Und ich weiß, wo ich dich finde.«
Verunsicherung im Blick des Arztes. Dann sein Davongehen. Niemand mehr dahinter.
Der Friedhof beinah wieder ein von Lebenden verlassener stiller, gepflegter Garten. Nur noch Karl, sein Vater, seine Großeltern und Alois Daxberger vor Charlottes offenem Grab. Seite an Seite.
»Warum?«, das leise Flüstern der Oma Auböck. »Warum nicht ich?«

»Jetzt geht es ihr gut!« Der Griff des Ehemanns auf die Schulter seiner gebrochenen Frau.
»Das tut es«, so Alois Daxberger.
»Ja, das tut es«, fügte auch Johann hinzu.
Und all das, was Karl in sich schon wusste, hörte er nun bestätigt, gedacht als Worte des Trostes, der Zuversicht, und dennoch verstand er, wo es Charlotte doch nun gutgehen sollte, all die Tränen nicht, die gebeugten Häupter. Warum kein Freuen, warum kein Dankesagen für den so gütigen Akt der Erlösung? Sie ist Fluch und Segen zugleich, die Freiheit der Deutungshoheit des Einzelnen über das Erlebte.

Und während Karl Heidemann seinen Gedanken nachhing, während er Oma und Opa Auböck den Postwirt ansteuern sah, vor dessen Eingang einige der Trauergäste ihre Köpfe zusammensteckten, wurde es laut in seinen Ohren, brach das Schweigen der Jettenbrunner auf. Zusammengesteckte Köpfe, die dachten, weit genug entfernt und darum unter sich zu sein:
»Habt ihr den Jungen gesehen?«
»Erschütternd, oder?«
»Was?«
»Fett wie das Mastschwein vom Oberwaldner.«
»Sag nicht so was! Arm ist der Bub, kann sich ja kaum noch rühren.«
»Aber der Hans ist auch arm, so ganz allein mit dem Kind.«
»Wenn ich der Hans wäre, ich würd ihn in ein Heim stecken!«
»Ruhe jetzt, der Junge sieht herüber!«
»Ja und? Kann er Lippen lesen oder was?«
»Aber er schaut nicht freundlich.«
»Seine Mutter wurde begraben, kannst du mir erklären, wie er da ein Lächeln zusammenbringen soll?«
»Kannst du mir erklären, wie er überhaupt mit diesem aufgeschwollenen Gesicht ein Lächeln zusammenbringen soll?«
Gekicher.

»Unmöglich, einem Kind so etwas anzutun! Gezeichnet fürs Leben. Wie trächtige Säue müssen fette Kinder die Trägheit der Eltern austragen, wie …«

»Lasst es gut sein! Ihr wisst nicht, vielleicht ist er krank, vielleicht …«

»Dann grüßen wir ihn.«

»Vielleicht ist er nicht nur stumm, sondern auch noch schwerhörig?«

»Dann winken wir ihm.«

Also wurde ein Gruß signalisiert.

Doch Karls Hand blieb regungslos, ebenso sein Gesicht. Kein Lächeln, todernst sein weiterhin auf die Menschen gerichteter Blick, nur ein leichtes Zur-Seite-Neigen des Kopfes, wie ein Hinterfragen, ein Verniedlichen, als würde eine fremde Lebensform seine leichte Beute mustern.

»Verdammt, ist das unheimlich. Lasst uns reingehen!«

Sofort nahm jedes Geschwätz ein Ende, verschwanden die Menschen in der Gaststube des Postwirts, wurde es ruhig in Jettenbrunn. Nur eine Kopfbewegung, so wenig also an Handlung, das so viel bewirkt. Leer nun die Straße. Angenehm leer. Karl musste an seine Mutter denken, ihr Betreten des Weihers, ihr Verschwinden, ihre Widerkehr, so schön, so friedlich.

›Es geht ihr gut! Es geht ihr also gut.‹

Tod, du liebender, guter Hirte.

*Wo ich Liebe sehe, ist's immer, als wär ich im Himmel.*[3]

Was war in den Tiefen des Weihers geschehen? Welche Schleuse hat ein Mensch zu durchschreiten, um von da nach dort, um von der Erde in den Himmel zu gelangen? Karl wusste es nicht. Und dort, wo sein Leben bisher stattgefunden hatte, würde er es auch niemals erfahren können.

[3] Johann Wolfgang von Goethe

»Komm, mein Junge«, der väterlich behütende Griff auf die kindlichen Schultern.
»Ja, aber nicht dort hinunter«, der Einwand des alten Daxberger. »Was meinst du, Karl, wir zwei sparen uns den Wirbel drüben im Wirtshaus! Oder? Komm, schieb an, ab nach Hause, der Tag war hart genug.«
Ein Tag, der im Hause Heidemann nicht nur eine Beisetzung bedeutete, sondern auch ein Emporsteigen.
Untergang, Aufgang, Tod und Neugeburt.

# 15 *Die Nacht*

An diesem Abend noch, spät war es bereits geworden, vernahm der pensionierte Dorflehrer Alois Daxberger dank des Leistungsvermögens seines Hörgerätes in weiter Ferne ein seltsames, schauriges Geräusch. Ein Tier vielleicht. Eingeschlafen war er, wie so oft, lesend, in seinem Rollstuhl. Nun aber saß er hellwach vor dem geöffneten Fenster. Irgendetwas ihm Unbekanntes trieb da draußen sein Unwesen.
Menschenleer die Umgebung. Das düstere Prozedere der Bestattung, Finsternis, Untergang, Verlassenheit, hatte die Jettenbrunner, kaum war die Sonne unter ihrem eigenen Abendrot abgetaucht, Zuflucht suchen lassen. Zuflucht in ihren Stuben, Zuflucht in die Gegenwart ihrer Lieben, Zuflucht im Bewusstsein der eigenen Lebendigkeit.

Anders im Hause Heidemann. Dort lag Karl in der Dunkelheit seiner Sauna und konnte wie schon all die Nächte zuvor an nichts anderes denken als an das wunderschöne Antlitz seiner Mutter. Was war mit ihr geschehen?
Welches Wunder war ihr zuteilgeworden?
Unentwegt zogen die Bilder der Ereignisse an ihm vorbei. Beeindruckende Ereignisse, die nicht hier, inmitten seines Kel-

lers, stattgefunden hatten und die dennoch ergründet werden mussten. Unbedingt.
Je vorgerückter die Stunde, umso stärker sein Verlangen, sich aus der einen Tiefe erheben, um in die andere blicken zu können. Nichts dort oben bisher, was seiner Neugierde ausreichend Nahrung gewesen wäre. Vielmehr erging es ihm wie einem Inhaftierten, der in der Abgeschlossenheit seines Umfeldes sein Zuhause gefunden hatte, der entfremdet von der Außenwelt dem Tag seiner Entlassung nur mit Angst entgegenblickt. Damit aber war es nun vorbei. Kein Hindernis mehr, Oma und Opa Auböck endlich abgereist, nur noch da die vielen offenen Fragen.
Ungeduldig lag er in seinem Bett, über sich das Rumoren des Vaters, der in Trauer gefangen unentwegt das Wohnzimmer abschritt wie eine Großkatze ihr Gehege. Karl hörte ihn Selbstgespräche führen, seine zärtlich an Charlotte gerichteten Worte, das ständige Füllen eines Weinglases, sein Seufzen, hörte ihn einige Zeit später den Keller betreten, ein leises, lallendes: »Gute Nacht, mein Junge. Wir schaffen das!« Hörte ihn zwei Türen entfernt taumelnd in das so leer gewordene Ehebett steigen, den immer gleichmäßiger werdenden Atem und endlich das Finden des erlösenden Schlafs.
Nun wurde es Zeit.
Anders als sein Vater fand Karl so gut wie nichts. Zu groß seine Aufregung, zu gefestigt sein Vorhaben.
Verloren wie ein Maulwurf, der beschließt, ans Licht kommen zu wollen, stand er inmitten seiner Habseligkeiten und blickte sich suchend um: Was, außer der Taucherbrille, mitnehmen? Nur von kurzer Dauer seine Zerrissenheit. Spürbar, drängend plötzlich jener Vorsprung, den jede kindliche Unbekümmertheit dem erwachsen gewordenen, alles abwägenden Geist voraus hat: die Handlungsbereitschaft.
So also traf Karl Heidemann eine Entscheidung, die ihm später das für dieses Leben denkbar größte Maß an Freiheit be-

scheren würde: Er ging mit so gut wie leeren Händen, den Blick nach vorne gerichtet, denn alles Notwendige trug er in sich: Seine Neugierde. Seine Erfahrungen.
Lautlos schlich er aus der Sauna hinaus, stieg die Kellertreppe empor, wissend um die Endgültigkeit dieser Schritte, durchquerte das Vorzimmer, öffnete die Tür und trat ins Freie.

Wie ein Schwall brachen die Geräusche der Nacht über ihn herein. Sägend wie von Motoren getrieben das Zirpen der Grillen. Bohrend der Ruf des Käuzchens. Messerscharf aus weiter Ferne das Kreischen des Marders, der Katzen. Wie ein grimmiges Überstülpen, ein Verschlingen das Bellen eines Hundes.
Sternenklar der Himmel. Und los.
Als hätte sich ein Heer aus gigantischen schwarzen Echsen auf den Wiesen und Feldern zur Ruhe gelegt, warfen die Bäume lange Schatten. Und inmitten dieser mächtigen, schlafenden Silhouetten: Bewegung, kugelrund, barfuß.
Mit für seine sperrige Masse ungewohnt flinken Schritten mühte sich Karl durch die Nacht. Oft genug war er diese Strecke schon von seinem Vater getragen worden, und auch wenn es Jahre zurücklag, die Erinnerung grub alles hervor. Er lief und lief. Zum ersten Mal. Nicht über den Teppich, die Fliesen, sondern durch das Gras, die Felder. Grenzenlos, frei und doch gefangen. Gefangen in seiner körperlich bisher nie geforderten, üppigen Hülle. Gedehnte Haut, ausgewölbt, unterfüttert mit reichlich Ballast, schwache Muskeln, Bänder. Enorm der Kraft-, Energieaufwand, nur um einen Schritt vor den anderen zu setzen. Der Leib ein Hindernis. Doch Karl, unbeirrt ein Ziel vor Augen, überwand den Schmerz, ertrug die sich in seine weichen Fußsohlen bohrenden Steine, Hölzer, das Brennen seines Brustkorbes, schleppte sich irgendwann nur noch vorwärts.
Dann war er da. Atemlos, zittrig. Ein Tosen in, ein Ruhen vor sich.

Warten. Er musste warten, lange, bis es auch in ihm wieder ruhig wurde. Warten genau dort, wo er Tage zuvor seiner Mutter hinterhergesehen hatte.
Aufgeladen von der Hitze des Tages strahlte der Jettenbrunner Weiher seinem späten Besucher entgegen, wohlwollend, gastfreundlich.
Schließlich entledigte sich Karl Heidemann seines Schlafanzugs, spannte die Taucherbrille über, setzte ein Bein vor das andere, spürte die Füße im kühlen Schlamm versinken, spürte das Wasser bis in Schulterhöhe an sich emporkriechen und blieb stehen, nur noch auf den einen Atemzug konzentriert, der ihn versinken lassen würde in eine dunkle, fremde Welt.
Ein letztes, langes, tiefes Saugen, dann ein Zurücklegen, aufgeregt, ein Heben der Füße. Wie die hellen Konturen eines im Wasser treibenden Toten strahlte sein blasser, aufgedunsener Körper im zunehmenden Mond,
Anders als stets zu Hause ging es nun abwärts. Keine Begrenzung der Wanne, kein Halt. Karl sank und sank, kippte dabei hilflos zur Seite, bis seine Knie, sein Bauch den schlammigen Grund berührten, sich seine Hände in den Morast stemmten, um wieder hochzukommen. Doch einzig sein Becken stieg empor. Alles war hier anders, stand kopf. Karl ruderte um sich, griff ins Leere und erkannte: Diese Leere ist, wie für den Vogel die Luft, keine Leere, diese Leere bedeutet Bewegung, Antrieb, Rotation. Ruhig betrachtete er seine Arme, hob sie, langsam, streckte sich, blickte in das helle, verschwommene Leuchten des Mondes und vollzog seinen ersten Flügelschlag. Aufwärts.
Lang noch bevor seine Lungen es verlangt hätten, war Karl wieder aufgetaucht, und alles an und in ihm glich einem einzigen Frohlocken. Beglückung, für jedes Getier im Umkreis des Weihers vernehmbar. Denn Karl Heidemann lachte, erstmals in seinem Leben. Laut, frei heraus, mit brüchiger, ungeübter Stimme zwar, und doch mit derart hellem Ton, bis zum

offenen Fenster des alten Alois Daxberger war sein kurzes, schauriges Gekrächze gedrungen.
Dann ließ er sich erneut unter die Oberfläche sinken, wieder und wieder, mit unbändigem Willen und dem Ziel, seinen so frei und leicht gewordenen Körper in diesen neuen Bedingungen beherrschen zu lernen. Und Karl lernte schnell, frei von jeglicher Angst, vertraut in dem Umgang mit Finsternis. Schließlich war er so weit, die Finger schon klamm vor Kälte. Nur ein einziges Mal für diesen heutigen Abend wollte er es versuchen, tauchte ab und verschwand in den Tiefen des Weihers.

Als Johann Heidemann am nächsten Morgen so wie stets einen Blick auf sein schlafendes Kind werfen wollte, kam ihm erstmals der Gedanke, unausweichlich dem Sog des Unheils ausgeliefert zu sein, der Willkür des Teufels. Wie viel an Düsternis müsse er noch erleiden? Karls Bett leer, die Sauna verlassen, im ganzen Keller keine Spur.
Zu verzweifelt, um auch nur ein Wort herauszubringen, stürmte er die Treppe empor, sah die offene Haustür, sah die noch tief über Jettenbrunn hängende Sonne und sank auf die Knie.
Keinen weiteren Verlust könnte er ertragen.
»Guten Morgen, Johann!« Offen das Fenster des Nachbarhauses, dahinter Alois Daxberger.
»Er ist weg, Alois! Karl ist weg! Ich, ich …«
»Ich würd an deiner Stelle, bevor du Alarm schlägst, einen Blick ins Wohnzimmer werfen. Dort brennt seit vier Uhr morgens Licht.«
Und tatsächlich: Der Couchtisch, darauf ein Fotoalbum, aufgeschlagen, Charlotte beim Steigenlassen eines Drachens, daneben das gelbliche Flimmern der kleine Stehlampe, auf dem Teppich darunter feuchte Kleidung, darüber auf dem Sofa: Karl. In Decken gehüllt, zusammengerollt wie ein schlafendes

Hündchen, die Ohren mit Wachs verschlossen. Die Sorge des Vaters, das feuchte Haar, der feuchte Pyjama seines Sohnes könnte von einem Alptraum herrühren: ein Irrtum. Die Hoffnung, Karl könnte von nun an dem Keller den Rücken kehren, allerdings entsprach der Wirklichkeit.

# 16 *Der Aufstieg*

»Bleibst du ein wenig bei mir heroben, mein Junge?«
Ein Nicken.
»Wirklich! Das freut mich. Was meinst du, wollen wir zwei heraufziehen, auch bei Nacht?«
Ein weiteres Nicken.
»Aber auf dem Sofa kannst du nicht schlafen. Ein großer Junge braucht sein eigenes Reich.«
Karls plötzliche Gegenwart wurde seinem Vater zumindest unter Tags ein Wachrütteln, ein Sonnenaufgang, half Gedanken nicht niedergeschlagen rückwärts, sondern voll Zuversicht nach vorne zu richten. Keine vierundzwanzig Stunden nach Charlottes Beerdigung nahm somit im Hause Heidemann ein neues Leben Einzug.
Johann brachte die einst als Kinderzimmer gedachte Bügelkammer zurück in ihren Urzustand, malte auf eine der himmelblau gehaltenen Wandseiten die weißen Umrisse einer Ritterburg, zauberte aus dem für Babys maßgeschneiderten Ambiente das Paradies eines Knaben, erweckte schließlich sein eigenes, ehemaligen Schlafzimmer zum Leben, all dies in dem Glauben, es wäre für längere Zeit.
Karl hingegen war anfangs damit beschäftigt, sich nicht beugen zu lassen von der tatsächlichen Lautstärke all jener Töne

und Geräusche, die er gedämpft schon im Keller hatte hören können, den mannigfaltig neuen Eindrücken Herr zu werden, das ihn Umgebende zu betrachten, Fremde zu erforschen. Sehenden Auges nahm er nun die zur Haushalts- und Lebensführung notwendigen Tätigkeiten mit anderem Bewusstsein wahr. Tätigkeiten, deren Ende wieder ein Anfang war. Die Hände ruhten nie. Leben also bedeutete Hand anlegen, handeln. Menschenhand. Göttin aller Werkzeuge, universell, präzise, schöpferisch.

Abends, wenn Karl in seinem Bett lag, sah er durch den Türspalt seinen Vater Kopfhörer aufsetzen und wurde staunender Zeuge der Funktionsweise des Fernsehers. Hypnotische Kraft. Rattenfänger des Blicks. Darunter bewegte Bilder in Schwarz-Weiß. Alte Filme. Marter des Herzens. Leise das Schluchzen des Vaters, das Surren des Videorecorders. Abspielen, Zurückspulen, Abspielen. Immer wieder dieselbe Stelle: Ein Paar, Johann und Charlotte, jung, glücklich. Picknickdecke auf satter Wiese. Charlotte mädchenhaft, eine Schnur in der Hand, den Blick konzentriert emporgerichtet. Papiervogel, weit oben, in der Luft gehalten durch einen Faden. Drachensteigen. Schweben.

Bilder, die sich in Karl einbrannten, um eines Tages Saatgut zu werden seiner Gedanken. Gedanken, die niemand verstehen sollte.

Wenn Karl nach all den Lebensjahren in seinem Keller besonders eines nicht kannte, dann die Getriebenheit, Hektik, die Haltung, alles sofort haben zu müssen, den Zwang, das Hier zu betreten und einen Gedanken weiter bereits im Dort sein zu sollen. Für ihn war Zeit ein Begriff des Vorhandenseins. Anwesend im Sinne eines Anwesens, eines Gebäudes mit Fundament und Bestand, keiner flüchtigen Notunterkunft.

Dementsprechend gemächlich schlich er die nächsten Tage durch das Haus, durch jeden der Räume. Blieb stehen. Lange.

Nahm die neuen Eindrücke auf, trat ans Fenster vor. Öffnete. Nur ein Insektenschutzgitter zwischen ihm und seiner neuen Welt. Blickte hinaus in die Weite, über die Wälder die Hügelkette entlang, geduldig, wie ein Wächter von den Zinnen einer Festung. Ließ die Sonne an sich vorüberziehen, spürte die ihm bisher so fremde, wohlige Glut auf seiner blassen Haut, das Heraustreten, Verdunsten der Schweißtropfen. Dann erst ging er zum Nächsten und Nächsten und Nächsten, bis er schließlich die nach Jettenbrunn ausgerichtete Seite in Angriff nahm.
»Endlich siehst du, wie schön es draußen ist«, versuchte sich Alois Daxberger mit der Deutung dieses Verhaltens, da war Johann längst wieder in der Stahlfabrik zugange und der Dorflehrer tagsüber aus freien Stücken Teil des Hauses Heidemann geworden. Freunde eben.
Nur Karl hatte kein Auge für das in so prächtigen Farben erblühende Jettenbrunn. Karl hatte einzig ein Auge auf die in einiger Entfernung an diesem herrlichen Tag ihr Dorf belebenden Jettenbrunner, genauer gesagt ein Ohr. Ihnen galt sein ganzes Interesse. Ihnen und ihrem Gerede über Ackerfurchen und Nacktschneckenbekämpfung, Kartoffelkäfer und Grillmarinaden, Rocklängen und Tomatenpflanzen, Schweine und Nachbarn.
Denn so wie jedem der auf Charlottes Grab gelegten Trauerkränzen erging es auch an manchen Stellen dem aufgeblühten Jettenbrunner schlechten Gewissen: es begann zu welken, an Saft zu verlieren, bis anstatt der Blüten nur noch die trockenen Äste und Dornen übrig blieben. So gab es jene, die das Heidemannsche Leid kommentarlos teilten, und jene, die der Frage nachgingen, wer, außer das verteufelte Kind, eine so junge Frau noch unter die Erde gebracht haben könnte, als der zugehörige Gemahl Johann. Welch Kälte nämlich wäre nötig, all die Jahre dem täglichen Verfall des eigenen Eheweibes dermaßen tatenlos zusehen zu können. All das und vieles mehr wurde erörtert.

Und Karl stand im Fenster, das Licht in seinem Gesicht, gewärmt und doch nicht geblendet, zu deutlich klangen die Worte zu ihm herauf – und es wurde ihm derer zu viel.
Nur wohin, zurück in den Keller?
Kein Zurück mehr. Niemals. Also hinaus.
Ein paar Schritte nur vor die Tür, weit genug, um sich ein wenig von der Fassade abzuheben, gesehen zu werden. Dort betrieb er es wie tags zuvor nach dem Begräbnis: Stehen bleiben, regungslos, mit hängenden Armen und versteinerter Miene seine Mitmenschen betrachten.

# 17 *Die Betrachtung*

»Seht nur bei den Heidemanns! Der Junge ist im Freien!«
»Lebt er jetzt, wo seine Mutter tot ist, wieder an der Oberfläche?«
»Das passt. Ewig nichts tun, und zack, ist die Grube zugeschaufelt, kommt in dem Haus alles auf Touren.«
»Was glotzt er uns eigentlich unentwegt an?«
Ausharren, unberührt, sich nicht irritieren lassen. So lange, bis allein die Anwesenheit endlich Wirkung zeigte, Schandmäuler verstummten, verschwanden. Was seiner Mutter zeitlebens ungewollt als schwere Kränkung widerfahren war, empfand Karl als Geschenk, beschwor es mit Absicht herauf. Das übermächtig Wirkende, die Wucht des Lärms, das Wort der Missachtung wurde zum Schweigen gebracht allein durch seine stumme, beharrliche Gegenwärtigkeit, als würde er, um hindurchzukönnen, wie Moses den Stab heben und das Schilfmeer teilen.
Was also war stärker?
Für das Kind Karl Heidemann eine weitere beeindruckende Erfahrung zu all dem, was er ohnedies schon wusste. Wusste, über jeden seiner Mitbürger.
Diese hingegen waren der Überzeugung, der seltsame Junge käme eben von nun an täglich vor die Tür, um ein wenig fri-

sche Luft zu schnappen, sinnlos herumzustehen. Auch daran werde man sich wohl gewöhnen. Ansonsten aber würde er gewiss, wie bisher auch, in seinen vier Wänden bleiben.
Und sie lagen falsch. Völlig falsch.
Die wahrhaftigen Tage des Karl Heidemann nämlich waren die Nächte der Jettenbrunner. Denn wenn es ruhig geworden war, wenn endlich alles schlief, stieg Karl aus seinem Kinderzimmerfenster hinaus in die Finsternis, die Taucherbrille in der Hand, wurde zwar immer geschickter im Durchqueren der Felder, des Waldes, dennoch bedeutete ihm und seiner Behäbigkeit die Strecke bis hin zum Weiher große Mühsal. Kaum eingetaucht aber in die einladende, tiefschwarze Geborgenheit der spiegelglatten Oberfläche, nahm sein Leib eine ungeahnte Geschmeidigkeit an. Ein Körper, zwei Wesenszüge, träge an Land, wendig im Wasser. Pinguin. Wissbegierig sein Suchen. Ein Suchen nach jenem Ort, jenem Geist, jenem wundersamen Kunstgriff, der seine Mutter verzaubert, mit Frieden und Schönheit beschenkt hatte: dem Tod.
Immer selbstverständlicher Karls Bewegungen, immer vertrauter die Tiefe, die Dunkelheit. Eine Dunkelheit, die ihm nichts anhaben konnte, in der er sich zu Hause fühlte, gut zurechtfand.
Nur er fand nichts.
Auch nicht, als er etwas Licht brachte in die Finsternis, eine kleine Taschenlampe mit sich trug, abgeklebt an jeder Ritze, in die Wasser hätte eindringen können. Kein Hinweis auf einen Geheimgang, ein verborgenes Tor. Nichts. Einzig ein auf Grund gesunkenes Ruderboot. Alt musste es sein, sehr alt: vollgesoffenes, schweres Holz, von Algen überzogen, mit dem Bug nach oben lag es im Schlamm, an der Bootsspitze ein langes Tau, die Ruder noch in ihren kreisrunden Eisenführungen, schwere Beschläge verzierten das Heck. Ein schmaler Spalt zwischen Seitenrand und Grund, unter dem Boot nur Finsternis.

Dort schob Karl, wenn er des Suchens müde wurde, seinen wuchtigen Körper in Rückenlage mit den Füßen voran hinein ins Dunkel, als verschwände eine Moräne in ihrer Höhle – und blieb, solang es ihm möglich war. Allein der Kopf ragte heraus, den Blick emporgerichtet, über sich die schimmernde Oberfläche. Kein Auftrieb, kein Lärm, nur das Rauschen, Pochen seines Körpers, sein ruhiger Herzschlag. Immer länger der Abstand zwischen den einzelnen Schlägen, frei von jeglichem Zischen des ansonsten ein- und ausströmenden Atems. Das Höchstmaß bisher erlebter Stille. Aufsteigen erst, wenn zart die nach Luft ringende Gier einsetzt.

Auftauchen, Abtauchen. Warten. Immer wieder.

Bald kannte Karl nicht nur jede Ecke des Weihers, bald kannte er auch jeden der Jettenbrunner. Denn die Tage häuften sich, an denen Vater Johann, kaum war sein Sohn zu Bett gebracht, seiner Einsamkeit, seinem wiederkehrenden Schmerz nicht länger Herr wurde und sich dorthin begab, wo ihm Mensch und Wein gleichermaßen auf andere Gedanken zu bringen imstande waren: Zum Dorfwirt Oberwaldner.

Tage, an denen sich früher als sonst das Kinderzimmerfenster öffnete. Und während die Jettenbrunner in ihren Stuben saßen, während dröhnend ihre Fernsehgeräte liefen, sie sich vom Tag erzählten, einander liebten oder das Verderben wünschten, schlich Karl Heidemann vorsichtig um ihre Häuser. Groß genug der Abstand, kein Sehen, kein Gesehenwerden, und doch war er mitten unter ihnen, wusste bald, wie sehr sich das, was die Menschen einander unter Tags auf offener Straße erzählten, vom dem unterschied, was es nächtens hinter verschlossenen Türen zu hören gab.

Bald kannte Karl die Abgründe seiner Mitmenschen, wusste von gespielter Freundlich- und gelebter Herzlosigkeit, wusste von öffentlichen Heiligen und privaten Tyrannen, wusste von offenbarter Gleichgültigkeit und heimlicher Liebe.

Adele Konrad zum Beispiel, die Besitzerin des kleinen Dorfladens, sprach mit ihrer Katze, als wäre diese der Erwiderung fähig, erzählte ihr von jener unausgesprochenen Verehrung, die viel besser noch dem alten Alois Daxberger zu Ohren hätte kommen sollen.

Oder Hubert Oberwaldner, seines Zeichens lauthals verkündender atheistischer Jäger und Postwirt. Er pflegte an den mittwöchigen Sperrtagen seines Gasthauses nicht wie von allen gedacht mangels Intelligenz der nächtlichen Tarockrunde des Dr. Albrecht Hofstätter fernzubleiben, sondern sich mit einem Auge auf biblische Motive gerichtet der Hinterglasmalerei hinzugeben. All das, während sich auch seine Frau Hedwig in der Werkstatt des Mechanikers Gerwald Lamprecht hingab.

Veronika hingegen, die Frau des Mechanikers Lamprecht, liebte nicht nur ihren Mann Gerwald, sondern auch die Pilzsuche, die Waldhimbeeren, Walderdbeeren, überhaupt den Wald, vor allem, wenn dieser zu nächtlicher Stunde zeitgleich von Dr. Albrecht Hofstätter besucht wurde. Wieder Albrecht Hofstätter, und wieder war von Liebe die Rede.

Ja, und dass die beiden regelmäßig ein gemeinsames Bad in freier Natur zu nehmen pflegten, wenn der trinkfreudige Gerwald Lamprecht inmitten des Stammtisches alle Hände voll zu tun hatte, wusste er auch.

Er wusste sogar die vereinbarte Zeit, wusste die Stelle ihrer Zusammenkunft, wusste den Ablauf ihres Abenteuers, denn nicht nur einmal waren allein der Mond, der Faun, die Nixen stille Zeugen, sondern auch der regungslos in den Büschen hockende Karl Heidemann. Ein bis dahin noch so unbescholtenes Kind, das nun leibhaftig mitbekam, welcher Art jene Zuwendung ausfiel, die auch seiner Mutter zuteilgeworden war. Zwei Körper, Haut an Haut, nackt. Schmerzvoll fast, so schien es ihm: Ein Ringen nach Luft, ein Sichwinden, Aufbäumen, ein Ausufern, ein letztes, befreiendes Ein- und Ausatmen. Erlösung. Schauspiel der Gegensätze, kurz, geballt. Auf-

stieg und Fall, Spannung und Ruhe, das Wilde und das Sanfte.
Alles vereint in nur einem Moment, einer Person.
So wie Lüge und Wahrheit, Liebe und Verachtung, An- und Enteignung, Besitz und Betrug.
Je länger er den Menschen zusah, zuhörte, desto sonder- und uneinschätzbarer erschienen sie ihm, doppelbödig wie Steinobst, außen weich, innen hart, oder umgekehrt, wie das knusprig frische Brot der Adele Konrad.
Nur so viel Karl Heidemann bald auch wusste, er kam nicht weiter auf seiner Suche.
Der Tod, wo kam er her?
Wie wurde er vollzogen?
Durch wen geschenkt?

Eines Tages fand er Antworten. Anders als gedacht.
Durch seinen Vater.

# 18 *Menschenhand*

Ein Sturm war aufgekommen, plötzlich, heftig, brachte alles ins Schwanken, Bäume, die hölzernen Masten der Stromleitung, den Schuppen des Mechanikers Lamprecht. Mit blechernem Getöse bogen sich die Garagentore in ihren Führungen, Klappläden schlugen an die Hauswände, alte Holzfenster sprangen auf.
Und nichts davon bekam Johann Heidemann mit, zu verborgen sein Arbeitsplatz in der Stahlfabrik, zu groß der Lärm des Hochofens. In aller Herrgottsfrüh schon hatte er Karl, wie an manch anderen Tagen auch, bei Alois Daxberger abgesetzt. Man war sich einig, der Junge müsse weiter herangeführt werden an das Leben, müsse mehr und mehr an Mut, an Raum gewinnen. Sich hinauswagen. Lesen, Zuhören, Zusehen fand also im Hause des pensionierten Dorflehrers statt. Karls Lieblingslektüre dort begann bei A und endete bei Z. Lexikon-Sammelbände. Seltsame Worte, inneres Lachen.

*Bülbül: Die persische Nachtigall.*
*Froufrou: Knistern, Rauschen.*
*Labrum: Oberlippe.*

In den frühen Abendstunden dann die Rückkehr nach Hause. Vater und Sohn. Karl müde, angespannt. Den ganzen Tag dieses fortwährende Wüten des Windes, und nun ein derart unwirtlicher Empfang:
»Verdammt!«, so bei Betreten der Stube die entsprechenden Begrüßungsworte des Vaters.
Das morgens offen gelassene Fenster zerborsten, das feinmaschige Insektenschutzgitter herausgebrochen, die Wände, die Zimmerdecke, die Tischplatte mit schwarzen Punkten übersät, und rundum dieses unbändige Surren.
Beängstigend, aufreibend. Karl, ohnedies schon gereizt, ergriff ein schwer zu benennender Zustand, ein ständiger Pendelschlag zwischen Flucht und Angriff, ähnlich wie damals am Grabe seiner Mutter, Dr. Hofstätter vor sich. Angespannt bald sein ganzer Körper, der Drang, eine Faust ballen, irgendwo hinschlagen zu müssen.
Fremd waren ihm, der sonst so friedlich ausgerichtet war, seine plötzlich zerstörerischen Gedanken.
Dann ein Schlag. Nicht von ihm.
Unvermittelt. Mit der Handfläche auf die Tischplatte.
»Ich tu's nicht gern, aber heute geht es nicht anders.«
Karl konnte den Blick nicht lösen. Gewiss hatte er in Kellerzeiten schon lebloses, oft ausgetrocknetes Getier vorgefunden, Kellerasseln, Weberknechte, Spinnen, hatte es begutachtet, nichts Rührseliges in deren Gesichtern gefunden, nichts Lebendiges, selbst wenn sie lebten. Wie Genossen seiner aufziehbaren Spielsachen waren sie ihm erschienen, Maschinen, die irgendwann stillstanden, kaputtgingen.
Doch niemals wäre es ihm bisher in den Sinn gekommen, eine derartige Handlung auszuführen wie nun sein Vater.
Behutsam nahm Karl das noch zuckende Insekt zwischen seine Finger. Die Beinchen, flimmernd, gleich dem reißenden Draht einer Glühbirne. Dann keine Regung mehr.

»Ohne Fliegengitter sind wir hier arm dran. Sieh dir das an. Alles schwarz! Viel zu tun.«
Dann eine Wurfbewegung aus kindlicher Hand, als gelte es einen Papierflieger auf die Reise zu schicken. Stattdessen ein Zu-Boden-Fallen, ein Lächeln des Vaters.
»Die ist tot, fliegt nicht mehr! Und jetzt pass auf.«
Wieder ein Schlag.
»Die hier auch nicht. Nummer zwei.«
Tot?
In Karl ein einziges Staunen. In Johann Lebendigkeit, Freude fast.
»Zack. Nummer drei. Wunderbar!«
Johann Heidemann griff nach zwei kleinen Tellern, übergab einen an seinen Sohn: »Einfach Stück für Stück drauf damit, danach kippen wir alles in den Müll. Und jetzt du, Karl! Komm, lass uns für Frieden sorgen, sehen, dass hier endlich Ruhe einkehrt.«
Für Frieden sorgen? Ruhe einkehren lassen? Den Tod bringen? Alles eins?
»Los jetzt, sonst machen wir heut Nacht keine Auge zu. Achtung: Die hier.«
Erneut ein Schlag auf die Tischplatte, zögerlicher als die bisherigen.
»Da musst du früher aufstehen, mein Junge. Schneller, viel schneller muss das gehen. Schau her!«
Nummer vier. Vergnügt der Ton.
»Oder so: Von hinten mit der Hand annähern, langsam, sehr, sehr langsam, und dann, schwups, zuschnappen!«
Ein Zusammenpressen der Finger, ein Öffnen der Hand, ein Fallenlassen auf die Untertasse: Nummer fünf.
Dann Bewegung, Vater und Sohn. Nummer sechs, sieben, acht …
Glück in den Augen des laut mitzählenden Vaters, ein spielerisches Jagen, er und Karl vereint. In den Augen des Sohnes

Konzentration, Ernst. Ein Betrachten, ein erstes Studieren, ein Vergleichen zwischen lebendig und tot.
Leergefegt bald das Wohnzimmer. Überladen mit schwarzen Leibern die Untertassen.
»Zweihundertdreiundvierzig ich. Und du?«
Keine Antwort.
Ein väterlicher Griff auf die Schulter:
»Das wird schon, mein Junge, das wird schon.«
Ruhig war es geworden, angenehm ruhig, kein Summen mehr. Stille, und all die vielen Fragen in Karls Kopf.
»Tut gut, wenn Ruhe einkehrt, oder? Hat Spaß gemacht. Jetzt gehen wir Hände waschen, kochen uns was, dann ein wenig lesen, und ab ins Bett. Ich bin heut hundemüde.«
Karl aber war wach, hellwach.
Ja, sie tat gut, die eingekehrte Ruhe. Ruhe, für die er selbst gesorgt, Frieden, den er selbst gebracht hatte.
Der Tod also konnte geschenkt werden.
Von Menschenhand.
»Und wenn es morgen wieder so windig ist, weißt du, was wir dann machen, mein Sohn, weißt du das?«
Menschenhand. Göttin aller Werkzeuge, universell, präzise, schöpferisch.
»Wir gehen Drachen steigen.«
Freude im Gesicht des Vaters. Lebendigkeit. Glück.
Drachen steigen. Und auch in Karl wurde etwas lebendig, wurde das Bild des steigenden Drachens zum Saatgut eines Gedankens. Vor seinem geistigen Auge plötzlich jener Schwarz-Weiß-Film, den sein Vater betrachtet hatte, wieder und wieder: Charlotte, auf der Wiese stehend, eine Schnur in der Hand, ein Lächeln in die Kamera, ein Deuten gen Himmel. Weit oben schwebend ein Papiervogel, unten fixiert. Und Karl Heidemann sah darin nicht mehr allein das Symbol des Aufstiegs, als wollte ihm seine Mutter die Richtung weisen: »Bring sie zu mir, Karl. Hilf ihr. Schenk ihr Frieden. Schenk uns Frieden, ihr und mir.«

Glück, es war Glück, das ihn erfasste. Denn was emporschwebt, muss auch eingeholt werden.
Gutes tun, Diener sein, Wunsch-Erfüller. Ein Wunsch geäußert vor dem offenen Grab seiner Mutter: »Ich wünschte, ich könnte, ich könnte noch einmal zu ihr, so vieles klären, so …!«
Veronika.
Es endlich sehen können.
Menschenhand.

# 19 *Der Vollzug*

Studien. Vorerst nur Studien. Karl hatte keine Eile.
Seine Taucherbrille trug er bei sich, seine kleine Taschenlampe, ein dünnes Plastikrohr, wie es sein Vater dutzendweise zwecks Isolation diverser Elektroleitungen in seiner Werkstatt aufbewahrte, und schließlich eine Wäscheleine, an deren Ende eine Schlinge angebracht war. Klar sein Ziel: Das im Weiher versunkene Boot.
Die Schlinge um sein Bein gelegt, fädelte er das zweite, lose Ende durch eine der kreisrunden Ruderführungen und tauchte mit diesem losen Ende in der Hand wieder empor. Ähnlich einem Faden durch eine Öse verlief das dünne, so gut wie reißfeste Plastikseil. Je nachdem, wie viel davon Karl freigab, umso näher kam er der Oberfläche, das eigene Bein in der Schlinge und sich selbst fest im Griff. Kein Auftrieb mehr.
Kaum ein Kraftaufwand nötig, nur ein Umfassen der Schnur. Und tatsächlich: Schweben, wie ein Papiervogel, nur unter Wasser. Beides sein: der Drache und der Junge, der den Drachen steigen lässt. Weit genug, um das Plastikrohr emporführen und ohne Auftauchen Luft holen zu können.
Nur Stillstand. Ein leichtes Schwanken bloß. Schwerelos. Hin und her. Das Dunkel des Wassers um sich, das sich kräuselnde

Leuchten des Mondes, die Sterne über sich, die mögliche Erkenntnis vor sich. Bald.
Dann war es so weit.

Früher als sonst brach er auf, wollte an diesem Tag der Erste sein. Alles wie gehabt, Leine, Rohr, Luft, ein Schweben in der Tiefe, ganz Ohr, die Augen geschlossen.
Wie ein Raubfisch auf Lauer, seine Achtsamkeit auf all das gerichtet, was außerhalb des Weihers zu hören war, dumpf, unklar. Ruhig sein Atem, konzentriert seine Gedanken, ohne Zeitbegriff, ohne Zweifel. Endlich Stimmen. Mann und Frau. Gekicher, zuerst laut, dann leise. Leidenschaft, Ermattung, Erfrischung:
»Ich schmeiß mich rein, kommst du mit?«
»Geh mal vor. Ich verschwinde schnell für kleine Jungs.«
»Das erledigst du nicht im Wasser? Brav.«
Lachen, Trennung, zwei Richtungen, Schritte im Kies. Das Betreten des Weihers, immer weiter hinein. Ein letztes Abstoßen der Beine. Die ersten Schwimmbewegungen. Das pochende Herz. Der flache, schnelle Atem.
»Es ist so herrlich. Albrecht, beeil dich!«
Karls Öffnen der Augen. Die erste Sichtung. Das letzte Luftholen. Das Einziehen und Fixieren des Plastikrohres zwischen Badehose und Gesäß. Der ruhig dahingleitende Körper über sich. Das Loslösen des eigenen Beines aus der Schlinge. Dann die Umsetzung, und es bedurfte kaum eines Aufwandes.
Zu gleichmäßig, zu langsam bewegten sich Veronika Lamprechts Beine, kein Zweitversuch wurde benötigt. Problemlos ließ sich die Schlinge um ihre Knöchel legen, leicht festzurren. Eine erste leichte Irritation, ein kurzer Schreckensschrei.
»Algen! Albert, gibt's hier Algen oder Seegras?«
»Seejungfrauen jedenfalls keine!«, amüsiert der Ton, während Karl in die Tiefe schwamm, seine Beine gegen das Boot

stemmte, das Seil in Spannung brachte und zog, mit aller Kraft. Ruckartig. Kein Hilfeschrei mehr, zu wenig Zeit. Veronika Lamprecht verschwand, tonlos.

Unter Wasser aber pures Entsetzen. Ein gurgelndes Brüllen, ein Strampeln, ein Zu-den-Füßen-Greifen, ein Winden, ein Umherreißen der Arme, unwissend, was geschah. Karl zog, als müsse er eine rettende Leine einholen, zog und zog, dann ließ er sich selbst an seinem Teil des Seiles hochsteigen, bis er Veronika Lamprechts Augenhöhe erreichte.

»Vroni!«, drang es von ferne herein. »Vroni, wo bist du? Spielen wir jetzt Verstecken? Vroni! Hör auf damit.«

Doch vergeblich. Veronika Lamprecht hörte nicht auf, kein Entkommen. Ruhig und voll Neugierde betrachtete Karl diesen aussichtslosen Kampf, das Immer-weniger-Werden der aufsteigenden Luftblasen.

»Vroni, verdammt, Schluss mit diesen Spielchen, mitten in der Nacht! Das ist nicht lustig.«

Dann wurde es Licht.

Dann wurde es Zeit, denn lange konnten Veronika Lamprechts Luftreserven nicht mehr reichen, und nichts daran wollte Karl Heidemann von nun an verpassen. Seine kleine Taschenlampe mit trübem Strahl aufwärtsgerichtet, sein Plastikrohr zur Oberfläche durchgestoßen, sog er seine Lungen voll mit Sauerstoff, sah das kurze Aufflammen der Hoffnung in Veronikas Augen, ihr mit den Händen nach vor gestrecktes Bitten um Befreiung. So schwer es Karl auch fiel, so sehr ihm dieser vor seinen Augen stattfindende Kampf auch zusetzte, er griff nicht ein. Liebe schenken, Erlösung. Bald würde Veronika Lamprecht bei seiner Mutter sein, bald.

»Vroni, was ist da los? Siehst du das Licht? Bist du das? Vroni!«, nahm Dr. Albrecht Hofstätters Stimme an Lautstärke zu. Auch bei Veronika ein letzter würgender Schrei, Wut fast, ein Verformen des Gesichts zu einem Ausdruck der Verzweiflung. Dann das Aufbäumen gegen den unausweichlichen, endgülti-

gen Atemzug. Weit ausgespreizt die Augen, darin der Widerstand, dann die Aussichts-, die Trostlosigkeit, schließlich die Resignation. Ruhiger wurden die Bewegungen, matter ihr Glanz. Zur Seite gestreckt die Arme, langsam, grazil fast, voll Anmut, einer Tänzerin gleich. Einer Tänzerin und ihrem letzten Tanz. Den Mund geöffnet, mit rasendem Herzen. Alles in ihr ein Lärmen, ein für Karl schmerzhaftes Lärmen, bis Veronika Lamprecht wehrlos dem letzten Augenblick ihres Lebens die Hand reichte. Ein Zucken durchfuhr ihre Glieder, eine Erstarrung ihr Gesicht, schließlich entwich ihrem Blick der Wille, verloren die Züge an Anspannung, verlor die Leine an Spannung, und es wurde still. Totenstill.
Unbeschreiblich der Zustand in Karl Heidemanns Innerem. Als hätte ihn kurz etwas umarmt, um wieder zu verschwinden und nichts zurückzulassen außer Beglückung, Dankbarkeit.
Das also ist es, was Tod genannt wurde.
Ein Übergang, der keine Minute in Anspruch nahm, der für einen kurzen Moment schmerzvoll aussah, ähnlich fast jenem am Ufer zwischen Veronika und Doktor Hofstätter stattfindenden Ereignis: Das Ringen nach Luft, das Sichwinden, Aufbäumen, Ausufern, das letzte, befreiende Ein- und Ausatmen, die Erlösung. Der Tod ein Liebesakt.
Eine Verwandlung, die erneut in jenen alles einvernehmenden Frieden mündete, den Karl schon im Antlitz seiner Mutter finden konnte. Und tief gerührt wurde ihm bewusst: Seine Mutter hatte diesen Schmerz wohl freiwillig auf sich genommen, sich in die Arme des Todes fallen lassen, nicht allein um Erlösung zu finden, sondern auch, um ihr Kind über den Tod hinaus zu beschenken: mit Liebe.

Langsam sank Veronika Lamprecht, gefolgt von Karl, zu Boden, der Lichtkegel weiterhin auf sie gerichtet, neugierig, suchend.
Was war gegangen, aus Veronika heraus und fort von ihr?

Und wohin? Nichts war aufgestiegen, nichts verschwunden. Nirgendwo hatte sich ein Tor aufgetan.
War möglicherweise gar nichts entwichen? War etwas gekommen? Ist das, was Tod genannt wird, also keine Verabschiedung, sondern ein Begrüßen, ein Empfangen?
Vorsichtig löste Karl Heidemann die Spannung der Leine, entfernte die Schlinge um Veronikas Knöchel und verschwand.

Außerhalb des Weihers stand Dr. Albrecht Hofstätter und sah dieses Licht unterhalb der Oberfläche, sah, wie es zuerst einem Blitzschlag gleich aus dem Nichts kam und nun langsam schwächer wurde, in der Tiefe versank und erlosch. Genau an jener Stelle, an der Charlotte Heidemann ins Wasser gegangen war.
»Vroni, bitte hör auf, das ist nicht lustig. Vroni!«, entkam es ihm fast lautlos, bevor er flüsternd nachsetzte:
»Charlotte? Bist du das? Charlotte?«
Starr vor Schrecken stand er im Uferkies, unfähig zu einer Tat, einem Schritt, weder in Richtung Weiher noch in Richtung Jettenbrunn. Wie auch? Hätte er ins Dorf laufen und verkünden sollen: »Veronika ist verschwunden!« Oder noch schlimmer: »Veronika ist ertrunken!« Auf jeden Fall aber: »Veronika und ich, wir waren gemeinsam im Weiher schwimmen, mitten in der Nacht, nackt, und, und …!«
Also lief Dr. Hofstätter nirgendwohin, schaute nur, wartete nur. Sehr lange, zeitlos irgendwie. Schließlich verschwand er, immer noch zeitlos. Und genau diese Zeitlosigkeit wurde sein Untergang.

# Teil 2 LIEBE

*Entscheidungssituationen, in denen der Erfolg des Einzelnen nicht nur vom eigenen Handeln, sondern auch von den Aktionen anderer abhängt, nennt man Spiel.*

*(Spieltheorie, Mathematik)*

# 20 *Der Tatort*

Horst Schubert stand, wie sonst in seiner dienstfreien Zeit auch, einen kleinen Pinsel in der Hand, vor der Dachschräge, den Blick auf sein Reich gerichtet. Die Löt- und Klebstoffaromen in der Luft, die seltsame Mixtur chemischer, leicht verbrannter Düfte, er nahm sie, wie ein Karpfenzüchter den Fischgeruch, nicht mehr wahr. Denn hier war sein Zuhause. Konzentriert auf jeden Krümel, jedes Staubkorn, ließ er leicht abwärts gebeugt sorgfältig die weichen Härchen über jede der Schienen gleiten. Schienen, deren Baubeginn in Zeiten zurückreicht, als Horst Schuberts Hände noch die zarten, schwielenfreien Finger eines Jünglings aufwiesen. Schmal der Gang zwischen all den verschraubten, von alten Tischen getragenen Holzplatten. Darauf eine von Gleisen durchschnittene, von Zügen durchquerte Berglandschaft. Miniaturen. Jedes Bäumchen, jede Brücke, jeden Tunnel hatte Horst Schubert selbst errichtet. Hier, inmitten seines Dachbodens, gab er die Richtung vor, als Baumeister, als Phantast, seit Kindesbeinen an. Hier war er stets der Schöpfer, während in den beiden Stockwerken darunter seine Eltern Worte haben aneinanderprallen lassen, die alles zu zerstören imstande waren. Alles, nur nicht die kindliche Hoffnung, auf dem ewigen Schlachtfeld möge irgendwann ein derart von Trümmern übersäter

Wall entstehen, den keine der beiden Kriegsparteien mehr zu überblicken, zu übersteigen imstande wäre. Kapitulation also. Rückzug. Jeder in seine Richtung, weit fort voneinander, und somit Friede. Aber nein. Kaum noch auf den Beinen halten konnten sich seine Mutter, sein Vater, und dennoch gingen die beiden anstatt ihres Weges aufeinander los. Bis der Tod endlich schied, was das Leben schon längst geschieden hatte und der Mensch längst schon hätte scheiden lassen sollen. Das prägt.

Der eheliche Treueschwur bis zum irdischen Abgesang war für Horst Schubert also mit ziemlicher Sicherheit kein geeignetes Beziehungsmodell. Wenn Modell, dann nur das ruhig surrende, nach erhitzten Plastikteilen duftende Dahingleiten inmitten seines Dachbodens.

Und wenn verheiratet, dann nur mit seinem Broterwerb.

»Wo?«, hatte ihn ein Anruf ins Wohnzimmer hinuntergelockt. Dort stand er dann, sah hinaus auf diesen so voll Leben gefüllten Platz inmitten der Innenstadt, verärgert einerseits, erfreut andererseits. Verärgert über die Störung seines freien Tages, erfreut über den Grund dieser Störung:

»Und wir haben dort niemanden, der sich das ansehen könnte? Alles klar. Wird aber dauern.«

Unvorstellbar, dass Horst Schubert an diesem Tag des Sommers 1992 nach einem derartigen Ruf nicht sofort aufgebrochen wäre. Unvorstellbar.

Was hatte er auch sonst in seinem Leben? Was?

† † †

Veronika Lamprecht war vorerst verschollen geblieben, hatte den Gemahl als gehörnten Ehemann zurückgelassen und ganz Jettenbrunn ein Rätsel aufgegeben. Und wenn auch niemand wusste, was es für Hintergründe auf sich hatte, trug ihr Verschwinden dennoch in vielen der Jettenbrunner Ehefrauen zur Erweckung verborgener Sehnsüchte bei. Sehnsüchte, die, während sicherheitshalber männliche Suchtrupps die Gegend durchstreiften, in Form von fröhlichen bis melancholischen Schlagerklängen über Fernreisen, Seefahrten und Neubeginn aus Bügelzimmern und Wohnküchen drangen. Nur leider sprach in Veronikas Fall wenig für ein solches Unterfangen, denn es fehlte nichts. Keine Kleidung, kein Geld, nur ein Abschiedsbrief.

Ja, und Doktor Hofstätter natürlich, der fehlte bald auch. Zwei Tage nur nach Veronika Lamprechts Verschwinden brach er in den Urlaub auf, gewiss voll Hoffnung, die ganze Situation, sein angsterfülltes Träumen, möge zur Ruhe kommen. Vergeblich. Die Wahrheit ist hungrig, frisst sich nimmersatt durch die Verborgenheit, bis sie sich unerwartet irgendwann herausbeißt ans Licht wie ein fetter Wurm, zu Boden plumpst, träge, unbeweglich liegen bleibt, vor aller Augen.

In diesem Fall waren es die Augen des Johann Heidemann. Denn als er eines Nachmittags am Ufer des Weihers stand, um seiner Charlotte zu gedenken, drang ein Glänzen durch seinen wässrig gewordenen Blick. Ein goldenes Glänzen. Ein Glänzen, das er kürzlich selbst in der Hand hatte, am Grab seiner gerade erst beigesetzten Frau.

Johann Heidemann beschlich ein seltsames Gefühl, nicht bezeichenbar, aber doch beunruhigend.

Ein Gefühl, das er in Gegenwart des Jettenbrunner Mechanikers Gerwald Lamprecht auf folgende Weise zum Ausdruck brachte: »Sag, hast du, was Veronika angeht, schon an den Weiher gedacht!«

Gerwald Lamprecht hatte nicht.

Keiner der Jettenbrunner konnte sich daran erinnern, jemals wahrhaftig vor Augen gehabt zu haben, was ansonsten abends über die Bildschirme lief. In Farbe.

Hier aber schien die Wirklichkeit schwarz-weiß, weggespült

jeder Anstrich. Das Blau des Himmels, das Blaugrün des Weihers, das Grün der Bäume, alles grau in grau, bis auf die rotweiß markierten Absperrbänder des Tatorts.
Nun wurde klar, warum Gerwald Lamprecht, seit er durchnässt aus dem Wald zurückgekehrt war, seine Mitbürger mied. Eine Eigenschaft, die ihm bisher keiner der Jettenbrunner zugetraut hätte. Überhaupt schien es, als würde der eine den jeweils anderen plötzlich nicht mehr kennen, ja nicht mehr kennen wollen. Zu groß das Durcheinander, zu groß das Erstaunen übereinander, zu groß die Verunsicherung voreinander. Diesmal nämlich war niemand ins Wasser gegangen. Nicht aus freien Stücken.
Die blutige Spur der Schlinge um Veronikas Bein, ihr nackter Körper, ihre unweit des Ufers in den Büschen liegende Kleidung, die von Johann Heidemann im Uferkies gefundene herrenlose Armbanduhr, all das ließ keine Zweifel offen – was umgehend Zweifel aufwarf, erhoben von höchster Stelle: Möglicherweise handle es sich nicht um das erste Opfer.
Also Mord. Also auch ein Täter. Irgendwo.
Möglicherweise weit weg. Möglicherweise aber nahe, sehr nahe, näher, als den Jettenbrunnern lieb sei – so die Vermutungen eines Mannes namens Horst Schubert.
Und auch so ein Mann wurde in dieser Gegend noch nie gesehen. Groß gewachsen, gertenschlank, gut gekleidet, doch nichts an ihm konnte so sehenswert sein, um von der einen Besonderheit abzulenken: Seinem blanken Haupt. Blank in einem Ausmaß, als wäre Horst Schubert einem nicht identifizierbaren fliegenden Objekt entstiegen. Denn nicht nur kahl sein Kopf. Mehr noch. Es mangelte ihm an Augenbrauen, an Wimpern, an jedem Flaum. Kurz, an oder aus Horst Schubert wuchs kein einziges Haar. So randlos und kalt, so nackt und darum entblößend war der Blick seiner hellblauen Augen, bald wussten die Jettenbrunner nicht mehr, was ihnen unheimlicher erscheinen sollte: Das erbarmungslos scheinende

Verbrechen oder das dadurch herbeigerufene, nicht minder erbarmungslos wirkende Wesen. Links lang und sanft, rechts kurz und hart, tack, tock, tack, tock, der Rhythmus einer Beinverletzung, schritt Horst Schubert in aufrechter, fast königlicher Haltung sein Fußvolk ab, und allein dieses In-Erscheinung-Treten verdeutlichte, mit keinem der hier Versammelten anders als dienstlich in Kontakt treten zu wollen. Und Letzteres tat er, womit die gefundene Uhr bald keine herrenlose mehr war und ein Urlaub zu Ende ging.

Der verhaftete Dr. Hofstätter nämlich gab zwar offenherzig zu: Ja, die Armbanduhr gehöre ihm, und ja, er habe an den Ufern des Weihers die Ehe der Lamprechts entweiht, und ja, auch die kürzlich ertrunkene Charlotte Heidemann sei ihm näher gewesen als theologisch erlaubt. Er selbst wäre möglicherweise sogar verantwortlich für ihren selbstgewählten Tod, denn justament an ihrem Geburtstag war diese Affäre von ihm zugunsten gleich der nächsten beendet worden, alles andere stritt er aber ab, entschuldigte sich mit der seiner Zunft eigenen körperlichen Umtriebigkeit, berief sich aber zugleich auf den geleisteten hippokratischen Eid und seine ehrliche, dem Heil des Körpers zugedachte Verpflichtung. Nie und nimmer wäre er zu solch einer Tat fähig. Eine Tat, die er im Übrigen hatte beobachten können.

Und dann erzählte er, erzählte und erzählte.

Nicht dass die Jettenbrunner automatisch resistent gewesen wären gegen Geschichten von Geistern und Dämonen, aber einen derartigen Schwachsinn aus dem Munde eines ausgewiesenen, jedem Übersinnlichen abgeneigten Schulmediziners, wie Dr. Hofstätter zweifelsohne einer war, das konnte, da war man sich sicher, nur auf zwei Dinge hindeuten:

Entweder das Gehörte stimme tatsächlich, was einer Wahrscheinlichkeit gleichkäme, als fielen dicke Schneeflocken auf blühende Sonnenblumenfelder.

Oder aber jemand sitze gewaltig in der Klemme und wehre sich nun mit Händen und Füßen, sprich einem nicht nachprüfbaren Märchen biblischen Ausmaßes, denn, so sprach der Arzt: Am Anfang war das Licht. Ein helles, aus der Tiefe heraufleuchtendes.

Charlotte Heidemann, die sich einst mit gebrochenem Herzen vor den Augen ihres Kindes dem Wasser übergeben hatte, wäre, wie Dr. Hofstätter zu behaupten nicht müde wurde, genau an der Stelle ihres Todes von den Toten auferstanden, emporgestiegen mit leuchtenden Augen, um gleich der Meeresgöttin Sedna in einem Anflug gerechten Zorns ihre Gegenspielerin Veronika Lamprecht mit sich in den Abgrund zu ziehen.

Häme brach ein über Dr. Hofstätter.

Häme und die Fäuste des gehörnten, verbitterten Ehemanns Gerwald Lamprecht. Und dennoch fiel ein kleiner Same der Unsicherheit hinter das Bollwerk dieser Häme, fiel in den Nährboden schlafloser Nächte, nur als kurzer Gedanke bloß: Was, wenn es doch stimmt, was, wenn Charlotte auf ihrem Rachefeldzug beschließt, ihren Wirkungsradius zu erweitern und dem Weiher zu entsteigen? Wer wäre frei von Schuld?

Niemand. Jeder unter Verdacht.

# 21 *Das Verhör*

»Einen wunderschönen guten Morgen!«

Karl kannte diese Stimme, wusste längst von ihrem Besuch, zu deutlich das sich dem Haus nähernde tack, tock, tack, tock, links lang und sanft, rechts kurz und hart.

»Sie wissen wahrscheinlich, warum ich hier bin, oder?«

Ruhig, unaufgeregt und darum so schwer einschätzbar, ja gefährlich waren sie ihm stets erschienen, wenn er vom Fenster aus während der letzten Tage die in diesem Ton durchs Dorf dringenden Fragen vernommen hatte. Aufwühlende Fragen. Auch jetzt. Diesmal aber mit mehr Nachdruck, Aggressivität. Draußen im Vorzimmer.

»Darf ich reinkommen?«

Dann im Wohnzimmer.

»Na, da hat wohl einer gestern über die Stränge geschlagen?«

»Was meinen Sie?«

»Fällt Ihnen das denn gar nicht auf? Gehören die Flaschen hier am Tisch also für Sie schon zur Dekoration? Nicht gesund, Herr Heidemann, gar nicht gesund, die Trauer zu ersäufen.«

»Aus Sorge um meine Gesundheit sind Sie wohl nicht gekommen?«

»Sie haben recht, reden wir gar nicht erst um den heißen Brei:

Dr. Hofstätter hatte schon länger ein Verhältnis mit Ihrer Frau, währenddessen ein zweites mit Veronika Lamprecht, worauf sich Ihre Frau möglichweise das Leben nahm. Wenn ich Sie wäre, Herr Heidemann, der Kerl könnte sich, würde er mir in die Quere kommen, ins Krankenhaus einliefern oder einäschern lassen.«

»Sie sind aber nicht ich.«

»Sie sind also ein Netter! Einer von der ruhigen Sorte sind Sie auch. Ein stilles, tiefes Wässerchen. Wäre natürlich auch eine Form der Rache, die aktuelle Geliebte des Dr. Hofstätter zu beseitigen und den Arzt wie einen Mörder dastehen zu lassen.«

»Das hatten wir doch schon besprochen. Ich war am Todestag beim Dorfwirt.«

»Das stimmt, aber früher als sonst gegangen sind Sie auch. Wohin? Schwimmen vielleicht?«

»Ich befürchte, Sie träumen schlecht.«

»Ja, das stimmt, ich träum schlecht, sehr schlecht sogar, besonders wenn ich es mit zwei toten Frauen ähnlichen Alters zu tun bekomme. Sie befanden sich am Geburtstag Ihrer Frau also durchgehend in der Stahlfabrik?«

»Was soll das?«

»Ob Sie sich durchgehend in der Stahlfabrik befanden, war die Frage. Ja oder nein?«

»Ja.«

»Warum erzählen mir dann Ihre Kollegen etwas anderes? Zwischen zwölf und vierzehn Uhr sollen Sie nicht wie sonst in der Kantine gewesen sein. Eine doch recht ausgedehnte Mittagspause, finden Sie nicht auch? Wo waren Sie in diesen zwei Stunden?«

»In Siegenshart. Ein Geschenk besorgen für meine Frau.«

»Am selben Tag? Also ein Spätzünder. Fahrzeit Siegenshart-Jettenbrunn sind exakt 40 Minuten. Hin und zurück also 1 Stunde 20.«

»Was wollen Sie damit sagen?«

»2 Stunden minus 1 Stunde 20! Bleiben erneut 40 Minuten.«
»Das ist ja ungeheuerl …«
»Ungeheuer, ganz genau, das suchen wir. Einen Mörder, Herr Heidemann. Den Mörder Ihrer Frau. 40 Minuten also. 40 Minuten, um mit Ihrer Frau auf den Geburtstag anzustoßen. 40 Minuten, um weiß Gott was für Dinge zu tun. 40 Minuten, viel länger wird es auch nicht dauern, um Ihre exhumierte Frau auf Abdrücke einer Schlinge zu inspizieren, die sie in die Tiefe gezogen haben könnte.«
»Sie wollen was?«
»Morgen schon.«
Karl trat ins Wohnzimmer. Aufhören, es musste aufhören. Mörder. War er das? Ein Mörder. Fremdes Wort. Eingefallen seine Wangen, dunkle Ringe unter den Augen, blass vor Ermattung sein Gesicht, krumm die Haltung.
»Ist das Ihr Sohn?«
Johann Heidemann nickte.
Horst Schubert erhob sich, langsam, als wollte er Stück für Stück seine Überlegenheit verdeutlichen.
»Hallo, Karl? Schön, dich zu sehen.«
All die Gegensätze kamen zur Geltung.
Dort der große, aufrecht schlanke, wache Körper.
Da der kleine, gebückt wuchtige, müde.
Schlaflos Karls Nächte, durchwacht in seinem Zimmer. Immer wieder vor Augen dieser Überlebenskampf im Gesicht der Veronika Lamprecht, dieser Widerspruch zwischen Schrecken und Schönheit, diese Angst.
Angst davor, etwas Bekanntes zu verlieren. Lebensangst.
Angst davor, etwas Unbekanntes zu bekommen. Todesangst.
Als liefe in Zeitraffer noch einmal die Pein des Lebens vorbei, als müsste erst begriffen werden, was Leben bedeutet, um mit Dankbarkeit das Geschenk des Todes in Empfang nehmen zu können.
Nur wozu? Wie unnötig. Das Leben war doch Mühsal genug.

Wie einfach der Tod einer Fliege. Wie unbekümmert ihr Dasein bis zur letzten Sekunde. Wie überraschend, unbemerkt fast die Erlösung. Ein einziger Augenblick, der alles verändert. Nur ein Schlag, ein kurzer Fingerdruck. Vorbei.

Kommt der Tod auch leichter, schneller, liebevoller?

»Komm, setz dich doch zu uns.«

Karls Blick blieb nach vorn gerichtet, als wäre außer seinem Vater niemand sonst im Raum.

»Ich beiß schon nicht«, zwang sich ein Lächeln in das Gesicht des Ermittlers, doch keine Reaktion, stattdessen marschierte Karl ungerührt vorbei, betrat die Küche, ließ Wasser in ein Glas laufen und trank, mehrmals. Hämmernd der Schmerz in seinem Kopf.

»Ein durstiges Bürschlein haben Sie da.«

Als würden Wellen gegen ein Boot schlagen, so empfand er die in seiner Mundhöhle umherschwappende Flüssigkeit, als würden Dämme brechen, nahm er alles wahr, das Hinabgleiten durch den Rachen, die sperrigen Geräusche des Kehlkopfs, die nicht minder sperrigen Worte aus dem Wohnzimmer, geflüstert und doch nicht gemäßigt:

»Er wirkt mächtig für sein Alter.«

»Mächtig? Er ist ein Kind.«

»Sie wissen, was ich meine.«

»Nein, weiß ich nicht.«

»Nicht zu übersehen.«

»Ja, Karl ist ein starker Junge. Hatte auch viel zu ertragen.«

»Da kann Kraft nicht schaden.«

»Und solange ich lebe, werde ich dafür sorgen, dass nicht noch weitere schreckliche Dinge dazukommen. Verstehen Sie?«

Noch nie hatte Karl seinen Vater so viele Worte auf einmal sprechen gehört. Schon gar nicht mit solch bedrohlich wirkender Stimme.

»Das werden Sie wohl nicht immer können, Herr Heidemann.«

Zeit, aus der Küche zurückzukehren.

Sein Glas in der Hand schlich Karl zum Sofa, setzte sich neben seinen Vater und starrte auf die gepflegten Hände seines Gegenübers. Mit Akribie gepflegt, ruhig auf den Oberschenkeln liegende Hände. Kein Nagel länger oder kürzer als der daneben, keiner brüchig, schmutzig. Anders Karls Finger.
»Gut geschlafen?«
Karl trank.
»Du weißt ja sicher, es passieren zur Zeit seltsame Dinge, vielleicht schon länger. Ich brauch deine Hilfe, Karl. Willst du zusammen mit mir Detektiv spielen? Ja? Dann müssen wir ein bisschen zurückschauen. Also: Deine Mutter ist mit dir schwimmen gegangen, erzähl mir davon.«
»Er spricht nicht«, so sein Vater.
»Das wurde mir bereits im Dorf erläutert«, so Horst Schubert. »Aber verstehen kannst du mich doch, Karl, oder?«
Karl stellte das Glas ab, alles voll Schmerz, sein Kopf, sein Körper, sein Gemüt.
In die Hände seines Gegenübers kam etwas Bewegung. Ein Feuerzeug wurde der Hosentasche entnommen, eine Zigarette entzündet, und die gestellte Frage selbst beantwortet: »Du verstehst mich, Karl, da bin ich sicher. Also, mein Junge. Du musst nicht sprechen, nicken reicht. Warst du mit deiner Mutter an diesem Tag alleine, oder habt ihr Besuch bekommen?«
Bedrängnis. Nichts Neues für Karl. Bedrängnis so wie immer, wenn ihm eine Äußerung abverlangt wurde.
»Du spielst gerne draußen, oder, mein Junge? Sandkuchen backen, etwas einpflanzen. Hab ich recht?« Horst Schuberts Blick war auf die verdreckten kindlichen Finger geheftet.
Finger, die alles in der Hand hatten, die im Augenblick gegen den Schwall an Anschuldigungen, gegen die Angriffe in Richtung seines Vaters nur eines entgegenzuhalten hatten: Tatenlosigkeit. Sein wie ein Fels, an dem alles abprallt.
»Ich hab doch gesagt, er spricht nicht!«, spürte Karl das Aufbäumen in der Stimme des Vaters. »Also hören Sie auf damit.«

»Und seit wann spricht er nicht? Seit dem Tod seiner Mutter?«
»Beinah seit seiner Geburt.«
»Beinah? Also hat er schon Töne von sich gegeben. Und warum seither nicht mehr?«
»Ihm ist es vielleicht lieber so.«
»Lieber! Und warum sperren Sie Ihr Kind für so lange Zeit im Keller ein? Ist ihm das auch so lieber?«
»Ich sperr ihn nicht ein! Er wollte nie heraus. Er …«
»Umwerfend Ihr Ideenreichtum, Ihr Einsatz, Ihr Interesse für das eigene Kind. Seit elf Jahren ist ihm das also alles lieber so, und Sie tun nichts dagegen?«
»Was hätte ich tun sollen, um ihm gegen seinen Willen ein paar Töne zu entlocken? Was? Sie aus ihm herausprügeln? Ihn aus dem Keller heraustreiben wie ein Stück Vieh aus seinen Stall.«
»So einfach gestrickt, wie Sie gerade auf mich wirken, sind Sie doch nicht wirklich, Herr Heidemann?«
»Was ist schon einfach?«
»Ärzte zu konsultieren, vielleicht Psychologen. Zeige mir deine Kinder, und ich sage dir, wer du bist.«
»Sie haben keine Kinder, oder?«
»An sich stelle ich die Fragen.«
»Dann würde ich vorschlagen, Sie tun das woanders.«
Horst Schubert erhob sich, ging Richtung Haustür.
»Wir sehen uns wieder, Karl. Oder?«
Sehen. Und Karl verstand. Hören würde zu wenig sein, um Antworten zu finden.
»Ihr Junge spricht also nicht! Aber Sie, Heidemann, Sie werden noch reden. Das versichere ich Ihnen.«
Horst Schubert kehrte dem Haus Heidemann den Rücken. Kein Abschied. Wozu auch?
Horst Schubert war gegangen, um zu bleiben. Bei Karl. Für den Rest seines Lebens.

# 22 *Die Anwesenheit*

Der Rest eines Lebens.
Unbekannte Größe.
Der Tod zieht keine roten Kreise um das Datum eines Kalenderblattes, sondern spaziert im Verborgenen stets neben den Menschen her, lässt sie hoffen, es ginge weiter und weiter, und weiter.
Anders in Jettenbrunn. Dort schien es den Einheimischen, als wäre jeder neu angebrochene Tag ein möglicherweise rot umrandeter. Und die Tage vergingen, ergebnislos.
Charlotte Heidemanns Körper wies keine Spuren von Gewaltanwendung auf, und Dr. Albrecht Hofstätter wurde dank Beweismangels nach Hause geschickt, zur Ortsansässigkeit verdammt. Verdammt wie auch die Jettenbrunner, denn vergeblich die Suche nach einem Täter aus Fleisch und Blut.
Immer häufiger bald auch die Abwesenheit des Ermittlers Horst Schubert. Alles Umstände, die keineswegs zur Beruhigung beitrugen. Ein Mangel einerseits bedeutet immer einen Überfluss andererseits. In diesem Fall ein Ausufern der Jettenbrunner Phantasien. Denn wenn unter den Lebenden kein Meuchelmörder gefunden werden konnte, dann vielleicht unter den Toten.
So wurde aus dem Wind bald der vom Weiher wehende Hauch

des Todes, aus dem Geklapper der Fensterläden, der Äste ein ungebetener Gast, aus dem Katzengejammer das Weinen der Untoten, aus dem an sich schon schaurigen Ruf des Käuzchens Charlottes Lockgesang: »Kommt zu mir, kommt zu mir!«
Und tatsächlich, jemand kam, trat aus dem Türrahmen heraus.
»Wo willst du hin?«, schickte ihm Alois Daxberger aus seinem Rollstuhl einen besorgten Ton hinterher.
Karl wusste, wohin, wusste, was zu tun sei. Dem Gehör ein Auge geben. Er musste Ausschau halten. Bei Tag. Musste an die Menschen heran. Bei Tag. Musste sich überwinden, sich ausliefern, den Blicken, dem Gerede, dem Lärm, dem eigenen Schmerz, musste aktiv werden. Leben bedeutet Handeln.
»Wo du hinwillst?«
Ausschau halten geht auch zu zweit.

»Alois, was für eine Überraschung!«
»Das ist ja nett, macht ihr einen Ausflug vom Feldherrnhügel zum Fußvolk herab?«
Scheinbar wohlwollend der Empfang, unübersehbar die Verwunderung, die Verunsicherung. Denn Alois Daxberger, ein Mann, der jedem hier willkommen war, dem gegenüber jeder zum Gruße die Hand hob, wurde geschoben von diesem blassen, starren Ungetüm mit seinen verschlossenen Ohren.
»Meine Güte, Alois, das ist aber fein, warst lang nicht hier. Wollt ihr zwei nicht reinkommen? Mittagessen. Geht aufs Haus.«
Gastfreundschaft also auch von Postwirt Hubert Oberwaldner.
»Außerdem: Die Nusstorte wäre frisch. Selbst gemacht!«
»Meine Güte, etwas Süßes! Klingt unwiderstehlich!«
Der Glanz in den Augen des Alten. Der fragende, an Karl gerichtete Blick. Vergeblich. Karl hatte ein anderes Ziel vor Augen. Nur ein paar Häuser weiter.
Widerwillen zuerst: »Wo fahren wir hin?«

Dann Aufregung: »Karl, was soll das? Wir brauchen nichts, wir …!«
Die Glastür offen, der Duft von Obst und Gemüse in der Luft. Keine Kundschaft.
Ein letztes Anstupsen des Rollstuhls, das Erklingen eines Glöckchens, das Verschwinden des Gefährts im Inneren.
»Ja, Alois, was, was machst du denn da? Das freut mich aber!«
»Adele, ich, ich …«
»Ich hab frischen Himbeerkuchen!«
Alleine weiter.
Alleine inmitten des Jettenbrunner Treibens. Erstmals.
Eine Ödnis zu dieser Stunde. Leere, duftend nach Dosengulasch, Suppenwürfel, Eintöpfen, erhitztem Fett. Arbeitsfähige Männer, Frauen auswärts, die wenigen Kinder noch in der Schule, die Mütter daheim, die Alten in ihren Gärten, auf ihren Sonnenbänken.
»Schön, dass du mal hier bist«, der Versuch einer Annäherung. Doch nichts, kein Entgegnen.
Karls Aufmerksamkeit war in Beschlag genommen von dieser Ödnis, dieser Leere, die für ihn keine war. Nur Überladenheit, wie er sie so nicht kannte. Größer als bisher seine Nähe zu den Menschen, größer darum der Lärm, der Schmerz, schneidender das Pochen in seinen mit Wachs verschlossenen Ohren, seinem Kopf, gefüllter die Luft mit Botschaften. Klopfen, Teppiche, Fleisch. Sägen, Holz, Brot. Klappern, Töpfe, Blech. Bellen, Gackern, Schaben, Blöken, die Stimmen aus den Radios, den Fernsehern, die Stimmen der Menschen, leise von Zaun zu Zaun, laut ins Telefon. Ganz seiner Gewohnheit entsprechend betrieb es Karl nun auch hier, nahm inmitten des Jettenbrunner Treibens etwas Bildhaftes, etwas in Stein Gemeißeltes an. Stand da, ganz Ohr. Hin und wieder ein Schritt, keine ersichtliche Eile. Die Menschen sein lassen, reden lassen.
»Intelligent wirkt er nicht, ein wenig wie … Heilige Maria, was passiert da draußen!«

»Eher heiliger Franziskus!«

Und tatsächlich: Die Katze der alten Adele Konrad lief wie schon während des Begräbnisses auf Karl zu, sprang zu ihm hoch, ließ sich schnurrend den Kopf kraulen. Der Jagdhund des Postwirts Hubert Oberwaldner kam ihm entgegen, ließ sich streicheln. Die Gänse der Postwirtin suchten seine Nähe. Denn kein von so viel Wohlgesinntheit und Frieden erfüllter Mensch war je durch Jettenbrunn spaziert, nicht die geringste Spur des Bösen in Karls Gedanken. Und wäre da vielleicht ein Lächeln gewesen in seinem Gesicht, nur eine einzige freundliche Geste, vielleicht hätte dies bei seinen Mitmenschen Wirkung entfaltet, Sympathie: Ein Kind, wortlos, liebevoll, dem die Tiere zulaufen, ach, wie rührend.

Aber nichts dergleichen. Nur diese Ausdruckslosigkeit, diese in aufgedunsenem Gesicht, hinter fetten Backen verborgenen schwarzen Augen, dieses scheinbar müde Ins-Leere-Starren.

»Mit dem stimmt doch was nicht?«

»Gar nichts stimmt zur Zeit, also was soll da mit ihm schon stimmen?«

»Und wenn ich mir jetzt auch noch vorstelle, sein Vater könnte ein Mörder sein. Schrecklich!«

Karl hatte längst nachgesehen, in einem der Lexika des alten Alois Daxberger, hatte es gefunden zwischen

> *›Morchel: Schlauchpilz‹*

und

> *›Mordent: Verzierung eines Tones durch ein- oder mehrfachen Wechsel der Hauptnote mit der diatonischen oder chromatischen Untersekunde.‹*

Hatte es nicht mehr vergessen:

*›Mord: die vorsätzliche Tötung eines Menschen.*
*Wortursprung: mittelhochdeutsch* mort, *althochdeutsch* mord, *geht auf das germanische* murpha *zurück, mit Bezug zum indogermanischen* mer. *Die Ausgangsbedeutung ist demnach: Mittel zum Sterben, Töten, vergleichbar mit dem lateinischen* mori *(sterben).‹*

Eine Erklärung, die in Karl kein Unwohlsein, kein Unrechtsempfinden hervorrief, im Gegenteil: Warum kein Mörder sein, ein Mittler, einer, der den Tod bringt? Wie ein Bote, dieses wundersame, erlösende Geschenk in Händen. Ein Geschenk an das Leben. Ein Geschenk, liebevoll verpackt, würdig, ohne Schmerz, ohne Kampf. Nicht dieses qualvolle Ertrinken, Ersticken der Veronika Lamprecht.
Nie mehr so.

# 23 *Die Suche*

»Fein, dass du endlich ins Freie kommst. Um mir etwas zu erzählen vielleicht?«
Horst Schubert war zusehends die Zermürbung anzusehen.
»Hier, falls du das Bedürfnis verspürst.«
Eine Visitenkarte wurde übergeben, darauf die Telefonnummer, Dienststellenadresse, der Name einer Stadt.
»Und wenn du dich nicht meldest, keine Sorge, ich komme ja wieder, irgendwann!«
Doch selten nur noch die Besuche des Ermittlers.
Karl Heidemann hingegen kam täglich, verhalf Alois Daxberger und Adele Konrad somit zu einer Form der Wiedergeburt und sich selbst endgültig zu dem Ruf eines geistig Zurückgebliebenen, eines Debilen. Ein Ruf wie ein Tor zur Freiheit, irgendwann kein Hinterfragen mehr von Seiten seiner Mitmenschen.
Nach und nach wurde Karl als derjenige, nach dem ein unwissendes Dorf auf der Suche war, zu einem sichtbaren Teil der Gemeinschaft, einem Teil des Ortsbildes. So sichtbar, bis sich seine Spaziergänge in ein Anschmiegen und schließlich in ein Verschmelzen wandelten, in ein Vorhandensein ähnlich der alten Eiche hinter dem Dorfladen. Jeder kannte sie, ihren Schatten, ihr Laub, ihre Koordinaten, von Geburt an, und

doch stand sie vorbeilaufenden Kinderköpfen und Betrunkenen im Weg, verbeulte Karosserien, zertrümmerte Scheiben, Felgen, Knochen. Die Unübersehbarkeit schützt nicht davor, übersehen zu werden. Treue Diener wissen das, kleinlaute Verehrer, liebende Mütter. Auch den Stab des Moses bricht die Zeit.

Karl Heidemann aber übersah nichts.

Er sah die Dorfwirtin Hedwig Oberwallner, wenn zu Martini kindliche Glockenstimmen und Laternen die einbrechende Nacht erhellten, ihren sich sträubenden Gänsen mit einer geschärften Axt den Schädel abschlagen, und empfand Grauen. Er sah selbiges zur Weihnachtszeit, sah es egal zu welchem Anlass mit von Holzpflöcken fallenden Hühnerköpfen. Enthauptete Leiber, die davonliefen, Zickzackschritte, drei, vier, fünf.

Er sah den Dorfwirt Hubert Oberwaldner die Gittertüren seiner Hasenstallungen abschreiten, pelzige Ohren erfassen und vor den Augen der anderen Tiere zappelnde Kehlen durchtrennen, so belanglos, als schneide er frisches Brot.

Er sah Schweine auf offenen Schneefeldern, mit Kopf nach unten emporgezogen und geöffneten Brustkörben ausbluten in einen Trog, sah Schlacht- und Erntedankfeste.

Er sah im Frühling die Dorfladenbesitzerin Adele Konrad den frischen Wurf ihrer Katze in einen Jutesack stecken und in eine Regentonne tauchen.

Er sah den Jagdhund des Jägers Lamprecht auf offener Straße einem Rad fahrenden Kind hinterherhetzen, zerfetzte Hose, Blut, und er sah den Jäger Lamprecht im Hof seinen Jagdhund erlegen, ein Schuss, ein Jaulen, ein zweiter, ein Jaulen, ein dritter. Nein, der Tod kam nie zärtlich, der Tod war ein Rauhbein. Karls Suche schien vergeblich.

Und das Grauen verlor, je öfter es sich unverblümt der Betrachtung preisgab, wie eine Alltäglichkeit schien, ob bei Sonne oder Regen, Wind oder Schnee. Ja, Schnee, denn das Leben nahm seinen Lauf, ließ sich vom Tod nicht beirren, brachte auf Grabhügeln Flugsamen zum Erblühen, Blumen, Gräser, Körner, begrub sie unter weißen Hügeln, Jahr um Jahr. Karl Heidemann war anwesend, wie einst in seinem Keller, nur diesmal saß in gewisser Weise er vor dem Bildschirm, sah den Menschen in ihr Leben, während er das Dasein eines Schläfers führte, verborgen im Untergrund der eigenen Gedanken, sah sie zanken, sich anbrüllen: »Gib endlich Frieden!«, lernte verstehen, dass Friedengeben Stillsein bedeutet, und wusste, Tod, Stille, Frieden, alles eins.

Er sah das Aufflammen der Liebe in Jettenbrunn, sah frisches Glück, Adele und Alois, sah den bestehenden Betrug, sah zumindest diesbezüglich Treue, sah Hedwig Oberwaldner mit Witwer Gerwald Lamprecht in der Werkstatt, sah bestehende Ehen, die seiner Großeltern, sah ihr untröstliches Leid. Denn an jedem 20. Juni trafen Oma und Opa Auböck in Jettenbrunn ein, besuchten kurz das Haus Heidemann, gingen danach an das Grab der Tochter, entzündeten eine Kerze, stützten einander: »Warum Heinrich? Warum nicht zuerst wir? Was daran soll gerecht sein, was?«, verschwanden, einen Strauß weißer Tulpen in der Hand, in Richtung Weiher und kamen nach einer Weile wieder zurück. Nur Leid und Elend in den Gesichtern der beiden. Und auch auch Karl litt. Er litt an seinem Versagen, den geeigneten Weg, helfen zu können, zärtlich, liebevoll, noch nicht gefunden zu haben. Dennoch legte er Hand an. Hand an den Gesichtern seiner Mitmenschen und deren vom Leben in Aufruhr versetzter Mimik. Münder, die kaum geöffnet nur Lärm in diese Welt brachten, durch ein fortwährendes

*Sprechen, Lachen, Zetern, Wüten,*
*Räuspern, Husten, Röcheln, Spucken,*
*Schlürfen, Schmatzen, Schreien, Grölen,*
*Johlen, Krächzen, Kreischen, Plärren,*

*Ächzen, Schnarchen, Jammern, Stöhnen,*
*Kichern, Seufzen, Schluchzen, Klagen …*

Und Karl Heidemann schloss die Augen und zog in Gedanken die Maske der Schönheit über sie, entspannte ihr Antlitz. Keine Regung mehr. Immer einvernehmender, gegenwärtiger wurden die in seinem Kopf versammelten Porträts der so still und friedlich gewordenen Jettenbrunner, bis er eines Tages beschloss, ihnen ein sichtbares Abbild zu geben.

»Ja, Karl, das ist ja – Adele, schau dir das an!«

»Ich komm schon, Alois!«

»Das ist ja Dr. Hofstätter. Unfassbar!«

»Sieht aus, als würde er friedlich schlafen, steht ihm gut. Du bist ein Künstler, Karl, hörst du: Ein Künstler!«

Nicht ich, wusste Karl: der Tod.

Der Tod ist ein Künstler.

Zeichnungen eines Kindes, mit Bleistift, wirklichkeitsnahe. Abbildungen der Jettenbrunner, jeder erkennbar, die meisten zwar lebendig und trotzdem allesamt porträtiert als Verstorbene, in Zwiesprache mit dem letzten zu Lebzeiten kommenden Besucher: dem Tod.

Ein Besucher, der auch tatsächlich von alleine kam, nicht vor aller Augen zwar, dennoch sah Karl die Auswirkungen. Sah die Menschen kleine Gruben ausheben und ihre Meerschweinchen, Kanarienvögel vergraben.

Sah sie große Gruben ausheben. Friedhof, Heimat aller Toten. Er sah die Menschen in diesen Gruben Särge versenken. Särge, die zuvor offen standen, besucht wurden, in Wohnräumen, in Speise- und Schlafzimmern, in der kleinen Aufbahrungshalle. Särge mit darin liegenden, feierlich bekleideten, schön gemachten, zufrieden wirkenden Leibern.

Er sah eines Morgens das Schild des vorangegangenen Ruhetages an der Tür des Dorfladens hängen und dieses Schild nie wieder verschwinden. Tag der Ruhe, der ewigen Ruhe. Adele

Konrad hatte sich, heimgekehrt von ihrem Lebensmenschen Alois, schlafen gelegt, selig vor Dankbarkeit, und wurde nicht wieder wach, wurde abgeholt im Zustand größten Glücks, durfte gehen als liebender Mensch.
Alois Daxberger aber verlor alles, sah nur noch Leere, hoffend, diese Leere möge bald die obere Hälfte der Sanduhr seines ablaufenden Daseins ausfüllen.
Und auch für Karl ging vieles verloren, unwiederbringlich.
Die Kindheit verabschiedet sich schleichend, sagt nicht: »Jetzt also, adieu!«, sondern wächst kaum wahrnehmbar heraus aus ihren Windeln, ihrem Strampelanzug, Stubenwagen, Hochstuhl, hinterlässt kistenweise zu klein gewordene Kleidung, Tier-Sticker auf Holzbetten, Poster auf Wandtapeten, bis sich schließlich zu klein gewordene Lebensräume, Denkweisen, Ansprüche dazugesellen, bis sich erste Lücken auftun, vertraute Menschen müde werden, abhandenkommen.
Der Dorfladen wurde geschlossen und Alois Daxberger im Hause Heidemann ein nur noch Anwesender, kraftlos, lustlos.
»Zeit streicht dahin,« sprach er eines Abends. »Und es ist kein Akt des Nehmens, dieses Dahinstreichen, dieses Aufbrauchen eines unbekannten Vorrates, sondern ein Akt des Gebens. Das Geschenk der Zeit an die Lebenden ist ihr Vergehen.«
Das Geschenk der Zeit an den beständig suchenden Karl Heidemann aber war sein Finden. Ende der Schonzeit.

# 24 *Das Herz*

Nacht. Doch bald schon würde das Schwarz langsam ins Graue gehen, würden die Nebel steigen. Karl unterwegs, durch den Wald. Zurück nach Hause. Ohne Eile. Endlich warm genug der Weiher.

Plötzlich Stimmen, nur ein Stück entfernt, flüsternd. Am Rande des Waldes ein hölzernes Podest, darauf eine kleine Bank, rundum Geländer, überdacht, hinaufführend eine Leiter. Oben Jäger und Wirt, Hubert Oberwaldner, daneben Mechaniker und Witwer Gerwald Lamprecht. Beide sitzend. Schulter an Schulter. Der Jäger das Jagdgewehr im Anschlag, den Lauf auf der Brüstung.

»Wo bist du, mein Mädchen, du wirst mich doch heute nicht im Stich lassen.«

Schweigen. Lange. Wer sollte wo sein, wer wen im Stich lassen, wer würde kommen? Karl wusste es nicht.

»Nett, dass du mir angeboten hast, mitzukommen.«

»Ich wollte schon früher, hab mich aber nicht getraut, nach dem Tod deiner Frau. Veronika, Gott hab sie selig. Freut mich also, dich dabeizuhaben, nach all den Jahren. Außerdem ist es zu zweit lustiger.«

»Machst du das sonst immer allein?«

»Nein. Mit meiner Frau.«

»Was, Hedwig? Ihr geht zusammen jagen?«
»Waren wir, Gerwald, waren wir. Früher. Jetzt aber ist sie morgens immer so müde. Warum, ist mir allerdings ein Rätsel. Vielleicht betrügt sie mich oder brütet etwas aus. Hast du vielleicht eine Erklärung, so unter Männern? «
Karl konnte sie spüren, die Anspannung über sich. Zwei Männer, die nebeneinandersaßen, eng, und doch war da nur Trennendes, nur Bedrohung, war das Wissen des einen über den Betrug, Diebstahl des anderen.
»Ich? Nein, wie kommst du darauf? Warum sollte ich eine Erklärung haben?«
»Na ja, du warst doch auch mal Ehemann, kennst dich mit Frauen aus, oder?«
»Zurzeit bin ich Witwer, Hubert!«
Schweigen.
»Verzeih mir. Jedenfalls schön, dass du mitgekommen bist. Zu zweit ist besser als allein. Oder?«
»Kommt drauf an. Wer weiß schon, wer oder was im Wald umgeht.«
»Diesbezüglich ist das hier nicht grad der schlechteste Platz, mit einer Waffe in der Hand.«
»Allerdings auch nicht der gemütlichste!«
»Also lass uns leise sein, sonst kommt nichts, und es dauert noch länger.«
Und wieder Schweigen. Warten. Karl blieb, neugierig, durchnässt, fröstelnd.
Dann Besuch.
»Na bitte. Da ist ja mein Mädchen.«
Am Rande der Lichtung Bewegung. Aus der Dunkelheit herausgelöst. Voll Anmut die langsamen Schritte, majestätisch der schlanke Hals, die langen Beine, aufmerksam das Stehenbleiben, das Wittern, das Äsen.
Ein tiefer letzter Atemzug bei Hubert Oberwaldner noch, ein kurzes Schnaufen bei Gerwald Lamprecht.

Danach Schmerz, nur noch Schmerz. Und Elend. In Karl Heidemann und inmitten der Lichtung. So laut der Knall, Karl musste sich an einem der Stämme festklammern. Schwindel, Übelkeit, schneidend hoch der Nachklang in seinen Ohren, seinem Inneren.
»Verdammt, verdammt, das arme Vieh!«
Verzweiflung bei Hubert Oberwaldner. Ein Todeskampf vor aller Augen. Sich im Kreis drehend, zuckend, das Reh. Ein Sturz zu Boden, ein Liegenbleiben und doch Bewegungen, als würde es laufen wollen, davon. Doch nur Schritte ins Leere. Klaffend die Wunde an seinem Kopf. Ein Teil des Hinterhauptes herausgerissen.
»Es hat den Schädel hochgenommen, oder? Genau im Augenblick deines Schusses?«
»Hat es. Und weißt du auch, warum? Weil du schnauben musst wie ein Ross. Sonst hätte ich auf Anhieb das Herz getroffen. Verdammt. Runter die Leiter, sofort!«
»Und was tun wir jetzt?«
»Es erlösen!«
Ein Messer in Huberts Hand, ein Hetzen auf das sich krümmende, mit den Hufen ausschlagende Tier zu, ein Bespringen von hinten, wie ein Reiter sein Pferd, ein Fixieren des Leibes mit den Schenkeln, ein Umfassen eines der Ohren mit der Hand, das Stoßen der Klinge schräg nach vorne in den Brustkorb. Kurz nur das letzte Zucken, dann Frieden, sofort. Erlösung. Wie die auf Fliegen sausende Handfläche. Aufmerksam und tief berührt saß Karl Heidemann in den Büschen, den Blick gebannt auf die Lichtung gerichtet. War er endlich fündig geworden?
»Meine Güte, Gerwald. Das nächste Mal bleib ruhig. Alles klar?«
»Alles klar. Tut mir leid. Aber meine Hochachtung: Das ging ja jetzt ruckzuck.«
»Es gibt keinen schnelleren Tod als den Treffer ins Herz. Kugel, Messer, egal.«

»Kugel ist wahrscheinlich angenehmer.«
»Für wen?«
»Für den Schützen. Keine Sauerei.«
»Pass auf, ich zeig dir was. Knie dich hin.«
»Wie bitte?«
»Du sollst dich hinknien.«
»Willst du mich zum Ritter schlagen, oder …«
»Vertrau mir. Und jetzt runter mit dir.«
Und Gerwald Lamprecht sank zögerlich zu Boden, während Hubert Oberwaldner ihm sein Messer ansetzte an der fleischigen Stelle zwischen Schlüsselbein und Nacken.
»Stell dir vor, es ist ein Schwert. Lang genug, scharf genug. Genau hier ein schneller Stoß abwärts, tief hinein und sofort wieder heraus.«
Keine Regung bei Gerwald.
»Galt als ehrenvolle und menschliche Hinrichtungsmethode. Lunge, Herz, die angrenzenden Arterien, zack, durchschnitten. Das Blut fließt in den Bauchraum, keine Sauerei, keine klaffende Wunde, nur der Spalt hinter dem Schlüsselbein, und der schließt sich sofort nach Entfernen der Klinge. Bekommst du alles gar nicht mit. Sofortiger Kreislaufzusammenbruch, und aus, Schluss, Ende. Schmerzfrei.«
»Im Gegensatz zu meinen Knien, Hubert. Der Boden ist verdammt hart, sag ich dir!«
»Und ich sag dir, die ganze Geschichte von dem Soldaten, der dem Herrgott erst nach dem Tod mit einer Lanze das Herz durchbohrt haben soll, glaub ich nicht. Nach dem Tod? Wozu? Ein Schmarrn ist das. Das war vor dem Tod, sag ich dir. Um dem so elend langen am Kreuz Krepierenden ein Ende zu setzen. Ein guter Mensch wird das gewesen sein, der Soldat.«
»Bist du das auch, ein guter Mensch?«
»Na, das will ich wohl meinen!«
»Also: Darf ich jetzt bitte wieder aufstehen?«

»Darfst du. Und die Jacke ausziehen und die Ärmel hochkrempeln darfst du auch, wir haben zu tun!«
Karl Heidemann war am Ziel seiner Suche. Aufgewühlt vor Glück, sah er zu, wie das Reh aufgebrochen wurde, sah jeden Handgriff, sah Hubert Oberwaldner und Gerwald Lamprecht ihre Beute nach Jettenbrunn tragen, stolz zuerst, immer angestrengter mit der Zeit.
»Sauschwer das Vieh!«
»Sei froh, dass es kein Hirsch war.«
Und nachts darauf sah Karl Heidemann noch viel mehr.

Anfangs gut versteckt, stand er verborgen zwischen den Brennholzstapeln und Hasenställen, vor sich der hell erleuchtete Schuppen des Wirts. Doch zu groß die Anziehungskraft. Bald also ein Durchs-Fenster-Äugen, voll Wissbegierde, mit Blick auf das an Haken hängende Kleinwild. Jeden Handgriff speicherte er ab, die Reihenfolge, imitierte sie im Stillen, die Schnitte, die Bewegungen, ohne Grausen, ohne Befremden. Das Abziehen der Haut, das Entnehmen der Gedärme, das Zerteilen des Fleisches. Zumeist Hasen, Fasane, Wildenten. Spät war es stets, bis Hubert Oberwaldner die Arbeit ruhen ließ und es dunkel wurde in seinen Räumlichkeiten, in seinem Haus, bis der ruhige Atem des nebeneinander schlafenden Ehepaares, das Knistern des Bettes, das Knarren des Lattenrostes aus dem Fenster drang hinaus in die Nacht, dorthin, wo nur noch Karl es hören konnte. Eines Abends aber kam er hinter dem Schuppen hervor, schob den Riegel zur Seite und trat ein.
Mühelos lies sich einer der Körper vom Haken nehmen, überwältigend die Vielzahl der Rotschattierungen, von hell bis dunkel, schwarz fast, warm noch das Fleisch. Nur einen Handgriff wollte er wagen, hinein in die Tiefe des ausgehöhlten Leibes, die Stelle erfühlen, an der ansonsten der Motor des Lebens sein Tagewerk verrichtete: das Herz.

Jener Ort inmitten seines eigenen Körpers, der ihn von Geburt an lärmend nie zur Ruhe kommen hat lassen, ihn quälte, bis er Nacht für Nacht betäubt vor Schmerz in seinen kurzen Schlaf fiel; jener Ort, an dem das beheimatet sein soll, dessen Suchen und Finden oft ein Leben lang in Anspruch nimmt: Die Liebe.
Von da an kam er immer wieder.

# 25 *Fünf*

Abscheulich die Spur. Verschwunden das Filetiermesser, offen jeder einzelne Hasenstall des Dorfwirts. Leere Hasenställe. Davor, auf dem Boden liegend, zwei seiner Tiere. Tiere mit müdem Herzen, zu träge, um sich wenigstens noch von dem einen ins andere Eck zu bewegen, zu zäh, um auf den Tellern zu landen. Nun lagen sie im Gras, Fell an Fell, als wären sie aneinandergeschmiegt wie Liebende. Je ein Stich ins Herz. Präzise. Hubert Oberwaldner ergriff sein Jagdgewehr. Er wusste, wohin.

Kurz darauf das Gebrüll zweier Männer, zu allem bereit: Auch Gerwald Lamprecht, aus dem Bett gerissen, mit Waffe. Ein Bogen, gespannt wie seine Nerven. Anklage auf der einen Seite. Kein Kleinbeigeben, kein Kompromiss, auf der anderen. Nur ein Aufbäumen, Wut. Er nicht, niemals er: »Was interessieren mich deine Viecher, und was hast du andauernd wegen Hedwig. Scher dich zum Teufel!«

Geweckt von dem Lärm, traten die Jettenbrunner vor ihre Häuser und bewirkten Entspannung. Nur für kurze Zeit. Wenige Tage später blutig auch die Spur auf ihren Straßen.

Ein dreibeiniger Köter, eine räudige Katze. Punktgenau die Stiche, sauber das Handwerk, liebevoll aufgebettet die Kadaver, dekoriert mit Blüten, Kräutern, Gräsern.

Eine Spur die, so musste man bald erkennen, in den Wald hineinführt. Fluglahme Rebhühner, ein kränklicher Fuchs, allesamt Schaubilder des Todes. Grauen, verpackt mit Anmut, Schönheit fast. Hinweise bis an das Ufer des Weihers. Nur Erklärung fand man keine, wusste nicht, in welche Richtung die Spur verlief, wusste nicht, beginnt sie im Dorf, führt ans Wasser, führt dann wieder zurück, oder beginnt und endet sie im Weiher.

Der Juni war angebrochen, Jettenbrunn verdächtig leer. Voll hingegen der Stammtisch. Und genau dort fand man, völlig beiläufig, schließlich mögliche Antworten:

»Jetzt ist es bald fünf Jahre her!«

»Was?«

»Das ganze Sterben. Veronikas Tod. Charlottes Tod.«

»An einem 20. Juni ist sie ins Wasser gegangen. Oder?«

»In fünf Tagen, genau!« Mit dem Auftauchen der Postwirtin Hedwig Oberwaldner fand diese Beiläufigkeit schlagartig ihr Ende, ebenso wie der trügerische Stillstand der letzten Jahre.

»Fünf«, entsann sie sich nämlich: »Ihre Lieblingszahl. Könnt ihr euch erinnern, an die Halskette, den Stern?«

Man konnte. Man konnte sich nicht nur daran erinnern, man vermochte es dank der abklärenden Wirkung des Alkohols auch auf Anhieb zu deuten: Das Pentagramm, der Fünfzack, ein urchristliches Schutzsymbol, der Druidenfuß als Hilfsmittel gegen Spuk, gegen Geister, gegen Dämonen. Oder war es doch auch etwas Satanisches? Unsicherheit. Fünf, was wohl? Fünf Elemente, Wasser, Feuer, Erde, Holz, Metall, fünf Kontinente, oder sind es sechs, fünf Sinne, oder sind es mehr. Mehr Schnaps noch, das auf jeden Fall, am besten Apfelbrand, Prost. Apfel, genau fünf Stübchen hat er, darin wohnen Kerne. Kerne, die in Erde gesetzt, austreiben, gleich wieder Prost. Nur austreiben welcher Gestalt? Als das Böse vielleicht?

Je länger der Abend andauerte, je zügiger der Schnaps floss, desto mehr wurde aus dem einst um Charlottes Hals baumelnden, belanglosen, von Erwachsenenhand übergebenen Glücksbringer, wie fast jeder der Jettenbrunner ihn in Form eines Schutzengel-Kettchens besaß, ein dämonischer Hinweis. Plötzlich Fragen über Fragen: Stimmt es vielleicht doch, das von Doktor Hofstätter erzählte Märchen? War es real, das emporsteigende Licht?

»Vergesst nicht die Kraft der Gedanken«, brachte Hedwig Oberwaldner bald ihre Sorge zu Gehör.

»Was meinst du damit?«

»Malt den Teufel nicht an die Wand, das mein ich.«

Doch zu spät: Der einst in den Nährboden schlafloser Nächte gefallene Same begann auszutreiben. Was, wenn Charlotte Heidemann nun fünf Jahre nach ihrem Tod beschlossen habe, ihren Wirkungsradius zu erweitern und dem Weiher zu entsteigen?

Was, wenn die Tierkadaver nichts als Vorboten wären, es auf Dauer bei toten Gänsen, Füchsen und Hasen nicht bliebe?

In Windeseile zog, beginnend in den Reihen des Stammtisches, ein schauriger Verdacht seine Bahnen, nahm auch ausgenüchtert ein erstes Unbehagen seinen Ursprung. Ein Unbehagen, das die Dimension des tatsächlich Zukünftigen nicht ansatzweise zu erahnen imstand war.

Denn kein Untoter trieb hier nächtens sein Unwesen, sondern ein Kind.

Ein Kind, von Liebe erfüllt, unterwegs durch die Nacht, auf den ihm bekannten, uneingesehenen Routen, geräuschlos fast, allem überlegen, wissend um die Anwesenheit der anderen, noch lange bevor es selbst ausgemacht hätte werden können. Witternd, lauschend, voll Ruhe in sich, ein Messer in der Hand, dunkle Kleidung am Leib. Bis hin zum Weiher sein Kurs, um nach vollbrachtem Werk kurz in der Tiefe verschwinden, seine blutverschmierten Hände, Arme, das Gesicht, das Messer säubern zu können. Ein Messer, im Wald versteckt, gut verborgen in dem teils hohlen Stamm einer alten Tanne.

Kein Tier, das ihm gewichen wäre. Nur Vertrautheit. Kein Gackern, Bellen, Fauchen, selbst bei Berührung. Karl Heidemann sah in friedliche Augen und brachte den Tod, nahm das Leiden, gewährte dem Leben Erlösung. Mörder sein, Mittler. Nur ein Stich, schmerzfreies Glück. Stillstand der Triebfeder des Lebens. Befreiung der Liebe, heraus aus ihrer Fessel: dem Herzen. Und Karl konnte es schlagen hören, allerorts, konnte, als wäre dies die ihm geschenkte Gabe, seiner Hand blind den Weg weisen, auf dieses Pochen zu. Es üben, immer wieder, übergehen lassen in Fleisch und Blut. Dabei ruhiger werden, in sich hineinfühlen, jene seit Charlottes Begräbnis eingebrannten Worte hören: »Ein Kind bleibt im Herzen der Mutter auf ewig. Liebe vergeht nicht!«

Dann kam der fünfte Todestag.

# 26 *Der Liebesakt*

Juni, der zwanzigste. 1999. Sonntag. Wolkenverhangen. Drückend die Luft. Ein Telefonat zeitig in der Früh:
»So wie immer? Das heißt am späten Vormittag. Alles klar!«
Gegen sechzehn Uhr fuhr der Wagen vor, betraten Oma und Opa Auböck das Haus. Verbitterte, alt gewordene Menschen. Wortkarg die gemeinsame Nachmittagsjause:
»Was macht die Arbeit?«
»Stahlfabrik eben.«
»Und: Lernt er schon was?«
»Wer?«
»Karl. Lernt er was, oder ist er immer noch zu Hause?«
»Er lernt zu Hause. Mit Alois.«
»Und da lernt er was?«
»Noch Kaffee?«
»Nein danke.«
»Aber sonst geht es euch gut?«
»Wie soll es uns gehen, Johann? Man lebt nur mehr dahin. Heute sind es fünf Jahre.«
»Wie schnell die Zeit vergeht.«
»Manchmal nicht schnell genug. Danke für den Kaffee.«
Und sie brachen auf, wie immer einen Bund weiße Tulpen in der Hand, gingen grußlos durch den Ort in Richtung Fried-

hof, trafen den hiesigen Allgemeinmediziner auf der Straße und hatten zumindest für ihn vor aller Ohren ein paar Worte über: »Verflucht sollen Sie sein, Hofstätter. Verflucht in alle Ewigkeit!« Und hätten sie es besser nicht gesagt.

Auch Karl trat ein Weilchen später zur Tür hinaus, wie sonst auch anwesend und verschwunden zugleich. Erfüllt war er von Tatendrang, von tiefem Mitgefühl. Hoch standen die Felder, hoch genug, um sich jedem Blick zu entziehen. Fest stand sein Entschluss, Gutes tun zu wollen. Nun galt es, ihn umzusetzen. Der richtige Augenblick würde sich zeigen.

Und los, Richtung Weiher, erstmals bei Tag, ein großes, leeres Gurkenglas in Händen, zwei Messer in seinem Hosenbund. Leben, das Trost sucht und Erlösung finden soll.

Erlösung wie nun auch der Himmel. Wie damals Regen, schwallartig. Regen, so stark, als würde er jeden letzten Zweifel wegwaschen wollen.

»Komm ins Haus bitte!«, drang aus dem Hintergrund das suchend ins Dorf gerichtete Rufen des Vaters zu ihm. Johann Heidemann würde sich gedulden müssen.

Anders Karl. Sich noch fragend, ob sie den Weg der widrigen Umstände wegen überhaupt in Angriff nehmen würden, hörte er bereits ihr Kommen.

Triefend vor Nässe, mit hängenden Schultern, traten sie aus dem Wald heraus und an das Ufer des Weihers vor, genau dorthin, wo Charlotte einst ins Wasser gegangen war, legten Blume um Blume auf die sich kräuselnde Oberfläche: »Es ist so falsch, Heinrich, so falsch! Versprich mir, dass du nicht auch noch vor mir gehst, versprich es mir.«

Weiße Tulpen, die vorangepeitscht von den herabstürzenden schweren Tropfen davontrieben.

Karl, aus den Büschen herausgelöst, hätte stampfen, hätte in die Hände klatschen können bei jedem Schritt und wäre doch ungehört geblieben, so laut das Prasseln. Nun stand er un-

schlüssig hinter dem Gemäuer der Marienkapelle, wartend auf den richtigen Moment. »Gehen wir!«
Oma und Opa Auböck wandten sich ab. Liebevoll die an seine Frau gerichteten Worte des Großvaters.
»Komm, mein Engel, stellen wir uns unter!«
Und sie betraten die Kapelle, sprachen Worte, jeder dieselben, monoton, wie aus einem Mund:

*Eine Maria wurde begrüßt.*

Karl umfasste die Griffe der beiden in seinen Händen liegenden Messer und trat in die Kapelle.

*Eine Maria voll der Gnade.*

Vor sich, ihm den Rücken zugewandt, seine Großeltern, Schulter an Schulter, Hand in Hand, die Köpfe gesenkt.

*Eine Maria, mit der ein Herr sein möge.*

Und Karl schloss die Augen, ließ sich trotz des herabtrommelnden Regens leiten nur von den Schlägen der beiden Herzen. Schläge fast im Einklang, wie die Stimmen, als würden sie nach ihm rufen.

*Eine heilige Maria, Mutter Gottes,*
*die für Sünder bitten solle.*

Blind fanden seine Hände ihre Richtung, gleichzeitig, geleitet wie die Werkzeuge einer höheren Macht.

*Jetzt und in der Stunde deren Todes. Amen*

Tag des Glücks.

# 27 *Der Schrei*

In Rot getunkt die sandfarbenen Marmorplatten der Marienkapelle. Wie Bachläufe die darin verlaufenden Fugen, kleine Rinnsale, deren purpurnes Gewässer hinaus in das vom Regen durchtränkte Kiesbett mündeten, sich dort verlor, rosafarben. Friedlich lächelnd wie sonst auch das Antlitz der steinernen Gottesmutter. Hand in Hand davor das schaurig schöne Bild unendlich gewordener Liebe, Gertraud und Heinrich Auböck. Tot. Auf dem Bauch liegend, das Gesicht einander zugewandt, umgeben von weißen, nassen Tulpen. Und keiner, der es betrachten musste, konnte sich, so grauenvoll der Anblick auch war, dem Eindruck entziehen, zwei Menschen wären nun Teil dessen geworden, was das irdische Sehnen als Paradies bezeichnet.

Ein Eindruck nur von kurzer Dauer, denn erstens stand über alldem die Frage nach dem Täter, und zweitens konnten die beiden so nicht liegen bleiben.

Für beides zuständig die Polizei. Männer, die Hand anlegten und ein Grauen ungeahnten Ausmaßes offenbarten. Denn auf den Rücken gedreht kam unterhalb des Brustkorbs der Gertrude Auböck eine tiefe Öffnung zum Vorschein, und nur bei ihr. Etwas fehlte. Etwas, das einer Mutter, die ihr Kind verloren hat, bereits zu Lebzeiten herausgerissen wird: das Herz.

In Anbetracht der ausbrechenden Hysterie war selbst das abgeklärte: »Und warum wurde ich nicht früher verständigt? Beispielsweise in Anbetracht des haufenweis toten Getiers! Vielleicht hätten wir etwas verhindern können. Gar nichts bringt uns jetzt jedenfalls diese stumpfsinnige Gespenster-Theorie. Wir leben doch nicht im Mittelalter!« des eingetroffenen Hauptermittlers Horst Schubert vergebliche Liebesmüh. Ein Mann, der dank seiner äußeren Erscheinung den Jettenbrunnern ohnedies weniger einem Heilsbringer gleichkam als einem Großinquisitor, einer Fleisch gewordenen Verbildlichung des hier stattfindenden Grauens.
Aus den Angeln gehoben die Zeit, rückdatiert, heimgesucht von der Ahnung eines Lebens, als Menschen noch offiziell an Werwölfe, Vampire, Hexen glaubten, an die durch Rauhnächte hetzende wilde Jagd. Kaum war die Sonne untergegangen, schloss man Dachluken, Türen, Fensterläden, blieb in den Häusern, verborgen von der umgehenden Bestie Charlotte Heidemann.
Horst Schubert fühlte sich in Anbetracht der ausgebrochenen Hysterie dazu genötigt, zwecks Beruhigung Flugblätter durch Türritzen schieben zu lassen, mit Hinweisen, wo zu suchen sei, denn die Präzision der Herzstiche deute auf eines mit Gewissheit hin: Hier war kein Geist, sondern ein Könner am Werk, ein Mensch mit Erfahrung im Handwerk des Tötens, wahrscheinlich ein Jäger, ein Fleischer, ein Veterinär vielleicht, und derer gab es in dieser Gegend nicht allzu viel.
Und es half, als wäre den Jettenbrunnern, dieser eine Hinweis das Nadelöhr zurück in eine Wirklichkeit aus Fleisch und Blut. Sofort warf man auf der Suche nach Erklärungen die Angel in reale Gewässer aus. Trübe Gewässer. Altbekannte Gewässer. Einen Täter nämlich hatte man bereits vor fünf Jahren schon ausgemacht. Einen nicht überführten Täter zwar, nur bleibt auch der zu Unrecht erhobene Verdacht haften wie ein Schandmal.

»Jäger, Fleischer, Veterinär? Warum kein Allgemeinmediziner?«, entsann man sich also rasch der kürzlich durch Jettenbrunn verhallenden Worte des nun hingerichteten Großvaters Heinrich Auböck: »Verflucht sollen Sie sein, Hofstätter. Verflucht in alle Ewigkeit!«
Doktor Hofstätter also. Wieder Doktor Hofstätter.
Betrieb er womöglich ein Spiel, mordet und schiebt es einer Toten in die Schuhe?
Als hätte ein feiner Dorn die aufgeblähte, gespannte Haut eines brandigen Geschwürs berührt, platzte alles auf, überschwemmte ein tobender Zorn die Jettenbrunner Idylle.
Ein Geschwür, wie es in jedem Menschen steckt, wie es heranreift über Nacht, sich füllt mit Gift, wenn die Suche verzweifeln lässt, wenn keine Erklärung zu finden ist, wenn nur noch ein einziger Ausweg bleibt: Einen Schuldigen finden, einen Sündenbock und ihn stellvertretend für die eigene Unwissenheit ans Schafott führen.
Keine Abschreckung mehr die Anwesenheit des Ermittlers Horst Schubert, vor aller Augen rückte man Doktor Hofstätter zu Leibe, sinnlos sein Fliehenwollen, sinnlos jede Erklärung: »Warum um Himmels willen soll ich zwei alte Menschen umbringen, oder zuvor zwei Frauen? Warum? Und wenn ich es gewesen sein sollte, warum bin ich dann noch hier? Hier, in diesem Verschlag des Bösen? Seht euch doch an? Vielleicht ist Charlotte ja nicht meinetwegen ins Wasser gegangen, sondern euretwegen. Hört ihr, euretwegen!«
Versperrt bald sein Haus, verbarrikadiert von innen, so voll Angst erfüllt war der Arzt. Zu Recht.
Und inmitten dieses Getümmels Karl Heidemann, groß sein Kopfschmerz, seine Irritation. Sosehr ihn all der Aufruhr in die Flucht hätte schlagen sollen, war er doch davon angezogen, hilflos fast. Ungläubig stand er im Abseits der alten Eiche und sah dieses Treiben um sich, hörte den in seinem Haus wimmernden Arzt, wusste von all jenen, die in Sorge waren,

der unberechenbare Zorn könnte sich plötzlich wie ein Haken schlagender Wirbelsturm gegen sie richten. Hubert Oberwaldner zum Beispiel, weil Jäger, zählte vor der Haustür des Arztes zu den lautesten Stimmen der Herde.
Bestien, so empfand Karl, Scheusale, blind für jedes Glück, unfähig sich zu freuen. Heuchler, Betrüger, nannten die letzte Ruhestätte der Toten Fried-Hof, und sahen den Frieden des Todes nicht, sahen das seinen Großeltern zuteilgewordene Geschenk nicht. Warum? Was dran war falsch? Schmerzfrei und vereint auf Wunsch nach Hause gehen, kein Überbleiben eines Einzelnen, kein einsames Siechtum, dem ersehnten Ende entgegen, so wie der alte gebrochene Daxberger ohne seine Adele, so wie sein immer noch jede Trauer ersäufender Vater Johann ohne seine Charlotte.
Sein Vater, dem Karl aufgrund des Aufruhrs noch immer nicht ausgehändigt hatte, was auch des Vaters war.
Sein Vater, der nun zu ihm wollte: »Karl, komm ins Haus!«
Der vor aller Augen den Ort durchqueren musste wie ein Geächteter: »Deinetwegen, Johann, stehen wir alle hier! Hörst du! Deinetwegen!«
Doch Johann lief weiter. »Karl, wir gehen!«
»Du hast uns Charlotte hierhergebracht. Du. Mit ihr hat alles begonnen. Mit ihr und dem Kind.«
Eine Berührung, eine Hand, gerichtet gegen seinen Vater, ein leichter Schubser nur, dennoch genug, um Johann Heidemann ins Straucheln zu bringen, stolpern und in den Staub fallen zu lassen. Wieder auf, sofort, wortlos, seinem Kind entgegen.
Einem großen Kind, sechzehn Jahre alt, das regungslos schien, und doch fand ein Kampf in ihm statt, war alles in Aufruhr. Die Schultern leicht gehoben, die Arme abwärtsgestreckt, die Fäuste geballt, rot der Kopf, die Nasenflügel aufgebläht, immer kürzer werdender, geräuschvoller Atem. Nur noch hasserfüllte Gesichter sah Karl um sich, vom Argwohn entstellte

Fratzen, die er zu Hause bereits mit einem Anstrich der Schönheit versehen hatte, Bleistift auf Papier, geschlossene Augen, ewiger Schlummer.
Es musste aufhören, all das Wüten, all das Hassen.
Weit aufgerissen nun der Mund, weit aufgerissen die Augen der Jettenbrunner. Von derartiger Kraft und Gewalt war das aus Karl dringende Kreischen, schlagartig wurde jedes andere Gebrüll eingestellt, wurden Handflächen an die Ohren gepresst. Hoch der Ton, schrill, ein Quietschen, sägend, bohrend, als würde es Stein und Eisen durchdringen können. Und es nahm kein Ende. Karl schrie und schrie, trieb jeden in die Flucht, er schrie, bis ihn der gewaltige Schmerz den Schweiß auf die Stirn, die Tränen in die Augen, die Schwärze vor den Geist trieb, bis er umkippte, regungslos liegen blieb, bis sein Vater flehend zum Haus des Dorfarztes lief: »Albrecht, ich bitte dich, du musst mir helfen, du …!«
Da gab es keinen Moment des Zögerns bei Dr. Hofstätter, so groß auch die Gefahr war.
Da gab es keinen Moment des Zögerns bei Gerwald Lamprecht, so groß auch der Hass war. Ebenso bei Hubert Oberwaldner. Und so trugen Rivalen, ja Feinde fast, gemeinsam mit Johann Heidemann, einen bewusstlosen Jungen hinauf in sein Zimmer.
Es war ruhig geworden in Jettenbrunn.
Zumindest für ein paar Stunden.

# 28 *Das Fieber*

Kalt war die Hand, die auf Karls Stirn zu liegen kam.
Kalt und zittrig.
»Er hat Fieber, hohes Fieber!«, so Dr. Hofstätter.
»Vielleicht die Sommergrippe?«, so der hinzugestoßene Alois Daxberger.
»Vielleicht die Aufregung?«, so Johann Heidemann. Niemand sonst anwesend.
Was die drei Männer zu sehen bekamen, beunruhigte sie. Karls Benommenheit, seine Appetitlosigkeit, die trockenen Lippen, die gerötete Haut, sein zitternder, sich immer wieder verkrampfender Körper, allesamt zwar Symptome gestiegener Körpertemperatur, nur es fehlten die Symptome einer Erkrankung. Keine Rötung des Rachens, kein Husten, kein Schnupfen, kein Anzeichen einer Schwellung der Lymphknoten, nichts.
»Was hat er? Wie krank ist er?«, die Sorge des Vaters.
»Fieber allein ist keine Krankheit, Johann. Fieber ist zuallererst eine körpereigene Schutzfunktion. Die Frage also ist: Wogegen musste sich Karls Körper schützen? Vielleicht ist er mit irgendetwas überfordert, braucht die Ruhe, den Rückzug, und sein Körper zwingt ihn nun dazu. Mit aller Gewalt. Jedenfalls muss er zu Kräften kommen.«

In Anbetracht des immer schwächer werdenden, immer wieder ermattet wegsackenden Karl eilte Dr. Hofstätter trotz seiner Ängste durch das trügerisch stille Dorf in seine Praxis, um weiteres Instrumentarium zu holen. Wohlbehalten zurück wurde Blut abgenommen, eine Infusion gesetzt, ein fiebersenkendes Medikament gegeben, dazu Wadenwickel, kalte Umschläge. Keinen Schritt mehr wichen die drei Herren in weiterer Folge von der Seite des Jungen, und erstmals wurde man Zeuge eines höchst erstaunlichen Ereignisses. Karl sprach. Flüsternd zwar, leise zischend, aber er sprach.

Die Augen geschlossen, vielleicht schlafend, vielleicht in einer anderen Dimension, zuckte sein Körper, bewegten sich sein Kopf, seine Lippen, seine unter den Lidern verborgenen Augäpfel. Schweiß trat ihm aus der Stirn, Speichel aus den Mundwinkeln, nuschelnd seine Worte, Worte unbekannter Herkunft, unbekannten Inhalts.

Dann wurde und blieb es still. Auch unter den Männern.

Drei einsame Männer, plötzlich auf seltsam friedliche Art vereint, durch einen mit oder gegen sich selbst kämpfenden Halbwüchsigen. Und auch ein kurzer Besuch des Ermittlers Horst Schubert konnte diese Dreisamkeit nicht zerreißen: »Verschwinden Sie, der Junge ist schwerkrank und braucht absolute Ruhe. Ihre Fragen können Sie auch noch morgen stellen!«, ergriff Dr. Hofstätter die Initiative.

»Dann morgen«, war die bedrohlich klingende Antwort.

Und während sich langsam die Finsternis über die Dächer legte, während in den Häusern der Siedlung die Fensterläden verschlossen und die Türen verriegelt wurden, während ein vom Träumen schweißnasser Junge gemeinsam umgezogen und mit Suppe gefüttert wurde, wurde es spät.

So spät, bis Karl schlief, ruhig geworden, zumindest in den Augen seiner Pfleger. So spät schließlich, bis Alois Daxberger in seiner eigenen Stube, Dr. Hofstätter in seiner Praxis und Johann Heidemann vor einer Flasche Wein saßen.

Bald schlief auch ganz Jettenbrunn.
Und Karl erwachte.
Ausgestanden sein innerer Kampf.
Nun wusste er, wusste, was zu tun sei.

Ein Schrei. Mitten in der Nacht.
Feuer. Gestank. Irgendjemand hatte es zuerst gesehen, gerochen, war auf die Straße gelaufen, hatte seine Stimme erhoben, verzweifelt, hatte ein ganzes Dorf aus dem Schlaf gerissen.
Vor dem Haus des Arztes lagen mit Spiritus übergossene Tierkadaver. Dunkler Rauch stieg empor, vorbei an den Fenstern, dahinter Dr. Hofstätter. Angsterfüllt sein Gesicht, Angst, es könnte ihn angehen, Angst vor der möglichen stattfindenden Lynchjustiz.
»Albrecht!«, wurde sein Name gerufen, von Menschen zwar ohne Heugabeln, ohne Spaten, Sensen, Vorderladern, aber mit dennoch ähnlicher Handlungsbereitschaft. Menschen im Pyjama und Nachthemd, die entsetzt an die Fassade seines Hauses blickten. »Albrecht, sieh dir das an!«
Dann trat er heraus, zögerlich, zum Schutz einen vorgehaltenen alten Revolver in der Hand, sah die in seine Richtung, aber an ihm vorbeideutenden Arme, sah sich um und erstarrte, ließ die Waffe sinken, die Schultern, den Kopf.
Rot war der Schriftzug. Blutrot. Mit bloßen Händen geschrieben. In Großbuchstaben, wie der Ruf des Käuzchens:
KOMM ZU MIR.
»Du warst das selbst«,
»Hast all die Tiere abgeschlachtet«,
»Und jetzt die Wand beschmiert, nur um dein Ammenmärchen weiter zu verbreiten, nur um uns glauben zu lassen, es wäre Charlotte!«, entlud sich nun endgültig die so unerträglich gewordene Spannung. Und sie entlud sich frei von jeder Zurückhaltung, denn Horst Schubert war nicht zugegen. Kei-

ne Stimme des Gesetzes also erhob sich und auch keine der Vernunft – nur die Waffe des Doktor Hofstätter.
»Verschwindet. Ihr glaubt doch nicht wirklich …«
Und der Zorn der Menge wuchs.
»Schieß ruhig«, trat Gerwald Lamprecht vor, »dann mordest du wenigstes vor Zeugen, elender Feigling.«
»Uns führst du nicht hinters Licht.«
»Uns jagst du keinen Schrecken mehr ein.«
»Ihr müsst es mir glauben«, sank Dr. Hofstätter auf die Knie, »ich war das alles nicht.«
Als wollte der Wind den Weg weisen, blies er die nach verbranntem Fleisch und Blut, nach Fell und Spiritus riechenden Rauchschwaden über den Köpfen der Jettenbrunner hinaus aus dem Dorf, in Richtung Weiher.
»Dann beweis es uns.« Ein Entschluss war gefasst, ausgehend von Hubert Oberwaldner: »Tu, was hier steht!«
Kurz wurde es totenstill, nur das Sausen der Flammen, kein Hüsteln, kein Räuspern.
Schließlich nahm das Schicksal seinen Lauf.
»Genau. Steig ins Wasser, vor unseren Augen.«
»Wenn du es nicht selber warst, holt dich Charlotte.«
Alois Daxberger saß regungslos in seinem Rollstuhl, hinter sich Johann Heidemann, vor sich die um den Dorfarzt versammelte Menge, und traute seinen Augen, seinen Ohren nicht. »Zum Weiher mit ihm, zum Weiher mit ihm!«, die Rufe, und doch klang es in den Ohren des alten Mannes wie ein »Kreuzigt ihn, kreuzigt ihn!«.
Da der vom Volk Verurteilte, dort seine Schergen. Doch noch ehe eine Horde Verzweifelter, Erbarmungsloser die dürren Oberarme des Arztes umklammern, ihn wegschleifen konnten unter Gejohle, unter Zurufen, erhob sich Dr. Albrecht Hofstätter ganz von allein, klopfte seine staubig gewordene Pyjamahose ab, richtete sich den Kragen des Oberteils, als wär es das Sakko seines besten Anzuges, und schritt stumm voran.

Dahinter, wie Wochen zuvor bei Charlottes Begräbnis, der Tross des Dorfes, des ganzen Dorfes, Männer, Frauen, Alte, Kinder. Nur Karl war abwesend und doch längst mitten unter ihnen.
»Ich erspar mir das«, erbat sich Alois Daxberger und wurde von Johann Heidemann zu Hause abgesetzt. Dahinter der die Nacht erhellende Auszug der Jettenbrunner Richtung Weiher, aufgebracht, grölend.
Schnell noch ein Hinabeilen des Vaters zu seinem eigenen Hof, zu seinem Sohn. Ein rascher, besorgter Blick von außen hinein in die Dunkelheit des Kinderzimmers. Zu sehen die erhobene Steppdecke. Karl zusammengekauert darunter, schlafend, nahm Johann Heidemann an und folgte den Lichtern.

# 29 *Der Blick*

Lodernde Fackeln erhellten die Nacht, ein bedrohliches, schweigsames Heer marschierte in Richtung Wald, warf Schatten auf den Forstweg. Schatten, die wie ein stilles Ballett beinah im Gleichklang hin- und herschwankten, bis die Lichter hinter den Bäumen verschwanden. Ab und zu noch ein grelles Blitzen, schließlich nur das matte Strahlen über den Wipfeln, und das Dorf stand leer.

Leer bis auf Alois Daxberger. Der war geblieben. Nicht um sich irgendetwas zu ersparen, sondern im Gegenteil: Alois Daxberger war geblieben, um einem Verdacht nachzugehen. So lange schon kannte er den Jungen, ein Junge wie sein eigenes Kind.

Dazu ließ er sich so wie einst, als Karl noch in seinem Stubenwagen steckte, klein, wehrlos, schreiend, aus seinen Rollstuhl zu Boden fallen und kroch ins Freie. Wieder wurde im Haus gegenüber davongelaufen, wieder von einem Elternteil, nur diesmal gab es kein zurückgebliebenes, plötzlich ruhig gewordenes Kind, diesmal lag das kurze Stück hinunter zu den Heidemanns kein Schnee auf der Wiese, diesmal war die Zeit eine andere, auch für den älter, gebrechlich gewordenen Alois Daxberger. Sein Rücken schmerzte, die Stärke seiner Arme, seiner Rumpfmuskulatur war längst der Altersschwäche gewichen,

die Kraft seines Herzens brachte ihn körperlich kaum noch voran. Und auch wenn es ihm, während er die Wiese abwärtsrollte, für einen kurzen Moment schien, er könnte wie einst als kleiner Junge vor sich die Stimme seines Bruders: »Schneller, Alois, schneller!«, und hinter sich die seiner Mutter: »Passt auf, Kinder, passt auf!« hören, war die Stimme in ihm doch die lautere: »Bald wird es Zeit, nach Hause zu gehen.«
Schwerfällig zog er sich die Schwelle der Heidemanns empor, öffnete die unversperrte Tür: »Karl, bist du da?«, zog sich durchs Vorzimmer, durch den Wohnraum, bis an Karls Bett, zog die Decke zu sich herab auf den Boden und begann zu weinen. Bitterlich zu weinen. Und auch wenn nichts vor ihm lag, sah er doch in seiner Erinnerung all die Schlachtfelder und die darauf gefallenen Knaben. Alles war, wie er vermutet hatte, genauso grauenhaft, genauso schmerzlich.
Mit letzter Kraft zog sich Alois Daxberger in eine der Ecken des Kinderzimmers.

Gelb, orange schimmerten die Fackeln auf der glatten Oberfläche, als wollten sie das stille Gewässer umfangen, ihm Wärme geben. Von außen betrachtet fast besinnlich die Stimmung. Menschen, die sich in einer lauen Spätsommernacht an dem Ufer eines Sees versammeln, alle in leichter Kleidung, alle in Schweigen gehüllt, alle voll Erwartung. Inmitten der Menge aber konnte es bedrückender nicht sein.
Dr. Albrecht Hofstätter trat unaufgefordert aus der Reihe heraus, ging an den Rand des Weihers vor, kein Zögern lag in seinem Schritt, knöpfte sein Hemd auf, seine Hose, streifte seinen Pyjama ab. Einen kurzen Moment stand er mit dem Rücken zu seinen Peinigern im Kies, nackt, ausgeliefert und aufrecht zugleich. Stolz fast die Haltung.
Dann trat er seinem Schicksal entgegen, setzte behutsam einen Fuß vor den anderen, bis ihm das Wasser über die Schultern stieg, er zu schwimmen begann, gleichmäßig, gefasst.

Doch nichts in ihm war ruhig. Was würde werden? Innerhalb oder außerhalb des Ufers, egal, allerorts nur Ungewissheit, Bedrohung. Jedes Arm-, jedes Beintempo ein Ringen, vorbei an den Halmen des Schilfgürtels, hinweg über die bis an die Oberfläche ragenden Wasserpflanzen. Blätter streiften seine Beine, vielleicht auch Fische. Immer größer werdende Kreise schob sein durch das Wasser gleitender Körper vor sich her, immer weiter weg von den Fackeln, immer weiter hinaus in die Finsternis.
Dann wurde es Licht. Wie aus dem Nichts, direkt vor den Augen der Jettenbrunner, direkt unter Dr. Hofstätter.
Ein Raunen ging durch die Menge, ein Zucken durch Dr. Hofstätters Leib. Zu wenig Zeit blieb ihm, einen Hilferuf, einen Laut ausstoßen zu können. Keiner der Zuseher wagte ein Wort, wagte einen Schritt vorwärts. Langsam, als hätte eine Bestie die Fluten verlassen und seine Opfer ins Visier genommen, wichen die Jettenbrunner zurück.
Nur da war nichts entstiegen, sondern verschwunden, hinabgerissen mit voller Wucht. Einzig das aus der Tiefe herauffunkelnde, stillstehende Leuchten war zu sehen. Männer zogen ihre Frauen, Mütter ihre Kinder zu sich, den Blick gebannt auf das Licht gerichtet. Ein Licht, das nun immer schwächer wurde.
»Genug!«, brüllte Johann Heidemann und stürmte, ohne seine Kleidung auszuziehen, ins Wasser. »Oder wollt ihr tatsächlich an einen Spuk glauben?«
»Johann, nicht!«, wurde ihm hinterhergerufen, gefolgt von einem: »Wer soll sonst hinein? Wenn es Charlotte ist, wird sie ihm ja hoffentlich nichts tun!«
Und Johann schwamm, so schnell er konnte, bis an die Stelle des matt gewordenen Lichtes und tauchte ab.
Vor ihm der leblose, sinkende Körper des Arztes, einen Schleier hinter sich herziehend. Ein Schleier, der dem Brustkorb entstieg, sich verlor. Blut.
Johann wollte hinterher. Dann traf das Strahlen ihn. Mitten

ins Gesicht. Kurz, gezielt. Schwärze, mit einem Schlag. Blind vom Geblendetwerden stieß er zügig in die Tiefe, vorbei an Dr. Hofstätters Regungslosigkeit, vorbei an dessen starrem Blick, dem durchstochenen Herzen, vorbei an dessen Beinen, immer weiter dem gerade erloschenen Licht entgegen, suchend. Unter ihm nichts als Finsternis, Leere. Kein Sehen. Kein Ertasten. Dann blieb er hängen, während des Armtempos, verfing sich an einer abwärts verlaufenden, straff gezogenen Leine. Und nun zog auch Johann daran, zog und zog, doch nichts von unten empor, sondern von oben herab. Er zog, bis ihm der Leichnam des Arztes entgegenkam, bis sich körperlich spürbar die Gewissheit einstellte, abbrechen, Luft holen zu müssen. Also zurück. Über ihm die Oberfläche des Weihers, hell, freundlich fast. Verschwommen das Leuchten der von Fackeln erhellten Nacht.
Ein Leuchten, vor das sich nun langsam, achtsam wie ein Raubfisch ein bedrohlicher dunkler Fleck schob.
Johann war nicht allein.
Nur nichts daran sah nach Fisch aus: Arme, Beine, ein Kopf, ein Körper. Und nichts daran erinnerte an Charlotte. Kein langes Haar, keine zierliche Statur. So sieht kein Geist aus, wusste Johann Heidemann, ebenso wie er wusste, schleunigst Sauerstoff zu benötigen, um nicht völlig unabhängig davon, was diese Person über ihm vorhatte, den Tod zu finden.
Er musste hinauf.
Nur noch drei Meter, zwei Meter, vor sich der stille Gast, seine Beine, sein Bauch, zwischen den Fingern der einen Hand ein Seil, zwischen den Fingern der anderen Hand ein Filetier-Messer, noch ein Meter, dann das Gesicht.
Brüllend durchstieß Johann die Oberfläche.
Auch ein Aufschrei der Erleichterung in den Reihen der Jettenbrunner. Johanns Schrei aber war kein solcher.
»Was ist da unten?«, kam es vom Ufer, da wurde bereits wieder abgetaucht, nur ein Stück, nur um erneut auf Kopfhöhe

zu kommen, nur um bestätigt zu wissen, was er soeben gesehen hatte: Das zur Oberfläche reichende Plastikrohr, die Taucherbrille, die dunklen Pupillen, die Augen seines Sohnes.
So lang es ihm möglich war, hielt Johann diese Position, den Blick und somit die Verbindung zu seinem Kind. Suchend, als wollte er hineinschauen in das Innere, um all das darin Verborgene, grauenhafte Wissen herauslesen zu können, die Antwort auf all die Fragen: Warum? Wen noch? Die Großeltern, Veronika Lamprecht, die eigene Mutter sogar?
Doch was er sah, war Freundlichkeit, Wohlwollen. Nichts an Entsetzen, Wahnsinn, nichts an Scham, an Reue. Kein Anzeichen der Einsicht, etwas Abscheuliches getan zu haben. Verwirrung hingegen bei Johann Heidemann,
Schmerz, Atemnot. Die gemeinsame Zeit unter Wasser fand ihr Ende. Ebenso wie über Wasser.
Ein Ende, dem ein Anfang innewohnte ganz ohne Zauber.

Kaum ans Ufer gelangt, kam Bewegung in die Reihe der Jettenbrunner. Jeder wollte hören: Was und wer und wie?
Es gab keine Erwiderung. Nur das Schweigen eines erstarrten Gesichtes. Eines schlagartig gealterten Gesichts, blass, eingefallen, tiefe Furchen. Was immer Johann Heidemann gesehen hatte, es musste von grauenhafter Natur gewesen sein, da war man sich sicher. Laut wurde es, geredet wurde, während Johann Heidemann zusammengesunken im Uferkies saß und stumm über das finster gewordene Wasser blickte.
Und bald wussten man auch ohne Erklärung: Wen konnte ein im Dorf als konfessionslos bekannter Mann, kein Kirchgänger, der aus dem Wasser steigt und sich mit aschfahlem Gesicht vor aller Augen bekreuzigt, wohl vor sich gehabt haben?
Gefangen waren sie, die Jettenbrunner, von dieser Einsicht, und befreit zugleich. Denn ja, man kannte jeden Mitbürger dieser geschrumpften Gemeinschaft persönlich, und man konnte zählen, viel Aufwand war dazu auch nicht mehr von-

nöten. Ein kurzes Prozedere mit einem klaren Ergebnis: Jeder der Jettenbrunner befand sich hier. Jeder, bis auf den alten Daxberger und den fiebernden Karl. Niemand sonst war zurückgeblieben.
Niemand aus den Reihen der Dorfbewohner konnte folglich der Mörder sein. Blieben noch die fremden Reihen der Lebenden und die eigenen Reihen der Verstorbenen.
Was bislang nur ein schauriges Vermuten, ein dumpfes Ahnen war, wurde somit zur Gewissheit. Eine über jede Vernunft, jedes Gegenargument erhabene Gewissheit:
Hier, inmitten des Jettenbrunner Weihers, würden die Jettenbrunner in Zukunft keine launigen Badenachmittage mehr erwarten, keine Spritzpartien, keine Schlauchbootrennen, keine Liebesabenteuer, sondern nur noch eines: Der in der Tiefe lauernde Tod namens Charlotte Heidemann.

# 30 *Der Schmerz*

Aufgewühlt lief Karl durch die Nacht, den väterlichen Blick noch vor Augen. Wärme in seinem Herzen. Verbundenheit. Nun endlich konnte er sein Geschenk überreichen.

Am anderen Ende des Weihers war er im Schilf verborgen aus dem Wasser gekrochen, nur noch ein Ziel im Visier: Zuhause.

So vieles war ihm an diesem Abend gelungen:

Doktor Hofstätter konnte er befreien von jeder Schuld, jeden Qualen. Abwärtsgezogen, sofort der Stich ins Herz. Kein Kampf, kein Schmerz, kein Winden.

Seinen Vater konnte er befreien von jedem Verdacht.

Seine Mutter konnte er befreien, auch vor dem Vergessenwerden, sie in gewisser Weise von den Toten erwecken, unsterblich werden lassen.

Eilig nun sein Rückweg, ein kurzer Halt an der alten Eiche, in deren geräumig hohlem Stamm er ansonsten seine Kleidung und sein Messer verstaute. Diesmal aber war etwas abzuholen. Fest der Vorsatz, dem Vater auszuhändigen, was auch des Vaters war. Nie mehr vergessen hatte er die Worte des Dr. Hofstätter, all die Jahre: »Ein Kind bleibt im Herzen der Mutter auf ewig. Liebe vergeht nicht.«

In einem leeren, mit dem Wasser des Weihers gefüllten Gurkenglas war es aufbewahrt worden die letzten Tage. Und wenn

er wirklich stimmt, dieser Satz, dann befand sich das unsichtbare Etwas der Charlotte Heidemann im Herzen ihrer Mutter Gertraud, dann trug Karl seine Mutter nun in gewisser Weise bei sich, ihre Liebe, dann trug er sie wie ein Kleinod auf Händen zurück nach Hause und konnte sie nun seinem zerbrochenen, immer noch trauernden Vater Johann aushändigen.
Erfüllt huschte Karl Heidemann abseits der Wege durchs Dickicht, spürte nicht die Dornen der wilden Rosen auf seiner nackten Haut, spürte die Stacheln der Brombeerstauden nicht, sondern nur Freude, überschwengliche Freude. Freude, wie sie ein Kind durchströmt, wenn es von sich aus und aus eigener Kraft etwas herzustellen und zu schenken imstande ist, Zeichnungen, Sandkuchen, Kastanienmännchen, Sankt Martins Laternen. Brenne auf, mein Licht, brenne auf, mein Licht. Und es brannte. Denn schließlich lag sein Elternhaus vor ihm, das geöffnete Fenster des erhellten Kinderzimmers, die Wirklichkeit. Eine Wirklichkeit, die Karl Heidemann vom Himmel fing, wie ein Netz den Schmetterling. Unüberhörbar die ins Freie dringenden Stimmen. Zwei schlagende Herzen, eines aufgeregt, eines schwach:
»Ich verständige die Rettung, Alois. Sie werden dich mitnehmen, und dann wird alles gut.«
»Meine Rettung wart die letzten Jahre ihr, und die einzige Rettung, die ich mir jetzt noch wünsch, ist schon im Anmarsch. Ich spür es.«
Ein kurzes Verstummen, dann ein Fortsetzen: »Sollte Karl nicht schön langsam zurück sein?«
Kraft- und trostlos die Erwiderung Johann Heidemanns: »Keine Ahnung. Ich weiß ja nicht, wie lange er sich sonst draußen herumtreibt, und vor allem: Ich weiß nicht, was er noch anrichtet, Alois. Ich habe eine Bestie in diese Welt gesetzt.«
Bestie? Karl verstand nicht, verlor den Halt, sah das in seinem Inneren errichtete Gebäude namens Heimat aus sich heraus-

gerissen und mit Füßen getreten, musste sich an der Hausmauer abstützen, sich anlehnen. Zu schnell, zu unvorsichtig.
»Hast du gehört, Alois! Draußen.«
Schritte im Zimmer, das Entfernen des auf einen hölzernen Rahmen gespannten Insektenschutzgitters, ein Blick über das Fensterbrett, darunter das dichte Blattwerk des Efeus, die Finsternis, darin verborgen, eng an die Hausmauer gepresst, Karl. Kein Mucks, kein Atemzug.
Das besorgte »Ist er zurück?« eines Sterbenden.
»Nichts, wahrscheinlich der Wind.«
Johann Heidemann schloss das Fenster und Karl die Augen, ganz auf die Worte im Inneren des Hauses konzentriert.
Kraftlos klang die Stimme des Alten und doch voll Überzeugung: »Es ist keine Bestie. Es ist ein Kind. Und was unterscheidet Kinder von uns Erwachsenen, außer, dass sie mit reinem Herzen, Begeisterung und Tatendrang an etwas zu glauben fähig sind. Ich habe Kinder Dinge tun sehen, grausame Dinge. Sie und ihre Gedanken sind formbar wie Knetmasse. Ich weiß nicht, warum Karl so handelt, was in seinem Kopf vorgeht, was dort richtig und was falsch ist, aber Bösartigkeit ist es keine, da bin ich sicher.«
»Es ist bedeutungslos, was richtig ist für ihn und was falsch. Es zählt allein, was er getan hat, Alois. Vielleicht sogar mit Charlotte, seiner eigenen Mutter!«
Sternenklar lag die Nacht über den Jettenbrunner Dächern. Drückend noch die Wärme des längst ausgeklungenen Tages.
Hinter dem Spalierobst an die Hausmauer gelehnt, sank Karl die Ranken des Efeus hinab zu Boden.
Dort blieb er mit zusammengekniffenen Augen, bemüht, nur das Rauschen, das Hämmern in sich wahrzunehmen. Wegspülen, zerschlagen, untergehen lassen wollte er darin die Worte seines Vaters. Doch vergeblich. Sie drangen durch, marterten seinen Kopf, durchstießen ihn wie Pfeile. Er vernahm die Be-

sänftigung Alois Daxbergers, er vernahm die Schilderung, wonach es Alois schon länger aufgefallen wäre, wie sich der Junge auf mannigfaltige Weise dem Thema Tod zu widmen begonnen hatte, auch all die Zeichnungen der nur vermeintlich Schlafenden wären klare Hinweise, er vernahm die immer leiser werdenden Stimmen der beiden, das immer länger werdende Schweigen dazwischen, das Ticken der Uhren, das Fortschreiten der Zeit.

Müde war er. Und schwer. Die Arme, die Beine wie in Eisenketten gelegt, der ganze Körper wie ein zum Stillstand gekommenes, vollgesogenes Mühlrad, unfähig zu handeln, sich zu bewegen, egal in welche Richtung. Sägend das Zirpen der Grillen, pochend die an das lichte Fenster prallenden Mücken, Nachtfalter, knisternd die sich im aufkommenden Wind bewegenden Blätter der Obstbäume und Kletterpflanzen. Karl litt. Alles ein einziger Schmerz, in ihm und um ihn.

So verging die Zeit, tatenlos, ohne Erlösung, bis sich Sorge breitmachte:

»Hans, du solltest den Jungen suchen gehen!«

»Und dich alleine sterben lassen? Niemals.«

»Sterben müssen wir alle allein, das ist richtig so, und nicht anders will ich es. Trag mich in mein Haus hinauf. Stell dir vor, Karl kommt zurück, sieht mich, und ich, ich, ich bin schon …« Alois Daxberger fielen die Worte immer schwerer.

»Ich bleibe bei dir, Alois. Karl findet sich draußen zurecht, da bin ich sicher. Er wird um diese Zeit nicht zum ersten Mal unterwegs sein.«

»Johann, verstehst du nicht? Dir bleibt keine andere Wahl. Dir bleibt nur noch heute. Morgen ist es zu spät. Morgen musst du weg von hier. Versprich mir, dass du Karl hier rausbringst, bevor er noch mehr Unheil anrichtet und bevor die Menschen an euch Unheil anrichten. Das wird passieren, glaub mir. Und wenn du Karl nicht mehr findest, musst du trotzdem aufbrechen, ohne jemand zu erzählen, dass er verschollen ist. Ver-

stehst du? Jeder wüsste sofort, dass er es war. Jeder. Sein Leben wäre verwirkt. Und das Leben, es ist so wertvoll, es …«
Tiefe, lange Atemzüge drangen hinaus ins Freie. Dann wurde es still in Alois Daxberger und laut in Johann Heidemann. Karl vernahm das Seufzen seines Vaters, die Unruhe, das Schaben seiner Schuhsohlen über dem Parkett, wie die Hufe eines an die Koppel gebundenen Pferdes, das Anstimmen eines Gebetes. Eindringlicher wurde die Stimme, intensiver die Worte: »Was bist du für ein Gott, Kinder solche Taten verüben zu lassen? Der Teufel?« Dann stand er auf.
Schwer geworden war das Herz in Karls Händen. Das Herz seiner Großmutter. Schwer und bedeutungslos. Was sollte er noch damit?
Wenn Mütter ihre Kinder in ihren Herzen trugen, war Karl ohnedies bei seiner Mutter, auf ewig.
Mit vorgestreckten Armen und Tränen, die eine helle Spur über seine verdreckten Wangen ziehen, seinem Vater entgegenlaufen? Sein Vater würde nichts davon wollen. Nicht die Zuwendung, nicht die Tränen, nicht das Herz. Niemand würde es wollen. Niemand würde es verstehen.
Karl fror. Zwar spürte er die Wärme und Erlösung der in seinem Zimmer gerade stattgefundenen Befreiung, spürte, wie liebevoll der Tod sein konnte, wenn er ganz von alleine kam, spürte, wie nahe ihm Alois Daxberger in diesem Augenblick gerückt kam, als würde er den Umweg in das Reich des Todes durch das vor dem Fenster sitzende Kind nehmen wollen, doch all das vermochte seine Erstarrung nicht zu lindern.
Auch in ihm war etwas gestorben.
Regungslos zwischen den Efeuranken wartend, sah er zu, wie Johann Heidemann hinter der Mauerkante des Hauses auftauchte, den Abhang hinaufstieg, die leer gewordene Hülle Alois Daxbergers in den Armen, und wusste: Auch wenn sich sein Vater nun gleich auf die Suche begibt, er wird ihn nicht finden. Niemand mehr wird ihn finden.

Wenn Kindheit und Jugend bedeutet, auch nur einen einzigen Menschen um sich zu haben, der Schutz gibt und Nahrung, der sich kümmert und entscheidet, der Verantwortung trägt, traf Karl in diesem Moment den Entschluss, kein Kind mehr sein zu wollen und alles zurückzulassen: Das Haus seiner Geburt, all seine Habseligkeiten, einen Teil seines Herzens und das ganze Herz seiner Großmutter. Irgendetwas würde es holen: Füchse, Dachse, Marder, Vögel, noch in dieser Nacht. Alles ist eins, alles ein Kreislauf.
»Lauf! Sofort!«, so die drängende Anweisung in seinem Inneren. Nur seine Kleidung am Leib, seine Schuhe an den Füßen, mühte er sich hoch und blickte zum Waldrand.
Gehen, mit leeren Händen.
Es würde nichts Fremdes auf ihn warten, nichts, dessen Tücken und Vorzüge er nicht kennenlernen durfte die letzte Zeit. Es würde sich nur eines verändern: Die Richtung. Ein Hin ohne Zurück. Dann brach er auf.

Johann Heidemann sah es, vom Fenster aus. Er hatte Alois Daxberger in dessen Bett gelegt, ihm Würde zurückgegeben, ihm mit einem Geschirrtuch das herabgefallene Kinn hochgebunden, ihm die vom haltlos der Blase entronnenen Harn durchnässte Kleidung gewechselt. Und während er dem leblosen, behäbig gewordenen Körper wie einem schlafenden Kind liebevoll die Decke bis zu den Schultern zog, nahm er aus dem Augenwinkel Bewegung wahr. Gegenüber. Vor dem noch erleuchteten Kinderzimmer. Als wär es ein Schattenspiel, trat die Silhouette aus dem Efeu heraus und auf das Spalierobst zu.
»Karl!« Johann Heidemann wusste es sofort. Sein Kind. Nichts daran sah aus, als wäre es soeben erst gekommen, als wäre all das vorhin Gesprochene ungehört zum Fenster hinausgedrungen.
»Nein!«, rannte er verzweifelt durchs Vorzimmer, schlug die Eingangstür auf mit voller Wucht und trat ins Freie.
»Karl!«

Ein Knall, Holz auf Holz, direkt vor dem Haus des alten Daxberger. Das Nennen seines Namens, nicht laut, eher wie ein leises Aufbegehren. Karl Heidemann blieb stehen, richtete sich auf, drehte sich langsam um.

»Bleib hier!«, hörte er seinen Vater noch sagen, sichtlich bemüht, jedes Aufsehen zu vermeiden, niemanden im Dorf zu wecken.

Doch kein Ruf, kein Bitten, nichts hätte etwas ändern können. Und als ob er es wüsste, wurde Johann Heidemann ruhig. Lange standen die beiden voreinander, in großer Entfernung und doch nahe genug, um schließlich Abschied nehmen zu können. Der Sohn mit langsamen Schritten rückwärts. Der Vater mit sich langsam erhebender Hand. Ein kurzes, hilfloses Winken, erwidert einzig mit der Abkehr.

Zeit zu gehen.

# 31 *Die Trennung*

Karl Heidemann rannte los, immer schneller. Er rannte anfangs geläufige Wege entlang, und doch schien es ihm wie sein erstes Mal. Mit anderen Augen betrachtet, mit dem Abschied in den Beinen, wurde das Alte neu, als hätte dieser eine, endgültige Blick aus dem Gewohnten all das bisher Ungesehene herausschälen wollen.
Karl lief, so gut seine müden Beine ihn tragen konnten, vorbei an seiner Tanne, nahm das dort versteckte Messer an sich, lief vorbei an der Marienkapelle, ein letztes Mal vorbei an dem Ufer des Weihers, dann weiter durch den Jettenbrunner Forst, bis der Wald sich lichtete. Vor sich eine weitläufige Ebene, begrenzt von sanft ansteigenden Hügeln, darunter der Kalvarienberg mit seinen bis zur Spitze hinaufführenden Gedenksäulen der Kreuzigung Christi. Und weiter. Aus dem schnellen Schritt wurde bald ein langsames Gehen, vorbei an numerierten, beschrifteten Bildern, wie er sie nie zuvor gesehen hatte. Bilder wie Wegweiser.

*1. Jesus wird zum Tode verurteilt.*
*2. Jesus nimmt das Kreuz auf seine Schultern.*
*3. Jesus fällt zum ersten Mal unter dem Kreuz.*

*4. Jesus begegnet seiner Mutter.*
*5. Simon von Cyrene hilft Jesus das Kreuz tragen.*

Aus Karls Gehen wurde ein Trotten, schwerfällig, als hätte auch er Last auf den Schultern. Und weiter, den sich schlängelnden Pfad entlang.

*6. Veronika reicht Jesus das Schweißtuch.*
*7. Jesus fällt zum zweiten Mal unter dem Kreuz.*
*8. Jesus begegnet den weinenden Frauen.*
*9. Jesus fällt zum dritten Mal unter dem Kreuz.*

Karl musste haltmachen, sein Hemd, seine Hose klebten an seiner Haut, die Haare auf seiner Stirn. Sein Körper ein einziges Schmerzen. Gestützt auf seinen Beinen kehrte er sich um und sah es leuchten im Dunkeln, Jettenbrunn. Klein und friedlich.

*10. Jesus wird seiner Kleider beraubt.*
*11. Jesus wird ans Kreuz genagelt.*

Karl sah das Bild vor sich, den an Holzstämme geschlagenen Körper, doch da war kein Schmerz im Gesicht dieses Mannes, nur Frieden. Hatte der Maler darauf vergessen, hatte er es bewusst weggelassen? Warum? Gab es für ihn den Schmerz nicht? »Kein Schmerz!«, Karl hörte seine innere Stimme, »Kein Schmerz, kein Schmerz!« Weiter, wie in Trance nur noch den Gipfel im Auge, völlig außer Atem, seine Lungen, seine Fußsohlen brannten, waren nicht gewohnt, den zu schweren Körper so weit tragen zu müssen. Alles in ihm schrie nach Umkehr, nur sein Wille nicht.

*12. Jesus stirbt am Kreuz.*
*13. Jesus wird vom Kreuz abgenommen und in den Schoß seiner Mutter gelegt.*
*14. Der heilige Leichnam Jesu wird in das Grab gelegt.*

Nichts mehr über ihm, nur der Himmel, die Sterne, die Weite. Karl, hechelnd, wehrte sich gegen die Schwäche, wollte nicht zu Boden gehen, blieb stehen, zitternd, bis er fähig war, langsam und gleichmäßig zu atmen, zu Sinnen zu kommen.
Kein Blick mehr zurück, nur nach vorn, auf das unbeschriebene Blatt seiner Zukunft.
Dann ging es abwärts. Bald mit stechenden Knien. Bald wurde aus der Kraft des Aufbruchs Ermattung, aus dem Mut die Verzweiflung. Es schien ihm, als befände er sich im freien Fall, als hätte er den Sprung über die Klippe gewagt, ohne zu wissen, wie weit es in die Tiefe geht. Immer schwerer die Beine, immer drückender die Frage: wohin? All die gewohnten Geräusche um ihn bekamen mit einem Mal andere Bedeutung, bedrohliche Bedeutung. Und voll davon war die Nacht. Die Augen weit aufgerissen, die Handflächen an die Ohren gepresst, setzte er einen Fuß vor den anderen. Und so groß die Erschöpfung auch war, Karl blieb nicht stehen, als hätten seine Beine beschlossen, dem Rest des Körpers ihre Zugehörigkeit zu verweigern. Ein ihm bis dato unbekannter Zustand. Alois Daxberger natürlich, wäre er noch am Leben, hätte ihm von Gewaltmärschen erzählen können, von Soldaten, die sich schwer bepackt mit offenen Augen dahinschleppten, wie Getriebene, und dennoch nicht reagierten auf das Zureden ihrer Kameraden, die irgendwann ausscherten aus Reih und Glied, geradewegs in die Büsche torkelten, zu Boden fielen und zwischen dem Geäst das fortsetzen wollten, was sie die längste Zeit bereits im Gehen gefunden hatten: ihren Schlaf.
So auch Karl. Unterwegs entlang eines Feldweges war er irgendwann eingenickt, vom Weg abgekommen, in einen Acker

gestürzt, als wäre es sein weiches Bett. Mannshoch das Meer aus Sonnenblumen über ihm. Und als sich die gelben Köpfe, wie zum Gebet ihrer Gottheit zugewandt, andächtig von Osten gen Westen neigten, schlief er immer noch.
Er schlief, während der Ermittler Horst Schubert den Leichnam Dr. Hofstätters fand und sich von verstörten Jettenbrunnern über die Ereignisse der Nacht berichten ließ.
Er schlief, während sein nunmehr verdachtsfreier Vater befragt wurde, im Anschluss das Nötigste in dem Kofferraum des Wagens verstaute und, so zumindest die Erklärung, mit seinem immer noch kranken Sohn dem Dorf den Rücken kehrte, um endlich irgendwann vergessen und woanders neu anfangen zu können.
Und er schlief, als sich die Jettenbrunner zur Totenwache in den Räumlichkeiten des aufgebahrten Alois Daxberger einfanden.
Da nahm der Tag bereits sein Ende.
So auch Karls Schlaf. Plötzlich. Mit brennendem Schmerz.
Zu intensiv der Irrgarten seiner Phantasie, der darin unbändig brüllende Hunger und Durst. Hellwach war er mit einem Mal, blutunterlaufen der Gebissabdruck in seinem Unterarm, beißend sein sonnengerötetes Gesicht, verschwunden die Traumwelt, immer noch da der Hunger, der Durst. Keiner mehr, dem er auffordernd den noch leeren Teller hinschieben konnte. Nun also lag es vor ihm, glasklar, das nächste Ziel seiner Reise: das Suchen nach Essbarem und Wasser. Und es musste schnell gehen. Schnell und im Verborgenen, wie ein Raubtier. Zu groß seine Sorge, gesehen zu werden, möglicherweise von seinem Vater, der ihn gewiss suchen würde. Also weiter, Weg zurücklegen, immer in Deckung eines Waldrandes, immer tiefer ins Land hinein, ganz klar sein innerer Kompass: den Lärm meiden, die Stille suchen, Nahrung finden.

# 32 *Garten Eden*

Und er kam überraschend gut zurecht, dankbar über all das, was dieser Spätsommer so großmütig zu bieten hatte, was vor seinen Augen floss und wuchs. Bäche, Beeren, prall gefüllte Birnbäume, Ringlotten, Äpfel, noch etwas sauer, Birnen, Haselnussstauden. Karl fraß sich gierig wie ein Hamster, als ginge es Vorräte anzulegen, seiner ungewissen Route entlang, immer in Deckung eines Waldrandes, immer tiefer ins Land hinein.
Und je länger er ging, desto mehr fand er dank seiner Erfahrung mit der Finsternis und derartigen Pirschgängen Vertrauen zu sich, zu seiner Umgebung, zu seiner Gabe. Eine Gabe, die es ihm ermöglichte, nicht nur ungesehen bleiben zu wollen, sondern wie die Tiere des Waldes auch zu können. Er marschierte, fast euphorisch, bis sein Körper ihn unerwartet haltmachen ließ.

Den darauffolgenden wolkigen Tag verbrachte er erneut inmitten eines weitläufigen Sonnenblumenfeldes, auch der Gewohnheit und Sicherheit wegen, denn wer spaziert schon durch die engen, langen Reihen eines solch unwegsamen Ackers, so seine Vermutung. Und so freundlich die Blütenköpfe auch nach oben lachten, so unfreundlich war die Welt

darunter. Dort lag Karl und wand sich vor Magenkrämpfen. Und wenn er nicht lag, hockte er mit brennenden Oberschenkeln zwischen den Stengeln, als würde sich sein Inneres gänzlich entleeren wollen, mühte er sich ab mit den haarigen Blättern, sein wund werdendes, wie Feuer brennendes Gesäß zu reinigen. Die Großzügigkeit des Spätsommers also sprach ihr Urteil über die Maßlosigkeit. Und sie züchtigte den Gierigen so lange mit harter Hand, bis Karl Heidemann endlich zusammengekauert Schlaf fand für den Rest des Tages.
Mit Anbrechen der Nacht brach auch Karl wieder auf. Kalt war ihm, quälend langsam sein Weiterkommen, unwirtlich die Außentemperatur, groß die Einsicht, in seiner derzeitigen Verfassung dringend Dinge zu benötigen, die er nicht finden konnte völlig abseits der Menschen, Kleidung, sauberes Wasser. Lange musste er nicht suchen.
Das erste, hinter den lichter werdenden Baumreihen auftauchende Gehöft gab ihm Hoffnung. Dunkel schon die Zimmer, nur blau das aus einem Fenster flackernde Licht eines Fernsehers. An einer Hausmauer eine Gartenwasserleitung. Nur noch ein kurzes Stück. Endlich trinken.
Daraus wurde nichts. Zu groß die Gier und Unaufmerksamkeit des Karl Heidemann, schlagartig das Ändern seiner Richtung. Ein Davonlaufen, Stolpern, Stürzen, Aufrappeln, doch zu spät. Hinter sich ein Aufwachen, ein Rasseln, dazu das erboste Gekläffe eines aus einem kleinen Verschlag hervorschießenden Köters. Gellend der Ton, alles zerreißend, ein Loch in die Stille sprengend. Gespannt die Kette, daran zerrend, wild hin und her springend, das aufgebrachte Tier, gefletscht die Zähne, aufgerissen das Maul. Licht in der Stube, im Vorraum. Das Öffnen der Tür.
»Was ist los hier? Riko, Platz!«
Karl lief, quälend, schmerzhaft das Pochen hinter seiner Stirn. Ein Schuss wie ein Donnerschlag, ein Zischen weit über seinem Kopf.

»Wen haben wir denn da?«
Noch ein Schuss.
»Hier gibt es nichts zu holen, außer Kugeln. Kapiert! Also schau, dass du weiterkommst!«
Da war Karl bereits ein gutes Stück in den Wald vorgedrungen, konnte er es noch immer hören, das Bellen des Hundes.
Er musste zu Kräften kommen.
Also weiter. Zum nächsten Hof.
Diesmal mehr Vorsicht, diesmal behutsam auf der Suche nach Abfällen um das so ruhig im Dunkeln liegende Gebäude, die Stallungen schleichen. Nur das Schaben der Tiere, das Pendeln der Ketten gegen die Halterungen, das Grunzen, das Schnauben. Auf einem der Fensterbretter ein Beutel harter Brotreste. In den Stallungen ein Jutesack, alte Decken, ein Paar Gummistiefel. An einem Haken Arbeitskleidung. In einem kleinen Nebenraum Regale voll Honig, dazwischen ein Kühlschrank, darin Milch.
Karl empfand Dankbarkeit, ja Glück.
Das nächstbeste größere Feld, diesmal Mais, wurde ihm zum Quartier. Dort lag er wie ein Handwerker in Blau gekleidet, von Decken umwickelt, die Füße von Heu umhüllt und in die Gummistiefel gesteckt, den Kopf auf dem mit Heu und Honiggläsern gefüllten Jutesack, kaute genüsslich das steinharte Schwarzbrot, starrte in den Nachthimmel, zählte das kurze, leuchtende Vorbeischießen der vor seinen Augen stattfindenden Erinnerung an längst verglühte Sterne und empfand zum ersten Mal seit seinem Aufbruch für eine kurze Momentaufnahme so etwas wie Zufriedenheit. Ganze zwei Tage blieb er, kam zusätzlich in den Genuss des Gemüsegartens, der Beerensträucher, verkroch sich bei nächtlichem Regen in den Stall, nahm eine Plastikplane an sich, um auch im Feld vor Nässe geschützt zu sein, steckte ab und an den Kopf ein wenig in die Höhe, sah zum ersten Mal unter Tags in der Ferne die bereits weißen Bergspitzen einer den ganzen Horizont in Be-

schlag nehmenden Gebirgskette, sah das Farbenspiel des Himmels, seine Abermillionen Blautöne, dachte sich Geschichten aus zu all den vielen Formen der vorbeiziehenden Wolken, Wale, Walrosse, Schiffe, Raumschiffe, Einhörner, Mammuts und sammelte Kräfte, als wüsste er, was ihn erwartet.

# 33 *Die Finsternis*

Die Vernunft hat viele Gegner. Nicht nur den Hunger, der imstande ist, den Menschen zu waghalsigen, aussichtslosen Taten zu treiben, sondern auch die Sättigung, eine Meisterin der Verführung. Denn nur nach einem drängt die Erfahrung des Befriedigtwerdens: nach Wiederholung.

Und Karl Heidemann wollte genau diese, obwohl er wusste, es wäre besser für ihn und sein empfindliches Gehör, im Stillen zu bleiben, es wäre besser, so wie geplant die Menschen zu meiden. Nur, er konnte nicht anders. Zu wohl tat seinem Körper das Glück des Reichtums. Ein Reichtum, der sich anderen als Einfachheit darstellt, bestehend aus Brot, Milch, Honig. Nur nichts davon lag im Wald oder wuchs am Wegesrand. Also nahm Karl von nun an in manch seiner nächtlichen Etappen Kurs auf bewohntes Gebiet, gewann immer mehr Routine, konnte sich verbergen schon beim geringsten Zeichen einer möglichen bevorstehenden Begegnung. Allein durch das Hineinlauschen, als würde er ein Stethoskop an die Mauern legen, lernte er schnell herauszufinden: Wie viele Menschen, Tiere, wohnen, schlafen an welchen Plätzen. Und schliefen sie tatsächlich, legte er Station ein in den Hinterhöfen, bevorzugt der Lebensmittelhändler, Fleischer, Bäckereien, durchforstete die Reichhaltigkeit der Mülltonnen, dankbar

über die hohe Qualität der darin entsorgten Güter, durchforstete die Reichhaltigkeit der Altpapiercontainer, dankbar über die Fülle alter Zeitungen, Zeitschriften, sogar Bücher. Lektüre, die ihm Einblicke lieferte über das Tagesgeschehen, die Gegenwart, die Menschen und ihr Wesen, Handeln, Denken, und er las mehr Schlechtes als Gutes, las von Macht, Gier, Eitelkeit, die Streit, Zerstörung nach sich zogen.
Er schlich durch Gärten, fand auf Wäscheleinen hängende Kleidung, fand vor Terrassentüren abgestelltes Schuhwerk, fand in Grills oder ausgekühltem Lagerfeuer verkohlte Kartoffeln, Gemüse, Wurst- und Fleischreste. Die weggeworfene Welt wurde ihm ein Schlaraffenland. Die schlafende Welt ein Paradies. Ein wie ausgestorben wirkendes Paradies, als wollte es flüsternd erzählen, wie wenig ihm das Treiben der Menschen fehle, wie sehr ihm darum selbst der Tag als Plage erschiene.
Je länger Karl Heidemann auf sich gestellt das Land durchstreifte, der Bergkette entgegen, desto bedeutsamer wurde ihm die Frage nach dem eigenen Nutzen: Für seine Mutter war er nie der, den sie sich gewünscht hatte, für seinen Vater war er von nun an ein Ungeheuer, für die Jettenbrunner war er wie ein Gespenst, und für die Welt um sich, so sein eigenes Verlangen, war er möglichst ein Unsichtbarer.
Was also war seine Bestimmung?
Wozu war er hier? Um ein Schattendasein zu führen?
Und je mehr der Sommer voranschritt, desto mehr rückte auch um ihn ein Schatten näher. Bald war von nichts anderem mehr zu lesen, zu hören: der kommenden Finsternis.
11. August 1999. Ein Naturschauspiel seltener Güte, vielleicht der Vorbote, vielleicht sogar das Einleiten, ja der vorzeitige Beginn einer drohenden, alles in Besitz nehmenden Dunkelheit. Jahrtausendwechsel. Untergang.
Härter wurde der Weg, immer öfter durchzogen von kleinen Bergen, den Ausläufern der nahenden Gebirgskette.
Und als sich Karl Heidemann im Laufe des zehnten August-

tages in einem dichten Wald am Rande einer abgelegenen, weitläufigen Wiese befand, verborgen in einer von gefällten Baumstämmen verdeckten Grube, wurde mit Vorrücken der Stunden auch der anwachsende Lärm immer unerträglicher. Fast schien es ihm, je verlassener die Gegend, desto mehr eintreffende Menschen. Dort, wo am frühen Morgen noch die leere Wiese in der Sonne lag, war bald kein Grün mehr zu sehen. Wie im Frühling aus Mauerritzen kriechende Ameisen sammelten sich ganze Heerscharen, stellten ihre Autos, Campingbusse, Wohnwägen ab, bauten ihre Zelte, Teleskope auf, betraten den Wald, um ihre Notdurft zu verrichten.
Und sie blieben auch mit Einbruch der Nacht, vielleicht, so der Glauben einiger, der letzten Nacht auf Erden.
Gebannt wartete Karl unter den Stämmen, groß seine Neugierde, lauschte all den Stimmen, roch den Rauch der Lagerfeuer, hörte die Musik, das Gelächter. Fremde unter Fremden, Hunderte.
Und er verschloss seine Ohren, umwickelte sie mit einem Tuch, zog eine Mütze über, verließ die Grube und trat auf die Wiese hinaus, über sich die Nacht, vor sich das Flackern der Feuer, Lichter, um sich bald die Menschen.
Als gehöre er dazu, durchschritt Karl die Massen. Nichts mehr Besonderes an ihm, nicht die Statur, nicht der schleichende, mechanische, eckige Gang, nicht die Kleidung. Einer sein unter vielen. Ein Verschwundener werden durch die Zahl der anderen. Ein Wahrgenommener werden durch ein Stehenbleiben, Zulassen eines Blickkontaktes:
»Hey, Junge, Durst?«
»Lust auf ein Kotelett?«
Blick, Eintrittskarte zur Begegnung.
Freundliche Menschen, in Erwartung von etwas Großartigem.
Ängstliche Menschen, in Erwartung von etwas Endgültigem.
Einsame Menschen und doch nicht allein.
Zweisame Menschen und doch allein.

Karl Heidemann blieb, als loser Teil eines Ganzen, so wie jeder andere auch, blieb, bis die Menschen sich langsam zurückzogen in ihre Behausungen, legte sich neben ein erloschenes Lagerfeuer auf einen der Kartons, starrte lauschend, umgeben von Leben, in den Himmel, hörte die ausgetauschten Zärtlichkeiten, die Worte der Gunst, die ewigen Treueschwüre, hörte schließlich ein: »Gute Nacht, Liebling!« – »Bis morgen, nein heute früh, mein Schatz!« – »Schlaf gut, du Engel!« Das Glück der Liebenden. Und es traf ihn, füllte ihn mit Verzweiflung, denn Karl sah nur das Unglück, das Leid, den Schmerz dahinter.

»Schlaft gut!«, formten auch seine Lippen einen tonlosen Gruß. Keine Abneigung in ihm. Bald schliefen die Menschen. Hunderte Herzen, die da schlugen, jedes in seinem Tempo, und doch war es ein einziges durchgehendes Tönen.

Hunderte Lungen, die sich mit Atem füllten, jede in ihrem Tempo, und doch war es ein einziges durchgehendes Rauschen. Hunderte Gedanken, die Karl wach hielten, und doch war es ein einziges darunterliegendes Empfinden: Mitgefühl. Mitgefühl für die Liebenden, diese dem Leben ausgelieferten Träumer, die mutig den festen Boden verlassen hatten, um über das Drahtseil zu balancieren hinein in den Nebel, voll Hoffnung auf ein Land des ewigen Glücks. Vergeblicher Mut, denn so wie Karl durch seine Erlebnisse in Jettenbrunn wusste, so wie er am Beispiel seines Vaters oder Alois Daxbergers erleben musste, nichts währt ewig. Aus liebenden Herzen wurden betrogene eines Tages, verletzte, und wurden sie es nicht, kam irgendwann das Sterben der einen und ließ die anderen als Fragende, Verlorene, zurück. Verloren, weil in Karls Augen eines nicht begriffen werden wollte: Der Tod war alles, nur keine Beraubung. Der Tod war die Befreiung der engstirnigen, an das Leben anderer gebundenen Anhaftung.

Kein ewiges Glück also für den sehenden Auges blinden Menschen, keine Hilfe, keine Barmherzigkeit, bis auf eine.

Und Karl Heidemann erhob sich, schlich lautlos durch die Reihen der Schlafenden, nahm, was er benötigte, gab, was er konnte, in bester Absicht. Güte.
Wie sehr es aber einzig den Mangel des eigenen Sehvermögens beschreibt, die anderen als blind zu bezeichnen, wusste Karl Heidemann zu diesem Zeitpunkt noch nicht.
Bis zum Einsetzen der Dämmerung folgte er in dieser Nacht dem Ruf seiner inneren Stimme.

Dann kam der Morgen, und es wurde laut, wurde aufgeregt, wurde 9 Uhr, spürbar die Spannung, wurde 10 Uhr immer spürbarer, 11 Uhr. Um 11:15 Uhr ein erstes Raunen. Menschen, dicht gedrängt, standen in der Wiese, den Kopf emporgestreckt, trugen seltsame dunkle Brillen aus Papier und starrten in den Himmel. Was so laut begonnen hatte an diesem Morgen, wurde immer leiser, je weiter sich der von rechts kommende Mond vor die Sonne schob, ihr das Licht nahm. Dämmerung zur Mittagsstunde, kurzer Vogelgesang, dann ein Abflauen der Stimmen, des Gezwitschers. Ab 12:35 Uhr Dunkelheit. Eklipse. Sonne hinter Mond, zur Gänze.
Zwei Minuten.
Stille. Menschen, stehend, sitzend, liegend, schweigend, die Augen auf diesen kleinen hellen Ring gerichtet, andächtig. Auge Gottes.
Als läge eine unausgesprochene Vereinbarung über den hier Versammelten, sprach keiner ein lautes Wort, wagte nicht die eingekehrte Ruhe zu stören.
Und inmitten dieser Finsternis, dieser hinauf gerichteten Aufmerksamkeit, dieses ständigen Blitzens der Fotoapparate, betrachtete Karl Heidemann die Menschen.
Müde war er, durchwacht die letzte Nacht. Müde und verzaubert von diesem nun so unerwartet eingetretenen Frieden des Staunens. Menschen voll Innigkeit, voll Zuversicht, voll Verbundenheit, egal die soziale Herkunft, egal die Staatsangehö-

rigkeit, die Hautfarbe, die Sprache, einfach egal. Nur Beisammensein, die eigene Kleinheit erkennen. Auch Karl hob den Kopf.
Gottes Auge.
Und es lächelte. Ja, es lächelte.
Alles war gut.

# 34 *Aubruck*

Vorbei. Wieder Tag. Langsam war die Nacht der Mittagsstunde gewichen. Ihre Rucksäcke bepackt räumten die Menschen die Wiese, trennten sich so selbstverständlich, wie sie zusammengekommen waren.
Und doch blieben Zelte stehen, Campingbusse, Wohnwagen. Niemand, den es rührte, wunderte. Es gibt immer einen Letzten.
Der Letzte der Lebenden war Karl Heidemann, kroch verborgen inmitten des Waldes unter die Holzstämme hinein in seine Grube, uneinsehbar, und kam zur Ruhe. Müde. Glücklich. Dankbar.
Endlich ein wenig Schlaf.

Und als die Nacht hereingebrochen war, standen die Zelte, Busse, Anhänger immer noch da. Karl hingegen quälte sich mühevoll durch den finsteren Wald den Anstieg hinauf, bis der Baumwuchs immer krummer, verkrüppelter wurde, der Berg sein Geröll, seinen Fels zur Schau stellte, der Morgen kam. Weit nun seine Sicht, klein die Wiese, die Zelte, die Busse. Miniaturen. Noch kleiner die blauen, zuckenden Lichter.

† † †

Was Horst Schubert an diesem 12. August des Jahres 1999 zu Gesicht bekam, raubte ihm den letzten Restglauben an das möglicherweise in den Menschen verborgene Gute. Die Wiese ein Friedhof. Die Grabstätten aus Blech, Plastik, Nylonstoffen. Paare. Tote Paare. In den Zelten, in den Campingbussen, Wohnwagen. Junge Menschen, alte Menschen, zu zweit. Immer nur zu zweit.
Nichts deutete auf das selbstgewählte Ende einer Horde Verrückter hin, auf den Massenfreitod einer Sekte, vielmehr sah dies nach der Tat eines Einzelnen aus, einer rituellen Abschlachtung, im Schlaf über die Menschen gekommen. Schmerzfrei der Tod. Lautlos, unbemerkt. Herzstiche, präzise, wie bei den Jettenbrunner Toten. Die Opfer Hand in Hand, wie bei Heinrich und Gertrude Auböck. Wahrscheinlich zeitgleich hingerichtet, wahrscheinlich mit zwei unterschiedlichen Messern. Messer, die nie zu finden sein würden, denn dort, wo sie entnommen wurden, lagen sie auch wieder, gereinigt, in der Besteckladе eines längst zu Hause angekommenen Busses.
Welches Scheusal trug so viel Verachtung dem Leben, der Liebe gegenüber in sich, um inmitten einer friedlich schlummernden Menge dermaßen zu wüten?
Horst Schubert würde es suchen, bis an sein Lebensende.

† † †

Karl Heidemann beschloss, keine Zeitung mehr zu lesen, beschloss, die Verblendung der Menschen zu Kenntnis zu nehmen. Nicht das Glück der Lebenden zählte, sondern das der Toten. Bis zum Ausklingen des Sommers schlug er sich in den Bergen herum, verkroch sich in Holzverschlägen, leeren Hütten, unter dem undurchdringlichen Gewirr der Latschenkiefern, durchstreifte kurz zwecks Abfällen kleine Dörfer, sah aus der Ferne Erntedankfeiern und Almabtriebe, aber mied

die Menschen. Und immer mehr verschob sich sein Rhythmus. Unter Tags schlief er weiter in den Abend hinein und marschierte folglich länger aus der Nacht heraus.
Bis sich schließlich eines frühen Morgens der Horizont langsam vom Schwarzen ins Graue zu lichten begann – da war Karl noch am Rande eines Maisfelds neben der kleinen Siedlung Aubruck unterwegs. Und auch dort erwachte der Tag, erwachten die Menschen, gingen fast im Gleichklang hinter den dunklen Fenstern kleine Lampen an.
Irgendwann blieb Karl einfach stehen, draußen vor den Fenstern, verborgen hinter dem dicken Stamm eines mit prachtvollen Früchten behangenen Apfelbaumes.
Und während er seine Ohren spitzte, den Rucksack geschultert, mit seinem Filetiermesser im Hosenbund, seinen prall gefüllten Plastiksäcken in der einen, den Decken in der anderen Hand, ergriff ihn eine seltsame Regung, erstmals. Einsamkeit.
Und sie schmerzte, anders als sein Rücken, seine Hände, seine Füße, seine seit Tagen den Körper in Besitz nehmende Erschöpfung.
Nicht dass er hinter dem Baum hervortreten, in die Häuser hinein und mit bei Tisch hätte sitzen wollen. Vielmehr war da plötzlich diese große Wehmut, dieses Gefühl, zu niemandem mehr zu gehören. Ein Gefühl, noch völlig ohne das Wissen darüber, wie sehr es seiner tatsächlichen Lebenssituation entsprach.
Noch an Ort und Stelle verkroch er sich in die Tiefe des Maisfeldes, während langsam der Tag anbrach. Dort lag er, zwischen dem Rascheln, Knistern der ausgedörrten hellbraunen Pflanzen, konnte nicht schlafen und dachte nach.
Über den Sinn seines Davonlaufens. Das Ziel. Wo wollte er eigentlich hin? Weg. Weg von Jettenbrunn, weg von seiner Vergangenheit, nur weg. Doch weg allein war keine Richtung. Und warum diese Eile?

Warum nicht einfach ein wenig verweilen irgendwo, sich beispielsweise gleich hier in Aubruck ein Plätzchen richten, für ein paar Nächte, die Gegend kennenlernen, die Menschen, anstatt alles Nacht für Nacht neu erkunden müssen.
Was spräche dagegen?
Nichts.
Was würde sich ändern?
Nichts. Außer dass sein Leben mit einem Schlag eine Spur leichter, er für den Moment seines Aufenthalts in gewisser Weise der Teil einer Gemeinschaft, eines Ganzen wäre. Unsichtbar zwar, aber doch vorhanden.
Also bleiben.
Mit dieser Entscheidung schlief er ein.
Und er schlief gut.

TAG EINS …
… verlief unaufgeregt. Für die Bewohner der Siedlung ein ganz normaler Arbeitstag, vormittags war es ruhig, nachmittags gab es Regen, und Karl zog sich hangaufwärts in den Wald zurück, sah rechter Hand die Lichter der wenigen Häuser, sah linker Hand die flimmernde Leuchtschrift eines abgelegen am Rande der Felder liegenden Wirtshauses namens Kraller, sah abends Männer von rechts nach links spazieren, sah nachts Männer von links nach rechts torkeln.

TAG ZWEI …
… ein Feiertag, hatte schon mehr zu bieten. Ganz auf sein Gehör konzentriert widmete sich Karl während seiner Wachphasen so gut es ging dem Treiben der Menschen. Die leeren Wäscheleinen wurden gefüllt, Kleider, Hosen, Hand- und Leintücher flatterten wie durch den Himmel gleitende Segelschiffe im Wind, Hecken wurden geschnitten, Bäume gestutzt, Gartenarbeiten verrichtet, kurz hatte er Sorge, es käme Besuch, so nahe waren zwei Männer an sein Maisfeld gekommen.

»Und, Moser, was meinst du?«
»Die Kolben sind fällig. Höchste Zeit. Die nächste Woche ist es vorbei mit dem Schönwetter.«
»Dann wie vereinbart. Übermorgen.«
»An sich schon, hängt aber natürlich davon ab, ob ihr alles im Griff habt, wenn du weißt, was ich meine! Die Kleine nervt.«
»Ich sage dir, Moser, das haben wir.«
»Na, wenn du es sagst, Veit, dann is es ja gut.«
Gut meinte es auch der ausklingende Spätsommertag, vereinte die Aubrucker in ihren Gärten, füllte die Luft mit Grillaromen und zu später Stunde Karls Magen mit den reichlich vorhandenen Resten.
Entsprechend unruhig wurde sein Schlaf. Als ob es Stimmen wären, die auf ihn einredeten, gab sein Inneres plötzlich einst Gelesenes preis, hämmerte es immer wieder durch seinen Kopf, wie zur Einstimmung, Vorbereitung, wieder und wieder.

*Es ist ein Flüstern in der Nacht,*
*Es hat mich ganz um den Schlaf gebracht;*
*Ich fühl's, es will sich was verkünden*
*Und kann den Weg nicht zu mir finden.*
*Sind's Liebesworte, vertrauet dem Wind,*
*Die unterwegs verwehet sind?*
*Oder ist's Unheil aus künftigen Tagen,*
*Das emsig drängt sich anzusagen?* [4]

Beides.

[4] Theodor Storm – Es ist ein Flüstern

# 35 *Die Berührung*

TAG DREI …

… begann früh, und er begann mit einem bitterbösen Erwachen. Einen gewaltigen Unterschied nämlich macht es, endgültig wo davonzulaufen und trotzdem zu wissen:

»Die anderen sind noch dort, vermissen mich, halten mir die Türen offen!«, oder davonzulaufen und, kaum ein Stückchen entfernt, zusehen zu müssen, wie lichterloh alles Zurückgelassene in Flammen aufgeht, nichts übrig bleibt. Für Karl Heidemann brach dieses Feuer nun aus: In Decken eingehüllt lag er auf seinem mit Heu gefüllten Jutesack, wollte schlafen und wusste anfangs nicht, ist es Traum oder Wirklichkeit.

»Einen wunderschönen guten Morgen!«

Nahe klang die Stimme, viel zu nahe.

Karl Heidemann blieb regungslos liegen, starrte in den Himmel, bemüht, im Geiste eine Mauer um sich zu errichten. Vergeblich.

»Verzeihen Sie die frühe Störung, Frau, Frau …?«

»Frau Thaler, hier steht es.«

»Frau Thaler. Thaler mit h.«

»Und Sie?«

»Auch mit H: Horst. Kriminalpolizei. Horst Schubert. Wie Schubert, Komponist, Unvollendete, Sie wissen schon! Mag ich ja gar nicht, wenn etwas nicht erledigt wird. Darum bin ich hier. Also: Sehen Sie sich bitte dieses Foto an. Kennen Sie den darauf abgebildeten Jungen?«

»Sollte ich? Wer ist das?«

»Karl Heidemann.«

»Nein, leider. Warum suchen Sie ihn? Ist er seinen Eltern davongelaufen?«

»Eher umgekehrt. Wurde von seinen Eltern verlassen. Mutter tot, Vater tot.«

»Das ist ja schrecklich.«

Vater tot? Karl stockte der Atem.

Als wäre ein Mantel aus Stahl auf ihn herabgesunken, so fühlte er sich. Schwer, belastet, erdrückt.

»Sie haben es ja sicher mitbekommen, alle Zeitungen waren voll damit. Im August die schrecklichen Morde während der Sonnenfinsternis, davor die mysteriöse Geschichte in Jettenbrunn: Frau geht ins Wasser, stirbt, geistert aber weiter als Untote im Ort herum, tötet ihre beste Freundin, ihre Eltern, ihren Liebhaber, zieht einige ihrer Opfer in den Abgrund des Weihers, anderen sticht sie ins Herz, oder beides, oder entnimmt es sogar. Grauenhaft. So die Mär, die sich die Medien von den Jettenbrunnern haben berichten, nein, aufschwatzen lassen. Da würde ich als nachweislich unschuldiger Witwer mit meinem Kind auch irgendwann das Weite suchen. Wobei, wirklich weit ist es nicht geworden.«

Dann folgten Worte, die Karl trafen wie Keulenschläge.

Das Schicksal, und zwar mit fast deckungsgleichem Gehabe, hält oft ganze Generationen in seinem Zangengriff, hinterlässt immer dieselbe Spur: Großmutter ausgerissen, irgendwann Mutter ausgerissen, dann Tochter ausgerissen. Großvater mit verheimlichtem außerehelichem Sohn, Vater mit verheimlichtem außerehelichem Sohn, Sohn mit verheimlichtem außerehelichem Sohn. Krankheiten, Todesarten, Schicksalsschläge wiederholen sich, selten Fügungen des Glücks, und

keine bewusst zu wählende Strategie gibt es, dem Verlauf eine neue Richtung zu geben, nicht für die Söhne und Töchter, nicht für die Enkel und Enkelinnen.
Johann Heidemann ereilte das Schicksal seiner männlichen, allesamt früh zu Waisen gewordenen Vorfahren. Und Karl erfuhr davon, in diesem Augenblick. Zittrig sein Leib, brennend die in den Ackerboden gekrallten Hände. Als wär es ein Fluchtweg, begann er seinen Herzschlag mitzuzählen,
1, 2 …
öffnete den Mund, brach sein Schweigen, spie ein leises Flüstern heraus,
… 7, 8 …
nur um den Lärm in sich zu vergrößern, die Stimmen um sich nicht zu hören. Sinnlos. Die Worte drangen durch, erzählten von dem aus einer scharfen Rechtskurve geschleuderten Wagen, den im Gurt hängenden Leichnam seines Vaters, der leeren Rückbank.
… 27, 28, 29 …
»Wir vermuten, der Junge ist entweder davongelaufen oder während des Unfalls gar nicht im Wagen gesessen. Jedenfalls suchen wir ihn und sind für jeden Hinweis dankbar.«
»Aber wie kommen Sie da gerade auf Aubruck, Jettenbrunn ist doch ein ganzes Stück weg?«
… 54, 55 …
»Wir haben Hinweise bekommen über einen höchst auffälligen, dicken Burschen, der spät in der Nacht durch Gärten geschlichen sein soll, auch während der Sonnenfinsternis wollte ihn wer auf der Wiese gesehen haben, und schließlich in dieser Gegend, gar nicht so weit weg, das …«
Schönwetterwolken, Sonne auf Karls Gesicht, einfach nur daliegen, auf dem Rücken, alles ausblenden, in den Himmel starren.
Weißgraue Bisons in türkisblauer Prärie.
Blühende Schneerosen auf blauen Wiesen.

… 123, 124 …
Nur sich selbst hören, ganz dem inneren Rauschen und Pochen hingeben. Der Stimme Horst Schuberts, dem Gerede der um Horst Schubert versammelten Menschen den Einlass verwehren. Alles verschwinden lassen.
… 217, 218 …
Weiße Luftkissen auf blauer See.
Wollige Schafe auf blauen Weiden.
Wie viele?
1, 2, 3 …
Flucht. Flucht in den Schlaf.
Es wurde Nacht. Es wurde Tag.

TAG VIER …
Nur noch schlafen.
Vorbei die Möglichkeit der Rückkehr, alles ausgelöscht, was an Heimat noch vorhanden war. Kein Platz mehr, an den ein verlorener Sohn sich vielleicht hätte wenden können, eines Tages.
Wozu noch weiter? Und vor allem wie, wenn »vorsichtig« nicht vorsichtig genug ist? Karl war gesehen worden, war dem Irrglauben erlegen, dieser Welt könnten gerade jene Dinge, die im Verborgenen bleiben wollen, entgehen.
Schlaf, der niemals enden soll, der ein Schlupfloch sucht, den Ausweg aus der Realität.
Sich gegen das Hellerwerden der geschlossenen Lider sträuben, gegen den dahinter anbrechenden Morgen, gegen das Treiben eines erwachten Dorfes, gegen die Motorengeräusche, ein Surren zuerst, dann ein Brummen, dann ein Brüllen. Lautstark kam es immer näher, klar in der Richtung. Es nicht zulassen:
1, 2 …
Von der einen Seite Motorenlärm, von der anderen, viel näher noch, ein plötzlich einsetzendes, ohrenbetäubendes Rattern, Knattern. Trocken, hart. Weiterzählen.

... 32, 33.
Umsonst.
Schreie außerhalb des Feldes.
»Stopp, stopp!«
Das Aussetzen der Motoren, nicht aber dieses hölzernen Krachs, bald untermalt von einem wilden Geraschel. Blätter, ganze Stauden.
Karl Heidemann war nicht mehr allein.
Aus einiger Distanz: »Was heißt stopp?«
»Wir müssen noch wen suchen!«
»Suchen! Verdammt, ich dachte, ihr habt alles im Griff! Immer das Gleiche hier in Aubruck. Mittlerweile kotzt mich das an. Holt das Miststück da raus, aber sofort, sonst fahr ich heim, und ihr könnt eure Felder per Hand abpflücken!«
»Moser, bleib ruhig, wir haben sie gleich!«
»Das schau ich mir an!«
Stimmen aus dem Dorf: »Wir müssen uns aufteilen, sonst entwischt sie uns. Und schnell, solang die Ratsche zu hören ist. Von dort kommt es her. Also los.«
Die Lider fest geschlossen, die Handflächen gegen die Ohren gepresst, blieb Karl liegen, gab sich hin, was immer da auch ratternd, raschelnd näher und näher kam. So nahe bald, als würde es durch ihn hindurchwollen.
Nur, es wollte nicht.
Unerträglich das Lärmen nicht allzu weit über Karls Kopf, dazu Atemlosigkeit, das Pochen eines schnell gehenden, zarten Herzens. Ein einzelner Mensch, nicht groß. Ein Mensch, der Karls Schulter berührte.

# 36 *Die Begegnung*

Stärker wurde die Berührung, schmerzhafter. Es folgten Tritte an Karls Körper, sein zögerliches Augenöffnen, ein Staunen. Frech, auffordernd sah ihn ein Mädchen an. Kindlich ihre Erscheinung und doch schon geprägt von der Metamorphose zur Frau. Leicht erhaben ihre Brüste, schlank ihr Körper, ihr Gesicht. Kauender Mund, Duft nach Pfefferminze. Rotes, längeres Haar, Zöpfe, nicht einer links, einer rechts, sondern zwei links, drei rechts, einer oben, im Grunde überall. Jeans, Sportschuhe, ein handbemaltes weißes T-Shirt. Darauf die Abbildung eines Mähdreschers, durchgestrichen mit rotem Querbalken. In der einen Hand ein Flechtkorb, in der anderen ein Holzstab, darauf ein rotierenden Etwas. Ohrenbetäubend war das Knattern, schmerzverzerrt Karls Gesicht.
Und es hörte auf.
Fragend die Mimik des Mädchens, dazu das Kreisen beider Fäuste, ein kurzer Deut des Zeigefingers auf Karl, dann zwei zu ihm vorgestreckte Hände. Worte waren nicht nötig, eindeutig die Frage: »Was machst du da?«
Stimmen, ein Stück entfernt:
»Wir müssen uns am Rand des Feldes sammeln und eine Kette bilden, sonst finden wir sie nie! Lasst genug Abstand. Und langsam.«

»Veit, hörst du mich: Viel Zeit geb ich euch nicht mehr!«
»Hilf lieber mit, Moser!«
Karl wollte noch warnend in Richtung des Dorfes zeigen, da wurde er am Ärmel umfasst, hochgezogen, ihm ein Korb in die Hand gedrückt. Kein Fragen gab es, kein Wenn und Aber, nur die Bestimmtheit. Mit eisernem Willen zerrte ein feingliedriges Mädchen an ihm, an seinem mächtigen Körper, und Karl Heidemann gab nach, ohne Widerstand, klemmte den Jutesack unter die Achsel, ließ sich im Schlepptau durch die Reihen der Maisstauden manövrieren. Kraftvoll die Schritte des ihm fremden Menschenkindes, und doch war da eine Verbindung, eine Nähe, wie Karl sie noch nie zuvor empfunden hatte. Und dann liefen die beiden durchs Feld, Hand in Hand, stolperten über den steinigen, verklumpten Ackerboden. Immer wieder ein kurzes, scharfes, bohrendes Knattern aus der Hand des Mädchens, wie ein Notruf, ein Warnsignal, immer wieder das Echo: »Dort rüber, sie muss dort drüben sein!«
Ab und an stiegen Vögel empor, eilten Hasen, Rebhühner, Rehe an ihnen vorbei, krochen Schlangen davon. Aufgescheucht.
Konzentriert und besorgt war das Gesicht des Mädchens. Was nicht fliehen konnte, wurde aufgelesen, behutsam, mit einem kurzen Ausdruck der Freude. Immer dichter besiedelt der Korb in Karls Hand mit allerlei fluglahmem, verletztem Getier. Und immer weiter ging es, durchs Feld, kreuz und quer, doch zu langsam.
»Verdammt, Marie, jetzt komm endlich raus da, das bringt doch nichts!«
Marie.
»Moser, du Schwachkopf, sie wird es nicht hören!«
»Schwachkopf? Da redet gerade der Richtige. Ich leg wenigstens nicht täglich meine grauen Zellen in Alkohol ein. Also verlauf dich nicht!«
»Wenn mir dieses elende Miststück zwischen die Finger kommt, ich, ich …«

»Wahrscheinlich läuft die Kleine nicht wegen mir und meinem Drescher durchs Feld, sondern wegen dir und deinem Dreschen!«

Marie.

Karl blieb stehen.

So hatte es keinen Sinn. Nicht mit Weiterlaufen, nicht mit dem ständigen Zur-Seite-Schlagen der Stauden, dem Geraschel, Rattern, der Hektik.

Aufregung im Gesicht des Mädchens. Widerwillen.

Marie.

Ungeduldig das Ziehen an Karls Hand. Ungeduldig und erfolglos. Karl Heidemann verharrte wie ein Felsen, deutete mit dem Zeigefinger auf seine Lippen, sah das Mädchen an, nahm ihr das knatternde Etwas ab und schloss die Augen.

Wenn es hier wirklich darum gehen sollte, irgendein Leben innerhalb des Feldes vor rotierenden Messern zu retten, gab es nur einen Weg. Bleiben.

Und nun schritt Karl voran, die Augen zu, das Mädchen an der Hand, langsam der Menschenkette entgegen. Eine Kette, bestehend aus Personen, ihren Stimmen, ihrem Lärmen, und den einzelnen Strecken dazwischen. Den verborgensten und somit sichersten Punkt einer dieser Strecken peilte er an:

Die Mitte.

Wieder blieb er stehen, breitete den Jutesack aus, deutete dem Mädchen, ruhig zu sein, bei ihm Platz zu nehmen, und legte sich zu Boden.

Und die Stimmen kamen näher. Links und rechts. Riefen einander zu.

»Verdammt, sie hat aufgehört mit dem Karwochen-Getöse.«

»Veit, was sollen wir tun? So finden wir sie nie.«

»Das wär auch besser für sie, das sag ich euch!«

»Red nicht so einen Schmarrn, sie ist dein Kind! Und sie ist besonders, du weißt das.«

»Besonders? Besonders lästig ist sie, eine Qual, das Ganze.«

Den Körper zu Boden gepresst, waren unter den Blättern der Maispflanzen die Füße der vorbeigehenden Männer zu sehen. Und sie entfernten sich, von zwei Augenpaaren beobachtet.
Auch wenn sich das zierliche Mädchen an Karls Seite bisher im Unklaren darüber befand, warum sie nicht mehr durchs Feld laufen sollte, nun verstand sie: An der Seite dieses seltsamen Jungen würde man sie nicht finden, würde aufhören irgendwann, würde den Mähdrescher heimschicken.
Dankbar ihr Blick. Dankbar und vertraut. Und der Blick hielt lange. Karl sah das smaragdene Leuchten ihrer Augen, das von feinen braunen Streifen und Flecken durchzogene Grüne der beiden Regenbogenhäute, drei Flecken rechts, zwei links. Er sah die langen, sich herausbiegenden Wimpern, das Spiegeln des Himmels im Schwarz der Pupillen. Und er sah sich, nicht nur gespiegelt, er sah sich auch darin verlieren, als würde eine Hand zu ihm herausreichen, ihn in Empfang nehmen wollen.
Fragend nun das Gesicht des Mädchens. Kurz fuhren ihr rechter Daumen und Zeigefinger an ihrer Brust entlang, als würde sie die Umrisse eines Schildes nachzeichnen, dann, wie schon während der Erstbegegnung, ein Vorstrecken beider Hände, und schließlich der auf Karl gerichtete rechte Zeigefinger. Du? Mehr verstand Karl nicht. Nur ein fragendes Du. Entsprechend unschlüssig sein Reagieren.
Ein Blick zum Himmel als Antwort, als wollte das Mädchen sagen: »Meine Güte, bist du schwer von Begriff«, dann ein Deuten an die eigene Brust, daraufhin ein Bohren des Zeigefingers in den Acker. Großbuchstaben. M A R I E.
Und wieder der jetzt erdig gewordene Zeigefinger: Du?
Nun verstand er.
»Karl«, schrieb er in die Erde.
Die rechte Hand wurde ihm entgegengestreckt. Vier Mal. Jeweils in anderer Haltung. Zeitgleich ein Deuten mit der Linken auf jeden der vier Buchstaben in Karls Schriftzug:

K: Als würden der rechte Zeige- und Mittelfinger eine Schere darstellen wollen, dazwischen der rechte Daumen.
A: Die rechte Faust mit angelegtem, gestrecktem Daumen.
R: Der über den rechten Zeigefinger geschlagene Mittelfinger. Das vierte Mal der gestreckte Zeigefinger und der seitlich weggestreckte Daumen, eindeutig ein L.
»Karl« also wurde ihm gedeutet.
Die Sonne brannte herab, der Lenker des Mähdreschers brannte vor Zorn, die Menschenkette durchstreifte das Feld. Und sie durchstreifte es noch, da kroch den müde gewordenen Helfern bereits der Duft des Abendessens in die Nase und ein unwirsches: »Ich lass den Drescher jetzt stehn und geh zum Wirt.« ins Ohr, »aber verrechnen muss ich euch den Tag, tut mir leid!«
Sie durchstreiften es, bis aus der Suche nur noch ein aus dem Dorf dringendes sorgenvolles Rufen wurden. Stimmen, die das Mädchen nicht zu erreichen schienen. Nicht an diesem Tag, nicht tags darauf, da drangen sie bereits aus dem Wald, verzweifelt mittlerweile, eine ganze Siedlung in Aufruhr.
Unbekümmert lag sie dicht an Karl gedrängt auf dem Jutesack, Schulter an Schulter, Hüfte an Hüfte, streckte ihre Arme in die Luft, leicht wolkig der Ausblick, erzählte nur kraft ihrer Finger, malte so Geschichten zwischen sich selbst und den zuerst ins Rötliche, dann ins Schwarze gleitenden Himmel. Und Karl verstand. Alles. Hatte die Buchstaben des Alphabets längst verbildlicht vor seinem inneren Auge, hatte fasziniert all das aufgesogen, was ihm die letzten Stunden in geduldigen Etappen gelehrt wurde, hatte den Schmerz über den Tod des Vaters verwunden. Und wenn Marie nichts zu erzählen hatte, lag oder saß sie nur neben ihm, sah ihn an, während er jede Wölbung, Senkung, Linie ihres Gesichtes studierte und auf Papier übertrug. Anders als jedes der Gesichter davor.
Plötzlich war er zu jemandem geworden, der nicht mehr sich allein im Blick hatte – wodurch es mit der Einsamkeit ein

Ende nahm. Was keineswegs bedeutet, allein die Anwesenheit eines Zweiten, selbst eines Ehepartners, wäre dazu imstande, den Menschen vor dieser seiner Einsamkeit zu bewahren.
Auf den Blick kommt es an.
Sieht er den anderen noch? Was sieht er da?
Tag des Glücks. Genug zu essen, zu trinken für zwei. Karls Vorräte voll Vielfalt. Maries Vorräte, dunkle Schokolade, Pfefferminze, Kaugummi. Winterschlaf im Sommer. Das Maisfeld die Höhle. Der Himmel, die Sonne, die Sterne.
Und Karl sah nichts anderes mehr, nur noch Marie.
Er sah das neugierige Leben in ihrem Wesen, die übersprühende Freude, er sah sie abends schließlich aufstehen und besorgt in Richtung Dorf deuten, sah sie seine beiden Hände zum Abschied drücken, sah sie davongehen, spürte noch die Wärme an seiner Schulter, seiner Hüfte, in seinem Herzen, ging ihr nach bis an den Feldrand, sah sie durch die an Wäscheleinen wehenden weißen Leintücher hindurchstolzieren wie eine Königin, sah sie im Dorf verschwinden, schlich im Schutz der Dunkelheit hinter den Häuserzeilen entlang, bis Marie den Eingang ihres Elternhauses erreichte, ein Haus, beladen mit roten Geranien, üppig, strahlend, an den Fensterbrettern, den Balkongeländern, bis ihr zarter, schmutziger Zeigefinger zögerlich den weißen Knopf der Türklingel, beschriftet mit Pokrovsky, berührt hatte.
Und was er dann sah, änderte alles.

# 37 *Gewalt*

Keine Begrüßung.
Nur ein Öffnen der Tür. Aus dem Hintergrund ein gütig besorgtes: »Nicht, Veit! Du hast getrunken, du weißt doch …!«
»Was weiß ich? Was?«
»Sie macht es ja nicht aus Boshaftigkeit. Sie will doch nur die Tiere retten. Du weißt ja selbst, wie viele davon immer unter die Messer kommen und qualvoll verenden. Sie ist ein Kind, dein Kind und, und … Veit, um Gottes willen, du kannst doch nicht …«
Veit konnte.
Veit Pokrovsky.
Groß gewachsen, breitschultrig, kräftig, mit Händen stark, flächig, eisern wie Schaufeln. Hände, die Maries feingliedrige Oberarme umfassten, grob, als wären sie aus unzerbrechlichem Gestänge. Hände, die das Mädchen ins Vorzimmer zerrten und zur Tat schritten.
»Schluss, ein für alle Mal! Weißt du, was du anrichtest damit, weißt du das? Jedes Jahr. Weißt du, was mich das kostet, weißt du das? Soll dich der alte Moser in seinem Drescher überfahren, willst du das? Mir soll's recht sein!«
Karl vermochte es zu hören, alles, vermochte sich die entsprechenden Bilder vorzustellen. Er hätte dazu die herabsausende

Gewalt gar nicht erst durchs Fenster sehen müssen. Gewalt, die beim dritten Ansatz mit der leeren, erhobenen Hand kein Auslangen mehr fand.
»Ist es dir zu wenig, spürst du nichts? Ist es dir so lieber?«
Gewalt, die einen Stock führte.
»Veit, um Gottes willen!«
Veit.
Vieles hatte Karl im Laufe seines Lebens schon in die Gesichter seiner Mitmenschen geschrieben gesehen. Noch nie aber war er Zeuge geworden, wie sich eine beängstigend vom Zorn verunstaltete Fratze derart erbarmungslos gegen den Schwächsten richtete, gegen ein Kind.
Weit aufgerissenen das Maul, immer wieder wegbrechend vor Gebrüll die Stimme, aus den Mundecken quoll mit kleinen Schaumkronen der Speichel, zog zwischen den Lippen lange Fäden, schoss in fetten Tropfen aus dem Rachen. Blutrot der Schädel, aufgespreizt die Lider, zu sehen das Kreisrund der Iris, umgeben vom Weiß des Augapfels, durchzogen mit Adern. Adern, die auch aus den Schläfen traten, aus dem Hals, aus den Unterarmen, angeschwollen, verästelt, knorrig, wie die Zweige einer Kirsche.
Alles trägt der Mensch in sich, das Schöne und das Hässliche, das Gute und das Böse. Karl stand hinter der Fensteraußenbank, vor sich die Scheibe, der zugezogene Vorhang, und doch war da zwischen dem hölzernen Rahmen und der Unterkante des Stoffes dieser schmale Spalt. Genug, um Veit zu sehen, den Stock zu sehen, Marie zu sehen. Ruhig stand sie da, ließ es gewähren. Kein Anschein der Flucht in ihrer Haltung, nur der Hauch eines Lächelns in ihrem Gesicht, als wollte sie auf diese Weise die Gewalt ihres Unfriedens berauben. Doch vergeblich.
»Und jetzt hör auf zu grinsen, hast du gehört?«
»Veit, sie hört dich nicht!«
»Aber sie versteht. Alles!«

Und mit jedem Schlag nahm mehr und mehr der Schmerz in Maries Gesicht Einzug, wurde ihr Rücken krummer, ihr Blick glasiger.
Und mit jedem Schlag traf es auch Karl. Es traf ihn dort, wo ihn bisher noch nie etwas getroffen hatte, wo als einzige Gegenwehr, als einzige Hilfe nur noch ein stummes Verharren bleibt, gepaart mit dieser heimlichen Sehnsucht. Einer Sehnsucht, deren Verwirklichung in den Köpfen so vieler Menschen zwar gewiss schon bis zu Ende gedacht wurde, allein aber ein Gedanke blieb.
Nicht so bei Karl Heidemann.
Aus einem Gefühl, dessen erstes Aufflammen er schon am Grab seiner Mutter während der Begegnung mit Doktor Hofstätter verspürt hatte, aus einem aufgewühlten Unrechtsempfinden, war ein körperlich und geistig alles einvernehmender Zustand geworden, hemmungslos, vorwärtsdrängend. Eine Ansage. Ein Auftrag. Ein Wunsch, der Gewalt ein Ende zu setzen, nicht für den Moment, sondern ein für alle Mal.
Gespannt sein Körper, glänzend seine Augen, die Hände zu Fäusten geballt, eine davon erhoben.
Tock, tock, tock. Kräftig sein Pochen gegen den Fensterrahmen.
»Wer ist da?«
Stillstand. Gesunken der Stock, witterndes Schweigen. Nur von kurzer Dauer:
»Hallo, wer klopft da?«
Nichts von dem, was in diesen vier Wänden geschehen war, duldet Zuschauer, duldet eine Außenwelt, duldet Verrat.
»Da steht doch wer!«
Gehetzt die Schritte auf die Scheibe zu, ungestüm das Zur-Seite-Ziehen des Vorhanges.
»Was will der Bengel hier, kennt den wer? Nein? Was ist mit dir? Was treibst du da?«

Ein kräftiger Schlag mit der Handfläche an den Fensterrahmen. Laut:
»Was glotzt du so auf meine Tochter, verdammt. Schau, dass du weiterkommst, kapiert?«
Das Treffen zweier Blicke, verschwommen. Blicke zwischen Karl und Marie. Angedockt, verbunden, ineinander verschlungen fast. Karls Augen, gefüllt mit Tränen. Tränen der Wut, des Mitgefühls, des entfesselten Willens.
Hinter dem Rücken des Vaters, leicht erhoben, nun Maries linker Arm, langsam das Sprechen ihrer Finger. Die Faust, dann der Daumen und Zeigefinger, weggestreckt: Ein L.
Dann ein A.
Dann ein U.
Dann ein F.
Karl verstand. Doch er blieb.
»Sag, hörst du schlecht? Verschwinde, hab ich gesagt!«
Zu früh noch, um zu gehen. Zu früh noch, um Marie allein zu lassen. Den Zorn auf sich ziehen, das ist der Plan, ihn abfangen wie einen schwerfälligen Junikäfer, in eine Schachtel stecken, vorbei.
»Ich sag's jetzt zum letzten Mal: Hau ab. Sonst jag ich dich zum Teufel!«
Kein Augenkontakt, nur Marie. Ölig, schwarz, die Scharniere der Fensterflügel, einladend wie die kreisrunden Farbbehälter eines Malkastens. Karls linke Hand nun erhoben, der Zeigefinger vorgestreckt wie ein Pinsel. Eine kurze Berührung nur, ein Eintunken, Einfetten, bereit, um Spuren zu hinterlassen. Dann das Aufsetzen auf dem noch unbeschriebenen Untergrund, der Scheibe. Bewegung, langsam, Buchstabe für Buchstabe, in Spiegelschrift, von rechts nach links. Verkehrte Welt von außen, lesbar von innen: KOMM ZU MIR.
Auffordernd Karls Blick. Nun auf Veit gerichtet.
»Na warte!«
Schwere, leicht wankende Schritte in der Stube, klar die Rich-

tung, klar die Absicht. Auch bei Karl. Zu früh noch, zu gefährlich, um dieser Urgewalt eines Mannes direkt gegenüberzutreten. Ihn nicht zu nahe kommen lassen, ihn vorerst nur weglocken, weg von zu Hause, weg von Marie. Jetzt.

Zeit, Abschied zu nehmen.

Karl Heidemann hob die Hand, leb wohl Marie, und lief davon, die Straße entlang. Nicht, um sich zu verstecken, zu fliehen, sondern sich anzubieten. Lockvogel sein, Köder.

Nimm mich, Veit, mich.

Und Veit kam.

# 38 *Die Geduld*

»Bist du lebensmüde, oder was? Schwachkopf! Zu wem gehörst du? Hab dich hier noch nie gesehen.«

Karl nahm Tempo auf. Wolkenverhangen der Himmel.

»Wie saudumm bist du eigentlich? Glaubst du fetter Brocken wirklich, du kannst vor mir davonlaufen? Sprich dein Abendgebet!«

Und Karl lief, ohne sich umzudrehen, klar sein Ziel vor Augen, hörte zwar das Näherkommen, nur war es ein zu langsames Näherkommen, eines, das ihn nicht mehr rechtzeitig erreichen würde. Gutes Leben. Runter von der Straße, vorbei an den Wäscheleinen, den im Wind flatternden weißen Tüchern, ein paar Meter noch, dann war er da.

»Das nutzt dir gar nichts!«

Karl verschwand, trat ins Maisfeld, nur ein Stück hinein, änderte die Richtung. Dann blieb er stehen, wie versteinert, ganz Ohr. Sinnlos das Toben unweit von ihm. Niemand würde ihn hier finden.

Er stand nur und lauschte der in Maries Vater ausgebrochenen Verzweiflung. Ein Mann, in sich selbst verirrt, rasend ob der eigenen Wut, ob der eigenen nun nicht mehr heimlichen Tat, voll Schande, voll Feigheit zurückzugehen und Vergebung zu erflehen, vor seinem Kind, seiner Frau. Stattdessen noch ein Weilchen wild um sich schlagen, die sich selbst zugedachte Abscheu stellvertretend gegen die Stauden, die trockenen, harten Kolben richten. So lange, bis die Hände, die Unterarme zerschnitten waren von den scharfen, ausgedörrten Blättern, bis die wund gewordenen Fäuste brannten vor Schmerzen.

Dann gab er auf, vor sich, vor Karl, wand sich ab und ging.

Aus dem Gehen wurde ein Laufen, ein Hetzen. Veit lief und lief, als würde ihm sein angepeiltes Ziel den ersehnten Frieden bringen. Er lief, bis ihn die vielversprechenden Lichter des Kraller-Wirts in Empfang nahmen, ihn tröstend einbehielten, auch die Arme der dort aushelfenden Kellnerin, ihn erst wieder freigaben, da waren die Tische längst gewischt, die Zapfhähne und Flaschen längst geschlossen.

»Sperrstunde, Veit, jetzt aber wirklich. Also bitte. Endgültig: Geh heim!«, die Worte des Wirts.

»Heim? Dann geh ich eben. Endgültig!«, die nur noch schwer verständliche Antwort.

Taumelnd trat Veit ins Freie, geschwächt und doch vermeintlich getröstet durch die Kraft des Alkohols, durch den Betrug. Betrug, der sich wie ein großer Nebel, wie eine heilende Hand über den Geist legt, heuchlerisch, der die Trümmer der Wirklichkeit verschwinden lässt unter einer dumpfen, in Watte gepackten Welt. Er würde nach Hause kommen, seine Lieben aus den Schlaf reißen, alles war gut, würde ihr Sträuben, ihre Angst vor seiner Unberechenbarkeit sehen, würde sie an sich drücken, ob sie wollten oder nicht, denn alles war doch gut, würde immer noch ihr Sträuben sehen, die Tränen, würde erkennen müssen, wie das, was doch gut sein sollte, tatsächlich aussah, würde handeln. Handeln wie immer. Das Leben, ein sich ständiges Wiederholen.

Kein Licht mehr in der Siedlung, alles im Schlaf versunken. Kalt war es geworden, nebelig, es schien, der wolkenbehangene Himmel hätte sich wie ein Vorhang, wie ein schützender

Mantel herabgesenkt, um zu verbergen, was nur zwei Menschen betraf.
In Etappen Veits Heimweg. Fuß vor Fuß, unrhythmisch, links, rechts, links, rechts, ein kurzes Stehenbleiben, Wanken, Sich-wieder-Einpendeln, und weiter. Bewegungen wie in Zeitlupe, keine Eile.
Auch nicht für Karl Heidemann. Er hatte gewartet, hatte die lange Zeit genutzt und war vorbereitet. Im Nebel verborgen saß er an die Mauer des allein stehenden Wirtshauses gelehnt. Leer eine der Wäscheleinen am Rande des Feldes. In seinen Armen ein Bündel weißer Tücher. Leintücher. Ein Bett bereiten.
Wie ein Verlorener war Veit unterwegs die Straßen entlang.
Zeit für Karl, sich zu erheben. Und hinterher. Einige Meter abseits des Weges, leichtes Spiel, Dunkelheit, an Veit vorbei, nur um schließlich ein Stück weiter aus der Deckung zu treten, stehen zu blieben.
»Hier bin ich«, die wortlose Botschaft.
Auch bei Veit ein Anhalten, noch geistesanwesend genug, sich dieses blonden, schwergewichtigen Jungen zu entsinnen. Ein Junge, der mehr gesehen hatte, als Veit jemals von sich selbst sehen wollte, der ihm nun in der Mitte des Weges gegenüberstand. Rundum die stillste Zeit der Nacht, dieses trügerische Verstummen zwischen zwei und vier Uhr. Der Tiefschlaf der einen, das schleichende, aufmerksame Jagen der anderen.
Wie zwei Duellanten stand die beiden auf staubiger Straße, musterten sich, bis unweit das plötzlich ausbrechende, beängstigende Gekreische eines Marders einsetzte. Ein Ton, schrill, bedrohlich, durch Mark und Bein gehend, als würde jemandem bei lebendigem Leib die Haut abgezogen, gemächlich. Eröffnungsmusik.

Langsam hob Karl seinen Arm, wortlos den schmutzigen Zeigefinger auf Maries Vater gerichtet, »Du«, ging dabei rückwärts, kam vom Weg ab, vorsätzlich, hinter sich das Maisfeld. Wieder das Feld.

Und wieder hinterher, wieder wutentbrannt, nur plumper, schwerfälliger. Behäbig das Tempo, ebenso wortlos die an Karl gerichtete Antwort, unmissverständlich die gespannte, quer über die Gurgel gezogene Hand.

Nur diesmal lief Karl nicht davon, gemächlich sein Tempo, immer wieder auf den Strauchelnden wartend, drang dabei tiefer und tiefer in den Acker vor, sah die Beine seines Verfolgers schwerer werden, die feuchten Erdbrocken an seinen Sohlen kleben wie bleierne Absätze, sah den Willen, den Zorn aus dessen Gesicht weichen und darin die Zeichen des Schmerzes, der Überwindung, der Mühsal einkehren, sah ihn schließlich auf die Knie sinken und vornüber in die Erde kippen.

Keine Regung mehr, nur das langsame Heben und Senken des Rückens. Geräuschvoller Tiefschlaf eines Betrunkenen. Schwere, rasselnde Atemzüge. Empfindungslos. Erlösendes Abdriften bis das schmerzhafte Erwachen, der qualvoll pochende Schädel, der bittere nächste Tag einsetzt.

Karl hingegen brach in Geschäftigkeit aus, hatte alles wie erwünscht zu Füßen liegen, breitete das erste der Leintücher neben dem Schlafenden aus, kippte mit aller Kraftanstrengung den schlaffen, zentnerschweren Körper in Rückenlage und somit auf den Stoff, schlug das Laken über Brustkorb, Becken, Beine, kippte den Körper wieder zurück, zog unterhalb das Tuch heraus, zog es fest, griff zum nächsten, um das Prozedere zu wiederholen, griff zum nächsten und zum nächsten und zum nächsten, umwand den Leib wie eine Larve. Immer weiter, immer dicker, immer straffer wurde der weiße Kokon, immer kleiner im Verhältnis der aus dieser Hülle herausragende Kopf.

Kein Entkommen mehr.

Kein Tuch mehr übrig, nur noch die vier vorbereiteten Streifen, derer nun drei zusammengeknäult in den offenen Mund

des Schlafenden gestopft wurden, um schließlich mit dem letzten Band den Kopf, den Kiefer zu umwickeln.
Kein Laut mehr. Kurz ein Erwachen, ein blinzelnder Augenaufschlag, sofort aber wieder ein Wegsacken, zu mächtig die Betäubung des Alkohols.
Noch das Graben einer flachen Grube, das Hineinrollen des Körpers, nur den Kopf herausragen lassen, schließlich das Zuschütten mit Erde. Sanfter Hügel. Kein Weiß mehr in Sicht. Fertig. Und Karl blieb, erschöpft, hatte sein Urteil gefällt, blieb, um dem Vollzug beizuwohnen. Nachtwache an der Seite des Schlafenden. Totenwache. Er wusste, was kommen würde, wusste um das bevorstehende Geschehen und wollte es so. Genau so. Maries Vater dürfe das Geschenk des Todes nicht frei von Qual empfangen, solle der Unausweichlichkeit möglichst lange ins Auge blicken. Kein Stich ins Herz, selbst ein Ertränken wäre zu wenig. Nein. Leiden als gerechten Lohn.
Ein stärkerer Wind war aufgekommen, anders als jede Brise bisher, drang Karl stählern ins Ohr, roch sauber, frisch, fühlte sich unwirtlich an, kalt.
Etwas ging. Der Spätsommer.
Etwas kam. Auf Karl zu. Gebeugt den langen Hals, gespitzt die Ohren, suchend die Nase zu Boden gerichtet. Kurz hob es den Kopf, sah Karl entgegen, mit schwarzen, glitzernden Augen, tiefgründig. Kein Zucken, kein Scheuen, legte seine kühle, rauhe Nase auf die ihm entgegengestreckte Handfläche, wie zum Gruß. Dann ging es weiter. Gefolgt von einer Schar anderer. Rehe, friedlich, wie wundersame Fabelwesen durchschritten sie beinah lautlos das Feld, tauchten berührungslos ihre schlanken Körper durch die Staudenreihen, verschwanden im Nebel. Es würde Tag werden, bald.
Und wie er da saß, seinen Zeichenblock auf dem Schoß, Veit zu seinen Füßen, überwältigt noch von diesem Augenblick, empfand Karl Heidemann Zufriedenheit.

Vollkommen erschien ihm sein Tun. Ein Akt der Genugtuung und Liebe zugleich. Das Geschenk des Todes bringen, ohne Traurigkeit auszulösen, ohne Verlust.
Frieden, Erlösung nicht allein für den um sein Leben Gebrachten, sondern Frieden, Erlösung auch für die Hinterbliebenen. Der Tod nicht nur als Weg aus diesem Leben heraus, sondern als Lebensweg. Sich dort einbringen, wo dieses Dasein nicht allein durch die Beschwerlichkeit des Existierens zur Marter wird, sondern zusätzlich Bitterkeit erfährt durch das Vorhandensein der Mitmenschen.
Der Morgen konnte kommen.

# 39 *Die Hinrichtung*

Und der Morgen kam. Kam mit dem erwarteten Nachdruck.
»Habt ihr die Kleine gefunden?«
»Moser! So früh bist du schon da?«
»Ob ihr die Kleine endlich gefunden habt?«
»Die Kleine schon.«
»Aber?«
»Veit fehlt.«
»Heißt was?«
»Der Letzte, der ihn gesehen hat, war der Wirt. Seither ist er verschollen.«
»Verschollen! Seinen Dauerrausch schläft er aus, irgendwo, da wett ich! Also, fangen wir an.«
»Aber wir brauchen ihn.«
»Wir brauchen nur wen, der neben mir mit dem Traktor samt Anhänger durchs Feld fährt. Da wird sich ja wohl jemand finden. Und wenn sich niemand findet, landet die Ernte eben im Dreck. Ich hab es satt, auf euch zu warten. Für Nachmittag ist Regen angesagt. Also: In fünfzehn Minuten geht es los!«
Und es ging los, schob dampfend, mit unbändigem Getöse ein mächtiges eisernes Gebiss vor sich her, scharfe Zähne vorwärtsgerichtet wie Rammböcke, lebensfeindlich, hinterließ dort, wo es fuhr, eine Staubwolke, einen Kahlschlag.

Veit erwachte durch den Motorenlärm des Mähdreschers, war augenblicklich bei Sinnen, hob, soweit es ihm möglich war, den Blick, sah den neben sich sitzenden Karl, wand sich wie ein durchtrennter Regenwurm. Die auf seinem Körper aufgetürmte Erde rieselte herab auf sein Gesicht, seine zugekniffenen, brennenden Augen, seinen Mund, in seine Ohren, seine Nase.

Reih um Reih zog der Mähdrescher seine Spur, kam näher und näher. Nahe genug, um schließlich auch bei Karl die Gewissheit auszulösen, endlich gehen, alles hier sich selbst überlassen zu können. Egal ob die Messer kopf- oder fußseitig auf Veit zukämen, sie kämen, so oder so. Alles war gut. Vergeblich der immer wieder blinzelnd zu Karl durchdringende, flehende Blick. Nur ein letzter Abschiedsgruß als Erwiderung, kraft seiner Finger.

Ein F, ein Ü, ein R, dann ein M, ein A, ein R, ein I, ein E.

Und davon.

Er konnte sie lange noch hören, während der Waldrand immer näher kam: Die gepressten, durch die Nase hervorgestoßenen Töne hinter sich. Nur es blieb still in ihm, kein Mitleid. Marie, wie alt mochte sie gewesen sein, vierzehn, fünfzehn, sechzehn Jahre, wie lange schon musste sie Gewalt erdulden, ohne um Hilfe schreien zu können, ohne erhört zu werden? Bedeutungslos im Vergleich dazu also das kurze Leid ihres Vaters.

Etwas in Karl Heidemann hatte sich die letzten Tage verschoben. Bisher waren ihm der Tod ein Friedensstifter, ein guter Hirte und die Trauer nichts weiter als Ausdruck blanker Ichsucht, ja des Geizes. Nicht loslassen, hergeben wollen, aber sich selbst gehen lassen. Nicht das Leid des anderen verabschieden können, sondern es für sich einbehalten und dafür bemitleiden lassen.

Nun aber bekam er eine Ahnung, die ihm erstmals verdeutlichte, was Verlustangst und Besitzgier bedeuten.

Marie. Ihr Strahlen, ihr Lächeln, die Tiefe ihres Blickes, ihre stille Sprache, ihr Schweigen, ihrer Berührung, ihre Wärme, ihre Lebendigkeit, nichts konnte in Karls Vorstellung schöner sein, auch nicht der Tod.
Verwirrt und glückerfüllt zugleich verschwand er im Dickicht, ließ Veit Pokrovsky hinter sich, voll Gewissheit, das Richtige zu tun, voll Freude, sie wiedersehen zu können.
Nur diesbezüglich würde er warten müssen, lange, sehr lange, denn die Gewissheit allein, sie entscheidet nicht über Richtigkeit und Ausgang.

Richard Moser beherrschte sein Gerät, und dennoch: So viele Jahre er auch schon damit verbracht hatte, in seinem Fahrerhäuschen eintönig Schneisen durch die Felder zu ziehen, Gelassenheit war ihm fremd. Zu groß sein Wissen, wie sehr nur der Bruchteil einer Sekunde das Leben umschwenken, unangekündigt eine gänzlich neue Richtung nehmen lassen kann, ins Gute oder Schlechte.
Er sah sie wahrscheinlich schon von weitem, diese doch heftigen Staudenbewegungen. Bewegungen, die sich für gewöhnlich von ihm weg entfernten. Diese aber blieb. Zwar kannte er auch das Bleiben, allerdings ohne Bewegung. Rehe, die sich des Lärms wegen nicht davonmachten, sondern verkrochen, zusammengerollt zu Boden gekauert, chancenlos. Nur noch Kadaver.
Dieser Anblick aber war ihm neu. Etwas lag da, schlug um sich, kam nicht von der Stelle. Richard Moser stand fahrenderweise hinter seinem Lenkrad, vorgebeugt, sah nichts. Zumindest anfangs.
Dann aber konnte er etwas erkennen. Einen Hügel, darin ein sich windender gigantischer Wurm, erdfarben, weißlich schimmernd. Und Richard Moser trat die Bremse, energisch, voll Verzweiflung, schwerfällig die Maschine. Bald ein Anhalten, endlich. Nur zu spät.

Karl blickte verborgen im Dickicht des Waldes auf die Siedlung hinab. Panik, Menschen liefen zusammen, laut, entsetzt, nichts aber im Vergleich zu den Schreien, die Jettenbrunn in Besitz nahmen, nachdem eine Mundhöhle befreit war von Leinenfetzen. Weggefräst ein Teil der Beine, vorbei jedes Laufen, Springen, Treten, ein für alle Mal. Und doch, Veit war am Leben, war bei Sinnen. Quälend, unbändig der Schmerz, aber scheinbar größer noch der Tatendrang, die Rachsucht:
»Den Jungen, findet den Jungen, diese fette Made, findet ihn und bringt ihn mir!«
Angsteinflößend das Aufbäumen, brüllend, ausdauernd. Zwangsweise ausdauernd, denn je abgelegener die Gegend, desto länger die Wegzeit der Hilfskräfte, Rettung, Polizei. Letzte kam zuerst, hörte die Schilderungen, hörte Veits Zorn, bis er endlich um sich schlagend, sich sträubend, in den Rettungswagen gehoben wurde, sich auf der Liege noch einmal hochstemmte und in Richtung Wald schrie: »Ich weiß, dass du hier bist. Ich weiß es. Du bist tot, hörst du: tot!«

# 40 *Die Flucht*

Fehler passieren. Immer. Fehler sind sein Geschäft.

Ermittler Horst Schubert konnte wahrscheinlich kein Lokal betreten, keine Speise bestellen, ohne die Nachlässigkeit, den Mangel zu suchen. Und war ihm dieser nicht ersichtlich, wusste er: Der Mangel ist nur zu gut verborgen, um im Moment gesehen zu werden, er würde aber zum Vorschein kommen, irgendwann, wie der Sperrmüll unter getautem Schnee. Diese Sichtweise galt stellvertretend für seine gesamte Haltung den Dingen, den Menschen gegenüber, für sein ganzes, wohl genau aus diesem Grunde einsames Leben. Geduld, so sein Credo. Geduld, besessen von einer Mentalität des Suchens, des Zerkleinerns, des Filetierens jeder Perfektion, so lange, bis diese Perfektion endlich Schritt für Schritt nach hinten weicht in die Reihen des Gewöhnlichen.

Und so stand er nun im Freien vor dem dunklen Stubenfenster des Hauses Pokrovsky, neben ihm Marie und ihre Mutter, sah im Spiegelbild der Scheibe sein kahles, groteskes Äußeres, sah den öligen Schriftzug: »Komm zu mir!«, sah in Gedanken die Hand, der dies entsprungen war, und es war nicht die Hand eines aus dem Jettenbrunner Weiher entstiegenen Geistes, eines blutrünstigen Dämons, sondern die

Hand eines verwaisten, mittlerweile kräftigen Burschen, eines schweigenden Jugendlichen. Schweigend wie dieses Mädchen Marie. Ein Mädchen, zuallererst bestehend nur aus Augen. Klar, offen, einvernehmlich. Voll Leben, Neugier und ohne Distanz. Augen, die ihn ansahen, nicht wie all die anderen. Nicht mit diesem Befremden, diesem Argwohn, diesem leichten Ekel im Gesicht.

»Karl Heidemann. Hier also hat er gestanden«, äußerte Horst Schubert seine Gedanken, »und durch dieses Fenster ins Haus geschaut. Und? Was gab es da zu sehen?«

Kein Schweigen nun, sondern Verschwiegenheit, eine Antwort zwar, nur ohne Auskunft zu erteilen. Dennoch verstand Horst Schubert allein durch Betrachtung des Mädchens, durch Betrachtung der Mutter. Allzu bekannt war ihm dieses Ausweichen, dieses Auftragen zäher heller Deckfarbe auf düsteren Untergrund. Gewalt, egal ob in Wort oder Tat, hinterlässt Spuren, sichtbar, auch wenn zwecks Beweises keine Seelen entblättert, keine Kleidungsstücke gehoben werden. »Verwaist« kann auch ein Glücksfall sein.

»Ich weiß nicht, was in der Stube geschehen ist, gemäß Ihrer unterlassenen Auskunft, Frau Pokrovsky, also nichts. Ich weiß nur: Ein Knabe beobachtet dieses Nichts, klopft, obwohl ihn hier offenbar niemand kennt, an die Scheibe, hinterlässt eine Botschaft, lockt den Hausherrn auf die Straße, hetzt ihn ein wenig durch den Mais, ohne sich schnappen zu lassen, und lauert ihm nach Sperrstunde des Wirtshauses auf.«

Und während der Wind jedes Wort vor sich hertrug, den Hügel hinauf, glitt der nackte, kühle Blick des Ermittlers, frei von Wimpern, Brauen, Härchen, über Mutter und Tochter hinweg, bis zum Waldesrand.

»Ein behäbiger Bursche? Ein Bursche, der bereits seit Wochen allein in freier Wildbahn überleben konnte, geschwächt sein muss, legt sich mit einem stämmigen, kraftstrotzenden Mann an, schafft es, ihn auf Distanz zu halten und schließlich auszuschalten? Muss ein ziemlich kluger Junge sein.«

† † †

Und genau dort, wo nun die Augen des Horst Schubert zur Ruhe kamen, als könnten sie das Dickicht durchbrechen, stand Karl. Wartend. Den Blick auf Aubruck gerichtet.
Warten als Kunstform des Hinauszögerns, als Strategie des Unschlüssigen. Warten, ohne zu wissen, worauf.
Warten wie jemand, der einer herannahenden Sturzflut ins Auge blickt und doch all seinen Reichtum nicht zurücklassen will. Marie. So nahe und doch unerreichbar.
So nah auch der Aufruhr in den Reihen der Dorfbewohner.
»Weit kann dieser kleine Teufel nicht sein. Los, Pöllauer, hol deine Köter, den schnappen wir uns.«
Aufruhr auch in Karl Heidemann.
Etwas schwappte über, von da nach dort, durchfuhr ihn, als wäre es eine ansteckende Krankheit: Hass.
Günstig der Nährboden, denn voll Unverständnis stand Karl dem vor seinen Augen stattfindenden Unrecht gegenüber: Das Übel Veit Pokrovsky war dem Tod entkommen, doch man empfand keine Wut über die Tatsache seines Überlebens, über den gescheiterten Versuch, über das sowohl Veit als auch Marie und all den anderen durch dieses Überleben entgangene Geschenk. Man empfand Wut dem Täter gegenüber.
»Es kann losgehen. Die Hunde haben die Spur. Dort. Läuft er also den Berg hinauf. Sackgasse. Dummer Junge. Spielen wir Fangen!«
Spielen. Wollte man also mit ihm spielen. Dann sollte man kommen. Karl war bereit. Ein Tosen vor ihm, ein Tosen in ihm, ein Tosen aber auch hinter ihm, vielversprechend, in einiger Entfernung. Nicht auf gleicher Höhe. Also weiter durch den Wald, den leichten Anstieg hinauf.

»Lass die Hunde los, Pöllauer!«
»Nichts lieber als das. Sind hungrig, die Burschen.«
»Kommt nicht in Frage, Ihre Köter bleiben an der Leine, kapiert? Das wird keine Treibjagd hier!«
»Sie glauben aber nicht wirklich, Schubert, mir in meinem Wald sagen zu können, wann und wo ich meine Hunde laufen lassen darf! Castor, Rolf, fass!«
Hechelnder Atem, der näher kam.
Warten, die Hunde liebevoll in Empfang nehmen, ihnen über das Fell streicheln, so wie sonst. Nie wieder würde ihm so ein Fehler passieren wie zuvor bei Veit. Nie wieder.
Nur daraus wurde nichts.
Kein liebevolles In-Empfang-Nehmen.

Weit waren die beiden Hunde dem Suchtrupp vorausgelaufen. Außer Sichtkontakt.
Mit einem Höllentempo traf der erste bei Karl ein. Kein Schwanzwedeln, nur der leicht nach vorn geschobene Kopf, das Gewicht auf den Vorderläufen, die Beine gebeugt, die Ohren, die Nackenhaare aufgestellt, der Schwanz leicht erhöht über dem Rücken, ein Knurren, ein Bellen. Alles auf Angriff.

»Verdammt, habt ihr gehört?«
»Hat er also doch eine Stimme, der stumme Junge!«
Kampf, es waren die Geräusche eines Kampfes. Knurren, Bellen, Jaulen, Winseln, zwischendurch die Klagelaute eines Menschen.
»Dort rüber, es kommt von dort drüben, schnell. Jetzt dürfen Sie zeigen, wie gut Sie mit Ihrer Dienstwaffe umgehen können, Schubert!«
»Wenn Ihre Köter dem Jungen auch nur ein Haar krümmen, zeig ich Ihnen das tatsächlich, Pöllauer!«
Ein Junge, dessen Herz nicht mehr rein war, der nicht mehr frei war von bösen Absichten, als zöge ein Plus unweigerlich

das Minus an. Liebe gestern, Hass heute, beides trug Karl Heidemann somit in sich, wie zwei Teile eines Ganzen, verbunden Hand in Hand.

Unüberhörbar schickten die Felswände Josef Pöllauers Echo ins Tal. Ein Gebrüll, das mehr Tatendrang ankündigte als jedes Versprechen. Entsetzen erregend der Anblick des vorgefundenen Gemetzels. Erste Sorge in den Gesichtern der beteiligten Männer.

»Verdammt! Schubert, klären Sie uns auf: Mit was für einem Monster haben wir es hier zu tun?«

»Kein Monster. Ein Junge, der alles verloren und nichts mehr zu verlieren hat.«

»Vor allem ein Junge, der nichts mehr verloren hat auf dieser Welt. Ein verletzter Junge. Den finden wir.«

# 41 *Das Geben*

Noch nie zuvor hatte Karl Heidemann sich körperlich zur Wehr setzen, einen Angriff abwehren, eine direkte Auseinandersetzung überstehen müssen. Zu ungeübt, zu unentschlossen seine Reaktionen, zu bewegt seine Gegner. Körper, die nicht wie sonst stillhielten, sich berühren, streicheln ließen, denn fortgespült der Frieden seines Herzens, seiner Gedanken. Flinke Körper, mit scharfen Krallen, spitzen Zähnen.
Blutig nun seine Arme, sein rechtes Bein. Schmerz, der sich breitmacht, Kraftfutter der Auflehnung, des Kampfgeistes. Schwerfällig schleppte er sich voran, die Steigung empor, dem Tosen entgegen. Ende des Waldes. Ende des Anstiegs, nur noch ein paar Meter. Nur noch Rauschen. Ohrenbetäubendes Rauschen. Und Gebrüll.

»Dort, seht ihr!«

»Ich fass es nicht, so ein Brocken.«

»Aber Mumm in den Knochen hat er, das muss man ihm lassen.«

»In genau zehn Sekunden nicht nur Mumm!«

»Runter mit dem Gewehr, Pöllauer, sonst geht die Kugel an Sie!«

Hinter einem Baumstamm hervorgetreten, stand Karl Heidemann vor dem Abgrund, regungslos, den Blick auf seine Verfolger gerichtet, hängende Schultern, die Arme schlaff, in seiner linken Hand ein Messer. Schmierig, verdreckt sein Gesicht, seine Kleidung, Blut, überall.

»Einen Teufel werd ich tun, oder haben Sie meine Hunde nicht gesehen?«

»Das fällt eindeutig unter Notwehr. Erfolgreiche Notwehr. Die Hunde laufen zu lassen war Ihre Entscheidung, das ist also auch ganz allein Ihr Verdienst.«

»Notwehr. Ganz genau. Auch für mich. Den Kerl leg ich um!«

Ein Schuss. Nur ein paar Meter neben Karl zerberstendes Holz.

»Hörst du? Sprich dein Stoßgebet!«

»Schnappen wir uns den Scheißkerl, los!«

Ein weiterer Schuss, diesmal aus einer Dienstwaffe, diesmal in die Luft. »Keiner rührt sich hier vom Fleck, kapiert? Nur ich.«

Und Horst Schubert kam näher.

Drei Schritte vor, Karl zwei zurück.

»Alles gut, Karl. Hab keine Angst. Niemand tut dir was, versprochen.«

Ein Annähern da, ein Zurückweichen dort.

»Ich bin so froh, dich gefunden zu haben, wirklich. Dein Vater hat euren Unfall nicht überlebt. Seither such ich dich und mach mir große Sorgen!«

»Was soll das, was reden Sie mit diesem Mörder wie mit einem …!«

Und näher. Lauter die Stimme, um das Rauschen zu übertönen.

»Wer sagt, dass er ein Mörder ist? Oder, Karl? Was meinst du? Du hast einfach gesehen, wie da in Jettenbrunn ›Komm zu mir‹ an die Tür des Dr. Hofstätter geschrieben stand, und diese Botschaft an Maries Fenster hinterlassen, um Veit herauszulocken. So war das doch, hab ich recht? Ich kann es verstehen, ich würde so ein Schwein wie Veit Pokrovsky …«

»Schubert, der Lauf meiner Waffe verschiebt sich gerade in Ihre Richtung!«
Und näher.
» … auch lieber tot sehen. Aber derartige Taten, auch wenn gewisse Personen kein Verlust wären für diese Erde, sind uns Menschen nicht gestattet. Insofern hattest du Glück, Karl. Stell dir vor, deine zugegeben hervorragende Idee mit dem Maisfeld wäre anders ausgegangen. Ich müsste dich festnehmen, hörst du? Lass das Messer fallen.«
Und näher.
»Es wird dir nichts passieren, ich versprech es. Außerdem brauchst du dringend einen Arzt, ein Bett, eine Bad wär auch nicht schlecht. Du kennst mich doch so lange schon. Komm mit mir.«
Noch ein Schritt bis zum Abgrund.
»Schubert, verdammt, der springt!«
Leiser nun die Stimme, allein für Karl zu hören: »Karl, du kannst mir vertrauen. Gib mir das Messer.«
»Soll er ruhig springen und ersaufen, spar ich mir eine Kugel.«
Nah genug nun der Kontakt, um mit der Klinge das Herz zu erreichen. Entgegengestreckt die Hand des Ermittlers.
Es war ein tiefer, langer Blick, der Karl Heidemann zugeworfen wurde. So kalt die Augen Horst Schuberts auch schienen, es lag doch Wärme darin, Sorge, väterliches Schutzbedürfnis. Als könnte er die Not, den Taumel, das Zerwürfnis in dem so ruhig vor ihm stehenden Jungen lesen.
Nur ein Schritt. »Karl. Nein!«
Keine Angst. Tod, du guter Hirte.
Fallen.

Weit war er abgestürzt, die steile, felsige Böschung hinab, hatte sich überschlagen, hatte den Rucksack verloren. Steine prasselten abwärts, vor ihm, hinter ihm. Besorgte Schreie:

»Schubert, sind Sie wahnsinnig? Schubert!«, schließlich nur noch ein gequältes, schmerzerfülltes, kämpfendes Ächzen.
Karl erreichte als Erster das Ziel.
Eintauchen.
Kälte. Sofort klamm seine Finger. Und abwärts. Sinnlos der Versuch, kraft der Arme und Beine weiterzukommen, allem eine Richtung zu geben, zu gnadenlos die reißende Gewalt. Alles abstreifen, fallen lassen an Gewicht, alles, bis auf seine Kleidung. Sich dem Lauf des eisigen Wassers hingeben. Nicht alleine.
»Karl, ich bin gleich bei dir, halt dich fest!« Laut die Stimme, das Tosen übertönend. Noch.
Karl stumm. Nur darauf bedacht, seine Beine in Strömungsrichtung, den Kopf emporzuhalten, alles zu sehen. Gar nicht erst versuchen, mit den Händen einen der klitschigen runden Steine zu umfassen, alle Kräfte bewahren, in sich.
»Karl, halt dagegen, Armtempo, hörst du? Immer Armtempo, Armtempo!« Mehr Tosen als Stimme im Hintergrund, mehr krächzende Verzweiflung als Ton.
Ruhig bleiben. Das Wasser sucht sich seinen Weg. Eins werden. Warten auf den richtigen Augenblick.
»Karl, ich, ich … Karl!« Kaum noch Luft, kaum noch Regung, sinnloser Kampf. Horst Schubert war am Ende, alle Kraft verbraucht. Kein Aufbäumen mehr.
Auch nicht des Wassers. Letzte Wirbel, letztes Schlängeln, dann plötzlich alles breit, das Flussbett, das Land, der Atem.
Karl nahm Tempo auf, gegen die Strömung, packte den aus dem Wasser ragenden Schopf, zog den regungslosen Körper ans Ufer.
In bester Absicht war Horst Schubert zur Hilfe geeilt. Und nun lag er vor ihm, dem Tode näher als dem Leben. Unrecht, das empfand Karl Heidemann, Erschöpfung und Wut. Alles in ihm ein Aufbäumen, Sich-Widersetzen. So nicht, Tod, nicht so.
Wie auf das Fell einer Trommel schnellten seine Fäuste auf

Horst Schuberts Brust herab. Immer und immer wieder, bis, einem Springbrunnen gleich, ein Schwall Wasser aus dessen aufgerissenem Mund schoss. Danach ein pfeifender, tiefer Atemzug, ein weit aufgerissener Blick, ein Zu-Sinnen, Zur-Ruhe-Kommen. Lange schien das Bild wie eingefroren. Zwei Menschen, einander gegenüber, einander betrachtend, der eine liegend, der andere kniend. Schließlich ein an Karl gerichtetes Wort: »Danke.«
Mehr nicht. Alles andere bereits gesagt.
Nur noch ein Nicken. Abschied. Einmal noch, ein letztes Mal. Denn kein weiteres Mal, so wusste Karl, würde Horst Schubert ihn gehen lassen.

Karl Heidemann sprang, als wäre es der vertraute Weg, zurück ins Wasser. Alles hatte er verloren, wirklich alles: Sein ganzes Hab und Gut; sein tief verankertes Wissen, vielleicht eines Tages heimkehren zu können zu seinem Vater; seine Möglichkeit, Marie nahe zu sein, sie zu sehen, riechen, fühlen. Er ging mit leeren Händen, und doch war es diesmal etwas anders, war es kein Aufbruch in eine unbekannte Freiheit, sondern in Gefangenschaft.

# 42 *Das Bekommen*

Weit schon hineingetragen ins Land, entstieg Karl Heidemann dem Wasser und schlug sich durchs Dickicht. Weit hinter sich auch Aubruck, weit hinter sich die vermeintliche Gefahr. Bald wurde aus seinem Gehen ein Trotten, ein vor Erschöpfung taumelndes Dahinschleppen, eine Suche nach Unterkunft. Er musste sich ausruhen, dringend, trat irgendwann ins Freie, vor sich ein von zwei Schnellstraßen durchzogener, weitläufiger Acker, darauf eine alte Scheune. Zuflucht suchen, zumindest für diese Nacht.

Leer der Schuppen. Verdreckter Boden, zerfetzte Jutesäcke, ölige Tonnen, das Dröhnen der Straße wie ein bleierner Umhang, schwer genug, um sich endgültig zu Boden drücken und in einen tiefen, schweren Traum versinken zu lassen:

*Karl, bis zur Hüfte im Morast versunken, auf freiem Feld, unfähig, sich zu befreien. Marie, in weiter Ferne, läuft auf ihn zu, schreiend. Nicht mehr stumm, nicht mehr taub, die Stimme voll Pein, Angst. »Karl, Karl, er lebt noch. Karl, wo bist du?« Brüllende Motoren.*

Was ist Traum, was Wirklichkeit?

*Veit, der mit abgetrennten Beinen, blutigen Stümpfen im Führerhaus eines Mähdreschers sitzt, näher kommt, mit rotierenden Messern, näher auf Marie, näher auf Karl zu, im-*

*mer näher, und immer fester der Morast, kein Entkommen. Verstummende Motoren.*
Was ist Traum, was Wirklichkeit?
*Marie, die vor Karls Augen zu Boden fällt, nicht mehr auf kann, auf allen vieren weiterwill, während hinter ihr Geschrei ausbricht.*
»Dort, er ist dort hineingelaufen.«
Mächtig die Tritte gegen das Schuppentor. Holz gebrochen aus Tür und Angel. Knallender Aufschlag, eine Wolke aus Staub, orangerot leuchtend im Sonnenlicht. Drei Männer.
»Haben wir dich, du elender Scheißkerl. Es gibt doch noch Gerechtigkeit.«
Zorn, der sich entlädt, Mündung auf Augenhöhe.
»Leg ihn um, Pöllauer, gleich hier!«
»Nicht, Pöllauer, wir bringen ihn zu Schubert.«
»Wir bringen ihn maximal um, Bruckner. Aber nicht hier, das wollen wir doch genießen.«
Gewehrkolben auf Augenhöhe.
Dunkelheit.

TAG EINS
Und es blieb dunkel, als Karl Heidemann wieder zu sich kam. Stockdunkel. Finsternis, gefüllt mit beißendem Gestank.
Müde, schwer sein Körper, seine Glieder. Doch unmöglich, sie abzulegen. Die Arme fixiert, weit über Kopfhöhe. Die Hände zusammengebunden. Schneidend, brennend der Schmerz an den Knöcheln, auf den Fußballen. Nackte Sohlen auf glitschigem Boden. Ein Tänzeln. Hochgezogen der ganze Leib. Bei jeder Bewegung der Beine ein Stechen, der Untergrund belegt mit Glasscherben, dazu ein Klirren schwerer Eisenketten. Ein Klirren ohne Klang, ohne Widerhall, alles nahe. Ein Raum mit dicken Wänden.
Stein, Beton. Ein kleiner Raum.
Ein feuchter Raum. Ein Raum unter der Erde vielleicht.

Eiskalt Karls Brust, Rücken, Gesäß, Genitalien, Beine, Arme, Fußsohlen, Hände, der ganze Körper. Eiskalt und nackt. Splitternackt. Nur der Kopf bekleidet. Warm das Gesicht, mit jedem Atemzug. Ein Sack, befestigt um den Hals, eng geschnürt. Doch weit genug, um Luft zu bekommen.
Weit genug, um das Schweigen brechen zu können, in ein Wimmern übergehen zu lassen, ein Weinen, ein Brüllen. Hilferufe.
Töne ins Leere geschickt, nur der Widerhall der Wände.
Kein Zeitgefühl mehr.

TAG ZWEI
»Macht auf den Scheiß hier!«
Kettenklirren über ihm.
»Und jetzt hoch damit!«
Schwerer Stein, der emporgehoben, Leben, das hörbar wurde, Geräusche des Waldes, deutlich nun die Stimmen:
»Glaubt ihr, lebt er noch?«
»Das hoff ich.«
Dann Licht, diffus zu sehen durch das über den Kopf gestülpte Stoffgeflecht. An der Decke, kreisförmig. Ein Schacht also. Männer, die herabstiegen. Drei an der Zahl.
Ein Schlag ins Gesicht.
»Und, gut geschlafen, fette Sau?«
»Nicht mehr so lustig jetzt, oder?«
Ein Abnehmen des Sackes, der Blick in die pure Vergnügtheit. Wieder ein Schlag.
»Schau nicht mich an. Das hier schau dir an!«
Das Licht einer Taschenlampe, gleißend, direkt in die Augen.
»Und jetzt das!«
Das Licht nun verschwunden.
»Ach verzeih, wirst nicht gleich was sehen können. Wir haben ja Zeit!« Gelächter.
»Und, siehst du schon was?«

Der Lichtkegel nun in ein Eck des Schachtes gerichtet, dann in ein anderes.
»Damit du nicht allein bist.«
In jeder der Ecken einer der beiden Hundekadaver.
»Und was passiert jetzt mit ihm, Pöllauer? Wir können ihn doch nicht einfach hier hängen lassen?«
»Du glaubst gar nicht, was wir alles können, Bruckner. Gib ihm was zu trinken. Futter braucht er keines, ist eh fett genug.«
Gelächter.
»Wir wollen ja keine schlechte Nachred', oder? Soll ja auch sehen der Bursche, dass wir nette Menschen sind. Und liebesfähig. Neupold, gib mit den Stock.«
»Pöllauer, ich …«
»Schnauze, Bruckner. Steig rauf, wenn du es nicht sehen willst.«
»Pöll …«
»Steig rauf, hab ich gesagt.«
»Hier der Stock!«
»Danke, Neupold.«
Den Schacht sehen als Verbündeten, als Keller, das Dunkel annehmen. Auch die Menschen. Sich damit zurechtfinden, bis auch hier der Schalter zu finden ist. Licht an. Licht ab. Und es würde ihn geben, irgendwo. Den Schalter, den Schlüssel.
»So, mein Junge. Wo waren wir? Ach ja, beim Liebhaben. So einen hübschen Hintern hast du!«
Alles ausblenden. Keine Schmerzen zeigen, keinen Laut von sich geben.
Bald wieder Finsternis.
Bald wieder allein sein.
Endlich weinen können.

TAG DREI

»Ich bind ihn jetzt runter, Pöllauer, ob es dir recht ist oder nicht.«

»Und dann? Was willst du dann machen, Bruckner? Ihn adoptieren?«

»Was willst denn du machen, Pöllauer, hast du dir das überhaupt überlegt in deinem kranken Hirn?«

»Hab ich. Wir lassen ihn hier, bis Veit zurückkommt. Als Geschenk. Und dann soll Veit bestimmen, was mit ihm geschieht. Ob wir ihm seine Beine abhacken und ausbluten lassen, wie meine Hunde, oder ihn zur Polizei bringen, als hätten wir ihn gerade gefunden.«

»Aber das dauert Wochen, bis Veit zurückkommt!«

»Ist doch lauschig hier. Bekommt er Kost und Logis gratis, ein paar Decken, alte Kleidung, und am Tag, bevor Veit zurückkommt, spritzen wir ihn ab, damit er auch schön sauber ist.«

TAG FÜNF bis TAG SIEBZEHN

Die beiden trennen, Leib und Seele, Körper und Geist.

Den elenden Gestank ertragen, die Kälte, Feuchtigkeit, die Schmerzen. Irgendwann diese Düsternis als den stillsten Ort erkennen, an dem er sich je befunden hatte: Ein Ort unter der Erde. Ein Ort wie ein Grab. Grabesstille. Nichts von außen. Nur er. Er und das Ausharren, nichts Neues für ihn. Er und die absolute Finsternis, deren Raum bald kraft seiner Phantasie Leben eingehaucht wurde. Farbe. Die Wände bemalt, jede anders, himmelblau, wiesengrün, sonnengelb, erdbraun. Nein, erdbraun eher nicht. Sogar lachen konnte er. Und verzaubern. Den harten Steinboden in die hölzerne Liege seiner warmen Jettenbrunner Sauna, hin und wieder sogar in ein weiches Bett. Ein Bett für zwei. Er und Marie. Verzaubern: den Schacht in ein Zimmer, Wohn-, Ess-, Schlaf-, vielleicht ein ganzes Haus. Ein freundliches, helles Haus. Ein Haus für zwei. Vielleicht für drei.

Familie sein, mit Kinderzimmer, Wiege. Die Felle der beiden Hundekadaver, wenn er sie versehentlich berührte, fühlen wie den weichen Stoff kleiner Kissen, Plüschtiere, Schmusedecken, und dabei so lange zur Decke emporblicken, bis sich einem feinen silbrigen Faden gleich der kreisrunde Rand des Schachtsteines erahnen lässt. Ihn betrachten wie ein gütig auf ihn herabblickendes Auge.

Den gedämpften Raum wie eine Plane sehen, die über den Kopf gezogen heimeligen Schutz bietet vor dem Dämon namens Mensch.

Und dieser Dämon kam, täglich, zur selben Zeit, um Wasserflaschen, Speisereste in den Schacht zu werfen, altes Brot, fauliges Obst, Gemüse, hin und wieder einen Happen Fleisch.

»Das sind gegrillte Rippen, Bruckner, viel zu viel Fleisch dran, viel zu nobel.«

»Hier, mein Junge, ich hoffe, du …«

»… du genießt den Aufenthalt! Wird wohl noch ein Weilchen dauern, bis Veit auf seinen Stümpfen sitzen kann, abgemagert bis auf die Knochen, und wiederkommt!«

Knochen? Mit einem Schlag kehrten alle Lebensgeister zurück. War das der Schlüssel?

Ein Tageszyklus Zeit.

Sich von der Konsistenz der fortgeschrittenen Fäulnis nicht abschrecken lassen, der Geruch längst vertraut, das Fell, die Haut der Hunde ertasten, mühselig das Vordringen nur durch Gebrauch der Finger. So lange herumwühlen, probieren, bis die Hinterläufe freigelegt sind. Harte Knochen, sie einklemmen in einem Bodenriss, verwinden, Drehbrüche, scharf die Kanten, spitz die Enden.

Dann nur mehr warten.

TAG ACHTZEHN

»Scheiße, Pöllauer, sieh dir das an. Er hat deine Hunde zerlegt, er …«

»Aus Hunger wahrscheinlich, elender Teufel!«

»Was interessieren euch die Hunde, verdammt, der Junge bewegt sich nicht mehr. Wir müssen Hilfe holen!«

»Ja sicher, Bruckner. Hilfe! Den lassen wir liegen. Keine Sau wird ihn jemals hier finden.«

»Aber noch besser wäre es, wir holen ihn raus, bringen ihn zurück und geben vor, ihn gefunden zu haben. Sind wir quasi die Helden.«

»Noch besser wäre es, wir verscharren ihn irgendwo im Wald, ersparen wir uns für alle Zeit ein paar blöde Fragen.«

»Also, runter mit uns. Wir ziehen ihn an der Kette raus!«

Warten. Lang genug warten. Die Knochen in beiden Händen. Warten, bis drei schlagende Herzen so nahe gekommen waren, um sie blind zu orten. Zwei davon als Ziel bestimmen. Alle Kräfte sammeln, unter den geschlossenen Lidern das Licht des Tages spüren, die frische herabströmende Luft, das Leben begrüßen oder den Tod. Egal.

Blitzschnell seine Bewegung. Punktgenau die Treffer. Kein Schrei. Nur ein Hecheln bei Bruckner.

»Junge, ich fleh dich an, ich, ich, bitte lass mich am Leben. Ich schwör dir, das bleibt unter uns, alles. Verstehst du, alles?«

Weg, nur noch weg. Zurück ins Leben, dieser Gruft den Rücken kehren.

Bruckner würde den Stein in seinen Ring heben, anstelle von Blumen das Laub des Waldes darüberstreuen.

Und auch über Karl Heidemann selbst legte sich ein Belag, ein dunkler Anstrich. Er war ein anderer geworden. Gefangen in dem Labyrinth der eigenen Gedanken. Ausgetauscht der einst stets in seine Schultern schneidende Rucksack. Ausgetauscht gegen eine viel größere, unsichtbare Last: Hass, Zorn, Unver-

ständnis. Unverständnis über die gegen ihn gerichtete Welle der Verachtung, der Vergeltungslust.
Wenn also die Üblen, die Kraftvollen, die Lautstarken wie Veit Pokrovsky ihre eigenen Fürsprecher hatten, ja ein ganzes Heer an Fürsprechern, zu allem bereit, wer gab den Schwachen eine Stimme, wer konnte all der schreienden Gewalt etwas Mächtiges entgegensetzen?
Das, was die Menschen unter einem helfenden Gott verstanden, war es nicht. Es gab keinen Gott der Gerechten.
Was also blieb übrig, der eigenen Tatenlosigkeit ein Ende zu setzen?
Nur das eigene Handeln.

# Teil 3 HOFFNUNG

*Flucht ist ein Weg vorwärts.*

# 43 *Das Verschwinden*

Glasklar war die Sicht an diesem Februarabend des Jahres 2001. Erneut frisch angezuckert der schmale Pfad zurück in die Gemäuer seines Zuhauses. Ein seltenes Ereignis in dieser Gegend. Die Farbe Weiß, ansonsten weniger eine Gespielin des Winters als des Frühlings, wenn die Kirsch-, Aprikosen-, Mandelbäume, die Magnolien blühten. In diesem Jahr aber streifte sich seine Heimat auch um diese Zeit einen derartigen Mantel über. Schnee.

Und keine andere, schönere Heimat hätte es noch geben können im Leben des Paolo Moroder.

Paolo Moroder, dreimal in die Welt gesetzt. Das erste Mal irgendwo. Das zweite Mal unmittelbar danach in einen Strohkorb gebettet, namenlos, herkunftslos, abgestellt vor den Toren einer Polizeistation. Das dritte Mal fünfunddreißig Jahre später. Fünfunddreißig. Zwanzig plus fünfzehn.

Zwanzig Jahre alles und nichts: Heim, Pflegefamilie, Heim, Pflegefamilie, im mehrmaligen Wechsel. Zwischendurch immer wieder Jugendgericht, kleine Diebstähle, Vandalismus, Raufhandel. Leben ohne Wurzeln. Schließlich die letzte der vielen Pflegefamilien. Ein bürgerliches Haus katholischer Gesinnung, der Hausherr ein erfolgreicher Unternehmer, sein guter Dienst an der Gesellschaft das Aufnehmen eines Ge-

strandeten, ihm Heimat geben, das Geschenk des Wohlstands teilen, Sorglosigkeit. Scheinbar.
Zwei Kinder. Ein echtes, ein falsches: Paolo.
Zwei Pflegeeltern, ein Pflegefall: Nicht Paolo, nicht der schwer arbeitende, selten anwesende Pflegevater, nicht der großjährige, auswärts studierende Sohn, sondern die unerfüllte Pflegemutter Claudia.
Eine Mutter mit fehlenden Aufgaben und zu viel Personal: Gärtner, Haushälterin, Kindermädchen. Eine Frau ohne Hingabe. Und dann kam Paolo, siebzehn Jahre jung, voll Tatkraft, Mut, Übermut. Aus Mutter und Pflegesohn wurde ein heimliches Liebespaar, aus Paolos Liebe die Sehnsucht nach der gemeinsamen Flucht, aus der Heimlichkeit der Verrat der Haushälterin, aus der Leidenschaft das Leiden. Die Heimkehr des Vaters, das in der Küche auf die eigene Frau gerichtete Jagdgewehr und schließlich die Tatkraft des Paolo Moroder, der Mut, Übermut, das Küchenmesser.
Sieben Stiche. Erbarmungslos, tief ins Fleisch des Pflegevaters gerammt. Der dabei losgelöste Schuss ein tödlicher Treffer. Erste Liebe, letztes Glück.
Alles ausgelöscht, in wenigen Minuten.
Schließlich nur noch Familie. Pflegefamilie, Pflegeeltern, Pflegefall – alles ohne Pflege. Fünfzehn Jahre durchgehend dieselben Bezugspersonen: Wärter, Zellennachbarn, Seelsorger, Lehrer, Betreuer. Fünfzehn Jahre hinter Gittern, fünfzehn Jahre Gleichmäßig- und Berechenbarkeit, fünfzehn Jahre wie ein Bild sein, und rundum der feste, formgebende Rahmen, fünfzehn Jahre, die Paolo Moroder bald wie Freiheit, wie ein Zuhausesein erschienen. Dann die Entlassung. Klar sein Weg, seine Richtung, nur ein Gepäckstück in der Hand: die Bibel.
Und wieder fand er Mauern um sich, diesmal freiwillig, fand erneut täglich dieselben Abläufe, Rituale, Menschen, dieselbe Kargheit des Essens, der Kleidung, des Wollens.
Nie zu viel von allem, dafür das wenige mit Hingabe, Sorgfalt,

Dankbarkeit. Kein in Freiheit Lebender ist gezwungen, sich der nur vermeintlich kunterbunt, tatsächlich aber in Reih und Glied dahinmarschierenden Raffsucht anzuschließen, so Paolo Moroders Gesinnung.
Zwei Mal pro Woche mindestens seither sein Fußmarsch, manchmal alleine, manchmal in Begleitung. Montag und Freitag, egal bei welchem Wetter. Den Hügel abwärts, im Tal den Tag verbringen, dann wieder zurück. Fest sein Schritt, doch Ruhe in ihm. Ruhe nicht durch das Schweigen, sondern das Wort. Stille Worte, klar, rein. Worte, so kraftvoll wie ein Gebet. Ehrlicher nur. Echter. So auch an diesem Dezembertag.

*»Alles still! Es tanzt den Reigen*
*Mondenstrahl in Wald und Flur,*
*Und darüber thront das Schweigen*
*Und der Winterhimmel nur.«*

Nacht war es bereits geworden, ruhig strömte, während er in die Weite blickte, sein Atem in die kalte Luft.

*»Alles still! Vergeblich lauschet*
*Man der Krähe heisrem Schrei.*
*Keiner Fichte Wipfel rauschet,*
*Und kein Bächlein summt vorbei.«*

Wunderschön lag der frisch gefallene Schnee glitzernd im Licht des Mondes. Gott zum Gruße, Gott zum Danke. Die im Tale liegenden Häuser nur noch kleine dunkle Kästen mit winzigen Lichtlein.

*»Alles still! Die Dorfeshütten*
*Sind wie Gräber anzusehn,*
*Die, von Schnee bedeckt, inmitten*
*Eines weiten Friedhofs stehn.«*

Bei sich sein, ganz bei sich sein, der Ruhe hingeben, dem Spüren.

*»Alles still! Nichts hör ich klopfen*
*Als mein Herze durch die Nacht –*
*Heiße Tränen niedertropfen*
*Auf die kalte Winterpracht.«*[5]

So sprach Paolo Moroder flüsternd vor sich hin, als ihm inmitten der Lichtung, dort, wo ansonsten nur Fläche war, ein dunkler, aus dem Schnee schimmernder Schatten ins Auge stach. Ein Schatten, der seine rechte Hand, wie in Zeitlupe, zuerst auf seine Stirn tupfen ließ, dann auf die Brust, die linke Schulter, die recht. Bekreuzigung.
Ein Kreuz auch vor seinen Augen.
Ein dunkles Kreuz. Spur im Schnee.

[5] »Alles Still«, Theodor Fontane

# 44 *Die Suche*

Jede Spur verloren, bis auf eine. Horst Schubert konnte Karl Heidemann an jenem Septembertag nur noch hinterherblicken, unfähig, sich zu erheben oder gar erneut ins Wasser zu springen. Was er aber konnte, war, wenn auch unter größter Anstrengung, zurückzumarschieren. Zurück an den Rand des Abgrunds, zurück dorthin, wo Karl seinen Rucksack verloren hatte.

Und was er darin fand, war in seinen Augen von solch unsagbarer Tiefgründigkeit und schauriger Schönheit, wie Horst Schubert sie nie zuvor gesehen hatte. Kunstwerke. Papierblöcke, gefüllt mit Bleistiftzeichnungen. Zeichnungen, so lebendig, so naturgetreu, als wären es bearbeitete Fotografien.

Gesichter, die er kannte: Charlotte und Johann Heidemann, Gertraud und Heinrich Auböck, dann die Dorfbewohner Jettenbrunns, die Oberwaldners, Lamprechts, Adele Konrad, mehrfache Studien des Alois Daxberger, zwischendurch Tiere, Rehe, Hasen, auch fand er Veit Pokrovsky, und jede dieser Abbildungen zeigte das betreffende Geschöpf mit geschlossenen Lidern, zeigte, so Horst Schuberts Vermutung, das Gesicht, nein, die Anmut des Todes. Bis auf eine. Bis auf die Tochter des Veit Pokrovsky. Bis auf Marie.

Augen voll Sanftmut, voll Zuwendung, die Horst Schubert nach Öffnen der Seite erfassten. Augen, genauso, wie sie ihn

auch leibhaftig angesehen hatten. Augen weit geöffnet, lachend, aufmerksam, voll Leben.
Leben. War er es, dieser Junge, der es den Menschen nahm, so wie er es auch Veit nehmen wollte?
Für Horst Schubert anfangs kaum vorstellbar. Wer also zog diese Spur durchs Land, versetzte Monat für Monat ganze Landstriche in Angst und Schrecken, vollzog wahre Greueltaten? Greueltaten, denen es an jener Ästhetik, jenem Respekt fehlte, wie bei all den Toten zuvor.
Menschen, grausam, brutal dahingerafft, immer nur bei Nacht, die Kehlen durchschnitten im Schlaf, in Badewannen, Seen, Bächen ertränkt, in Abgründe gestoßen, in unübersichtlichen Kurven auf Gleise gebunden. Menschen, denen, wie sich herausstellte, kaum wer eine Träne nachweinen wollte, die sich bei näherem Hinsehen als Despoten, Tyrannen ihrer jeweiligen Welten entpuppten. Wer nahm sich das Recht heraus, nicht rechtens zu handeln, sondern eigenmächtig zu richten, stellvertretend für die Tatenlosen, die Duldsamen, die Unterworfenen? Ein Engel der Apokalypse, ein düsterer Vorbote, Schatten des kommenden Millenniums, wie eine der Zeitungen schrieb? Wann nahm es endlich ein Ende? Mit dem Jahreswechsel, dem Untergang der Welt?
Nahm es nicht.
Pausen wurden eingelegt. Nur Pausen. Als ginge es darum, Kräfte zu sammeln. Dann kam es wieder und wieder, und wieder.
Horst Schubert wusste bald nicht mehr: Was tun?
Keiner wusste: Was tun? Niemand aus den eigenen Reihen, niemand aus den Reihen jener Organisationen, die sich Horst Schubert bald bevormundend zur Seite gestellt und sich dieses Falles angenommen hatten. Immer einen Schritt hinterher.
Wo suchen? War es immer ein und derselbe Täter? Welches Täterprofil verfolgen? Und vor allem, welches Opferprofil? Jeden hätte es treffen können, jeden, der im Verborgenen dunkle Seiten aufzuweisen hatte. Nur, wer hatte das nicht?

Ein Jahr zog ins Land. Dann kam der 6. Dezember 2000. Der achtzehnte Geburtstag des immer noch verschollenen Karl Heidemann. War er noch am Leben? Horst Schubert wusste es nicht.

Ein Tag voll kindlicher Erwartungen. Freudentag. Todestag: Ein Mann mit weißem Rauschebart, Bischofsmütze, rotem Mantel und goldnem Stab. Ein Mann namens Rainer Bergmann, Familienvater, unterwegs durch die Nacht, durch den Schnee, von einem Dorf ins nächste. Ein Mann, der an diesem Tag Kinder auf seinen Schoß nahm, Süßes in ihre kleinen, zarten Hände drückte, ihnen aus einem Buch vorlas, liebevoll über den Kopf strich, und doch war da in seinen Gedanken der Zuwendung zu viel. Zuwendung, die, wie sich herausstellte, im Kreis seiner eigenen Familie nichts mehr übrig ließ an Liebenswürdigkeit. Zuwendung, die Rainer Bergmann von diesem Tag an nie wieder zu geben imstande sein würde.

Man fand ihn am Rande eines Waldes, an einen der Bäume gebunden, mit abgetrennten Geschlechtsteilen, aufgeschnittenen Pulsadern, verklebtem Mund. Man fand ihn ausgeblutet und teils von hungrigen Vögeln, Kleinwild verstümmelt. Man fand Spuren im Schnee, Fußabdrücke einer Person mit zwei verschiedenen Schuhen unterschiedlicher Größen. Abdrücke, die sich irgendwann verloren an den Gleisen des Fernverkehrs.

Horst Schubert war am Ende seine Lateins. Kein Ziel in Sicht, nur Tote. Kein Hinterherkommen, nur mehr ein Gehetze von Tatort zu Tatort. Keine Zeit mehr, Ruhe zu finden, das eigene, zwar unerfüllt, aber eben doch eigene Leben zu leben, und sei es nur, um hinaufzusteigen, Schienen zu entstauben, Miniaturen, und darauf seine Eisenbahnen kreisen zu lassen, surrend. Das sollte sich von nun an ändern. Auf lange Zeit.

† † †

Denn Karl Heidemann verschwand. Und diesmal verschwand er anders als die Monate zuvor. Er verschwand in ein Museum der Traditionen, der Grundsätze, des Wissens, in eine der Gefrierkammern der Geschichte, dorthin, wo alles, während vor den Toren das Leben vorbeischießt, bewahrt bleibt.

# 45 *Das Vergessen*

Keine Erfüllung, keinen ersehnten Frieden hatte Karl Heidemann all das Wüten der letzten Monate gebracht, dieser Kreuzzug im Auftrag seiner selbstgewählten Gerechtigkeit. Vielmehr erging es ihm wie einem Gärtner, der eine Wiese entlangspaziert, sich kurz beugt, um ein kleines Unkraut zu rupfen, und erkennen muss: Nur einen Schritt weiter wächst schon das nächste, auch links, auch rechts, büschelweise, überall. Von Mal zu Mal verlor Karl mehr an Orientierung, auch über sich selbst. Und all das, während Weihnachten 1999 kam und ging und er ungerührt nur seinen Irrsinn im Auge hatte, während der Jahrtausendwechsel kam und ging, ohne vorhergesehenen Weltuntergang, während die Zeit an ihm vorüberflog, die Jahreszeiten ihn scheinbar unberührt ließen, er überall zu Hause war und nirgends, in Hütten, Verschlägen, Höhlen, Kanalrohren, unter Reisigästen in Wäldern, in leerstehenden Baustellen, neu zu errichtenden Einfamilienhäusern, alten Scheunen, egal, alles Lebensraum. Die Kälte, die Hitze, nur eine Frage der Überwindung, des Willens. Und Karls Wille war anfangs unbändig. Keine Fehler mehr.

Nur der eine: Wahnsinn.

Wahnsinn, der den Menschen bis zum Äußersten zu treiben imstande ist, ihn abwärtskriechen lässt in einen Schlund, tie-

fer und tiefer. Ein Schlund ohne Ausgang, ohne Wiederkehr. Eine Strafe an Leib und Seele. Denn rundum vernahm Karl Heidemann nur noch den Ruf des Üblen. Übles, das beseitigt werden musste.
Dieses Leben bald ein einziges Wüten.
Und als sein achtzehnter Geburtstag gekommen war, ein Geburtstag ohne Gratulanten, ein Geburtstag mit schlanker gewordenem, müdem Körper, schulterlangem Haar, lichtem, aber vollem Bart, blickte er einmal mehr nicht nur in die vom Kerzenschimmer der Vorweihnachtszeit erleuchteten Fenster, sondern auch in die Augen eines verblutenden Opfers. Seines letzten Opfers. Rainer Bergmann, verkleidet als Nikolaus.
6.12.2000. Nacht. Alles auf Anfang.
Dunkelheit, und doch konnte er im Licht des abnehmenden Mondes das verblassende Glänzen in den Augen dieses Mannes erkennen. Augen, wie all die Male zuvor auch, voll Abgründigkeit. Karl Heidemann aber sah mit einem Schlag darin noch mehr, als wär dies das ihm zugdachte Geburtstagsgeschenk, sah etwas, das ihn erschaudern ließ. Näher und näher kam er dem herabhängenden Kopf, dem flehenden Blick, bis er die Gewissheit darüber fand, was ihm dort inmitten des düsteren Glanzes entgegenblickte: sein eigenes Spiegelbild.
Dröhnend dazu der Klang seiner inneren Stimme:

> »*Wer mit Ungeheuern kämpft, mag zusehn, dass er nicht dabei zum Ungeheuer wird. Und wenn du lange in einen Abgrund blickst, blickt der Abgrund auch in dich hinein.*«[6]

Und Karl Heidemann schien es, als wäre er verschmolzen mit Rainer Bergmann, als stünde er selbst wie festgezurrt im Schnee, als hätte sich das Flehen im Gesicht des Mannes ge-

[6] Friedrich Nietzsche: Jenseits von Gut und Böse, Aph. 146

wandelt in einen Blick der Verbrüderung, in ein: »Du bist wie ich. Hörst du, siehst du, fühlst du es nicht? Wie ich!«
Weg. Karl musste weg. Fliehen vor sich selbst.
Irrte durch den Schnee, leere Gleise entlang, weiter und weiter, bestieg in Finsternis einen stehenden Güterzug. Darauf ein ganzer Wald. Wie die unzähligen Glieder einer Kette, Wagon um Wagon, nicht enden wollend, beladen mit Baumstämmen, und zwischen diesen Stämmen Karl, auch noch, als Fahrt aufgenommen wurde. Frierende Fahrt. Laute Fahrt. Durch Städte, Tunnel, über weite Ebenen, Brücken, bis aus dem Geradeaus ein Emporschlängeln wurde, bis der Zug anhielt, Männer mit Taschenlampen die Holzstapel abschritten, sich brüllend unterhielten, unverständlich. Fremde Sprache, fremdes Land. Land, das Karl betrat, bevor ein Lichtkegel ihn erfassen konnte. Kein Zurück mehr, neue Heimat. Irgendwo.
Weiterziehen, im Verborgenen bleiben, tagelang, wochenlang, so wie er es kannte, nur ängstlicher, unsicherer, immer antriebsloser, ohne den Tod vor, sondern in sich. Etwas war gestorben: der Glaube an die Richtigkeit, an das Gute seiner Taten. Der Glaube an den eigenen Wert. Und langsam brachte es auch ihn um, raubte seine Kräfte, seinen Willen, ließ ihn zusehends zu einem werden, der unvorsichtiger, immer öfter gesehen, von Fremden davongejagt wurde, sich nicht verkroch, weil er wollte, sondern musste. So wie eines Abends unter die Plane eines parkenden Kleinlastwagens. Vollbeladen der Innenraum. Aufeinandergestapelte Kartons, mit Bändern festgezurrt. Pro Karton sechs Flaschen, leer, nichts zu trinken zwar, doch gut genug, sich dahinter zu verkriechen. Endlos die anschließende Fahrt, über Berg und Tal, mehrspurige Schnellstraßen entlang, mit brüllendem Motor, pfeifendem Fahrtwind, flatternden Planen. Eine Fahrt, die den blinden Passagier in einen Zustand der Betäubung versetzte, Schwindel, Übelkeit, Ermattung, ihn wegsacken

ließ und erst wieder zu sich brachte, als der Wagen anhielt und verlassen wurde, als Hühnergegacker, Hundegebell, ein freudvolles Begrüßen, Türenknall zu hören war. Dann Ruhe. Alleinsein. Karl kroch hinter den Kartons hervor, hungrig, durstig, kletterte von der Ladefläche, sah ein Gehöft, sah eine Scheune, wieder Kartons, wieder gefüllt, diesmal auch der Inhalt. Und Karl bediente sich, zwei Hände, zwei volle Flaschen, wollte nicht bleiben und wurde doch entdeckt. Ein Bewegungsmelder, ein mit Licht erhellter Vorplatz, der aus dem Haus kommende Fahrer. Steine flogen, Gebrüll.

Und wieder davon. So schwach schon. Hinein in die Dunkelheit. Und wieder Schnee. Und wieder Hügel. Karl Heidemann konnte nicht mehr, wollte nicht mehr. Möge es ihn irgendwo anspülen, möge es irgendwo enden. Endlich. Laufen, bis die Kräfte versiegen, dabei den Durst stillen, mit einem Stöckchen die Korken der beiden Flaschen in die Tiefe drücken. Zischend wie ein Springbrunnen die heraustretende Flüssigkeit. Rote Sprenkel auf weißem Feld.

Er trank und lief, und trank und lief, immer weiter, bergauf, nur noch bergauf, spürte die sich in seinem so müdem Körper breitmachende Wärme, die Leichtigkeit, das wohlige Taumeln, lief, solange seine Beine ihn noch zu tragen bereit waren.

Dann endlich blieb er liegen. Schloss die Augen.

Die Kälte vergessen. Alles vergessen. Alles.

Ein Kreuz. Dunkel, erhaben. Paolo Moroder zog seinen Mantel hoch und stapfte durch den Schnee. Und je näher er kam, umso schneller wurde sein Tempo. Bald konnte er es erkennen: die Querbalken zwei Arme, der Längsbalken Beine, Rumpf, Kopf. Kein Kreuz also. Ein Mensch.

Und schneller noch. Ein junger Mann, näher den Toten als den Lebenden, mit eingefallenem, verdrecktem Gesicht, zerschundenem Körper, verkrusteten, brandigen Wunden, schwachem

Atem, geschlossenen Augen, rot gefärbt der Schnee. Zwei Kilometer noch bis hinauf ans Ziel.
Undenkbar, ihn liegen zu lassen.
Zwei Kilometer durch den Schnee und alles für einen Transport Benötigte dabei: Zwei Hände, zwei starke Arme, zwei kräftige Beine, ein fester Wille.

# 46 *Das Erwachen*

Nur Kälte innerlich, Schmerz, Verachtung sich selbst gegenüber. Äußerlich aber war alles weich. Und warm.
Der Stoff auf Karls Haut, die Matratze, auf der er lag, die über seinen Körper gebreitete Daunendecke, und schließlich der von großer Ferne zu ihm dringende Gesang. Männerstimmen wie aus einem Mund, keine Instrumente, keine Hektik. Gesang wie ein Schweben, ein Geschaukeltwerden. Gesang, der Karl Heidemann keine Schmerzen bereitete, der ihm wie Linderung schien. Außergewöhnlich ruhig alles. Nur dieses leise Säuseln aus nächster Nähe.
Als lägen schwere Münzen auf seinen Lidern, mühte Karl sich, die Augen zu öffnen. Dunkel war es, heimelig das durch den zugezogenen, orange-ockerfarbenen Vorhang dringende Licht. Nur das Nötigste. Bett, Nachtkästchen, Kleiderschrank, ein Waschbecken, ein Tisch und schließlich ein Sessel.
Besetzt.
So gut wie durchgehend besetzt, seit Karl erwacht, wahrscheinlich sogar seit er hier angekommen war.
Fremd die ersten, direkt an ihn gerichteten Worte:
»La pace sia con te!«[7]

[7] Der Friede sei mit dir.

Inhaltlich nicht zu entschlüsseln zuerst auch alles weitere Gesprochene.
»Capisci me?«
Ruhig trat ein gebeugter, älterer Mann an Karls Bett, lächelte.
»Do you understand?«
Doch Karl zeigte keine Reaktion.
Plötzlich aber Worte, die er verstand:
»Ein blonder Bursche. Dann sprichst du vielleicht Russisch oder Deutsch? Ich bin Bruder Paolo.«
Was tun? Nichts. Bei sich bleiben, kein Tor öffnen. Karl Heidemann wollte sich wegdrehen, doch er war zu schwach, spürte das Austreten der Schweißtropfen auf seiner Stirn, schloss die klebrigen Augen.
»Du hast hohes Fieber, mein Junge. Verstehst du mich? Ein Nicken genügt«
Kein Nicken, kein Ton. Nur die Augen schließen.
»Alles wird gut, hab keine Sorge. Alles wird gut.«
Was ist alles, und was soll gut werden?
Gut gemeintes Gerede, doch sinnlos. Die gesprochene Sprache, das Tor hinein in den Nebel. Sie verschleiert, führt in die Irre, heuchelt, beschleunigt, nimmt die Notwendigkeit, sich anzusehen, ineinander zu lesen. Sie überdeckt das Feine mit einem plumpen Anstrich, stempelt den Menschen ab. Ein einziges Wort kann alles zerstören. Eine kreischende, sägende Sprechstimme und man entsagt dem Menschen seine Sanftheit. Eine sanfte Stimme und man vermutet keine Grobheit.
Seit jenen zwei Tagen inmitten des Maisfeldes, Tage, die alles für ihn veränderten, seit jener Begegnung mit diesem stillen Mädchen Marie, wusste Karl Heidemann eines mit Sicherheit: Wenn es ihn oder sie oder es, welcher Gestalt, welcher Materie auch immer, tatsächlich gab, dann galt:
Gott ist stumm.
Schlafen, nur noch schlafen.

Schlaf, der irgendwann ein Ende nahm.
Das Zimmer heller, die Vorhänge offen, das Fenster gekippt. Schmerzhaft das Gesumme. Fliegen, die sich auf Karls Körper niederließen, ihre Beinchen aneinanderrieben, ihn zurückversetzten in Zeiten, als er noch ein Zuhause hatte, nach Jettenbrunn an die Seite seines Vaters. Alles vorbei. Kein Verlangen, sie zu erschlagen. Es einfach ertragen. Nichts mehr, das so qualvoll sein konnte, wie die an Ketten gebundenen Tage in der Finsternis des Schachts, wie die darauffolgende Finsternis all der letzten Monate.
Das Schöne betrachten, die Aussicht aus dem gekippten, ebenerdigen Fenster. Großflächig der davor liegende Rasen, ein Stück weit entfernt Wald, ansteigend. Sonne, die den Hang beschien, die Konturen eines großen, turmhohen Gebäudes auf die Wiese malte.
Ein Maler schien auch außerhalb der Glasscheibe am Werk. Deutlich zu hören das Streichen eines Pinsels über harten Untergrund, dazu ein leises Schnauben.
Atem ebenso aus nächster Nähe.
»Tutto bene?«[8]
Bruder Paolo saß immer noch da. Mit ihm eine fremde Frau. Eine Frau, in weißem Mantel, Mitte vierzig, die nun näher kam, angenehm ihr Duft, weich die auf seiner Stirn zu liegen kommende Hand, liebevoll, doch unverständlich ihre Worte. Dabei das Hantieren an seiner Armbeuge, ein Stich, ein leichtes Brennen, das Anschließen eines Plastikschlauches. Über ihm ein Flasche glasklare Flüssigkeit, eins, zwei, drei Tropfen, vier, fünf. Sie zählen. Sechs. Immer weiter.

Als Karl wieder erwachte, war das Zimmer leer, und dennoch kam Besuch. Außerhalb des Gebäudes wagte der Maler einen Blick zum Fenster herein, genüsslich kauend, und Karl muss-

[8] Alles gut?

te lächeln, irgendwie. Ein Maler nämlich ohne Pinsel, stattdessen mit Schweif. Borstige Haare, die mit jedem Auf und Ab die Klostermauer streiften, Fliegen verscheuchten. Tiefschwarze Augen blickten ihm entgegen. Weiß die Mähne, der Nasenrücken. Dann verschwand der Künstler langsam wieder, Überlebenskünstler wohl. Knöchern, mager, betagt der Körper. Hellbraun das Fell, verblasst das in die Flanke gebrannte Symbol: Ein Kreis, darin der Buchstabe Q.

Q. Ausgedientes Ross, Arbeitstier.

Und immer wieder kam es die nächsten Tage auf einen Augenblick vorbei, sah manchmal schon ein schwaches, zögerliches Winken, sah das stille Dienen innerhalb dieses Zimmers. Männer, die Karl wortlos die im Schlaf verschwitzte Kleidung wechselten, kühlende Tücher, heilende Salben, wohlduftende Öle, schützende Verbände auftrugen, den Trinkbecher, die Nahrung, die Leibschüssel reichten. Neun Herren an der Zahl, zwischen fünfundvierzig und neunzig Jahren, im ständigen Wechsel, von Karl Heidemann bald zumindest namentlich erfasst. Bruder Richard, ein Mann, der mit Bruder Paolo häufig Deutsch sprach, Bruder Dimitrij, Bruder Janek, der Koch, Bruder Leander, der Jüngste mit sechsundvierzig, Bruder Serafin, der Älteste mit neunundachtzig, Bruder Daniele, Bruder Luigi, Bruder Fabiano. Die gesamte Belegschaft des Klosters, wie Karl bald feststellen sollte. Männer, die Ruhe ausstrahlten, keine Hetze, kein Fordern. Die jene Zeit, die es brauchte, auch gaben.

Nur hin und wieder ein:

»Ты меня понимаешь?«[9]

»Czy mówisz po polski?«[10]

»Parles-tu ma langue?«[11]

[9] Russisch: »Verstehen Sie mich?«

[10] »Sprichst du Polnisch?«

[11] Französisch: »Sprichst du meine Sprache?«

Bald wusste Karl allein aufgrund der sich nähernden Schritte, welcher Besuch anstünde. Und immer wieder darunter diese Ärztin, Antonella Poletti, mütterlich ihre Ausstrahlung. Geborgenheit versprechend.
Ebenso wie eines Tages auch die Aussage Bruder Richards. Wiederholt hatte er den Versuch unternommen, mit Karl in mehreren Sprachen Kontakt aufzunehmen. Doch ohne Erfolg. Auch wenn darunter Worte wie Balsam waren:
»Lass dir Zeit mit allem. Schlimmes muss mit dir passiert sein. Was immer dich gejagt hat, hier bist du sicher.«
Worte dann an Bruder Paolo gerichtet:
»Gottes Wege haben ihn zu uns geführt.«
Gottes Wege? Karl schloss die Augen. So lange war er schon unterwegs, alleine, und keiner dieser Pfade war ausgeschildert mit »Gottes Weg«. Keiner.
Dies sollte sich ändern.

# 47 Das Buch

Wie Herankommen an diesen stummen, immer mehr seine Kräfte findenden jungen Mann, was tun? Dies schien die vorrangige Frage der Mönchsgemeinschaft zu sein.
Liebevoll, aber heimtückisch die gestreuten Köder.
Geduldig und stillschweigend auf Karls Nachtkästchen gelegt.
Unwiderstehlich. Folgenschwer: Bücher.
Und Karl griff zu, immer wieder. Die ersten Male nur auf einen Kurzbesuch. Lesen, ohne zu begreifen.

*»Nel principio Iddio creò i cieli e la terra …«*

Das Weglegen war den Mönchen Antwort genug. Also brachte man das nächste,

*»В начале сотворил Бог небо и землю«*

das nächste,

*»Au commencement, Dieu créa le ciel et la terre …«*

das nächste,

*»Na pozątku stworzył Bóg niebo i ziemię …«*

und nächste,

*»In the beginning God made the heaven and the earth …«*

Eines Tages schließlich verstand er – und blieb hängen, wurde schon mit dem zweiten Satz dieser Geschichte der Gast eines geistig ablaufenden Films gewaltigen Ausmaßes.

*Am Anfang schuf Gott Himmel und Erde. Und die Erde war wüst und leer, und es war finster auf der Tiefe; und der Geist Gottes schwebte auf dem Wasser.*
*Und Gott sprach: Es werde Licht! Und es ward Licht. Und Gott sah, dass das Licht gut war. Da schied Gott das Licht von der Finsternis und nannte das Licht Tag und die Finsternis Nacht. Da ward aus Abend und Morgen der erste Tag.*[12]

Der erste Tag eines neuen Lebens, denn von nun an lag Karl nicht mehr und starrte an die Decke, sondern er starrte in dieses Buch, blätterte und blätterte, las, was ihm von Vater und Mutter und Alois Daxberger, weil es für sie keine Bedeutung hatte, nie erzählt wurde, und hörte die Aufregung.
»Fratello Paolo, Fratello Riccardo! Si legge tedesco.[13]«

Neugierig, freundlich die Mienen der beiden.
»Deutsch also?«
Doch Karl verweigerte, löste, den Blick weiter in sein Buch gerichtet, Verunsicherung aus.

[12] Erstes Buch Mose, Luther-Bibel 1545

[13] Bruder Richard, Bruder Paolo, er liest deutsch!

»Aber was bedeutet es, wenn er lesen kann und nicht mit uns sprechen will?«

»Und wenn wir eine Möglichkeit vergessen haben?«, unterbrach Bruder Paolo. »Was, wenn die Wachspfropfen, die in seinen Ohren steckten, nur als Schutz dienten? Als Schutz davor, nichts unbemerkt eindringen zu lassen. Was, wenn er uns gar nicht hört?«

Und Bruder Richard griff Karl an die Schulter, deutete dabei auf seine eigenen Ohren, schüttelte fragend den Kopf, und Karl Heidemann lächelte – Marie.

»Santa Maria. Er hört uns gar nicht!«

War das sein Weg?

Frei sein von allem. Größtmöglicher Rückzug trotz der Zuwendung anderer. Leben unter einem Schutzglas. Neues Leben. Es beginnen, jungfräulich, als unbeschriebenes Blatt. Menschen begegnen, als hinge man wie ein Gemälde in einer Galerie, bereit, bestaunt zu werden, bereit, die eigene geschichtslose Hülle füllen zu lassen mit den Gedanken, Phantasien der Betrachter. Neugeburt.

Auch in den Gesichtern der Mönche Zeichen der Erleichterung. Man brachte ihm neue Ohrenstöpsel, brachte Block und Bleistift, legte selbiges auch Karl zur Seite, unwissend, welch Freude ihm dies bereitete, und begann zu schreiben.

»Ich bin Bruder Richard, der Abt dieses Klosters, das ist Bruder Paolo. Und wer bist du?«

Karl dachte nach, auch über seinesgleichen. Mehr noch als die Menschen einander mit Ehrlichkeit begegneten, verwanden sie sich wie Muränen, Efeuranken, Weidenäste. Warum nicht auch er? Warum nicht in gewisser Weise eine Wahrheit verkünden, die in den Ohren der anderen eine völlig andere Färbung, Tatsächlichkeit erhält. Was ist Lüge? Das lautstarke Fabulieren? Oder verschwiegen sein Gegenüber im Irrglauben zu belassen. Was spräche gegen Letzteres? Wenn schon ein neues Leben beginnen, dann ganz, dann tatsächlich sein wie die namenlose, geschichtslose Gestalt eines Gemäldes.

Erneut wurde auf das Papier gedeutet: »Wer bist du?«
Ein unwissendes Kopfschütteln also als Antwort.
Verwunderung in den Gesichtern der Mönche.
»Weißt du, woher du kommst?«
Woher? Aus dem Schneefeld, Kleintransporter, dem Zug, aus der Zeltstadt unter der Eklipse, aus Aubruck, dem Maisfeld, aus Jettenbrunn, aus dem Schoß seiner Mutter? Und davor? Was war davor? Wo kam sein Leben her? Karl wusste es nicht, starrte vor sich hin. Leere. Wie ein weißes, unbeschriebenes Blatt Papier.
»Das weißt du auch nicht? Woran kannst du dich erinnern?«
Karl strich behutsam mit der Handfläche über die unbeschriebene Seite, blickte auf zu den beiden Mönchen.
»An nichts! Das ist ja schrecklich?«
Schweigen ja, aber nicht sprachlos sein. Und nun erstmals das Schaben seiner Bleistiftmine, geschwungene Linie auf weißem Untergrund, wunderschöne Linien, Buchstaben wie kleine Meisterstücke, so sauber, so präzise, so kunstvoll:
»Wie bin ich hergekommen?«
Freude in den Augen der Mönche. »Er muss eine gute Schule besucht haben oder aus gutem Hause sein, so wie er schreibt.«
Endlich ein Zugang.
Flinkes Füllen der nächsten Seite.
»Bruder Paolo hat dich gefunden, im Schnee. Völlig heruntergekommen, geschwächt, verletzt, blutig, hat dich hergetragen. Es schien uns, du wärst schon lange unterwegs gewesen, ohne Dach über den Kopf. Allein. Hast du keine Familie? Keinen Vater? Keine Mutter? Oder ist auch das ausgelöscht?« Langsam zog Karls Hand die Buchstaben, glasig sein Blick: »Ausgelöscht.« Wie sehr es zutraf.
»Was sollen wir tun? Wie können wir dir helfen?«
»Darf ich bleiben?«
»Es ist uns eine Freude!«
Nach Hause kommen. Zur Ruhe.

»Wie sollen wir dich nennen?«
»Ihr habt mich gefunden. Gebt mir einen Namen.«
Abt Richard musste nicht lange überlegen und schrieb:
»Was immer dir auch Schlimmes zugestoßen ist: Du hast überlebt, bist lebendig – also sollst du Vitus heißen. Der Lebendige. Willkommen, Bruder Vitus.«
Man reichte einander die Hand zum Gruße. Dann überließ man Karl seiner Lektüre.
Wie wohl es klang: Bruder. Familie. Vitus. Lebendig.
Und Karl Heidemann las weiter.
Kain und Abel.

# 48 *Neubeginn*

Das Ungelöste bleibt liegen, wie ein Stein im Wasserglas, ruft sich in Erinnerung, spaziert in schlaflosen Nächten ungestört durch Träume und Gedanken. Horst Schubert konnte Jettenbrunn, konnte all die Toten, das Jahr 1999, Karl Heidemann nie vergessen. Für ihn stand in Zusammenhang, was anderen unmöglich erschien: All die Leichen und dieser Junge. Ein Zusammenhang, der ihn immer wieder von vorne beginnen, jedes der Puzzlestücke neu aneinanderlegen ließ.

Doch je öfter er dies tat, desto eher sah er bald nur noch das eine. Diese Zeichnungen. Zeichnungen, die er einbehalten hatte, so sehr sprachen sie ihn an. Einbehalten, als wären sie sein Eigentum, das Pfand in seiner Hand, der Garant gegen das Vergessen: Marie.

Quälend wurden ihm die Fragen, warum ihr Gesicht unter all den anderen Bildern als einziges dargestellt war mit geöffneten Augen, Gesichter, allesamt von Toten, warum Marie überhaupt skizziert wurde, wenn sie doch unter den Lebenden weilte. Das tat sie doch?

Und Horst Schubert ging nach Aubruck. Voll Sorge.

Nur um sicher zu sein. Nur um zu sehen. Um sie zu sehen.

Nur um schließlich von den Bewohnern dieses Dorfes zu erfahren, zu welch noch größerem Scheusal, als er ohnedies vor diesem Unfall schon eines gewesen war, sich Veit Pokrovsky ausgewachsen hatte. Ein Unfall, den mittlerweile wohl jeder dort verfluchte, nicht aufgrund seines Geschehens, sondern seines Ausganges. Der wahre Verbrecher nicht dieser sonderbare Junge, sondern der Fahrer des Mähdreschers und sein gutes Auge. Nur ein Moment der Unachtsamkeit, nur ein Meter weiter hätte genügt, und alles wäre gut. Ja, so dachte man. So sprach man sogar. Und man hatte leicht reden, denn wie Horst Schubert erfahren sollte, war die Familie längst nicht mehr in der Gegend, war das Haus längst verkauft worden.

Und nein, man kenne nicht die neue Anschrift, man wisse gerade mal den Namen der Stadt.

Und nein, man habe sich für mehr auch nicht interessiert. Wer weine schon der Pest hinterher.

Horst Schubert aber interessierte sich.

† † †

Und auch Karl interessierte sich.

Er las und las …

… und er las langsam, manche Seiten immer wieder, verglich bald die eine Ausgabe, deutsch, mit der anderen, italienisch. Und immer tiefer sein Eindringen, sein Versinken in eines der monumentalsten Abenteuer, wie er es noch nie vor Augen hatte. Ein Abenteuer über Geburt und Tod, Schöpfung und Zerstörung, Unterdrückung und Freiheit, Gebote und Gehorsam.

*Ich bin der Herr, dein Gott. Du sollst keine anderen Götter haben neben mir.*
*Du sollst den Namen des Herrn, deines Gottes, nicht missbrauchen.*
*Du sollst den Feiertag heiligen.*

*Du sollst deinen Vater und deine Mutter ehren.*
*Du sollst nicht töten.*
*Du sollst nicht ehebrechen.*
*Du sollst nicht stehlen.*
*Du sollst nicht falsch Zeugnis reden wider deinen Nächsten.*
*Du sollst nicht begehren deines Nächsten Haus.*
*Du sollst nicht begehren deines Nächsten Weib, Knecht, Magd, Vieh noch alles, was dein Nächster hat.*

Geschichten voll sprühender Phantasie, voll wundersamer Ereignisse, voll Gegensätzlichkeit, Liebe, Gottes Liebe, Zorn, Gottes Zorn, Frieden, Gewalt, und schließlich voll friedlicher Gewalt. Personifiziert. Beschrieben in vier Ausführungen, ähnlich im Verlauf, nicht immer im Inhalt, durchaus mit Widersprüchen. Nur Karl störte das nicht. Es war eben ein Buch, nicht weniger und nicht mehr. Nur ein Buch.

Er las und las …
… während mit der Zeit die Kräfte wiederkamen und somit auch der Wille, sich eines Tages an der Bettkante aufzusetzen, die Schwärze vor den Augen, den kalten Schweiß zu überwinden, sich zu erheben, die ersten Schritte zu wagen, nur um das Fenster öffnen, durchatmen, den so vertraut gewordenen Besucher sehen zu können. Q.
Stolz und aufrecht stand das Pferd inmitten der Wiese, sah zu Karl, hob den Kopf noch ein Stück weiter und ging davon, als wollte es sagen: »Jetzt komm doch endlich.«
Tag eins der Auferstehung.
Bald hatte Karl genug Vertrauen in seine Beine, um ein paar Schritte vor die Tür zu treten. Den Gang entlang. Den Lokus suchen. Endlich der täglichen Entblößung in Gegenwart der gereichten Leibschüssel entgehen. Und auf dem Weg zu dieser Freiheit fand er eine andere: die Bibliothek.
Ein Halle, gewiss so groß wie der Obstgarten des alten Alois

Daxberger, rundum bis an die Decke reichende dunkelbraune, polierte Holzregale, gefüllt mit Abertausenden an Geschichte, ausreichend für weit mehr als ein einziges Leben, und inmitten dieses Paradieses eine Frauengestalt. Karl musste kurz stehen bleiben, sich an eines der Regale stützen. Auffordernd ihr Blick. Zart die Hände. Jede Falte, jede Ader zu erkennen. In der Rechten ein Buch, in der Linken eine Lilie. Der hölzerne Körper, der Kopf gehüllt in Nonnentracht, nur das Gesicht lag frei. Ein vertrautes Gesicht. Eines, das ihn an Marie erinnerte, genauso, wie ihn wohl auch jedes andere Gesicht an sie erinnert hätte. Jedes. Täuschung, schärfste Waffe der Sehnsucht. Liebevoll strich Karl mit seinen Fingern über die Konturen, erforschte jede Wölbung, Hebung dieser aus Holz geschnittenen Körperlichkeit, während er aus seinem Zimmer aufgeregte Stimmen vernahm, »Lui è andato!«[14], bis er Bruder Paolo auf den Gang treten hörte, das Suchen hörte, die Verzweiflung hörte, das Finden.
»Lui è qui a Katharina![15] Bist du so weit, aufzustehen, Ausflüge zu unternehmen? Wie schön.«
Bilder wurden ihm gezeigt zu dieser Frau, Texte. Katharina von Siena, Schutzheilige Italiens, Europas, Angebetete gegen Feuer, Kopfschmerz und Pest, Patronin der Wäscherinnen, Krankenschwestern und zu guter Letzt: der Sterbenden!
Nicht umsonst stand sie hier.

[14] Er ist weg!

[15] Er ist hier bei Katharina!

# 49 *Katharina*

Und sie stand nicht nur in der Bibliothek.
Sie stand auch steinern inmitten des Klostergartens, umgeben von einem Meer aus Blumen und Kräutern.
Sie stand weiters als Vielfaches ihrer Selbst in den Regalen des Klosterladens, etikettiert auf der dort feilgebotenen Ware, Kräutertees, Kräuterschnäpse, Kräuterelixiere, Heilsalben.
Und sie stand als beinah raumhohes Gemälde einer anderen, ebenso mit Farbe auf Leinwand verewigten Frau gegenüber. Einer jungen Frau mit rotem Kleid, blauem Umhang und fleischigem Herzen in Händen. Ein Herz, wie auch Karl einst jenes seiner Großmutter bei sich trug.
»Und hier Maria, die Mutter Jesu.« Einundzwanzig, zweiundzwanzig, dreiundzwanzig, vierundzwanzig. Vier Sekunden Nachhallzeit, vier Sekunden, wie ein langsam zu Boden sinkender Luftballon, so zählte Karl, als ihm Bruder Paolo erstmals die Klosterkirche zeigte. Und staunte.
Rundum der Tod.
Rechter Hand des Mariengemäldes ein von Pfeilen durchbohrter, an einen Stamm gebundener, nackter Mann. An den Seitenwänden, wie einst auch den Weg des Kalvarienhügels entlang, die Darstellungen der Stationen einer Hinrichtung, und schließlich an vorderster Front des Kirchen-

schiffes, aus Holz geschnitzt, befestigt auf halber Höhe: ein Kreuz.
Ein Kreuz, wie er es zwar oft schon gesehen hatte, auf Friedhöfen, auf Kirchturmspitzen, in kleinen Kapellen, an Straßen- und Wegesrändern, in Wohnzimmern, Schlafzimmern, den Stuben, wie er es aber nie bewusst wahrgenommen hatte. Ein Symbol allerorts zugegen, Teil seiner Welt, wie Traktoren, wie Gartenbänke, wie Kinderschaukeln. Nie aber hatte er es in solch einer Größe vor sich. Und anders als auf dem Gemälde des Kalvarienberges sah er darauf keinen friedlich dreinblickenden, sondern einen von Schmerz entstellten Mann. Ein Mann, nackt, nur mit Lendenschutz, mit Nägeln an die Balken geschlagen, die Hände, die Füße, die Seite durchbohrt, das Gesicht, der Kopf durchstochen von Dornen. Vor aller Augen abgeschlachtet, zur Schau gestellt, wie einst auf beschneiten Feldern die ausblutenden Jettenbrunner Säue.
»Komm, setz dich neben mich«, deutete Paolo Moroder in eine der Bankreihen. Dort blieben die beiden ein Weilchen, Seite an Seite. Der eine mit monotonem Gemurmel den Blick zu Boden, der andere mit Verwirrung den Blick auf den Hauptaltar gerichtet. Und Karl Heidemann staunte, dachte an das Buch in seinem Zimmer, an diese Geschichte eines Mannes, der sich über Leid und Tod hinwegsetzte, Frohbotschaft, Auferstehung, Himmelreich, ewiges Leben, dachte an Moses und den Berg Sinai, an das Gebot »Du sollst nicht töten«, betrachtete dabei das angebetete Kreuz, Sinnbild dieser Glaubensgemeinschaft, Symbol des grausamen Dahinraffens, ja des Mordes, und verstand nicht.
Wo war die Logik? Und je länger er nachdachte, desto größer seine Verwirrung. Und je länger seine Verwirrung, desto größer sein innerer Friede.
Wozu die Menschen verstehen wollen? Sinnloses Unterfangen. Jedem sein Universum. Und heißt glauben eben nicht auch, auf alles Verstehenwollen zu verzichten?

Es war Dankbarkeit, die ihn bald erfüllte. Denn wenn es unter all den Orten, die er bisher kennenlernen durfte, einen gab, an dem mit aller Eindringlichkeit verbildlicht wurde, der Tod, auch der aus fremder Hand, wäre ein nicht zu Verurteilender, wäre ein Weg zur Erlösung, zu Gott, dann befand sich dieser Ort in seinen Augen wohl hier, genau hier.
Endlich zu Hause.
Und wenn »Zuhause« jenen Ort bezeichnet, an dem es möglich sein soll, seinen Mitmenschen den Rücken zu kehren, ohne dass diese sich über den jeweils Abwesenden das Maul zerreißen, hatte Karl Heidemann von nun an tatsächlich einen solchen Platz gefunden.

Karl Heidemann war glücklich, zumindest dachte er das, wurde immer vertrauter mit den Personen, der fremden Sprache, der ihm bald wie eine zweite Haut vom Leibe hängenden erdfarbenen Kutte, der Kahlheit seines Kopfes, der ihm zugedachten Aufgaben: Stallbursche, Küchengehilfe, Gärtner. Bald stellte er Heilsalben her, Tees, und mehr noch:
Ein Messer mit kurzer Klinge fand man in seinem Zimmer, Kartoffeln, Rüben, Selleriewurzeln, darin eingeschnitten das Gesicht der heiligen Katharina, schöner noch als jenes in der Bibliothek. Größte Hochachtung brachte man ihm entgegen, ja Euphorie, besonders als seine Zeichnungen zutage traten und sich jeder der Mönche darin selbst erkannte. Der Emotion folgte der Verstand, der Geschäftssinn: »Versuch es mit Holz. Du kannst das.«
Und er konnte, die Tatkraft als Erbstück seines Vaters Johann. Das Leben schaffen nicht nur im Sinne von bewältigen, sondern hervorbringen. Bald saß er in einer kleinen für ihn eingerichteten Werkstatt, übte sich darin, den Klosterladen mit kleinen Gedenkstatuen der heiligen Katharina zu bereichern, und wurde immer mehr vom Findelkind Karl zu Bruder Vitus. Das Findelkind einer Gemeinschaft, die abgeschlossen

von der Öffentlichkeit ihren Ritualen, Feiern, Messen nachging, allein der kleine Klosterladen gewährte Einblick, allein die Kirche bot Möglichkeit zur stillen Andacht. Doch selten nur kamen Menschen so weit den Berg herauf.
Und immer mehr erkannte er sich auch selbst als Teil dieser Gemeinschaft, verbunden durch den Wunsch, ein wenig sein zu können wie ein in seinem Bau verkrochenes ewiges Kind. Ein Kind, wohlbehütet im Kreis der Familie, das sein Faschingskostüm überstreift und nicht mehr ablegen will, Cowboy, Pirat, Superheld, das aus Schutz vor der Außenwelt dem Leben gegenübertritt und sich gleichzeitig diesem Leben entzieht.
So lange, bis das Leben kam, um ihn zu holen.

Eines Abends lag ein Brief auf seinem Nachtkästchen.

> *»Paolo wird alt. Er braucht Hilfe. Du gehst von nun an mit ihm. Jeden Montag, jeden Freitag.*
> *Schlaf gut. Abt Richard.«*

Heilige Katharina von Siena,
Schutzpatronin der Sterbenden.

† † †

Auf den Zeichnungen der Toten rauhe Stellen.
Horst Schubert kam nicht zur Ruhe. Sah diese Skizzen an, wieder und wieder, immer genauer, immer näher, kannte bald jede der Linien, jede der Sonderbarkeiten, und schließlich keinen Grund mehr, sich davon abhalten zu lassen, seiner Sorge um dieses wunderschöne, so ansteckend fröhliche Mädchen Ausdruck zu verleihen.
Denn all die rauhen Stellen, und er hatte es selbst probiert, verrieten nur eines: hier wurde radiert. Auf jedem der Bilder.

Im Bereich der Augen. Augen, einst gewiss mit einem ebenso offenen Blick, wie er auch auf den Abbildungen der kleinen Marie zu finden war. Augen, die den geschlossenen Lidern der Toten nach Ableben angeglichen worden waren.
Bestimmt der Mörder sein Opfer, indem er es einfängt, grafisch, löscht dann das Leben aus, und schließlich den lebendigen Blick?
Horst Schubert musste sie finden, Marie Pokrovsky. Schleunigst, musste nach ihr sehen, um sicherzugehen.

Und er fand sie. Spielend leicht. Fand sie lebendig und doch ohne Leben. Ganz in seiner Nähe. Inmitten der Stadt. Ein Viertel, das für sich sprach, ein Wohnblock, der für sich sprach, Umstände, die für sich sprachen. Fand dort kein Mädchen mehr, fand eine seltsame Leere und Hilflosigkeit in diesen einst so starken, vollen Augen, fand eine Mutter, die noch wortkarger geworden war, und fand Veit.
»Ich bleib doch nicht als Krüppel in Aubruck und lass mich für den Rest meines Lebens auslachen!«
Veit, gebunden an den Rollstuhl.
»Was brauch ich jetzt noch einen Garten, ein Haus, eine gepflegte Wiese. Zum Fußballspielen? Einen Lift brauch ich, eine Aussicht, die mich nicht langweilt, einen Friedhof ums Eck.«
Ein Friedhof, der zwei Leibeigenen stets vor Augen halten sollte, wie sehr sie für all das in Veit Pokrovsky Gestorbene verantwortlich waren. Gleiches mit Gleichem. Tod mit Tod.
Verflucht sei der letzte fehlende Meter in den Maisfeldern Aubrucks. Und obwohl Horst Schubert beruhigt hätte sein können, Marie lebendig angetroffen zu haben, wurde seine Sorge um ihr Wohlergehen keineswegs geringer. Nicht Karl Heidemann war, wie es schien, ihre größte Bedrohung.

# 50 *Das Sterben*

Dunkel noch war der Morgen, da stieg Karl Heidemann im Windschatten des Paolo Moroder erstmals jenen Steig hinab, den er einst von ihm emporgetragen wurde.
Tock, tock, tock, so klangen ihm die Stöcke des Alten ins Ohr. Tock, tock, tock, begleitet von ständigem Gemurmel. Gebete vielleicht. Gedichte.
Sie kamen an jener Lichtung Feld vorbei, auf der Karl zusammengebrochen war, gelegen hatte. Sie nahmen auf jener Holzbank Platz, von der aus er entdeckt wurde. In sich gekehrt das Geflüster: »Hier bist du mir in die Hände gelegt worden. Ein guter Tag.«
Noch grau war die Stunde, plötzlich erhebend die Stimme des Alten: »Und Gott sprach: Fiat lux. Es werde Licht.«
Und es wurde Licht.
Blutrot entstieg die Sonne dem Horizont, färbte alles mit Lebendigkeit, zog Karl, so unerträglich ihm der Vogelsang rundum auch war, in den Bann, als überblickte er wie ein König sein Königreich, ein Adler sein Revier. Von oben herab, weit oben. Unter sich ein abwärts verlaufender, ausgedehnter Waldstreifen, der sich in einer lieblichen Landschaft verlor. Hügel neben Hügel, wie sanfte Wellen.
»Gehen wir.«

Durch leuchtende Wiesen schlängelte sich der weitere Weg. Alles in Blüte. Sattes Grün, durchzogen von Pinien und Zypressen. Sonnengelb das Strahlen der Mimosen, das Land übersät vom Weiß, Rosa der Mandelbäume. Farbenbracht. Neues Leben. Auch für Karl.
Er kam an jenem Gehöft des Weinhändlers vorbei, in dessen Lastwagen er mitgereist war, begegnete dem Fahrer. Kein Erkennen mehr, stattdessen ein freundlicher Gruß. Aus dem langhaarigen, verkommenen Jungen war ein gepflegter, kahlköpfiger, schlanker Mönch geworden.
Ein letztes Stück Weg auf und ab, dann vorbei an einem Schild, beschriftet mit »Fondazione Santa Vita[16]«, noch einen Hügel empor, schließlich das Ziel: alleinstehend das weiträumige Steinhaus im ländlichen Stil. Davor ein ausgedehnter Garten, Olivenbäume auf satter Wiese, gespickt mit Tischen, Korbsesseln, Bänken, und überall Menschen. Alte Menschen. Gebrechliche Menschen.
Plötzlich eine bekannte Stimme, erfreut der Ton:
»Benvenuto!«
Antonella Poletti.
Karl durchfuhr eine seltsame Regung. Wie lange schon war es her, als sie an seinem Krankenbett gesessen hatte, so mütterlich, so sanft. Etwas in ihrem Blick wusste Karl nicht zu deuten. Auch lag ihre zum Gruß gereichte weiche Hand eine Spur länger, als alle anderen Hände sonst, in der seinen. Und während Paolo Moroder sich seinen gewohnten Aufgaben widmete, umfasste sie Karls Schulter, führte ihn durch dieses Anwesen, stellte ihm die Menschen vor.

Wie sein Lehrmeister Paolo Moroder betrieb es auch Karl Heidemann die nächsten Wochen, schob Rollstühle, reichte Speisen, oft von Hand zu Mund, berührte und wurde berührt.

[16] Stiftung Heiliges Leben

Oft saß er nur inmitten der Damen- und Herrschaften, studierte deren Gesichter, deren Fassaden, und konnte hören, wie dahinter langsam die letzte Wendung eines geschwungenen Weges zurückgelegt wurde. Nur noch das Auslaufen kurz vor dem Ziel. Immer kraftloser das innere Rauschen. Ein breiter Strom, der langsam die Mündung in die Weite des Meeres erreichte, sich dort zu verlieren. Und Karl stand am Ufer, wurde Zeuge, saß an Sterbebetten, sah mit Neugier, Mitgefühl, Mitfreude das eigenständige Weggleiten, Entschlummerndürfen. Der Tod kommt als Liebender, wie einst bei Alois Daxberger, als friedlich sanfter Geselle – so dachte Karl anfangs. Bis zu jenem Ereignis:

Es war ein Samstag, ein Nachmittag außerhalb der Montags- und Freitagsroutine.
»Rosaria Bernardi«, so wies das Schild am Fußende des Bettes. Darin eine Frau, Haut und Knochen, die Augen geöffnet, voll Angst, kurz der Atem. Freitags saß sie noch mit Karl in der Sonne.
Nun aber standen Bruder Paolo und Bruder Vitus an ihrer Seite, leise das Gebet des Paters. Dann ein Aufschrei, nicht mehr enden wollend. Wie eine scharfe Klinge durchfuhr es Karl, der schrille Ton, der Klang der Verzweiflung. Ein Aufbäumen des sterbenden Körpers, ein Durchstrecken, den Kopf in den Nacken geworfen, ein Sträuben. Pater Paolos Gebete wurden lauter, die von Dottore Poletti gebrachten Medikamente wurden stärker. Doch es half nichts. Rosaria Bernardi bestritt ihren aussichtslosen Kampf ohne Erlösung, die ganze Nacht, den ganzen nächsten Tag. Schreiend. Als wollte sich das Leben aus sich selbst heraus gebären.
Leicht die durch das geöffnete Fenster hereinwehende Brise. Weiße Vorhänge wogen wie aufgebähte Segel in den sonnendurchfluteten Raum. Segel eines Schiffes, das nicht in Fahrt kommen wollte.

Karl Heidemann saß der bohrenden Klagelaute wegen wie ein Gefolterter in einem Eck. Kein Davonlaufen mehr, so sein Vorsatz. Sich dem Leben stellen, den Schmerz so lange wie möglich ertragen, diesem anderen Gesicht des Todes ins Auge blicken, dabei sehen, wie diesmal sein Vorgehen war. Und was er sah, erschien ihm grausam, unwürdig, sinnlos. Wozu plötzlich diese Marter?

Und wozu dieses seltsame Handeln des Paters? Das Salben mit Öl, die flüsternden Gebete kannte er bereits. Nun aber entzündete man eine Kerze, brachte ein schweres eisernes Kreuz, stellte beides auf das Nachtkästchen. Flimmernd der Schatten an der Wand, Symbol des Todes. Karl war voll Hoffnung: Würde man endlich zur Tat schreiten, helfen? Doch nichts. Stattdessen wurde die Luft mit Weihrauch gefüllt, die Taktzahl der Gebete erhöht, wurde das Dunkel gefüllt mit Bitten um Vergebung der Sünden, um Errettung. Etwas in Karl bäumte sich auf. Warum, wenn der Mensch ohnedies bereits von Furcht erfüllt in seinem Sterbebett lag, auch noch die Angst haben müssen, im Jenseits überhaupt bestehen zu können?

Ein Jenseits, das keiner kannte, nur Worte von Himmel, Hölle und Jüngstem Gericht.

Worte an welchen Gott gerichtet?

An den zornigen, strafenden, der das Rote Meer teilt, um darin Widersacher zu ertränken, der Plagen schickt und Verwüstung? An den liebenden, verzeihenden, der seinen Sohn schickt als guten Hirten, der gleichermaßen Freund liebt und Feinde, der beim Geprügeltwerden auch die andere Backe hinhält?

Worte mit welcher Erwartung?

Dass dieser Gott würfle, für die einen das Füllhorn und die anderen den Dreck, für die Gerechten das Leid und für die Ungerechten die Freude, dass er herabkäme wie ein Zauberer, wie ein Diener, und voll der Gnade Wünsche erfüllt, Last von den Schultern nimmt, Hand anlegt? Hand, um wessen fehlende Hand zu vertreten?

Die der Menschen. Nur die der Menschen.

Gott, das Mittel zum Zweck, der Lückenbüßer des eigenen Unvermögens, die Universalantwort aller offenen Fragen, der Gerechte der Beglückten, der Vergessene des Überflusses, der Ungerechte der Beunglückten, der Hoffnungsschimmer des Mangels, die Ausrede allen menschlichen und unmenschlichen Versagens.

Und Karl Heidemann spürte Zorn in sich. Zorn über diese Verlogenheit. Alles, was dem so bedauernswert zu Ende gehenden Leben der alten Rosaria Bernardi an Würde, Wertschätzung und Zuwendung zustand, war Erlösung in Liebe, war die Hilfe des Sterbenkönnens, war die Umsetzung dessen, womit in den Gemäuern des Klosters jede Messe zu Ende ging: »Gehet hin in Frieden.«

Doch Rosaria Bernardi ging nicht, konnte nicht, durfte nicht. So schwach sie auch geworden war, sie wand sich immer noch. Wie Geburtswehen die Schreie. Nur ohne Geburtshilfe. Niemand zur Stelle, wenn es qualvoll wird? Niemand, um zu entbinden. Bedeutet Beistand leisten nur Dabeistehen?

Den Lebenden retten ja, den Sterbenden retten nein.

Warum? Aus Gründen der Moral?

Eine Moral, die Karl nicht verstand. Eine Moral, die nur einen Wunsch in ihm hervorrief: Keine Qualen mehr.

Und als Bruder Paolo kurz das Zimmer verlassen musste, stand Karl Heidemann auf, trat an das Bett der Rosaria Bernardi, beugte sich vor, nahm die verkrampften Hände der alten Dame in die seinen, suchte ihren längst schon abwesenden und doch noch im Hier gefangenen, verzweifelten Blick, fand ihn und hielt ihn fest, so lange, bis Ruhe einkehrt war, der Atem gleichmäßiger wurde. Dann ein Nicken der Art: »Rosaria Bernardi: Es ist so weit. Lass uns gehen.«

Sanft sein Lächeln, voll Verbundenheit, wohlwollend das

Senken seines Körpers, liebevoll das Ergreifen des von Haut überzogenen, kraftlosen Gerippes, das Hochziehen in seine Arme. Leicht war sie. Leicht wie ein schlafendes Kind, das Eltern, bedacht, es nicht zu wecken, nach langer Fahrt von der Rückbank des Wagens heben, um es ins Bett zu tragen. Und ebenso behutsam brachte Karl Heidemann das ruhig gewordene alte Mädchen hinaus, weg von dieser Dunkelheit, weg von den vollen und doch nicht in Fahrt kommenden weißen Segeln.

»Was machst du?«, war Bruder Paolo zu hören. Doch Karl, die alte Frau in seinen Armen, ging weiter, die Stiegen hinab, den dunklen Gang entlang in Richtung Garten. Rosaria Bernardi war ruhig geworden, ihr Blick nur auf eines gerichtet: das sich am Ende des Ganges im offenen Torbogen abzeichnende, gleißend helle Licht des wolkenlosen Tages. Ein Strahlen, dem sie näher kam, immer näher und näher.

Und als Karl Heidemann mit ihr ins Freie trat, sie zwischen den Olivenbäumen durch den Garten trug, ihr Gesicht voll Sonne, hörte er das aufgeregte Herz endlich langsamer werden, das letzte tiefe Atmen, spürte er, wie sich liebevoll etwas aus ihr herauslöste, ihn berührte und verschwand, frei und ungestüm.

Langsam kamen die im Garten anwesenden kurzzeitigen Bewohner dieser letzten Heimat auf Karl zu, sahen ihn an, sahen das friedliche Gesicht der Erlösten, sahen das friedliche Gesicht des Erlösers, und jeder, der Tag und Nacht die quälenden Schreie der Rosaria Bernardi hatte hören müssen, wie bedrohliche Vorboten des eigenen bevorstehenden Weges, schöpfte in diesem Moment etwas, das sogar im Hinblick auf den Tod möglich zu sein schien: Hoffnung.

# 51 *Das Scheitern*

Die Hoffnung in fremden Augen, sie war Karl Heidemann nicht unbekannt. So oft hatte er in der Zeit seines Wütens die vergeblich um Gnade flehenden Blicke all jener gesehen, die Unheil über andere gebracht hatten. Nun aber war die ersehnte Gnade eine gegenteilige, sah er Menschen, die ihn nicht als Schänder, sondern als Befreier betrachteten. Hebamme des Todes.

Doch sosehr er sich auch mühte, so intensiv er auch studierte, die Erfahrungen der Mönche, den Klostergarten für sich nutzen wollte, Karl Heidemann fand keinen Weg, den Betroffenen zu helfen, sie unbemerkt, schmerzfrei, liebevoll geleitet von der Last ihres Lebens zu entbinden. Es blieb ihm nur, an den Betten zu sitzen, voll Eifer und Wohlwollen seine Hände, seine Kräutertinkturen, Essenzen, Umschläge, Salben zu reichen. Angst nehmen und im Gegenzug Frieden, Zuversicht schenken, wortlos, geduldig, besorgt.

Und Paolo Moroder sah dies mit Bewunderung und Bedenken zugleich, denn immer öfter ging Bruder Vitus abends nicht mit ihm ins Kloster zurück, sondern harrte ganze Nächte hindurch an der Seite all jener aus, in deren Gegenwart der Tod auftrat wie eine eitle, sich bitten lassende Primadonna, ein gehässiges Ungeheuer, ein teuflischer Sadist.

»Nicht jeder will sterben in Begleitung. Du musst auch lernen, sie alleine zu lassen, loszulassen.«
Karl lernte es nicht.
Er blieb und wurde dabei selbst immer seltener alleine gelassen, nicht nur aus Sorge: Antonella Poletti.
Oft wich sie nächtelang nicht von ihm, sah ihn voll Zärtlichkeit handeln und doch seine Verzweiflung. Berührte tröstend seine Schulter und doch nicht sein Herz. Keine Reaktion, als wäre der schwere Tod alleine sein Versäumnis.
Und es nahm auch sie mit, zog sie in den Bann. Wie durchdringen zu diesem verschlossenen jungen Mann, mit seinen verschlossenen Ohren, seinem verschlossenen Mund? Wie ihm helfen, ihn aus sich herauslösen?
Und als eines Abends weit nach Mitternacht ein weiterer schwerer Weg zu Ende ging, ein letztes Aufschreien, Aufbäumen, Zurücksacken, Bruder Vitus dem leblos gewordenen Körper zärtlich das Haar aus der verschwitzten Stirn strich, brach es aus ihr hervor:
Alles war wie stets in solchen Momenten eins geworden in diesem Raum. Trennung und doch seltsame Verbundenheit. Nähe und doch Distanz. Distanz, die in Antonella Poletti nach Überwindung schrie, Unrast hervorrief. Und Karl Heidemann konnte es hören. Getriebener als sonst ihr Herzschlag, unschlüssig das leise Aneinanderreiben ihrer Finger, als gelte es, eine Entscheidung zu treffen. Zögerlich die Bewegung auf ihn zu. Plötzlich Berührung, anders als sonst. Zuerst Schulter an Schulter, dann Hand in Hand.
Und wich er ein Stück zur Seite, ging sie mit. Und löste er seine Hand, griff sie erneut danach. Berührung, die nicht enden wollte, die bald brannte, schmerzhaft und wohlig zugleich, die bald bestimmter wurde, die Karl hinter sich herzog, wie einst Marie inmitten des Maisfelds, die ihn hinauszog auf den verwaisten Gang, hineinzog in ein schmales, versperrbares Zimmer, die ihn an sich heranzog, umfing.

Ging es um Trost?
Karl Heidemann wusste es nicht.
Unbeholfen blieb er stehen, regungslos, spürte einen bisher nie erlebten Aufruhr in sich, spürte den fremden Körper, das weiche, wartend Heimelige, spürte ein sanftes Streichen über seinen Rücken. Kein Fragen, kein Bitten in den wissenden Augen der Antonella Poletti. Karl aber kannte nichts von all der Nähe und ließ sie zu, wehrlos, willenlos.
Dann sah er Antonella Poletti Frau werden, ganz Frau, zärtlich, liebevoll, und sich Mann, ganz Mann, vorhanden und doch abwesend. Denn sein Geist befand sich andernorts: Marie. Er sah sie, während es ihm die Ohren verschlug, als tauchte er ab in den Jettenbrunner Weiher, er sah sie, während rundum das Tosen zweier Menschen anwuchs, er sah auch all die unter Schmerzen Sterbenden, sah sie, bis, wie im Moment des Todes, alles sich entlud.
Ausatmen. Jede Anspannung fort.
Übrig blieb die Übelkeit. Seelische Übelkeit. Ausgehöhlt, so fühlte er sich, in falschen Armen liegend. Und Karl Heidemann begann zu weinen, wie er noch nie zuvor geweint hatte. Nur noch alleine sein, mit sich, mit seinen Gedanken an Marie, seinem Versagen. Ein Versagen auf allen Linien. Grußlos lief er davon.
Hinter sich die gutgemeinten Worte des Trostes, Aufforderungen, nicht traurig zu sein, nicht verantwortlich zu sein, der Tod käme eben manchmal sanft, manchmal rauh, wie das Leben, wie die Liebe.
Vergebliche Worte.

Karl Heidemann verlor sich, sah nur noch sein Scheitern. Ein Scheitern in Anbetracht der Hilfesuchenden, ein Scheitern an seiner eigenen Schwäche und folglich in Gegenwart der Ärztin, die er von nun an durch keinen einzigen Blick mehr an sich heranlassen würde, ein Scheitern vor Marie.

Tage, die er voll Verbissenheit über Bücher gebeugt in der Bibliothek verbrachte, Nächte, in denen er die Gesichter, die Körper der so schmerzvoll Verstorbenen zeichnete, sie mit seinen Stemmeisen und Schnitzmessern verzweifelt in kleine Holzblöcke grub, als Krippenfiguren wieder gebar, oft bis seine Hände blutig wurden, als würde er Buße tun wollen für sein Versagen.
Eine Verbissenheit, die man ihm bald ansah.

# 52 *Die Fürsorge des Paolo M.*

Ein Klopfen an der Tür. Noch dunkel der Tag. Stürmisch.
»Wir gehen«, so die schriftliche Begrüßung an diesem Junimorgen. Nichts daran erschien Karl Heidemann besonders außergewöhnlich. Heute also lag ein Notfall vor, was sonst? Doch Paolo Moroder stieg nicht den Berg hinunter, sondern hinauf. »Wohin?« griff Karl nach seiner Schulter und schrieb es in die Erde.
»Ich zeig dir etwas«, war die Antwort.
Und Bruder Paolo schlug ein Tempo an, wie Karl es nicht erwartet hatte, wie es ihn außer Atem brachte. Wo ging es hin, was war das Ziel? Nur noch eines bald: Sich nicht abhängen lassen von diesem alten Mann und seinem Tock, Tock, Tock.
Ein Tock, Tock, Tock, das Karl bald nicht mehr wahrnahm, ebenso wenig wie das lästige Gezwitscher, den heftig durch die Bäume pfeifenden Wind. Sein ganzer Körper in Aufruhr, keuchend, pochend. Es ging bis an die Baumgrenze, bald die aufgehende Sonne im Rücken, und während Karl als Ziel das Gipfelkreuz vermutete, wurde ein Weg die Baumgrenze entlang eingeschlagen. Überwältigend der Blick, Wiesen, die zwischen Bergen lagen, Erde, die in Flammen stand, bedeckt von einem Rot, als hätte es Rosenblätter geregnet. Wie ein Glühen der alles überdeckende Klatschmohn. Wie ein Glühen auch Karls Gesicht,

Karls Fußsohlen, Karls Waden, sein Rücken bald, seine Lungen. Doch keine Pause, weiter und immer weiter, bald wieder in den Wald hinein, abwärts ein Stück, einen leicht fallenden breiten Schotterweg entlang. Ein Weg, endlos. Paolo Moroder blieb nicht stehen. Wusste der Alte überhaupt, wohin?
Er wusste es.
Endlich ein Gebäude in Sicht. Unverkennbar die Konturen des Klosters. Erst inmitten des Hofes dann Halt.
Schweißnass Karls Kleidung, erschöpft sein Körper, fragend sein Gesicht. Zittrig die Hand, während er seinen Block zückte und schrieb.
»Du wolltest mir etwas zeigen?«
»Hab ich doch.«
Karl verstand nicht. Man war im Kreis gegangen. Hatte er etwas übersehen?
»Dann zeig ich es dir übermorgen gleich noch einmal.«

Und wieder.
Wolkig der Morgen. Dieselbe Runde. Schmerzen noch vom vorgestrigen Tag in Karls Beinen. Diesmal ging er achtsamer. Doch so konzentriert auch sein Suchen, er fand nichts. Fand sich nur selbst erneut in diesem Zustand der körperlichen Anstrengung, dem innerlich ausgebrochenen, alles übertönenden Gewitter. Gewitter bald auch über ihren Köpfen. Doch kein Unterstellen, Schutzsuchen. Paolo Moroder blieb dem Weg, dem Tempo, seinem Ansinnen treu. Ging, als gäbe es den Donner nicht, den Blitz nicht, den warmen Regenguss nicht. Warm wie jener, als Karl am Ufer des Weihers stand, um seiner Mutter nachzublicken. Doch weder die Gedanken an Jettenbrunn noch das Herniedersausen, Peitschen, Prasseln des Regens konnte Karl dort erreichen, wo sie ihn ansonsten zur Strecke gebracht hätten. Alles schien ihm belangloser als sonst, auch seine Sorgen.
Und als er an diesem Morgen erneut das Kloster erreicht hatte, wusste er nicht mehr oder weniger als zwei Tage zuvor.

»Und?«, wurde er gefragt.
Doch Karl kannte die Antwort nicht.
»Dann geh morgen wieder. Allein. Und komm zur Ruhe.«
»Doch wo soll ich suchen?«
»Wer hat von Suchen gesprochen?«

Und als Karl Heidemann am nächsten Morgen erneut den Weg in Angriff nahm, mit schmerzhaft zügigen Schritten, pulsierendem Kopf, alles rundum vergaß, nur bedacht, seinem Atem Rhythmus zu geben, ihm dabei weder seine Sorgen als Last erschienen noch all das Kreischen, Zwitschern, Sausen rundumher, schob sich die Spannung aus seinem Gesicht, und er verstand: zur Ruhe kommen.
Nur er und sein arbeitender Körper. Nur er und die Unruhe um ihn, die Unruhe in ihm. Ein Pochen, so vertraut, als würde er wie einst an die Brust seines Vaters geschnallt dessen Herzschlag hören. Unruhe, die Ruhe brachte, alles Tosen vergessen, eine Tür ins Schloss fallen ließ.
Bewegung, ein Tor zur Stille.
Und Karl Heidemann begann zu laufen.
Zu phantastisch seine Entdeckung.
Er lief und lief, spürte erstmals bewusst, wie leicht er geworden war, wie sehr ihn sein einst plumper, schwerer Körper in Gefangenschaft gehalten hatte. Tag- und Nacht-Falter, geschlüpft aus mächtigem Kokon.
Lebensfreude, zusammengesetzt aus nur zwei Dingen: dem Leben und der Freude. Mehr nicht.
Als er an diesem Tag wieder das Kloster erreichte, begrüßte ihn Paolo Moroder mit einem Lächeln. Keine Äußerung sonst, nur ein Hinterherflüstern:

*An einem Sommermorgen*
*Da nimm den Wanderstab,*
*Es fallen deine Sorgen*
*Wie Nebel von dir ab.*
*Des Himmels heitere Bläue*
*Lacht dir ins Herz hinein*
*Und schließt, wie Gottes Treue,*
*Mit seinem Dach dich ein.*
*Rings Blüten nur und Triebe*
*Und Halme von Segen schwer,*
*Dir ist, als zöge die Liebe*
*Des Weges nebenher.*
*So heimisch alles klinget*
*Als wie im Vaterhaus,*
*Und über die Lerchen schwinget*
*Die Seele sich hinaus.*[17]

Und Karl Heidemann lief bald größere Strecken, durch die Wälder, durch die Weinberge. Immer weiter, immer länger. Leicht waren die Schuhe, die eines Morgens vor seiner Tür standen, dabei ein Brief: »Mögen sie dir festen Halt geben auf Gottes Erde. Dein Paolo.«
Schuhe, aus weichem Stoff, mit fester, gedämpfter Sohle.
Bald lief er täglich ins Tal, um, wie Paulo meinte, nach seinen Kindern zu sehen.
»UNSERE Kinder!«, schrieb Karl als Erwiderung in seinen Block.
»Nein, Vitus, deine. Meine Beine wollen nicht mehr! Und bitte vergiss nicht: Hör auf zu viel zu denken, lass los, dann kommen die Dinge ganz von selbst.«

Und sie kamen.

[17] Guter Rat, Theodor Fontane (1819–1898)

# 53 *Die Fürsorge des Horst S.*

Veit Pokrovsky war wohl keineswegs erfreut über diesen hartnäckig immer wiederkehrenden Besucher – was diesen Besucher weiter nicht störte. Horst Schubert hatte eben kein Talent für Kurzstrecken, seine Gabe lag in der Ausdauer, der Willensstärke.

Und dieser Wille ordnete sich folgender Einsicht unter:

Wozu alleine ein ganzes Haus besitzen, nur bewohnt mit lausigen Erinnerungen. Wozu sinnlos an den Reglern einer Modelleisenbahn drehen, wenn es ein wahrhaftiges Leben in Fahrt zu bringen gilt, nicht nur das eigene.

Vielleicht hatte Horst Schubert, der Verwalter des Rechtes und der Ordnung, zu diesem Zweck sogar Überlegungen angestellt wie: Veit Pokrovsky einen Abendbesuch abstatten, ihm während des Betrinkens begleiten, ein Schlafpulver untermischen, die Badewanne einlassen, dem Weggetretenen darin sein letztes Bett richten, ihn hineinheben und die Pulsadern durchtrennen.

Doch dazu war Horst weder fähig noch imstande. Also blieb ihm nur eines. Die Pokrovsky besuchen, wieder und wieder, dabei eines Tages Maries Mutter auf offener Straße ansprechen, sie bitten, kurz mitzukommen, und ihr vor Ort erklären: »Der Dachboden hier wird geräumt und ausgebaut. Alles

schon geregelt. Sie können mit Ihrer Tochter als Übergangslösung gerne in meinem Haus wohnen, kostenfrei, Frau Pokrovsky, das ist gar kein Problem.«
Wo sonst hätte Horst Schubert besser aufpassen können auf dieses immer mehr zur Frau gewordene Mädchen Marie als in den eigenen vier Wänden? Eine wunderschöne Frau, eine Frau, die ihm keine Ruhe mehr ließ, nicht in seinen Gedanken, nicht in seinen Träumen.
»Meinen Mann verlassen, Herr Schubert? Das kann ich nicht. Das kann nur Marie.«

# 54 Q

Das letzte Aufraffen, die völlige Klarheit, kurz vor dem Ende. Karl Heidemann kannte es, wenn Sterbende für einen Moment noch einmal, ganz bei Sinnen, plötzlich Worte fanden für Ungesagtes, sich mitteilten, verabschiedeten.
Er kannte es jedoch nicht auf diese Art:
Q hatte diesen letzten Winter kaum noch den Stall verlassen, genoss sichtlich die Dunkelheit, das Gestriegeltwerden, das stets frische, warme Heu und Stroh. An diesem Frühlingstag aber stand das Pferd im Freien, das hohe, saftige Gras bis zu den Sprunggelenken, den Kopf stolz erhoben. Karl, von seinem täglichen Morgenlauf zurückkehrend, sah es schon aus großer Entfernung. Und als er vorbeilaufen wollte, begann die Stute loszutraben. Nicht davon, sondern nebenher, wich nicht von seiner Seite, nur die Holzbalken der Koppel dazwischen. Ein Begleiten. Ein letztes Begleiten.
Dann trennten sich die Wege. Ein Wiehern, ein schnelles Angaloppieren, einmal noch der Mähne davoneilen, sie hinterherkommen lassen wie das seidene Band einer Gymnastin. Nur ein kurzes Stück.
Schließlich ein Anhalten, Durchatmen, langsames Zurückschleichen Richtung Stall. Endgültig.
Q sank ins Stroh, fraß nichts mehr, trank nichts mehr, ver-

trieb keine lästigen Fliegen mehr mit ihrem Schweif, mit dem Zucken ihres Körpers, ihrer Augen. Nur noch der Brustkorb hob und senkte sich. Nur noch warten. Kein Aufstehen mehr. Nicht am ersten Tag, nicht am zweiten, nicht am dritten Tag. Bald glänzend, feucht das Fell, zittrig der Leib. Betroffen standen Abt Richard, Bruder Paolo und Karl Heidemann vor der Stallung.
Und Karl empfand Schmerz, Verlustschmerz, sah, was ihm dieses Tier geworden war: Q, Nähe ohne Termin, Vertrautheit ohne Gespräch, Zuneigung ohne Bedingung.
Und er zwang sich zur Disziplin. Kein Schmerz. Trauer, nichts weiter als Ausdruck blanker Ichsucht, ja des Geizes, des Nicht-hergeben-Wollens, des Sich-Verweigerns. Die Freude zulassen stattdessen, für Q, für den kommenden Lohn eines Lebens.
»Sie muss Schmerzen haben!«, sprach Abt Richard schließlich.
»Rufen wir den Arzt. Er wird ihr helfen.«
Kein Arzt, so wusste Karl Heidemann, würde Q helfen können, zu fortgeschritten die Krankheit, zu schwach das Herz, zu gebrochen bereits der Lebenswille. Wie soll an Tieren gelingen, was bei Menschen nicht möglich war?
Bis der Abend kam, musste gewartet werden, dann fuhr ein Wagen vor, die Heckscheibe beschriftet, Name, Beruf, Kontaktdaten, Anschrift. Giovanni Firenza, wohnhaft in den Weinbergen unweit der Fondazione. Ein gepflegter Mann mit großer dunkelbrauner Ledertasche betrat den Stall.
Viel an Worten wurde nicht gewechselt. Flüsternd der Ton, zuerst des Abtes: Dass im Kloster keine Waffen, kein Bolzenschussgerät, keine Knallgeräusche erwünscht wären.
Karl Heidemann wurde hellhörig, wovon war hier die Rede?
Dann die Worte des Arztes: Dass dies kein Problem sei, er in Innenräumen ohnedies anders vorgehe, sanfter.
Worte, denen Taten folgten. Karl Heidemann sah das Setzen

eines Venenkatheters, sah die beiden Patres sich bekreuzigen, leise ein Gebet anstimmen, sah den fragenden Blick des Veterinärs, das In-die-Knie-Gehen der beiden Mönche, das Streichen über den Kopf der Stute, sah Qs müden Augenaufschlag, sah das Nicken des Abtes, das Nicken des Arztes, sah diesen Q sanft berühren und schließlich ein Heilmittel injizieren.
Die Zeit schien stillzustehen. Ruhig war es geworden, selbst der Atem aller Anwesenden schlich so vorsichtig, behutsam durch die Nasenlöcher, Karl Heidemann konnte anstatt des fortwährenden Zischens nur ein leises Rauschen vernehmen. Ein Rauschen und Pochen, und mitten drin dieses eine immer zarter, leiser Werdende.
Herzschläge, die ausklangen, ruhig, voll Würde, wie ein zum Stillstand kommendes Pendel.
Karl Heidemann sah diesem Schauspiel fassungslos zu, sah das, was er so vielen im Tale schon gewünscht hätte, nun mit Q geschehen, sah das Ausbleiben jeglicher Verwunderung der Mönche, sah das Ausbleiben jeglicher Erklärung, Rechtfertigung des Arztes, sah nur dessen Verabschiedung, der vielen weiteren Termine wegen.
Dann verstand er.
Das dem leidenden alten Pferd vor aller Augen verabreichte Heilmittel war der Tod, offiziell, schmerzfrei, komplikationslos, darum war Dr. Giovanni Firenza herbestellt worden. Nur darum.

So groß auch Karls Verwunderung war, er verweigerte doch jedes Hinterfragen, wissend um die Sinnlosigkeit darüber, das Handeln der Menschen und die diesem Handeln zugrunde liegenden Prinzipien begreifen zu wollen. Dem Getier ein gnadenloses Leben, dafür den gnadenvollen Tod? Dem Menschen ein gnadenvolles Leben, dafür den gnadenlosen Tod? Oder beiden beides? So oder so?
Was einmal als richtig galt, galt ein andermal als falsch, was

einmal als falsch galt, galt ein andermal als aufrichtig, was einmal als aufrichtig galt, galt ein andermal als zerstörerisch. Soll was auch immer wo auch immer Gültigkeit haben, wie wer auch immer will. Egal.
Einzig bedeutsam schien Karl in diesem Augenblick nur noch eines, gesehen zuvor in den Händen des Arztes, um nicht mehr vergessen zu werden. Es dauerte ein Weilchen, bis er in den Räumlichkeiten der Bibliothek die richtigen Bücher in Händen hielt und fündig wurde: Pentobarbital. Einst Schlafmittel der Humanmedizin, nun Mittel des ewigen Schlafes der Veterinärmedizin, eines Tages den Menschen zugedachtes Sterbehilfe-Präparat und eines weiteren Tages erstmals alleiniges Mittel zur offiziellen Vollstreckung einer Hinrichtung. Was ist rechtens? Alles, je nach Denke, Standort, Übereinkunft.
»Sieh nur, dort! So spät noch? Er läuft und läuft. Jeden Tag«, deutlich zu hören die von Abt Richard an Bruder Paolo gerichteten Fragen: »Was meinst du: Läuft er einfach nur so, läuft er wohin, läuft er vor etwas davon? Vor sich? Vor diesem Mädchen? Er zeichnet sie, er schnitzt sie, er scheint …«
»Heute, denk ich, läuft er sich den Schmerz von der Seele. Für ihn ist das Pferd wohl ein schwerer Verlust.«

Dunkelheit. Alte Heimat. Nächtlicher Lauf. Wie ein Schweben. Die Sinne erstarkt, befreit von der Überheblichkeit, Verblendung, dem Übermut des Sehens. Die Sohlen empfindsam wie Hände. Mit sicherem Tritt der bekannten Route ins Tal folgen, vorbei an der Fondazione Santa Vita. Heiliges Leben. Unübersehbar die in den Hügeln gelegene Villa. Das Gerippe ein altes Steinhaus, das Fleisch dazwischen Glas.
Leben als Beobachter. Hinaussehen können, jederzeit.
Leben unter Beobachtung. Hineinsehen können, jederzeit. Nüchtern, modern, groß. Einsame Größe.
Kein Licht hinter den mannshohen Fensterscheiben.

Keine Rutsche, Schaukel, Sandkiste davor. Nur diese Leere.
Karl Heidemann musste sich ein Weilchen gedulden, bis ein einzelner Wagen, ein einzelner Mensch dieses Leere füllte. Schloss ohne Hofstaat, nur der Schlossherr.
Alles erhellt, mit einem Schlag, ein Leuchten, gebracht in die Dunkelheit, mehr noch als zur Weihnachtszeit die Jettenbrunner Lichterketten. Alles zu sehen, karg, modern, aufgeräumt, Vorzimmer, Wohnküche, Büro mit Aussicht in die Weinberge, der darin stehende Arzt. Den Anrufbeantworter abhörend, blickte er in die vermeintliche Einsamkeit der Nacht. Erhoben der Kopf, erhaben die Haltung. Herr dieser Welt und doch nur Ausstellungsstück hinter Glas. Weiß die Wände, weiß der Teppich, weiß der Tisch, die Sessel, die Möbel, der Stahlschrank, Perfektion.
Weiß. Farbe des Todes. Giovanni Firenza. Todesengel des Viehs. Einen Schlüsselbund in der Hand bediente er den Stahlschrank, verstaute seine heikle Ware neben den weiteren Vorräten, verstaute den Schlüssel, betrat die Wohnküche, öffnete die gläserne Schiebetür, drei tiefe Atemzüge Frischluft. Vorbei die Zerstreuung der täglichen Arbeit, übrig die Leere, gefüllt mit der Gesellschaft des Fernsehers. Eine ermüdende Gesellschaft.
Nicht mehr ganz so erhoben bald der Kopf, nicht mehr ganz so erhaben die Haltung. Der Körper irgendwann verschmolzen mit den Formen des Wohnzimmersofas, die Füße auf der gläsernen Fläche des Couchtisches, dazu die Stimmen nicht Anwesender, zu hören weit hinaus in die Nacht.
Q, Arbeitstier, treuer Diener, guter Freund. Hab Dank.

# 55 Die Erlösung

Erlösung. In Karl, um Karl.
Endlich war er imstand, seiner Auffassung von Pflichtbewusstsein gerecht zu werden, dort Nächstenliebe walten zu lassen, wo sie ihm dringend vonnöten schien, Verantwortung zu übernehmen. Und nichts daran wurde hinterfragt, zu unbemerkt entnahm er dem Arzt wieder und wieder kleine Teile seiner Vorräte, zu vorsichtig, zu ausgewählt, zu gekonnt brachte er sie zum Einsatz.
Glückliche Jahre, Jahre des Dienens.
Ein Dienen bald auch seinen unmittelbar Nächsten gegenüber.
Denn nie kam ihm, seine Person betreffend, ein schlechtes Wort zu Ohren. Ein Umstand, dem zusätzliche Bedeutung beizumessen war, da Karl im Kreise der Mönche als taub galt. Welch Kinderspiel also, trotz seiner Gegenwart dem Tratsch zu frönen. Doch niemand frönte, niemand intrigierte, niemand war der Stachel in irgendeines anderen Fleisch. Überhaupt schien es, Karl hätte Glück gehabt mit diesem Kloster. Keine Spur von all dem Übel, dem andernorts der so fest gewobene, prunkvolle Deckmantel der Verschwiegenheit vom Leib gerissen wurde, jede Verlogenheit, Scheinmoral endlich offenbart.

Karl Heidemann, junges Fleisch inmitten altgedienter Keuschheit, blieb jede Schändung erspart. Innerhalb der Gemeinschaft dieses Klostergemäuers schien tatsächlich Güte, Menschenliebe, Aufrichtigkeit beheimatet zu sein. Nur in den Stunden der Besinnung, den Nächten, wenn die Mönche in ihren Kammern alleine waren, mit sich, hörte Karl deren Geheimnisse, hörte den einen stöhnend Hand an sich selbst legen, hörte den anderen die Einsamkeit seines Herzens ersäufen, hörte dort das Bitten um Vergebung für frevelhafte Taten, unkeusche Gedanken, längst vergangene Sünden, hörte da das Um-Hilfe-Flehen der Schmerzen, Sehnsüchte, Enttäuschungen wegen, hörte von zerstörten Ehen ebenso wie von jungfräulichen Existenzen, hörte von zurückgelassenen Kindern, Familien, Eltern irgendwo, hörte von verlorenem Besitz, verlorener Liebe.

Und je mehr er hörte, desto mehr wurden ihm die Männer Angehörige, wuchsen sie ihm ans Herz.

Männer, eingebettet in dem beständigen Rhythmus ihres Lebens: Das Kirchenjahr, geprägt von einer steten Suche nach und steten Hinwendung zu Gott. Ein Rhythmus, beweglich und doch in feste Form gegossen, beginnend nicht mit dem ersten Jänner, sondern dem ersten Adventssonntag.

Ein Vorantreiben von Gedenktag zu Festtag zu Feiertag, von Alpha zu Omega, mündend in dem Höhepunkt des Osterfestes, den Mal um Mal inmitten des weitläufigen Klostergartens oder auf den Äckern, den Hügeln der Umgebung himmelhoch lodernden Osterfeuern, endend mit Christkönig, dem letzten Sonntag vor dem ersten Advent, Totensonntag.

Und so zogen Jahre stets derselben Routine an Karl vorbei, gingen der Lebenszeit nahe, wie die Sonne dem Schnee.

Die Pfade in den Wäldern glatter, ausgetretener.

Die Risse in den Gemäuern tiefer, verzweigter.

Die Künste des Karl Heidemann immer meisterhafter, gefragter, seine Figuren bald in Menschengröße, Auftragsarbeiten, auch für den Seitenaltar der eigenen Kirche eine Katharina, Schönheit, die sich herumsprach, weit über das Tal hinaus. Seine Malereien bald verewigt auf Glas, Kirchenfenster, strahlend bunt. Seine Zeichenblöcke gefüllter mit Gesichtern der Vergangenheit.

Die Zimmer der Fondazione Santa Vita wie Ankerplätze. Schiffe, die kamen, Schiffe, die gingen.

Die Zimmer des Klosters wie die Jettenbrunner Häuser. Mehr ein Gehen als ein Kommen.

Ein Neuzugang: Bruder Benedikt, etwa 30 Jahre alt, blond, schwergewichtig, mühsam sein Bewegen, der Bart voll, seine Augen fast schwarz. Schwarz wie der Rahmen seiner Brille. Oberhalb des rechten Backenknochens eine Narbe, ein kurzer Schnitt.

Fünf Abgänge. Vier davon ohne Karls Zutun.

Der erste: Bruder Richard, der Abt: Leukämie, fünf Monate zwischen Diagnose und Tod.

Der zweite: Bruder Serafin, der Älteste: Sanft in seiner Kammer entschlafen.

Der dritte: Bruder Janek, der Koch: Herzinfarkt.

Der vierte: Bruder Leander: Eines Tages ging er fort und kam nicht wieder.

Schließlich der fünfte:

Wie Bruder Leander trat auch Paolo Moroder eine Reise an ohne Widerkehr, wenn auch nicht im räumlichen Sinn.

Müde waren seine Schritte geworden. Müde und aus dem Takt. Ein leichter Schlaganfall, ein bockig gewordenes rechtes Bein, eine zittrige rechte Hand, der Spazier- mehr ein Dirigierstock, das Spazieren immer mehr ein Herumirren, kichernd, vor sich hin murmelnd, manchmal nur starr ins Leere blickend.

Das Alter besteigt Berge, baut Häuser, schürft nach Edelsteinen nur noch im Geiste. Und dorthin, wo Paolo Moroder sich in seinen Gedanken verloren hatte, als einsamer Kapitän, als

waghalsiger Eroberer, als Entdecker fremder Welten, wird sonst nur Kindern Einlass gewährt.
Es gab Tage, da wurde aus diesem geistigen Entgleiten eine überraschende Rückkehr voll Klarheit, und es gab Tage, da wurde daraus ein Verirren. Es gab Tage, da stand er auf seinen Stock gestützt inmitten der Klostergärten und begann zu rufen, manchmal zu weinen, wusste nicht mehr heim, wusste die Namen nicht mehr, auch den eigenen, kannte die Gesichter nicht mehr, und es gab Tage, da eilten die Mönche voll Sorge durch die Gänge, die Höfe, riefen nach ihm, ohne zu wissen, ob Bruder Paolo, als eben dieser Gerufene, sich auch selbst noch erkennen konnte. Und wenn er sich und sein Umfeld erkannte, schien es, er spräche, den Schalk im Nacken, nicht mit, sondern über jemanden.
»Ich bin entzückt, der Bruder Vitus! Was hat er heute vor? Noch laufen gehen? Trab, trab, trab, trab oder galopp, galopp!«
Und immer dieses kindliche Strahlen. Ein Strahlen, das blitzartig aus den Augen zu verschwinden imstande war, um einer bedrückenden Leere, Verlorenheit Platz zu machen.
Eines Freitagvormittags schließlich fand man ihn nicht mehr, fand nur das Tor der Außenmauer geöffnet.
Ein Karfreitag. Ostern, Höhepunkt des Kirchenjahres, Kulminationspunkt der Gottsuche aller hier versammelten Brüder. Panisch das Suchen der Mönche, das Umrunden des Klosters, denn weder wusste man, in welchem geistigen Zustand, welcher Tagesverfassung, noch wie lange Bruder Paolo bereits fort war. Und man suchte vergeblich, fand sich keinen anderen Rat, als jenen Mann zu verständigen, der Paolo Moroder am nächsten stand, seine Gewohnheiten am besten kannte: Bruder Vitus.
Nur ein Anruf in der Fondazione, eine Karl gezeigte Nachricht, und er rannte los. Rannte den schnellsten Weg den Berg hinauf, nahm jede Abkürzung, nur um keine Zeit zu vergeuden. Abkürzungen, auch hier nur ein Umweg. Denn als Karl

das Kloster erreicht hatte, fand er auch dort nichts, rannte erneut zurück ins Tal, diesmal den gewohnten Weg abwärts durch den Wald, ließ die Serpentinen hinter sich, verlor bald an Zuversicht, denn das in sich versunkene Murmeln, das erhoffte sanfte Tock-Tock-Tock eines Spazierstockes, es war nicht zu hören. Stattdessen war es zu sehen: Wie ein Ast lag die Gehhilfe am Wegesrand. Ein Weg, von dieser Stelle an gespickt mit vereinzelten roten Tropfen.

# 56 *Die Fürsorge des Karl H.*

Tropfen, die bis zu jener kleinen Lichtung führten, auf der Karl einst gefunden wurde. Und endlich leise, zaghafte, in sich gekehrte Töne:

»Hopp, hopp, hopp. Pferdchen, lauf Galopp.«

Erleichterung bei Karl.

Ein Stehenbleiben.

Ein Sich-Umkehren.

Der Blick hinauf, zu dieser Bank. Dort saß Paolo Moroder. Blutig seine aufgeschürften Knie, seine Ellbogen, seine rechte Wange. Es musste ein Kampf gewesen sein, hierherzukommen. Und Karl Heidemann nahm Tempo auf in Richtung seines Mitbruders, nahm Platz und zugleich zur Kenntnis, einen Fehler gemacht zu haben. Erstmals nach all den Jahren hatte er auf Zuruf reagiert, sich als Hörender entlarvt. Ein seltsamer Zustand aus Schrecken und Scham zugleich ergriff ihn.

»Das Herz lässt sich nicht austricksen«, fand eine alte Hand auf junger Platz, besänftigend. »Glaubt er, ich hab es nicht gewusst? Keiner kennt ihn so wie ich, mein Junge. Ich verrate nichts.« Seltsam sein Lachen.

Ein Tag also voll Klarheit.

»Ich habe gebetet, er möge kommen. Und jetzt ist er hier.« Ein tiefer Atemzug, dann dieser Nachsatz: »Jetzt bist du hier.«

Du. So lange hatte es Paolo in seiner Gegenwart schon nicht mehr ausgesprochen. Du. Und schlagartig, als wär ein Funke der früheren, gemeinsamen Zeiten zurück in die Gegenwart geflogen, spürte Karl das Durchschimmern vermisster Nähe.
»Heimat«, klopfte Paolo Moroder auf die Sitzfläche, »hier«, er deutete ins Land, »da«, er deutete in den Himmel, »dort«. Ein seltsame Ruhe lag in seiner Stimme.
»Heimat«, begann er, »Heimweh«, und wurde immer leiser, »Heimweg.«
Nur noch ein Flüstern.
»Heimkehr.«
Etwas war im Anrollen, so empfand Karl Heidemann, eine weitreichende Veränderung. Nicht nur für Paolo Moroder.
»Hilfst du mir?« Ein Frage wie ein Keulenschlag.
Fester nun der Druck seiner immer noch auf Karls Hand liegenden Finger. Dann verschwand sie unter der Kutte, um wieder hervorzukommen, ein Holzstück umklammernd. Ein Karl nur zu gut bekanntes Holzstück, von ihm angefertigt.
»Sind es Erinnerungen? Oder Suchbilder?«
Und Paolo übergab die geschnitzten Figuren.
»Gehört dir.«
Marie.
»Erst wenn etwas fehlt, wird die Lücke erkennbar. Überall sieht man ihr Gesicht. Deine Zeichnungen, deine Figuren. Also Suchbilder.«
Ja, überall. Karl sah sie, wenn er aufwachte, sah sie, sobald er die Augen schloss, sah sie, wenn er träumte.
»Willst du für den Rest deiner Zeit Bilder malen, Figuren schnitzen, dich hier verstecken und so tun, als wärst du taub? Schnitz kein Holz, schnitz dein Leben. Du bist jung, musst wandern, hörst du. Sie finden.«
Leise begann er zu singen:

*Das muss ein schlechter Müller sein,*
*dem niemals fiel das Wandern ein,*
*das Wandern.*[18]

Dann bekreuzigte er sich, flüsternd:

*Wahrer Leib, o sei gegrüßet, den die Jungfrau uns gebar.*
*Du hast unsre Schuld gebüßt,*
*sterbend auf dem Kreuzaltar.*
*Blut und Wasser sind geflossen,*
*als dein Herz durchstochen war.*
*Hilf uns streiten, hilf uns hoffen*
*in der Todesnot Gefahr!*[19]

Wandte dabei alle Aufmerksamkeit seinem Sitznachbarn zu, erfasste beide Hände, sah ihn an. Und Karl Heidemann kannte diesen Blick, kannte ihn, seit seinen vielen Stunden im Tal nur allzu gut.
»Hilf mir, Vitus. So wie du all den anderen geholfen hast. Sei ein guter Mensch.«
Paolo Moroder also wusste auch das, wusste von den Taten in der Klinik, wusste von den Krippenfiguren, allesamt versehen mit Gesichtern der Verstorbenen. Und ein seltsames Befinden nahm Karl in Beschlag. Ein wenig zwischen Ehre, Pflicht und Nötigung. Und es war ihm anzusehen.
»Hab keine Angst. Mein Leben war deutlich besser zu mir als ich zu ihm. Lass mich einschlafen. Lass mich den Tag beenden. An deiner Seite. Hier und jetzt. Was suchen wir dort oben, in diesem Kloster, auch anderes als Gott. Wollen ihm näher kommen. Ich will es bei klarem Verstand: Also hilf mir. Ich bitte dich.«
Sätze wie ein Todesurteil, nicht nur für Paolo Moroder. Und

[18] Wilhelm Müller (1794–1827), aus dem Gedichtzyklus »Die schöne Müllerin«
[19] Übersetzung von: Ave verum Corpus

Karl entnahm seinem Rucksack zwei der unauffälligen, ihm all die Jahre so vertraut, so liebgewordenen kleinen Behälter. Reichte Paolo ein Medikament, um das gegebenenfalls eintretende Erbrechen zu verhindern, nahm das benötigte Mittel, goss aus seiner Trinkflasche Wasser in einen Becher, löste darin die entsprechende Dosis und stellte das Gefäß neben seinen wie zum Vater gewordenen Freund auf die Bank. Anders als bei all den Fällen in der Klinik, würde Paolo Moroder es selbst vollziehen müssen.

Lange saßen die beiden noch beisammen. Keine Eile.

Vor ihren Augen der scheidende Tag.

»Ist ein gutes Plätzchen hier.«

Müde seine Stimme, als würde nun jeder Zwang, im Hier sein zu müssen, weichen.

Dann trank er.

»Guter Junge. Hast mich sehr glücklich gemacht. Mach dich selbst auch glücklich. Versprich mir das. Hol dir dein Mädchen und pass auf sie auf.«

Zwei bis fünf Minuten, die ihm noch bleiben würden. Bleiben, bis der Schlummer kommt, die tiefe Bewusstlosigkeit, der Stillstand des Atemzentrums, der Tod.

Wie ein müdes Kind sank er behutsam aufgefangen auf Karls Schoß, wurde ruhig und schlief ein. Für immer.

Sanft die über seinen Körper streichende Hand, flüsternd die Worte des Abschieds: »Geh. Gehe hin in Frieden.«

Geh. Ein Wort, wie Karl Heidemann es einst auch am Ufer des Jettenbrunner Weihers verloren hatte. Diesmal aber war es von Zuneigung getragen. Gab es eine größere Gnade, als geliebten Menschen den letzten Dienst erweisen zu dürfen? Von Dankbarkeit erfüllt, blickte Karl Heidemann in den verglühenden Tag, und ein Vorhaben schlug Wurzeln

Leicht der wunde, gebrechliche, auf Karls Schoß liegende Körper. Ihn genauso, wie einst umgekehrt, in die Arme nehmen, liebevoll an sich drücken, den Berg hinauftragen.

Hinauf zu Menschen, die ihm vertraut, lieb geworden waren. Menschen, denen er sich verpflichtet fühlte.
Verpflichtet ganz im Sinn der Worte des Paolo Moroder: »Was suchen wir dort oben, in diesem Kloster, auch anderes als Gott. Wollen ihm näher kommen.«

# 57 *Tod und Auferstehung*

Keine Spuren hinterlassen. Kein Gejagter mehr sein.
Paolo Moroder war von seinen Mitbrüdern in Empfang genommen, gereinigt, angezogen worden. Wortlos.
Wozu fragen? Tot aufgefunden, wie soll es sonst gewesen sein? Anschließend ein Aufbahren in der Kirche, eine gemeinsame Andacht, Gebete bis spät in den Abend, schließlich eine wärmende Suppe.
Karl Heidemann, der Koch.

So viel Gutes war ihm durch diese Gemeinschaft zuteilgeworden, wie anders hätte er sie verlassen können, als ihr Gutes zu erwidern, ihnen beizustehen auf ihrer Suche. Sie endlich ans Ziel gelangen, heimgleiten lassen, auf ihrer so langen Reise: Dem Weg hin zu Gott.
Friedlich dann, wie bei Paolo Moroder, das Entschlafen. Gemeinsam.
Schließlich ein Aufbahren. Liebevoll, dankbar.
Tod, du guter Hirte.
Und auch für Karl Heidemann wurde es Zeit, seine letzte Wanderschaft anzutreten. Noch genug zu tun: Die Räumlichkeiten des Abtes und seiner Mitbrüder betreten, alles Geld an sich nehmen, jeden weltlichen, jeden sonstigen Besitz, jedes

Dokument, jede der Aufzeichnungen, das Klosterpersonal betreffend, verpacken. Koffer, Säcke, Taschen.
Wie eine Reise soll es aussehen.
Dann in den weitläufigen Klostergarten.
Keine schönere Ruhestätte hätte er finden können. Dieser Ort, die Kräuter, die Pflanzen, Grundlage des Überlebens der Mönche, und inmitten dieses Gartens die große Feuerstelle.
Eine Feuerstelle, die von seinen Brüdern all die Tage zuvor bereits aufbereitet worden war. Baum- und Strauchschnitt zu einem Kegel emporgestapelt. Und all das wurde von Karl nun zur Seite geräumt, nur um die Erde darunter ausheben zu können, bis der Lehm kam, die Gesteinsbrocken, bis die Grube tief und groß genug war.
Nacht, die arbeitsam zum Tage wurde.
Mönche, die in diesem Grab ihre letzte Ruhe fanden. Erde zu Erde. Staub zu Staub. Friedlich gebettet, eng beisammen. Neben ihren Köpfen ihre Reisetaschen, Koffer, Rucksäcke. Bis auf einen.
Schließlich das Zuschütten der Grube. Kies zuerst, um ein Senken des Bodens zu vermeiden, dann Lehm, Gestein und Erde, festgetreten, darauf erneut zu einem Kegel gestapelt all das trockene, vorbereitete Holz.
Feuerstelle, Grabeslicht.
Den ganzen nächsten Tag verbrachte Karl Heidemann damit, die Spuren seiner Arbeit zu beseitigen, das Kloster zu reinigen, ein wenig zu schlafen und sich vor allem von Bruder Vitus zu verabschieden. Zu diesem Zweck saß er in seiner Kammer, den einen Rucksack in der Hand, bald den einen Pass vor sich: Bruder Benedikt.
Benedikt Kofler. Geboren 1976, 26. Juli, Annentag, Gedenktag der heiligen Anna, Mutter Marias.
Der Bart voll, das Gesicht voll, die Augen fast schwarz, schwarz wie der Rahmen seiner Brille, oberhalb des rechten Backenknochens eine Narbe, ein kurzer Schnitt. Keine Ähnlichkeit zu Karl, nur die Farben der Pupillen.

Das Passfoto und einen Spiegel vor Augen, übertrug Karl Heidemann mit einem Farbstift den genauen Verlauf des Wundmales in sein eigenes Gesicht, nahm eines seiner Schnitzmesser zur Hand und ging zu seinem Waschbecken.
Feinarbeit für ihn nichts Neues, Schmerz nichts Neues, Sich-Verbergen nichts Neues. Es würde noch ein wenig dauern, bis die Wunde verkrustet, ein kurzer Bart gewachsen wäre. Die Augenfarbe stimmte, die Brille hatte er Benedikt Kofler abgenommen. Einen Pass zu fälschen war Karl nicht möglich, nur die Geschichte der Person konnte er verändern, konnte es bei Nachfrage begründen. Ein einst übergewichtiger Mann mit Vollbart, nun schlank geworden, seine Haare geschoren, sein Bart getrimmt. Was daran soll verdächtig sein, und wer würde genauer hinsehen, genau nachfragen?
Alles getan.
Und als schließlich erneut die Nacht einbrach, brannte den Mönchen ein letztes Osterfeuer, strahlte Wärme ab, Licht. Und Karl Heidemann streckte seinen Körper, hob die Arme, als umarme er den Himmel, schloss die Augen und begann, wie er es all die vielen Male aus den Mündern der Mönche gehört hatte, zu singen.

*Clamaverunt iusti, et Dominus exaudivit eos,*
*et ex omnibus tribulationibus eorum liberavit eos.*[20]

Rein und klar seine Stimme. Befreiend.
Frei nun auch er. Frei für das von Paolo Moroder eingeforderte Versprechen. Ein Auftrag, der ihm endlich zugestand, was er so lange schon an Sehnsucht in sich trug:
»Hol dir dein Mädchen und pass auf sie auf.«
Nur noch das.

[20] Es schrien die Gerechten, und der Herr hat sie erhört, und aus all ihren Bedrängnissen hat er sie befreit. (Psalm 33, Vers 18)

# 58 *Aubruck*

Karl Heidemann hätte mit der Gabe seines feinen Gehörs so vieles werden können, Vollstrecker aller ungehörten Wünsche, Spion, Agent, Terrorist, Lobbyist, Auftragsmörder, Trickbetrüger, Meisterdieb, Superheld, hätte weiß Gott wem von Nutzen sein können.

Doch anstatt vieles zu werden, wurde er zu einem, der sein Mädchen sucht – und sich damit zufriedengab.

Wie ein hochbegabter Gärtner, dem die Betreuung seines kleinen Gartens bedeutsamer erschien als jeder Schlosspark; der sich um Anerkennung wenig scherte, keine Bühne suchte, um sich zeigen zu können mit welcher Kunst, welchem Können, welcher Rekordsucht auch immer. Nicht das Übertrumpfen war sein Vorsatz, sondern das Sich-selbst-Genügen.

Würde Marie ihn wiedererkennen? Fühlen wie er?

Nur noch eine Richtung: Aubruck.

Dem Verlauf der Straßenkarte folgen, große Siedlungsgebiete umgehen, sich nicht auf Biegen und Brechen jenen Regionen nähern, deren Tosen ihn schon weit noch vor der Sichtbarkeit entgegenschlug. Lieber Umwege in Kauf nehmen.

Irgendwann verstehen, gar kein Gesuchter mehr zu sein, sich in einen Postbus setzen und begreifen, dass allein das Hinauswagen dem Finden-, Bekommenwollen nicht genügen würde.

Er musste Fragen stellen: In Gasthöfen, um an Nahrung zu kommen; in Kaufhäusern, um an Proviant, an die nötige Kleidung zu kommen; in Unterkünften, um an ein Bett zu kommen; in Apotheken, um seine Kopfschmerzen ertragen, Ruhe und Schlaf finden zu können. Fragen, Äußerungen stets freundlicher Natur, gestellt mit offenem Auftreten, gepflegtem Erscheinen, gutem Ton. Was ging es die Menschen schon an, all das in ihm Verborgene, ihn Quälende, all das, wozu er imstande war?
Nichts.

† † †

Kann es sein? Nach so vielen Jahren?
Jahre zuerst der vergeblichen Suche, dann des dadurch gefundenen Glücks, dann des Wegschiebens, Verdrängens.
Und nun diese Bilder.
Was vor zehn Jahren kaum möglich schien, war nun endgültig eingezogen in jedes Wohnzimmer: diese Welt. Zusammengerückt, aussortiert, komprimiert, auf flimmerndem Hintergrund. Vor Horst Schubert wahrscheinlich ein tragbarer Rechner, angeschlossen an ein weltweites Netz, darauf Fotos. Fotos, die um den Erdball gingen.
Fotos, die im Grunde das Nichts darstellen sollten. Eine verwaiste Kirche, über dem Altar das, wie um diese Zeit üblich, teils mit violettem Tuch verhüllte Holzkreuz, sonst Leere.
Leere, die Horst Schubert eine Schwere auflastete, als würde ihn ein Felsbrocken in die Tiefe ziehen. Zu jeder Bewegung unfähig, vorerst auch der geistigen, betrachtete er den Bildschirm. Und es waren nicht die Schlagzeilen, die ihm so sehr zusetzten, nicht die Berichte. Mönche spurlos verschwunden, die Convents-Kasse geräumt, ein Osterfeuer entzündet, und dann fort. Mönche aus einem abgelegenen Kloster in den Bergen, seit Jahren mehr Ab- als Neuzugänge, immer lichter

werdend also die Reihen, Vereinsamung und die daraus resultierende, möglicherweise im Kollektiv getroffene Entscheidung. Nur, Entscheidung wofür? Reißaus zu nehmen, ins Weltliche zurückkehren? Und all das, ohne seither mit irgendjemandem in Kontakt getreten zu sein? Freunde, Familie, Bekannte, keiner wusste es.

Ein Ritual-Selbstmord? Nur, wo waren die Leichen?

Entführung? Nur, wozu?

Oder Auferstehung. Ja, man betrieb Scherze.

Und möglicherweise hätte Horst Schubert auch mitlachen können, wäre nicht plötzlich dieses Gesicht auf dem Bildschirm erschienen. Ein Gesicht voll Strahlkraft, Lebendigkeit, voll Vertrautheit. Viel zu vertraut.

Nicht nur den Einheimischen dieser Region, auch ihm.

Vor seinen Augen die bedeutsamste Sehenswürdigkeit dieses Klosters. Eine Schönheit, anbetungswürdig:

Die heilige Katharina von Siena.

Und für Horst Schubert bedeutete diese Schönheit alles.

Eine Schönheit, deckungsgleich mit den als Beweismittel archivierten Zeichnungen des Karl Heidemann.

Solch Scherze treibt selbst der Zufall nicht. Unmöglich.

Schon am nächsten Morgen entschied er sich, zu Hause eine Nachricht zu hinterlassen und aufzubrechen.

»Ich muss ein paar Tage weg!«

† † †

Aubruck.

Niemand dort, der diesen jungen, kahlköpfigen Mann mit seinen freundlichen Augen, seiner gepflegten Erscheinung seltsam fand, seiner so sanften Stimme die Auskunft verwehrte.

Schon gar nicht die Kellnerin des Gasthofes Kraller.

»Ja, wir haben auch Fremdenzimmer. Ist sogar eines frei.«

Ein Zimmer, benötigt nur für eine Nacht.

»Wunderbar. Wenn Sie mir bitte den Meldezettel ausfüllen.«
Kein Ausweis wurde verlangt. Warum also die neue Identität verraten?
»Wollen Sie noch zu Abend essen, Herr Moroder?«
Und es wurde ein Abendessen, rückblickend betrachtet ganz nach Karls Geschmack.
»Da haben Sie recht, die Gegend ist herrlich hier. Ein bisschen wenig los vielleicht.«
Nur ein Mann an einem Tisch, einsam, mit dem Rücken zu Karl. Ein Mann, der die Hand hob.
»Melanie, bring mir noch ein Bier bitte!«
»Das ist aber dein letztes, Bruckner.«
»Wenn ich ein Kindermädchen brauch, meld ich mich.«
Bruckner. Alles in Karl plötzlich in Anspannung. Pöllauer, Neupold, Bruckner. Namen, die er niemals vergessen würde.
»Hock dich zu mir, bist nicht aus der Gegend, oder?«
Nicht aus der Gegend? Nein.
Dazuhocken? Ja.
Ein Erkennen? Nein.
Redseligkeit? Ja.
»Jetzt lass den jungen Mann in Frieden, Bruckner.«
»Wenn es ihn aber interessiert. Genau: Dort draußen wird Mais angebaut. Hohe Stauden werden das. Im Sommer sieht man von hier aus das Dorf nicht mehr.«
Gesprächigkeit, die kurz von der Wirtin unterbrochen wurde.
»Rolf, her da! Verzeihen Sie. Rolf, her da, hab ich gesagt!«
»Das Hundsviech folgt dir eben nicht, Melanie!«
»Tut mir leid, Herr Moroder. Wenn er Sie nervt, scheuchen Sie ihn einfach davon.«
Friede in Karl, seine Hand das Fell des Hundes kraulend, Friede auch gegen Bruckner.
»Da haben Sie recht. Davonscheuchen kann manchmal Leben retten. Die Mähdrescher und die Tiere, das ist keine ideale Paarung.«

»Da erzähl ich Ihnen was dazu, denn wenn bei uns was los ist, dann gleich richtig.«
»Lass es bleiben, Bruckner.«
Und bis auf die neue, jedem hier unbekannte genaue Adresse der Familie Pokrovsky erfuhr Karl Heidemann alles und mehr noch, als ihm lieb war: Veit. Dieser seltsame Junge. Das Unglück. Die toten Hunde. Die seither verschwundenen Aubrucker Pöllauer und Neupold. Die Rückkehr des Veit Pokrovsky. Dessen Verwandlung zum Schlechteren. Maries Leid. Irgendwann der Umzug in die Stadt. Schuld, die Karl Heidemann nun traf mit voller Wucht. Seine Schuld.
Es musste es wiedergutmachen. Schleunigst. Konnte nicht bleiben, zu viel Unruhe in ihm. Sorge. Brach noch auf in selber Nacht. Lief und war sich selbst doch zu langsam. Nahm unterwegs bald ein frei stehendes Rad an sich, ohne des Radfahrens mächtig zu sein. Gab sich dem tolpatschigen Kampf gegen ein Ungetüm aus Metall hin. Ehrgeiz, Anstrengung, Atemlosigkeit. Verirrte sich in Büschen, Baumstämmen, Gattern.
Und nichts daran zwang ihn stillzustehen, nicht die Schürfwunden, nicht die Prellungen. Gleichmäßig bald sein laut strömender Atem, rhythmisch das Hämmern seines Herzens, als würde er laufen. Nur war es ihm immer mehr wie ein Flug durch die Nacht. Ein Flug durch seine Gedanken. Er sah Marie vor sich, sah sich in ihrer Türe stehen, sah seine Hand sich nach ihr ausstrecken, sah sie an der Bosheit ihres Vaters vorbeigehen, um sich hinein in ein neues Leben führen zu lassen. Ein Leben an seiner Seite.
Zwei Menschen.
So lange gewartet, aufeinander.
So perfekt geschaffen, füreinander.
Endlich sein dürfen, miteinander.
Und Karl Heidemann fuhr, durch die Nacht, durch den Tag, bis er, seine Handflächen voll Schwielen, gar nicht mehr

schnell genug fahren konnte, um mit dem inneren Lärmen das äußere übertönen zu können. Er kam ihr näher, erstmals. Der Stadt. Sah bald das Blau des Himmels an Strahlkraft verlieren, sah bald die Schattenrisse der Häuser klare Strukturen bekommen und musste anhalten, die Augen schließen. Seltsam das Gefühl. Wie ein zum Tod Verurteilter, der inmitten einer Schleuse steht, vor sich das Gellen, Grölen der Menge, die letzten Schritte. Keine Umkehr, kein Entkommen. Nur noch hinaus, dann das Verschlungenwerden.

Eine Vorstellung, die einzig eines zu übertreffen imstande war: die Wirklichkeit.

# 59 *Die Stadt*

Das erstbeste Hotel wurde Karl Heidemann zur Zwischenstation, um sein Rad, Gepäck, den Großteil seines Reichtums zu versorgen. Zu Fuß ging er weiter, den Rucksack gefüllt nur mit dem Nötigsten, ausreichend Geld, eine Jacke, eine Trinkflasche. Hoch das eingeschlagene Tempo, auf sich konzentriert, um das Rundum zu verkraften. Keine Wolke über ihm, und dennoch dieser mattgraue Schleier. Darunter Autos, die sich im Schritttempo voranschoben, hupend, dampfend, übel riechend die Abgase, übellaunig die Insassen. Zweiräder, die sich durch diese Kolonnen schlängelten wie Efeuranken über Mauerwände, Fußgänger, die geradlinig aneinander vorbeizogen wie Pfeile in hoher Luft. Was zur Beschleunigung dienen sollte, stand still, qualmend, brummend. Als müsste es diesen Stillstand ausgleichen, schien alles andere hingegen beschleunigt, getrieben, flimmernd, zuckend. Karl musste weiter, obwohl sich mehr und mehr in ihm zu sträuben schien.
Einem Windschattenfahrer gleich schob er sich durch die Menge, war einer unter vielen. Auch in der Art und Weise seines Vorankommens. Kein Links, kein Rechts, nur geradeaus. Eilig. In seinem Fall von einer Telefonzelle zur nächsten. Wieder und wieder. Und wieder und wieder nur Herbergen des Vandalismus. Dann endlich eine, die keiner öffentlichen

Latrine, keiner Müllhalde entsprach, eine mit beschmierten Wänden, aber ohne zerfetzte Telefonbücher. Bücher der Vergangenheit. Ausgedient. Kaum noch gebraucht, wie die Zellen selbst, respektlos behandelt, entwertet, zerrissen. Sinnbild des Umgangs mit Alter.
Und dennoch wurde Karl darin fündig:
P wie Pokrovsky.
»Ja? Hallo? Spricht hier jemand?«
Veit. Seine Stimme. Ohne Zweifel.
»Soll das lustig sein?«
Ungehaltenheit: »Also hat mich gerade niemand angerufen? Ein atmender Niemand. Auch gut!«
Starr blieb Karl stehen, den Hörer in seiner Hand, den Dauerton im Ohr, den Nachhall in sich. Innerer Weckruf. Und längst vergessen Geglaubtes kroch in ihm empor, nahm sein Denken in Beschlag: Zorn. Auch gegen sich selbst gerichtet. Nur seinetwegen war Veit Pokrovsky noch am Leben.
Die Zeit heilt weder Wunden, noch hilft sie, über irgendetwas hinwegzukommen. Stattdessen speichert sie alles ab, versorgt es in verborgenen Ecken mit einer Paste der Verklärung, auf dass sich eines Tages jedem Vergessen wieder Tür und Tor öffnet, ehemals Schönes noch schöner, ehemals Grauenvolles noch grauenvoller wird.
Keine Zeit vergeuden. Den Stadtplan begutachten, das Ziel bestimmen.
Ein Stück die Straße entlang, einen mit U beschrifteten Stiegenabgang hinab in ein System aus taghell erleuchteten Gängen, Rolltreppen, Gleisen. Kaum möglich, einen klaren Gedanken zu fassen, so unbändig wurde Karl die Wucht aller Eindrücke.
Mit eisern quietschendem, pfeifendem Klang kamen Züge zum Stillstand, die Menschen ausspien und in sich aufnahmen. Und je weiter es ging, desto mehr Menschen füllten die Wagons. Bald stand er, die Schlinge eines Haltegriffes um-

klammernd, Schulter an Schulter, Atem an Atem, Schweiß an Schweiß inmitten der Menge und spürte auch die Schlinge in sich immer enger werden. Nur noch Schmerz, Schwindel, schnell sein Atem, unruhig sein Körper, kalt der Schweiß auf seiner Stirn, bald größer der Abstand zu ihm, Augen, die ihn fixierten wie den Überträger ansteckender Krankheiten.
Dann endlich die Rolltreppen empor. Hinaus, umgeben von Umständen, die Karl voranschoben, als durchliefe er eine Spießgasse. Stadt, ein immerwährendes, bohrendes, schneidendes Eindringen von allen Seiten, wie die Klingen geschärfter Lanzen, Speere. Arbeitslärm, Baulärm, Straßenlärm, dazu hämmernde Fersen, Stimmengewirr, Gelächter, Geschrei, Gekreische, wie Tausende Flamingos an den Ufern des Nakuru-Sees, wie Robbenkolonien an der Felsküste des Atlantischen Ozeans. Epidemisch. Die Pest.
Mächtig plötzlich die Vorstellung, wie hervorragend den Menschen doch der Tod zu Gesichte, zu Maule stünde.
Alles verstummen lassen? Nur ein Gedanke. Ein sinnloser Gedanke. Für jedes einzelne Verstummen würde das Leben zehn, Hunderte, Abertausende Mäuler gebären, wieder und wieder.
Getrieben bald sein Tempo, ausfällig die Schritte, vorgebeugt sein Körper, schwingend die Arme. Rhythmisch das Schlagen des Rucksacks gegen seinen Rücken, wie die Gerte an die Flanke eines Pferdes. Dem Lärm gegenhalten, auf sein Inneres hören, einen Schutzwall errichten. Doch so schnell Karl Heidemann auch wurde, es half nichts, übrig blieb doch nur die Orientierungslosigkeit, Überanstrengung, Ermattung.
Bald stand er schweißgebadet, schmerzerfüllt zwischen den Fahrbahnen auf der Straße, seine Hände gegen die Ohren gepresst, sank inmitten der vorbeifahrenden Autos auf die Knie, musste sich aufstützen, sich übergeben. Schmerz, der von alleine nicht mehr aufhören sollte.
Und nun, Hindernis geworden, hob er sich ab inmitten der Menge.

»Da kotzt einer! Dort, auf der Straße!«
»Sieht nicht gut aus, der Typ!«
»Der hält den ganzen Verkehr auf, verdammt.«
»Ist alles in Ordnung mit Ihnen?«
Nichts war in Ordnung. Karl blieb liegen, über sich die auf ihn starrenden Gesichter, um sich all das Tosen, in sich die Verlorenheit.
»Sie müssen hier weg, sonst überfährt Sie noch wer.«
Eine Hand, die ihn hochzog, auf den Gehsteig zu begleiten, in einen Sessel zu setzen. Ein kleiner Imbiss-Laden, ein freundlicher Herr, ein Glas Wasser.
»Trinken Sie. Essen auch, so mager, wie Sie aussehen. Vielleicht ist es ja nur der Kreislauf. Soll ich Hilfe rufen? Die Rettung? Oder Freunde, Bekannte, die Sie heimbringen? Oder soll ich Ihnen ein Taxi bestellen?«
Ein Taxi.
»Dorthin? Alles klar. Eine Stadt in der Stadt.«

»Stiege 12, Tür 46. Hier irgendwo muss es sein. Fragen Sie einfach.«
Ähnlicher einer Staumauer ragte eine graue, brüchige Häuserfront gen Himmel, und egal an welcher Stelle man ihr gegenübertrat, überall das gleiche Bild, Stockwerk für Stockwerk. Zwei Fenster, ein Balkon, zwei Fenster, ein Balkon, zwei Fenster, ein Balkon, wie Schließfächer, ein wenig auch wie die Hasenstallungen des Hubert Oberwaldner. Ebenerdig dann drei Durchgänge, dunkle Halbbögen, die gleich Kanalöffnungen das Gebäude durchstießen, in einen Innenhof führten und die nächste Häuserfront freigaben.
Stadt inmitten der Stadt.
Freundlich die Gesichter, die ihm den Weg zur richtigen Haustür wiesen, Stiege 12, Tür 46. Eine Sprechanlage. Ein Name. V Pokrovsky. Nicht F wie Familie, sondern V wie Veit. Nicht läuten. Warten.

Warten, bis die Haustür sich öffnet, jemand ins Freie will. Wie selbstverständlich eintreten. Zwei Fahrstühle, kein Stiegenaufgang. Erst am Ende des Ganges eine Eisentür, dahinter das Treppenhaus. Brachland in Anbetracht eines Aufzuges.
Hinauf in den vorletzten Stock.
Tür 46. Letzte Wohneinheit. Dahinter das Laufen eines Fernsehgerätes. Mehr nicht. Keine Stimmen sonst.
Warten. Hören.
Den restlichen Tag lang. Zu mehr war Karl nicht mehr fähig. Sich gegebenenfalls im Stiegenaufgang verbergen, dann wieder zur Tür zurück.
Warten. Hören.
Hin und wieder dahinter ein Räuspern, ein Husten, ein Knarren, ein leises Quietschen, Gummireifen auf Parkett, ein Rollstuhl wohl, das Hantieren mit Geschirr, mit Gläsern, Flaschen, Veit. Nur er? Je später es wurde, desto häufiger, intensiver das Flüstern, Lallen, Schniefen, Fluchen, Wimmern.
An diesem Abend tatsächlich: Nur er.
Niemand kam, niemand ging.

† † †

Der vor langer Zeit befürchtete Alptraum hatte den Weg in die Wirklichkeit gefunden. Karl Heidemann war nicht nur am Leben, sondern aufgetaucht als die schlimmste aller für Horst Schubert vorstellbaren Bedrohungen. Als Bedrohung seines persönlichen Glücks.
Vor einigen Tagen während seines Klosterbesuches hatte er noch gehofft, der Schöpfer all dieser herrlichen Kunstwerke könnte mit den Mönchen verschwunden, vielleicht sogar umgekommen sein. Kunstwerke wie Schnitzereien, Hinterglasbilder darauf. Darstellungen diverser Heiliger. Und immer wieder darunter dieses eine Gesicht. Marie. Vielleicht sogar auch Jettenbrunner Gesichter: Charlotte, Johann, die Großel-

tern Auböck. Horst Schubert war sich nicht sicher, hatte Menschen der Umgebung zu diesen Werken befragt, erfahren von einem Mönch namens Vitus, einem schlanken, tauben, stummen jungen Mann, ein Künstler, ein Läufer, aber nicht nur das, auch ein guter Mensch. Helfende, liebende Hand eines Sterbehospizes. All das ließ Horst Schubert keine Ruhe. Denn vielleicht war es ja bedeutungslos, vielleicht aber bedeutete es alles, bedeutete es das Ende seines Glücks.

Nach einer Woche dann seine Rückreise in die Heimat. Beinah schon zu Hause angekommen aber, nahm ihn der Gedanke in Geiselhaft: Gesetzt den Fall, Karl Heidemann würde Marie finden wollen, was wäre die erste, logische Station dieser Suche?

Und nur eine mögliche Antwort gab es darauf:

Aubruck.

# 60 *Der Freispruch*

Die erste Nacht inmitten der Stadt verbrachte Karl Heidemann eingehüllt in seine Kleidung im letzten Stockwerk hinter der Eisentür des Treppenhauses. Ungestört. Bereit für den nächsten Tag. Zu allem bereit. Auch Fehler wiedergutzumachen.

Dann kam der Morgen.

Langer Schlaf hinter Türnummer 46. Schließlich das Erwachen, ein mühseliges Erwachen, ächzend, fluchend, als müssten schwere Sandsäcke gehoben, getragen werden. Quietschende Fahrt ins Bad, Morgentoilette, Fahrt in die Küche, Frühstück, daraufhin ein Rascheln, Keuchen im Vorzimmer, das Scheppern eines Schlüsselbundes, das Öffnen der Wohnungstür, das Anpeilen des Lifts. Veit.

Karl rannte das Stiegenhaus abwärts, hinaus in den Innenhof. Dann sah er ihn. Sah ihn erstmals wieder nach so vielen Jahren. Sah ein Ungetüm sich mit einem Rollstuhl den Weg entlang mühen. Plastiksäcke baumelten an den Griffen. Mächtige Schultern, Arme ragten über der Rückenlehne heraus. Fett war er geworden, fett auch sein Haar, ungekämmt, schwer sein Atem, schwer auch das Manövrieren. Entsprechend langsam sein Vorwärtskommen durch einen der finsteren Halbbögen aus dem Wohnblock hinaus. Trauriges Schattenbild.

Auf der anderen Straßenseite dann das angepeilte Ziel: ein Friedhof.
»Herr Pokrovsky, heute auch wieder hier?«, schwach die Stimme aus knöchern altem Körper, gerade noch fähig, Gießkannen auf Grabstätten zu entleeren. »Sie sind ein Kämpfer, bewundernswert. Wenn ich nur könnte, ich würd Sie ja schieben.«
»Das geht schon, Frau Freudenschlag, das geht schon. Ist mein tägliches Sportprogramm!«
Und erstmals schälte sich vor den Augen des Karl Heidemann aus dem Scheusal Veit Pokrovsky ein durchaus bemitleidenswertes Wesen heraus. Eines, an dem Hand angelegt werden sollte.
»Oh! Das ist aber lieb. Vielen Dank.«
Kein Erkennen. Scharf der Geruch. Schnaps, Schweiß, Schmutz.
Karl musste all seine Kraft aufwenden, um das Gefährt vor sich herzuschieben.
»Ist gleich da vorne, sehen Sie, bei der großen Zypresse.«
Das Alleinsein, Vorratskammer der Gesprächigkeit.
»Wie bitte? Ob ich jeden Tag herkomm? Heißt ja, bis dass der Tod uns scheidet. Und auch wenn meine Frau schon verstorben ist, ich bin ja noch am Leben.«
Gepflegt das Grab.
»Jetzt werden wir hier ein bisschen Farbe reinbringen. Sie hätten die Geranien meiner Frau sehen sollen. Eine Pracht. Die schönsten im ganzen Ort.«
Veit Pokrovsky griff zu den Plastiksäcken, entnahm daraus eine kleine Schaufel, zwei Blumenstöcke, schwang sich aus dem Rollstuhl auf das Grab und wurde zum Gärtner.
»Geranien, genau. Wir hatten früher ein prächtiges Haus auf dem Lande. Mit einem Garten kann ich ja heute leider nichts mehr anfangen. Bis auf diesen hier natürlich. Und der reicht mir.«

Seltsam anzusehen, dieser sich auf seinen langen Armen über das Grab bewegende Körperstumpf. Ein einst wuchtiger Mann, jede Roheit verloren.
»Nein, ich habe leider niemanden, der mir hilft. Was ja auch nichts macht, wenn die Schmerzen nicht wären.«
Als hätte Karl Heidemann eine Schleuse geöffnet, brach ein Redeschwall über ihn herein.
»Kinder? Ja, eine Tochter. Nur ist es richtig, im Alter auf die Hilfe der eigenen Nachkommen zu zählen? Glaub ich, ist kein Gegengeschäft oder keine Schuldschein-Angelegenheit, diese ganze Eltern-Kinder-Geschichte. Ich kann es meiner Tochter ja nicht einmal übelnehmen, dass wir uns nie sehen, obwohl sie in der gleichen Stadt lebt.«
Ein tiefer Seufzer: »Manchmal ist es eben auch möglich, für jemanden schon gestorben zu sein, obwohl man noch am Leben ist.« Dazu das Öffnen kleiner Gruben, das Einsetzen der roten Blumen.
»Oh, das braucht Ihnen nicht leidzutun. Ich meine das ja auch durchaus umgekehrt. Es gibt deutlich bessere Väter, als ich einer war. Nicht alle Fehler lassen sich wieder ausbügeln.«
Fast liebevoll strich Veit Pokrovsky die Erde glatt. Die größte Strafe dieses Mannes war sein Überleben.
»Überraschend finden Sie meine Einstellung? Wieso überraschend, kennen Sie mich aus früheren Tagen?«
Ein Lächeln zog sich auf seine Lippen, und es war ein freundliches, ahnungsloses Lächeln, eines voll Selbstironie.
»Zum Glück kann man ja zur eigenen Polkappenverschiebung einen wesentlichen Beitrag leisten. Wobei, bei mir hat das Leben schon kräftig nachgeholfen. Und wozu das Leben imstande ist, wollen Sie sich gar nicht erst ausmalen, glauben Sie mir.«
Karl war versucht, dem zu seinen Füßen schnaufenden Menschen die Arbeit abzunehmen.
»Helfen? Oh, das ist nett von Ihnen! Gerne. Mit dem Wasserholen tu ich mich immer so schwer.«

Und dann goss Karl Heidemann die Geranien auf dem Grab der Hilde Pokrovsky. Glücklich. Marie. Er würde sie suchen gehen. Bald. Doch noch nicht jetzt.

† † †

Nichts. Niemand in Aubruck, der sich nach den Pokrovskys erkundigt hatte. Nur ein paar Fremde, wie sonst auch, Urlauber, Geschäftsleute, Tagesgäste im Gasthof.
Alle Namen hatte sich Horst Schubert geben lassen, kein Vitus dabei, kein Karl, und beinah wäre es ihm nicht aufgefallen, dann aber glich er die Listen ab. Auf der einen Seite all die Fremden in Aubruck, auf der anderen all die toten Mönche. Ein Name war identisch. Paolo Moroder.
Ende der Ruhephase.
Karl Heidemann war unterwegs, vielleicht sogar schon hier. Und es gab nur eine Möglichkeit für ihn: Veit.

† † †

Karl Heidemann schob Veit Pokrovsky die gesamte Strecke zurück bis zur Tür 46. Fast vertraut die Nähe in dem engen Fahrstuhl. Das Opfer und sein Schänder. Ahnungsloses Opfer. Und es wurde eine anstrengende Fahrt, auch weil die Gesprächigkeit kein Ende fand, weil es Karl bald zu viel der Worte rundum waren. Der angebrochene Tag erhob seine Stimmen, überall.
»Sehr nett von Ihnen, mich bis vor die Wohnung zu bringen. Freu mich wirklich über unsre Begegnung. Meine Güte, Sie sind ja ganz verschwitzt.«
Bald war es überstanden.
»Wollen Sie vielleicht einen Schluck Wasser?«
Fürsorgliche Augen. Sosehr sich Karl Heidemann auch mühte, den Dämonen, Tyrannen darin zu entdecken, er sah doch

nur den Menschen, den geläuterten, bereuenden, büßenden, sah das Ansinnen seines einstigen Werkes inmitten des Maisfeldes mehr als erfüllt.
»Kommen Sie doch kurz herein.«
Und er betrat das Vorzimmer, stand umgeben von Wohnzimmer-, Badezimmer- und Küchentür, neben sich eine Kommode. Darauf aufeinandergereiht wie Bausteine des Überlebens: Medikamentenschachteln. Starke Schmerzmittel, Beweisstücke einer wohl schweren, qualvollen Erkrankung.
Eine Wohnung ohne Bilder an der Wand, ohne Erinnerungsstücke, ohne Schuhe verschiedener Größe. Ein Wohnung wie ein Grab. Die späte Reue, schöne Farbe zwar, und doch kein Deckweiß. Dunkles bleibt dunkel.
Veit Pokrovsky wird hier sterben, einsam.
Und während Karl sich umsah, während er in das offene Bad blickte, die Wanne registrierte, wusste er: Zeit, Veit Pokrovsky seine Buße beenden zu lassen und Freiheit zu schenken.
»Das Wasser kalt oder warm?«
Warmes Wasser. Bald.
Ein schnelles Leeren des gereichten Glases.
Ein freundlicher Gruß, ein unauffälliges Entwenden einer der Medikamentenschachteln, ein schneller Aufbruch, ein absichtliches Liegenlassen der Jacke.
»Vielleicht sieht man sich ja wieder, Herr Moroder!« Hohl der Nachhall des Vorhauses.

Wie die Nacht zuvor verbachte Karl die restlichen Stunden des Tages an die Eisentür des Stiegenhauses gelehnt. Stunden, die vorüberzogen wie schnelle Reiter. Veit Pokrovsky sei Dank, denn Karl kannte das auf einer der Schachteln ausgewiesene Präparat aus seiner Zeit in der Fondazione nur allzu gut. Ein Morphin. Schmerzstillend, dämpfend, beruhigend. Einen Funken an Zufriedenheit, entspannter Euphorie brachte es ihm, lies ihn ein wenig schlafen, die Vermutung entste-

hen, auf diese Art der Stadt vielleicht ein wenig besser gewachsen zu sein.
Nicht weit in den Abend hinein musste er warten, um sein Werk beginnen zu können.
Zu deutlich die aus der Wohnung dringenden Hinweise.
Trauriges Leben.
»Oh, Herr Moroder! Schön, Sie zu sehen. Ich hab mir ja gedacht, Sie werden noch mal aufkreuzen. Ihre Jacke liegt hier.«
Schwer jedes seiner Worte, langsam seine Bewegungen, sein Lidschlag, wie einst inmitten des Maisfeldes.
»Nein, so schnell kommen Sie mir nicht davon. Nur herein mit Ihnen: Wir trinken jetzt noch ein Schlückchen.«
Nicht lange, und Veit Pokrovsky trat vor den Augen seines stillen Gastes die Flucht an in seinen täglich wie betäubten Schlaf.
Ein Schlaf, den selbst das Plätschern des Wassers, das mehrmalige Läuten des Telefons nicht mehr wecken konnte. Warmes Wasser, das in die Wanne floss.
Liebevoll schob Karl Heidemann den Rollstuhl aus dem Wohnzimmer ins Bad, letzte Fahrt, befreite den Körper von der Last seiner Kleidung, hob Veit Pokrovsky, als würde sich ein Kreis schließen, in die handwarme Wanne. Warm wie das mütterliche Fruchtwasser. Der Tod eine Geburt.
Ein scharfes Küchenmesser, zwei kurze Schnitte, Blut floss aus den Handgelenken. Liebevoll strich Karl dem friedlich Sterbenden das Haar aus der Stirn und legte das Messer mit gereinigtem Griff in dessen Hand.
Lange noch blieb er am Rand der Wanne sitzen, rot schimmernd das Wasser, sah sich Kind sein, sah sich selbst darin liegen, sah seine Mutter, ihren besorgten, reuigen Blick.
Totenwache, immer wieder unterbrochen durch das Läuten des Telefons. Kurz nach Verklingen schließlich der nächste Ton: das Signalgeräusch des Fahrstuhls und somit das Ende jeder in Karl Heidemann bisher schlummernden Idee, im

Vorteil zu sein. Sich nähernde Schritte. Schritte, die er kannte, links lang und sanft, rechts kurz und hart, tack, tock, tack, tock.

Nur er verstand nicht.

Dann ein Läuten an der Tür, immer wieder, dazu eine Stimme, nicht mehr überraschend der Klang: »Veit, alles in Ordnung?«

Ein Pochen.

»Veit, verdammt, mach auf, ich bin's, Horst!«

Horst Schubert. Warum er? Nach so vielen Jahren? Und warum dieses vertraute Du?

Etwas schloss sich. Ketten an den Füßen. Bleierne Gurte um die Hüften. Karl Heidemann musste weg, schleunigst, einen Ausweg suchen. Doch jede Vorstellung eines Laufens glich einem jener Träume, in denen ihm ein Keuchen an den Fersen hing, geifernd, er lief und lief, nicht vom Fleck, und das Keuchen näher kam.

»Veit, so mach doch auf. Ich weiß, wir haben uns ewig nicht gehört, aber es ist wichtig, verdammt wichtig!«

Immer entschlossener der Ton, das Pochen, bald ein Treten, heftig, verzweifelt, brutal.

Tür, die nach innen aufgehen würde.

Karl der dahinterstand, wartend.

Energisch sprang sie aus dem Schloss, ließ Horst Schubert eintreten, durch die Wohnung stürmen, das Badezimmer aufsuchen, brüllend, das Telefon zücken, die Verbindungsqualität verfluchen, den Balkon betreten, Karl Heidemann auf den Gang hinauslaufen, hinein in das Stiegenhaus,

»Her mit euch, sofort. Er ist hier. Wir haben eine Leiche. Mein Schwiegervater!«

Die Alternative aller Erwartungen ist das Leben.

# 61 *Der Wegweiser*

Nicht abwärts, aufwärts. Karl lief taumelnd in den letzten Stock des Treppenhauses, kauerte sich wie betäubt an die Eisentür. Und er blieb dort, unter stillen Tränen.

Er war zu spät. Um Jahre zu spät.

Alles nur Illusion? Jede Hoffnung?

Hoffnung, die er zu verfluchen begann, die er als jenes Übel zu erkennen glaubte, das imstande war, jede Vernunft zu besiegen, jedes Dasein sowohl in Lähmung als auch den blindwütigen Sturmlauf zu führen. Hoffnung, die Strategin der Unglücklichen, der Proviant der ewig Enttäuschten, der Horizont der Gegenwartsverweigerer, die Hypothek der Tatenlosen, das Sinnbild des Wartens, des sinnlosen Wartens.

Kein Wissen, ob das Erhoffte jemals eintreten würde.

Und während sich die in Karl Heidemann entstandene Leere mit einer zentnerschweren Müdigkeit zu füllen begann, füllte sich das Haus mit Treiben, wurde unter ihm jeder der Nachbarn befragt, der Fund- oder Tatort zu einer Sperrzone der Spurensuche, Ermittlungsarbeit, wurde jedes der zu Karl dringenden Worte ein Weckruf.

Worte, die verdeutlichten, wie sehr man ihn längst im Blickfeld hatte, wie sehr Horst Schubert um Marie in Sorge und ihren Schutz bedacht war.

Worte, die Karl mehr und mehr bedrängten, ihn trafen wie Schwertstöße, ihm irgendwann zu viel wurden und nur noch eines forderten: Wehrhaftigkeit. Was soll die Vernunft im Moment der Enttäuschung, wenn alles wund ist, wenn das Herz an der Angel hängt, um herausgerissen zu werden, auch ausrichten? Soll sie zusehen, wenn etwas, und sei es noch so erträumt, unsinnig, aussichtslos, einfach verlorengeht?
Vielleicht sollte sie, doch sie konnte nicht. Und dieses Unvermögen übernahm nun das Steuer, überspielte den Verstand, zog Karl an der Eisentür empor und gab ihm, so schnell wie er es verloren hatte, eines wieder zurück: die Hoffnung, Strategin der Unglücklichen.
Felsenfest nun seine Überzeugung, all dies hier könne kein Zufall sein, nicht die Zusammenkunft, nicht die Umstände, nicht der Zeitpunkt. Nur den einen Sinn könne es in sich bergen: Horst Schubert war gekommen, ihn zu Marie zu führen. Heute noch.

Und als Horst Schubert ankündigte: »Ich muss bald heim, bin hundemüde«, lief Karl das Treppenhaus hinab, hinaus auf die trotz vorgerückter Stunde stark befahrene Straße, dort wo die Einsatzfahrzeuge geparkt standen, hob die Hand, um gewappnet zu sein, und wurde aufgegriffen.
»Wo soll's hingehen?«
Aufgeweckt die Stimme des Taxifahrers.
»Alles klar, dann warten wir!«
Kein langes Warten. Spurlos schienen, als er mit zweien seiner Kollegen aus einem der Bögen auf die Straße trat, die Jahre an Horst Schubert vorübergegangen zu sein. Vielleicht lag es an der Kahlheit seines Kopfes, vielleicht an der fehlenden Behaarung, vielleicht an der sportlichen Kleidung. Alterslos. Dennoch zogen sich Falten durch sein Gesicht. Sorgen. Aufmerksam sein Umsehen, sogar in Karls Richtung. Doch er erkannte ihn nicht und bestieg einen Dienstwagen.

»Alles klar, und unauffällig bleiben, oder? Ist mein erstes Mal umgekehrt. Normalerweise fährt mir die Polizei hinterher!«
Karl Heidemann saß auf der Rückbank, dank zweier Tabletten etwas leichter der Schmerz, dank dem Hoffnungsschimmer etwas heller sein Gemüt.
Mit gemächlichem Tempo ging es durch die Stadt, vorbei an einem kleinen Platz. Hotels, altertümliche Wohnbauten, deren unterste Etagen gefüllt waren mit Verkaufsflächen, Kaffeehäusern, Restaurants, kleinen Boutiquen. Ansonsten gewiss belebten, doch nicht mehr um diese Zeit.
»Wenn der Wagen dort hineinfährt, kann ich leider nicht mithalten, sonst dreht sich, was die Polizei betrifft, der Spieß wieder um. Hier beginnt die Fußgängerzone.«
Doch der Wagen blieb stehen, ließ Horst Schubert aussteigen, ein Stück über den Platz gehen, einem in einer Hauseinfahrt stehenden Herrn zunickte und ein Wohnhaus betreten.
»Sieh an, ein Polizist mit Polizeischutz. Und jetzt?«
Keine Eile mehr.
»Alles klar. Dann in Ihr Hotel!«

Karl schlief bis weit in den nächsten Tag hinein, beglich die Hotelrechnung, nahm ein Schmerzmittel zu sich und den Weg in Angriff, schob bald sein Rad die Fußgängerzone entlang. Schnellstraße des Geschäftssinns. Jagdrevier.
Menschen auf der Pirsch, ein dahintrottendes Lauern, Ausschauhalten. Die geschlagene Beute in Säcken, Taschen. Dazu Menschen, die im Freien saßen oder ihrem Tagelohn nachgingen. Gaukler, Straßenmaler, Marionettenspieler, Musikanten, Rosenverkäufer, statisch auf Podesten stehende Figuren, ganz in Gold getunkt, die Kleidung, die Arme, Hände, Haare, das Gesicht, Bewegung nur, wenn Passanten Münzen in Körbe warfen.
Und Karl kam dank Morphium besser zurecht als die Tage zuvor, erreichte schließlich den Platz, blickte aus sicherer Dis-

tanz auf das Zuhause des Horst Schubert, das Zuhause Maries, sah erneut den Herrn vom gestrigen Abend in einem Café sitzen und wusste, was zu tun sei.
Gegenüber ein Hotel.
»Ein Zimmer, straßenseitig, weiter oben. Kein Problem. Halbpension. Wie lange?«
Unbestimmt. Gern gesehener Gast. Keine Frage nach dem Warum, ob Trennung, Hinauswurf, Verbrechen, Suche nach Gesellschaft, Anschluss, betreutem Wohnen. Solange bezahlt wird: Egal.
Wie einst seine Mutter vor dem Bildschirm, saß Karl Heidemann vor dem Zimmerfenster, sah die herrlichen Dachgärten der umliegenden Bauten, sah die Sonne hinter die Häuserfronten kriechen, und so wie seine Mutter einst ihr geliebtes Ein und Alles unter Beobachtung hatte, erging es bald auch ihm.
An diesem Tag noch.

Der Platz war längst ein Strahlen geworden, wie Karl es unter freiem Himmel bisher nicht kannte. Die Lichter hinter den Fenstern, die Lichter der Straßenbeleuchtung, die bunten Lichter aus den Bars und Cafés, die wie Lauben über manche Vorgärten gespannten Lichterketten, die auf den Tischen stehenden Teelichter, Laternen. Erste Vorboten des Sommers. Das Leben kroch aus seinen Stuben, gierig nach warmer Luft auf nackter Haut, hielt sich selbst nach Untergehen der Sonne hartnäckig im Freien, gehüllt in Pullover, Jacken, Decken.
Stadt, Tag ohne tiefblauen Himmel, Nacht ohne Finsternis, als wäre die Müdigkeit keine ihrer Schwestern.
Und nichts blieb verborgen.
Plötzlich ein Auftauchen, ein Herausstechen aus der Menge, alle Lichter schienen zu verblassen bis auf dieses eine, ein Queren des Platzes, ein kurzes Anhalten vor der statuesken goldenen Figur, ein Zuwerfen einer Münze, eine zum Dank

erhaltene Bewegung, die tiefe Verbeugung da, das Lächeln dort.
Karl Heidemann musste sich erheben, an das Fensterbrett vortreten, musste sich zwingen, das Öffnen der Scheibe zu unterlassen, um sich hinauslehnen, es noch besser sehen zu können. War sie es? Begleitet, ohne es zu wissen. Heimliche Gefolgschaft. Zwei Männer, die den einen, der so lange schon allein in einem Kaffeehaus saß, durch ihr Erscheinen das Feld räumen ließen. Schichtwechsel. Personenschutz. Jemanden nicht aus dem Auge lassen. Selbiges galt auch für Karl.
»Marie«, kam es ihm über die Lippen. Langsam, leise.
Karl Heidemann hätte, wäre es ihm nur möglich gewesen, jedes Bewegen eingefroren, den Stadtplatz samt seinem Treiben in ein Standbild verwandelt, nur um Zeit zu gewinnen, nur um das Vorrübergehen zu verhindern.
Keine Zweifel mehr, trotz des Fehlens der in alle Himmelsrichtungen stehenden Flechtzöpfe, des fleckigen T-Shirts, der erdigen Fingernägel, des ersten Sprießens weiblicher Brüste. Eine Frau war aus ihr geworden.
Eine wunderschöne Frau. Lächelnd, aufrecht, Blicke auf sich ziehend, querte sie nun weiter den Platz, auf ihr Wohnhaus zu. Kurzes Haar, langer Nacken, feingliedrige Arme, Beine, die aus einem bunten, knielang flatternden Kleid ragten, beschwingt ihr Schritt. Kein Umsehen, keine Vorsicht, dann verschwand sie in der Tür. Sie wusste also nichts. Nichts von ihrer Gefolgschaft, nichts von Karls möglicher Anwesenheit, vielleicht sogar nichts von dem Tod ihres Vaters.
Wenn die Gangart Aufschluss zu geben imstande ist über den Wesenszustand eines Menschen, war Marie also augenscheinlich weder gebrochen noch gefangen, sondern frei und glücklich. Und so gern sich Karl über ihr Glück auch hätte freuen wollen, er konnte es nicht. Noch nicht.
Sah mit seiner verirrten Vorstellung von Besitztum im obersten Stockwerk dieses Hauses Zimmerleuchten angehen, sah

Marie das Fenster öffnen und ihre Arme emporstrecken wie ein sich im morgenwarmen Bett räkelndes Kind, sah irgendwann Host Schubert nach Hause kommen, sah ihn die Sprechanlage betätigen, verstand den Sinn nicht, wo Marie doch kein Läuten hören konnte. Oder war da noch jemand? Ein Kind.

Er würde es herausfinden. Alles.

Karl Heidemann sank auf seltsame Art und Weise zufrieden zurück in den Stuhl, dachte an Paolo Moroder, an seine letzten Worte: »Hol dir dein Mädchen und pass auf sie auf«, und nahm sich vor, genau das zu tun.

Und genau das sollte auch passieren, nur gänzlich anders.

# 62 *Das Gemälde*

7 Uhr. Horst Schubert verließ das Haus, während zeitgleich zwei Herren einem Wagen entstiegen und als Gäste eines Cafés Position bezogen, all das, während Karl längst vor seinem Fenster saß, abmarschbereit.
8:30 Uhr. Marie betrat den bereits durchaus belebten Platz, ging davon. Karl rannte die Stiegen abwärts, herausgeputzt, den Bart rasiert, spazierte wie ein belangloser Passant hinterher, nicht an Maries, sondern die Fersen ihres Begleiters geheftet, der andere hielt seine Stellung.
Nicht weit der Weg. Ein geschmackvoller kleiner Blumenladen innerhalb der Fußgängerzone, darin ein inniges Begrüßen, ein Bleiben mit Schürze und kleiner Gartenschere, ein Binden wohl von Sträußen, Gestecken, Kränzen, liebevoll, kunstsinnig. Geschäftszeiten 9–19 Uhr. Karl hatte genug gesehen, spazierte retour, um sich auszurasten.

Um 19 Uhr stand er wieder in Sichtweite, aufgeregt, mit dem Vorhaben, eine Gelegenheit zu suchen, Marie in die Augen zu sehen.
An der Theke eines Eissalons trat er an ihre Seite, Schulter an Schulter, sah sie auf zwei Sorten deuten, musste lächelnd an die Tage inmitten des Maisfeldes denken, immer noch Minze und

dunkle Schokolade, Gewohnheit, die nie verlorengeht, spürte diese unsagbare Nähe, nannte neben ihr genau dieselbe Kombination, wandte sich ihr zu, mit den gleichfarbigen Hügeln auf brauner Waffeltüte in der Hand, giftgrün und schwarzbraun, sah in ihre glänzenden Augen, hoffend auf ein Lächeln, auf einen Moment der Innigkeit, Verbundenheit, die nie verlorengeht. Nur, da kam nichts. Keine Erwiderung.

Auch zwei Tage später, trotz größten Mutes, trotz Erstehens eines Bundes weißer Tulpen. Vor ihm die Inhaberin des Ladens, im Hintergrund Marie beim Binden eines Trauerkranzes aus weißen Rosen. »Für Veit, ruhe in Frieden« stand auf der Schleife, letzte Zuwendung der Tochter an den Vater, kurz der Blickkontakt mit Karl, doch kein Hängenbleiben, keine Verbindung, keine Nähe, nicht einmal ein Lächeln, nicht einmal ein Erinnern im Sinne von: »Ah, der Herr von vorgestern, Minze, dunkle Schokolade!«

Nur ein Hindurchsehen. Luft.

Ihr Herz war unerreichbar, vergeben. An Horst Schubert.

Was aber, wenn Marie in diesem Fremden plötzlich den Jungen aus dem Maisfeld erkennen würde?

Was wäre dann in ihren Augen zu lesen? Verachtung? Liebe? Karl wollte es wissen.

† † †

Horst Schubert fand keinen Schlaf. Wenn zu Tode gefürchtet bereits gestorben bedeuten sollte, stand er kurz vor seinem Ende. Sinnlos der Gedanke, Marie in Sicherheit bringen zu lassen, denn welchen Grund hätte er nennen sollen für die Ursache dieses Umzuges? Den wahren? Ihr somit aus seiner Sicht Angst auf die Schultern laden? Undenkbar. Gäbe es überhaupt einen sicheren Ort? Und würde ihm Maries Untertauchen nicht auch die Chance verwehren, Karl Heidemann endgültig Herr zu werden?

Was sollte dieses Leben für ein Leben werden, wenn er egal an welchem Ort dieser Erde Tag für Tag aus dem Haus gehen müsste, mit dem Wissen: Es ist noch nicht vorbei, es ist vielleicht niemals vorbei. Sosehr er auch die Stadt auf den Kopf stellen würde, Karl Heidemann war es mehr als ein Jahrzehnt hindurch gelungen, von der Bildfläche zu verschwinden, warum sollte er dies nicht auch hier fertigbringen. Marie also, so sehr er sie liebte, durfte um ihres Überlebens willen nichts von seiner möglichen Anwesenheit erfahren. Köder und Schutzobjekt zugleich. Jetzt war die Zeit, alles zu Ende zu bringen. Und tatsächlich schien dies zu passieren.
Ein Anruf zu früher Stunde. Aufgeregt die Stimme des bei Marie diensthabenden Kollegen: »Horst, das solltest du dir ansehen! Schnell!«

† † †

Quer über die Fußgängerzone zog sich an diesem frühen Morgen der Schriftzug. Wer daran vorbeiwollte, musste ihn übersteigen.
Immer wieder dieselben Worte. Worte, nur unterbrochen durch ein Bildnis, gemalt mit Kreide, zauberhaft, wie es in dieser Stadt noch nicht gesehen worden war. Ein Mädchen mit in alle Himmelsrichtungen stehenden Flechtzöpfen und Augen, so strahlend, so voll Leben; keiner der Passanten, den es nicht ergriffen hätte.
»Komm zu mir« war die Botschaft. Immer wieder stand da »Komm zu mir«.
Rührung nicht nur in den Gesichtern der Menschen, auch in deren Worten: »Klingt nach Liebesgeschichte.«
Und Karl Heidemann hörte alles, sah alles, stand inmitten der Menge nicht weit von Marie entfernt, sah sie vor Ergriffenheit in die Knie gehen, sah ihre gestreckte Hand über den Asphalt, über das Bild, wie durch Wasser gleiten, als wollte sie

darin geduldig all die Erinnerungen herausfischen. Keine unheilvollen Erinnerungen, denn als sie sich erhob, stand weder Angst noch Schrecken in ihren Augen. Nur ein Suchen. Längst reckte sich jeder der Passanten neugierig in Richtung der mit Sirenenklang herannahenden Dienstfahrzeuge, lag immer noch dieses Spähen in ihren Augen. Neugierig, voll Wärme.
Erst die Berührung des hinter ihr aus dem Wagen springenden Horst Schubert unterbrach diese Versunkenheit, verwandelte ihr Gesicht. Ein Gesicht, nun voll unausgesprochener Fragen. Vorwurfsvolle Fragen: Warum stoße ich auf dieses Bild, und unmittelbar danach bist du hier? Wer hat dir davon erzählt? Wusstest du von Karl Heidemanns Anwesenheit und hast mich nicht eingeweiht?
Kein Zugang mehr für Horst Schubert in diesem Moment. Nur Enttäuschung, nur ein Davongehen, Laufen, Horst Schubert hinterher, und etwas in Karl Heidemann füllte sich mit Freude.
Von nun an würde er ihr näher rücken, sie erwarten, sich anbieten, jeden Nachmittag, Beobachter sein und sich trotzdem jeder Beobachtung entziehen. Leichte Übung.

# 63 *Die Münze*

Tarnmantel des Zwergenkönigs Alberich. Nicht golden seine Kleidung, sondern weiß. Alles weiß, Socken, Hose, T-Shirt Schuhe, Haut, Haare, Hut.

Nicht an die Häuserfront geschmiegt sein Podest und dennoch nahe genug, um Horst Schubert belauschen zu können, wenn er vor seinem Wohnhaus auf der Straße stand, besorgt in sein Telefon sprach, verzweifelt über seine Situation, wütend über die fehlenden Ermittlungserfolge.

Niemand hier würde Karl Heidemann finden, nur Marie.

Es vergingen Tage, bis sie wieder auf die Straße trat, bis sie wieder ihren Rhythmus in Angriff nahm. Doch nichts daran war wie vorher. Offiziell nun ihre Begleitung. Fort ihre Leichtigkeit. Karl sah nur noch das Suchen in ihrem Blick.

Das Suchen nach ihm. Sie würde ihn finden, es war nur eine Frage der Zeit. Und es wurden anstrengende Zeiten. Zeiten, die Karl Heidemann trotz seiner morphinen Dumpfheit allergrößte Konzentration abverlangten.

Nicht das ruhige Stehen war die Schwierigkeit, sondern die Dauerbeschallung, das Ausgeliefertsein. Bis er schließlich erkannte, wie sehr nicht er den anderen, sondern die anderen sich selbst und somit ihm ausgeliefert waren.

Denn was er zu sehen und zu hören bekam, schien ihm, als

würden sich Feldmäuse auf freiem Acker seelenruhig die Pfoten schlecken, während über ihren Köpfen Turmfalken kreisen. Feldmäuse, die zwar darüber klagten, immer flächendeckender unter Beobachtung zu stehen, im Gegenzug ihrem Umfeld aber nicht umso mehr an Aufmerksamkeit entgegenbrachten. Im Grunde dieses Umfeld gar nicht wahrnahmen. Bedeutungslos geworden schien es zu sein. Auch das unmittelbare Gegenüber. Wichtig nur noch die Pfoten, im Fall der Menschen die in deren Händen liegenden kleinen Gerätschaften.

Gerätschaften, die stets auf ihre Bedienung warteten und die, wurden sie nicht bedient, den Besitzer unter Verdacht stellen mussten, offensichtlich taten-, kontakt-, möglicherweise existenzlos, auf jeden Fall aber unbedeutend zu sein – anders konnte sich Karl das Geschehen nicht erklären.

Gerede, Gerede, Gerede, in Endlosschleifen. Gerede als Akt des Wiederkäuens stets derselben Inhalte, Episoden, Pointen – egal ob demselben oder dem nächsten Gesprächspartner gegenüber. Was Karl aus all seinen Jahren in der Fondazione Santa Vita wie eine Spielart des Alters, des geistigen Abgleitens erschienen war, erwies sich hier allgemeingültig.

Und je lauter die Stimmen, desto erfreuter oder erboster die Themen, und je leiser die Stimmen, desto niederträchtiger, verruchter. War es Flucht? Flucht vor der Auseinandersetzung mit sich selbst? War es ein Weg, um all dem Wirbel rundum etwas entgegenzusetzen? Gleiches bekämpfen mit Gleichem. Masern, Mumps, Röteln, Gelbfieber, Windpocken, Rotaviren, Grippe, Pocken, Lärm. Dem einen Virus mit dem anderen zu Leibe rücken. Lebendimpfstoff. Und verebbte endlich auch das letzte Gespräch, wurden diese Gerätschaften im Minutentakt zur Hand genommen, wurde auf kleine oder größere Bildschirme gestarrt, wurde gewischt, getippt, gezuckt, geklopft, gerüttelt, gesteckt – Kopfhörerkabel in kleine Öffnungen.

Ein Großteil der Menschen nur mit sich selbst beschäftigt, jedes Auge verloren für die anderen, für das Rundum, das Schöne, das Bedrohliche, das Leben. Karl musste an Jettenbrunn denken, an die auf Speiseresten hockenden, trägen Fleischfliegen, jede müde Hand hätte sie, patsch, in Seelenruhe erschlagen können. Leichte Beute Mensch. Nur noch die Alten auf ihren Bänken als letzte Garanten des aufmerksamen Blicks.
Fast vergnügt wurde ihm hier plötzlich die Marter seines Feinsinns zum Verbündeten. Den Lärm nicht mehr als Hagel betrachten, der auf ihn herniederprallt, sondern als fruchtreiche Laube, unter der er sich bedienen konnte nach Belieben. Ihn filtrieren, auffächern, aus dem Wulst, der Schwammigkeit eines Ganzen, das Einzelne heraushören, als wäre es ein Spiel. Bald wusste er, wie sehr die Menschen in ihren Häusern andere waren als die, die auf die Straße traten.
Bald hatte er den Rhythmus dieses Platzes verinnerlicht, kannte die Gepflogenheit vieler Bewohner, kannte bald auch Auszüge des Lebens der hier regelmäßig Anwesenden, kannte deren Geschichten. Und war ihm nach Stille zumute, entschied er sich mit dem Metrum seines Inneren vorliebzunehmen, mit der Kraft seiner Gedanken die Gesänge der Mönche lebendig werden zu lassen, das leise Schnauben Qs, das sanfte Wischen des Schweifes.
Stille, eine Entscheidung.
Tage hindurch, in denen er auf dem Platz stand, ab und zu eine Münze dort, eine Verbeugung, ein Winken, ein Drehen da, Tage, in denen er Marie gehen und kommen, ihre Beschützer immer mürber werden sah, unkonzentriert, gelangweilter.
Auch bei Marie stellte sich mit der Zeit wieder Ruhe ein, der gewohnte Trott, der Kaffeehausbesuch, die Eiscreme, die Münze in ihrer Hand. Vorerst nur wie eh und je der goldenen Figur zugedacht.

Eines Tages aber stand sie endlich vor ihm, musternd, dann flog das Geldstück, und Karl Heidemann kam in Bewegung, so wie er es wieder und wieder in seinem Hotelzimmer geübt hatte. Bewegung, nicht ausladend, nicht jubilierend, nur ein kurzes Vorbeugen, ein Auf-sich-selbst-Deuten des linken Armes, ICH, ein Vorstrecken des rechten Armes, ein schnelles Fingerspiel. Vier Buchstaben, als vertrauensvolles Hingeben, als Beweis, nichts vergessen zu haben. Vier Buchstaben, wie einst inmitten des Maisfeldes mit der Hand geschrieben.
K – A – R – L
Dann stand er wieder still, auch sein Blick. Verschlungen mit Maries smaragdgrünen Augen, und alles in Aufruhr, in ihm, in ihr.

# 64 *Das Zeugnis*

Seltsame Zeiten, wenn Liebende sich umkreisen wie zwei langsam, in weiten Bahnen die Trichterwand hinabrollende Murmeln. Immer schneller werden, immer gieriger dem Ziel entgegen, abwärts, bis an das Ende des Schlundes, bis an den Beginn der kleinen Öffnung, die sie fallen lässt ins Irgendwo. Offener Ausgang.

Kein suchendes Umsehen mehr, wenn Marie von nun an ins Freie trat. Wieder beschwingt ihr Weg zur Arbeit, pünktlich ihre Rückkehr. Und ein ums andere Mal warf sie eine Münze, sah die weiße Gestalt fast höfisch auf die Knie sinken, sah sie ein andermal Flügelschläge imitieren, sah sie mit beiden Händen die eigene Herzseite berühren. Eines Tages aber war es nicht allein ein Geldstück, das in Karls Hut flog. Erbsengroß das zu einer kleinen Kugel zusammengerollte Taschentuch. Winzige Buchstaben auf dünnem Papier.

»Heute. 17:30 Uhr. Treffpunkt: Dach. Aber komm nicht durch unser Haus.«

Und Karl Heidemann kam, blitzblank, geduscht, rasiert, gekämmt, wissend um den Weg, hatte den ganzen Tag ja auch nichts anderes getan als ausführlich jedes der angrenzenden Häuser zu inspizieren, trat an Maries wartendem Begleiter vorbei in das Café, stieg hinauf in den letzten Stock, zu dieser

Mauernische, zu dieser an der Wand fixierten eisernen Leiter, zu dieser nur mit einem Riegel verschlossenen Luke, kroch uneinsehbar hinter Schornsteinblöcken, Lüftungsschächten ins Freie, all das in dem völligen Bewusstsein, es könnte eine Finte sein, ein Weg direkt in die Arme Horst Schuberts.

Nur noch das letzte Stück dem höher gelegenen Flachdach des Nachbarhauses entgegen, die eisernen Mauertritte empor, dann sah er sie, Marie.

Den Blick zum Himmel gerichtet, lag sie zwischen zwei hüfthohen Lüftungsschächten verborgen. Karl Heidemann ging auf sie zu, schwindelig ob der Höhe, ob der Aufregung, ob des Wissens, endlich am Ziel zu sein, und nahm neben ihr Platz. Doch keine Begrüßung, kein Zuwenden, kein Augenkontakt.

Bis zwei aufgewühlte Herzen zur Ruhe kamen, so lange lagen sie Seite an Seite, regungslos. Warm, weich, körnig die von der Sonne erhitzten schwarzen Beläge des Daches, Bitumen, Erdpech. Warm und weich schließlich auch die auf Karls Handrücken zu liegen kommenden Finger. Finger, die seine umschlossen, wie selbstverständlich, sich ineinander verwoben, als wären die beiden Hände zwei Teilstücke eines Ganzen. Nur Fühlen, in den anderen hinein. Einigkeit ohne Erklärung, dankbar. Hände, die bald emporgestreckt Geschichten malten zwischen Himmel und Erde.

Wie eine trübe Suppe drang ein Gewirr aus Stimmen und Geräuschen von der Straße herauf, dazu das Tönen der im Wind singenden Antennen, Masten, Drähten.

Nur zwei Menschen und der Himmel. Wie einst.

Weiße Wolken auf blaugrauem Hintergrund.

Seerosenblätter auf mattem See.

Schneehasen auf blaugrauem Teppich.

Irgendwann aus dem Gewirr der Straße herauszuhören die Stimme Horst Schuberts, dann ein Surren an Maries Hand,

das Blinken eines Armbandes, wahrscheinlich das Signal der betätigten Sprechanlage.
Zeit zu gehen. Kurze Begegnung.
Wortloses Anerkennen braucht nicht viel Zeit.

† † †

Etwas an Marie war verändert.
Offenkundig. Für jedermann ersichtlich.
Aus ihrem anfangs suchenden, durch die Stadt schweifenden Blick war ein ruhiger geworden. Und sosehr auch Ausschau gehalten wurde, man fand keine Ursache. Kein Mann, den sie traf, der sie begleitete, der ihr Nachrichten zukommen ließ, nichts. Ein Zustand, der Horst Schubert immer mehr in Unsicherheit brachte. Was war der Grund?
Warum war sie frei von Angst? Angst vor einem Menschen, der zweifelsohne die Bereitschaft in sich trug, aus welchem Anlass auch immer, zu morden. Und warum sollte Karl Heidemann sonst nach so vielen Jahren den Weg auf sie zu unternommen haben, als auch auf diesem letzten Zeichenblatt die offenen Augen ausradieren und ersetzen zu können. Ewiger Schlaf.

† † †

Als wäre Karl nicht anwesend, ging Marie die nächste Zeit an ihm vorbei. Wollte sie ihn schützen? Sich? Hatte alles kein Wert?
Doch nichts von dem.
Vielmehr war es die Zerrissenheit zwischen dem Wissen um die Unmöglichkeit und dem Fühlen dieses innerlich immer stärker werdenden Drängens. Ein Drängen, als würde sich etwas erfüllen müssen, von dem weder sie noch Karl eine Ahnung hatten.

Und es erfüllte sich.
Nach Tagen endlich wieder eine Münze, eine Botschaft dort, eine Verbeugung da. Heute noch. »19:30 Uhr. Dach.«
Beginnend mit dieser Frühsommernacht nahm das Leben des Karl Heidemann seine letzte Wendung.

Eine laue Nacht.
Anfangs alles wie gehabt.
Nur beisammen liegen, Seite an Seite.
Doch diesmal kein Zur-Ruhe-Kommen.
Diesmal Hände, die ineinander verschränkt kein Auslangen mehr fanden, die sich lösen mussten, um einander anzunehmen.
Alles Sehnen entlud sich. Nicht wild, nicht ungestüm wie auf Gabentische zustürmende Kinder, sondern behutsam, zärtlich, von tiefer Zuneigung, mit Vorsicht geleitet. Als würden gläserne Christbaumkugeln liebevoll Kartonschachteln entnommen, aus Seidenpapier gewickelt und auf grüne Tannen gebunden werden.
Sommerliebe auf Bitumendach. Nicht flüchtig, sondern bleibend. Besiegelt. Verkörpert. Karl Heidemann überschritt die Ziellinie all seines Sehnens. Irgendwann das tiefe gemeinsame Ausatmen, umschlungen, diesmal ohne Reue.
Fröhlich das Klingen der vom nächtlichen Treiben heraufdringenden Musik. Klänge aus und nach der Ferne. Weg, weit weg.
Irgendwo anfangen, neu, gemeinsam.
Gedanken wie Seifenblasen: ein Glitzern, ein Davonschweben, ein Zerbersten noch in Sichtweite.
Sie fliegen lassen, nur für diesen Moment.
Bis weit in die Nacht hinein blieben Marie und Karl auf den warmen, körnigen Erdpechmatten liegen, die Luft gespickt mit dem Geruch nach Naphthalin, Mottenpulver, der Körper gespickt mit schwarzen kleinen, klebrigen Bröseln, der Him-

mel gespickt mit den wenigen, hinter dem Dunst und dem ewig städtischen Leuchten hervorschimmernden Sternen.
Und sie blieben liegen, selbst als es an Kleidung und gegenseitiger Körperwärme zu wenig wurde, ihnen die empfindlich abgekühlte Temperatur zu Leibe kroch. Blieben liegen, als wäre dieses Dach ihr Ziel, als wollten sie diesen Moment nicht zu Ende gehen, die Seifenblase nicht landen lassen.
Doch vergeblich.

Irgendwann ein Vibrieren an Karls Seite. Marie, die ein Telefon zur Hand nahm, ein kleiner, im Finstern wie ein eckiger Planet leuchtender Bildschirm. Darauf eine Botschaft. Eine Botschaft aus anderer Welt.
»Versprech dir, bin bald zu Hause und bring etwas zu essen mit. Freu mich auf dich, mein Engel. Liebe dich, dein Horst.«
Liebe.
Engel. Mein Engel.
Schöne Worte. Gute Worte.
Vielleicht zur falschen Zeit, am falschen Ort.
Marie Schubert, geborene Pokrovsky, mühte sich auf, langsam, als wollte sie Zeit gewinnen, strich ihren Körper ab, strich sich die emporgekommenen Tränen aus den Augen, strich Karl die schwarzen Bitumenkörner aus dem Gesicht, strich ihm über die Wangen wie eine Mutter ihrem weinenden Kind, als würde sie sagen wollen: »Es wird alles wieder gut«, und gleichzeitig wissend, wie wenig dieses Versprechen zuträfe.
Wehmut, Schmerz, lag in ihrem Blick, eine Spur Abschied.
Abschied auch in Karl. Nur von weitaus größerer Bedeutung.
Karl, der seine Ziellinie überschritten hatte und nun langsam das Dahinter sah.
Ziellinien. Orte der Ankunft. Wenn Arme sich emporheben, wenn die Anspannung, die Last von den Schultern fällt, wenn die Erschöpfung, Erleichterung in die Knie zwingt, wenn Ur-

kunden, Medaillen, Pokale überreicht werden als Lohn, als Trophäen, und in der Sekunde bereits nichts anderes sind als Erinnerungsstücke, Spielwerke des Stolzes, Museumsstücke der Prahlerei.
Ziellinien. Erfüllungsorte des Eifers. Grabstätten der Sehnsucht. Vielleicht wird gefeiert, tagelang, nächtelang.
Vielleicht hält die Freude, das Bewundern ein Weilchen. Doch alles nur ein Verschleppen, Hinauszögern, denn was danach kommt, ist Leere.

Lang noch lag Karl Heidemann auf dem Dach, verborgen zwischen den beiden Lüftungsschächten, da war Marie längst in ihr Bett gekrochen, ein Bett für zwei.
Er lag noch dort, als zwischen zwei und fünf Uhr so etwas wie Stille durch die Gassen schlich, als wollte sie den Menschen zuflüstern: »Vergesst mich nicht!«
Er lag noch dort, erfüllt vom Geschmack des Glücks, des bitteren Glücks, als das Leben zu neuem Tagewerk erwachte, sich die Luft füllte mit Geschäftigkeit, Tempo, Dunst.
Diesig der Himmel, Blick ins Nirgendwo.
Was sollte werden?

# 65 *Loslassen*

Die ersten 40 Tage der letzten 40 Wochen seines Daseins verbrachte Karl Heidemann als Fastender, als jemand der immer mehr allem widersagte, sogar seinem Leben.
40 Tage, die er anfangs in seinem Hotelzimmer blieb, sediert, versunken, erobert von einer nicht enden wollenden Müdigkeit, Leere, Trauer. Kein Vor, kein Zurück. Nicht auf Marie zu, nicht von ihr weg.
Hin und wieder nahm er in seinem Sessel Platz, saß verborgen hinter den mattweißen seidenen Vorhängen, sah Marie auf die Straße treten, auf das Dach steigen, aus dem Fenster blicken, stets suchend, ein Weilchen wartend, sah, wie liebevoll, wachsam Horst Schubert mit ihr umging, wie gut sie aufgehoben war.
Die meiste Zeit aber lag er in seinem Bett, sah stundenlang in das tonlos bewegte Bild des Fernsehgerätes, sah darin Berichte, Geschichten über diese Welt, sah Bilder des Menschen und seines Umgangs mit ihr.
Mensch, der immer weniger Menschen benötigen zu wollen schien, um immer mehr Menschen zu erhalten.
Mensch, der die Mühsal der Arbeit loswerden zu wollen schien, aber über Menschen ohne Arbeit klagte.
Mensch, der Lebenszeit, Lebensphasen mit Etiketten der Wer-

tigkeit versah, als wäre Lebenszeit eine in Scheiben, Stücke, Brocken teilbare Einheit.
Und alles von ihm Gesehene ließ ihn Fragen stellen.
Was wird passieren, wenn der Mensch von jenem Wesen, dem Hände zu eigen sind, um Hand anzulegen, zu schaffen, Aufgaben zu erledigen, etwas wachsen, blühen, reifen zu lassen, es zu ernten, zu pflücken, herzustellen, zu einem Wesen wird, dessen Hände nur noch dazu dienen sollen, für dieses Leben an irgendeiner Stelle zu bezahlen? Bezahlen, ohne zu wissen, an wen und wofür?
Nicht für den Schuhmacher, den Schneider, den Metzger, den Bäcker, den Tischler, den Maler, den Gärtner.
Bezahlen sogar, ohne zu wissen, für wessen Taten, wessen Verbrechen.
Und was wird passieren, wenn sich der Mensch als genau den für sich selbst nutzlosen, kraftlosen, schaffenslosen, unnötigen Menschen erkannt hatte, zu dem er sich aus freien Stücken verwandeln wollte? Was wird er tun gegen diese Nutzlosigkeit? Wird es etwas Gutes sein? Etwas Böses?
Und je mehr Karl Heidemann in den Fernseher sah, desto negativer wurde sein Denken, desto träger sein Geist, seine Handlungsbereitschaft, desto mehr verlor er an Kraft, als würde all seine Energie von hier nach dort abgesaugt werden.
Übrig blieb die Orientierungslosigkeit:
Was sollte werden?
Wie sollte es weitergehen? Weitergehen für ihn und Marie? Zwei Menschen füreinander geschaffen und doch nicht füreinander bestimmt?
Eine Orientierungslosigkeit, die ihm zumindest ein Ziel vor Augen führte: fort. Er musste fort. Fort von hier, fort, um Klarheit zu finden.
Und er trat in die Pedale, fuhr jedem Lärm davon.
Fuhr und fuhr und fuhr, tagelang, verbrachte seine Nächte anfangs in Fremdenzimmern, fuhr immer länger der Ruhe

wegen weiter in den Abend hinein, bewegte sich bald wie in der Zeit seiner Flucht nur noch in der Nacht, verbrachte bald auch seine Tage wie einst, als wäre dies das wahre Wesen seines Daseins: In freier Natur. Erde zu Erde.
Natur, die ihn in sich aufnahm wie einen Heimgekehrten, willkommen hieß in Flussauen, dichten Waldgebieten, Holzschlägen, an verwachsenen Seeufern, auf abgelegenen Bergen. Natur, die alles zum Leben, Überleben Nötige bereithielt, die alles an mehr nur als Ballast entlarvte. Ballast, auf ihre Schulter geladen, ohne je von ihr selbst hervorgebracht worden zu sein. Henker Mensch.
Doch sosehr Karl die Kargheit des Nötigen zu schätzen lernte, es war ihm doch noch nicht an Kargheit genug, selbst dort, wo tonnenweise gereimter Schönklang, Gebirge an Gedichten die friedliche Stille der Natur zu beschreiben versucht waren, als wäre dieser ein leerer Bogen Papier. Ein Blatt, nur darauf wartend, gefüllt zu werden, mit dem befreiten, nun endlich zur Ruhe kommenden Geist.
Nichts an dieser Seite war leer. Friedliche Stille:

*Ächzen, Balzen, Bellen, Bersten,*
*Blasen, Blöken, Brausen, Brüllen,*
*Brummen, Donnern, Dröhnen, Fauchen,*
*Fiepsen, Flackern, Flammen, Flöten,*
*Gackern, Gellen, Glucksen, Grollen,*
*Grunzen, Gurgeln, Gurren, Hallen,*
*Hämmern, Heulen, Jaulen, Johlen,*
*Kläffen, Klagen, Klappern, Klirren,*
*Klopfen, Knarren, Knattern, Knirschen,*
*Knistern, Knurren, Krachen, Krächzen,*
*Krähen, Kreischen, Kriechen, Locken,*
*Lodern, Mahnen, Meckern, Melden,*
*Miauen, Murren, Piepsen, Plätschern,*
*Platzen, Pochen, Poltern, Prasseln,*
*Quaken, Qualmen, Quieken, Quietschen,*
*Raschen, Rasseln, Rauschen, Reiben,*
*Rieseln, Röcheln, Röhren, Rufen,*
*Rumpeln, Säuseln, Sausen, Schaben,*
*Schallen, Schlagen, Schleichen, Schleifen,*
*Schmatzen, Schmettern, Schnalzen, Schnarchen,*
*Schnarren, Schnattern, Schnauben, Schnuppern,*
*Schnurren, Schrecken, Schreien, Schrillen,*
*Schwelen, Schwirren, Seufzen, Singen,*
*Sprengen, Stampfen, Stöhnen, Summen,*
*Surren, Ticken, Tosen, Trampeln,*
*Trillern, Trommeln, Trompeten, Tropfen,*
*Wabern, Wetzen, Wiehern, Winseln,*
*Wirbeln, Wispern, Zetern, Zirpen,*
*Zischeln, Zischen, Züngeln, Zwitschern*

Friedliche Stille?
Nicht für Karl.
Und während er fuhr, wurde alles in ihm ein Suchen, auch in den tiefsten Winkeln seiner Erinnerung. Gab es einen Ort, an dem das größte Maß an Stille zu finden war, den dieses Leben bisher für ihn bereitgehalten hatte?
Es gab ihn.
Nicht der Jettenbrunner Weiher, nicht der Jettenbrunner Keller.
Ein Raum mit himmelblauer, wiesengrüner, sonnengelber, erdbrauner Wand.
Ein Raum mit Polstern, Plüschtieren, der hölzernen Liege seiner warmen Jettenbrunner Sauna, vielleicht sogar einem weichen Bett. Ein Bett für zwei. Er und Marie.
Ein Raum gleich einem ganzen Haus sogar. Vielleicht. Ein freundliches, helles Haus. Ein Haus für zwei. Vielleicht für drei. Familie sein. Ein Kinderzimmer, eine Wiege.
Ein Raum mit diesem gütig auf ihn herabblickenden Auge.
Ein Raum unter der Erde, irgendwo im Umfeld der verwachsenen, dichten Wälder Aubrucks.
Ein Raum, den er dennoch finden würde.
So grausam es dort auch gewesen war, nun erschien Karl Heidemann dieser Schacht seiner Marter als einziger, heimeliger Ort.

Bald begraben die Gebeine, die Überreste der beiden Hunde, der beiden Männer, bald ausgelegt der Boden mit dünnen Ästen, mit an der Sommersonne getrocknetem Gras, mit Kissen aus Moos, bald ausgespäht die Umgebung, ein kleiner sauberer Bachlauf, nicht allzu weit ein kleiner Ort um Nahrung, Wasser zu beschaffen. Endlich Heimat.
Klarer Kopf. Klar genug, um begreifen zu können, wie sehr dieser unermessliche Reichtum der Kargheit und Besitzlosigkeit für alles galt, auch für das Denken, das Handeln, die Liebe,

wie sehr die Eifersucht, wie sehr die Anhaftung nur Schaden zufügte, allem und jedem.
Nur noch eines wollte er bald, während er den Betondeckel über sich geschlossen in finsterer Stille saß: Aus Achtung vor dem Schönen das Schöne auch schön bleiben lassen. Denn keine weitere Nacht an Maries Seite hätte je wieder so vollkommen werden können wie diese eine.
Witwer sein dieses einen vergangenen Moments.
Nacht der unbefleckten Liebe. Unbefleckt im Sinne der Haltung zueinander: Keine abgründigen Gedanken, keine bösen Absichten, keine Berechnung, kein vom täglichen Miteinander entstelltes Bild. Ein Bild, das irgendwann immer mehr das Ich über das Du stellen würde. Unweigerlich. So lange, bis alle Schönheit des anderen verloren ist.
Alles gut, so wie es war. Genau so. Marie wurde beschützt, geliebt, getragen.
Danke, Horst Schubert.
Gutes Leben, alles getan.
Loslassen.

# 66 *Der Lebensklang*

Ein Spaziergang durch den Wald. Das letzte Mal vielleicht, so der Plan. Doch es kam anders.
Kam vom Rande der Straße aus einem mit strahlend roten Geranien unterwachsenen Stubenfenster, drang Karl ins Ohr, unerbittlich. Wie ein Wegweiser mit nur einer Richtungsangabe.
So lange hatte er sie nicht mehr gehört. Elf Jahre alt war er zuletzt, und nun brannte sie in seinem Kopf, seinem Herzen. Nun war sie lebendiger als je zuvor. Und nichts daran Illusion. Alles wahrhaftig, gegenwärtig. Sägend, schrill, schmerzvoll.
Karl Heidemann wagte sich aus dem Wald, steuerte auf das Stubenfenster zu, ungläubig, sah hinein.
Eine Wiege, eine Frau, ein fremdes Gesicht, ein freundlicher Gruß, und doch war da so viel Vertrautes. Die Tonhöhe, Klangfarbe, die Betonung, das scharfe zischende S, das bohrende O, sogar Wort und Melodie.

*Leise, Peterle, leise!*
*Der Mond geht auf die Reise.*
*Er hat sein weißes Pferd gesäumt.*
*Das geht so still, als ob es träumt.*
*Leise, Peterle, leise!*

*Stille, Peterle, stille!*
*Der Mond hat eine Brille.*
*Ein graues Wölkchen schob sich vor,*
*das sitzt ihm grad auf Nas und Ohr.*
*Stille, Peterle, stille!*

Die Stimme einer Mutter, die ihr Kind in den Schlaf sang.
Die Stimme seiner Mutter. Charlotte Heidemann.
Schaurige Deckungsgleichheit. Sogar das Lied.
Nur, warum hier? Warum jetzt? Nach so vielen Jahren.
Erinnerungen wurden wach. Erinnerungen, die ihm nahegingen: »Dass du mich liebhast, wünsch ich mir.«
Und: »Hast du mich lieb? Ja? Dann zeig es mir.«
Er sah Charlottes Flehen vor sich, sah ihr Ringen um diesen Funken Liebe in seinen Augen, sah ihren letzten auffordernden, fragenden Blick, sah ihren Untergang.
Und was er dann ins Zimmer treten sah, ließ ihn zu Boden sinken, sich verbergen unter dem Fensterbrett. Fassungslos.
Als wäre die Stimme seiner Mutter nur der Lockruf gewesen, als hätte ihn Charlotte selbst an der Hand nehmen und bis an dieses Fenster führen wollen, um ihm zu zeigen, was sein Leben für ihn noch bereithielt.

† † †

Es war die Stadt, die keine Sicherheit bot. Zu viele Menschen, zu viel Gefahr, nur noch Sorge, beständige Sorge. Keine Fortschritte, keine weiteren Zeichen Karl Heidemann betreffend.
Horst Schubert hatte alles längst vorbereitet, war vorausgereist, hatte sich Maries Einwilligung geben lassen, sie eingeweiht.
Was lange schon sein tiefster Wunsch war, wurde Wirklichkeit. Keine Schwierigkeit der Verkauf seines Eigentums.
Keine Schwierigkeit der Erwerb eines netten Häuschens.
Ein kleiner Ort, übersichtlich. Dort, wo Marie keine Fremde

wäre. Wo keine Geschichte wieder und wieder erzählt werden musste. Wo Marie sich als Mensch nicht neu erklären musste.
Aubruck.
Dort, wo wenige Menschen mehr aufeinander achtgaben, wo jeder Unbekannte ins Auge stach. Dort, wo Horst Schubert der kommenden Verantwortung besser gerecht werden konnte. Und keine schönere Verantwortung hätte er sich je erträumen können.

† † †

Karl Heidemann verstand, an die Hausmauer gelehnt, die Welt nicht mehr – bis, als säße er neben ihm, die Erinnerung an Paolo Moroder laut wurde: »Lass los, dann kommen die Dinge ganz von selbst.«
Das, was er zurücklassen wollte, hatte Schritt gehalten. Das, was er losgelassen hatte, war nun 40 Tage nach jener Nacht selbst in Bewegung geraten, nicht von ihm weg, sondern auf ihn zu, unwissend diesmal.
Marie.
Nur, warum? Warum war sie hier? In Aubruck? Ein Besuch? Eine ehemalige, zur Mutter gewordene Freundin? Ein Umzug?
Ein paar Schritte, dann stand sie am Fenster, während Karl als stiller Gast unter den Blumenkisten kauerte, gab den Geranien Wasser und jedem Rückblick auf Karl Lebens eine neue Perspektive.
Zwei Menschen.
Es befanden sich zwei Menschen hinter dem Fenster. Der eine Hülle, der andere Kern.
Deutlich konnte er es hören: Maries Herz. Doch nicht nur ihres. Denn direkt darunter, leise, ganz leise, wie ein verhaltenes Getrippel auf weichen Sohlen, wie ein freudiges Überraschenwollen, ein zweites. Doppelt so schnell.

*Leise, Peterle, leise!*
*Der Mond geht auf die Reise.*
*Er hat sein weißes Pferd gesäumt.*
*Das geht so still, als ob es träumt.*
*Leise, Peterle, leise!*

Karl Heidemann, verborgen unter den Geranien, durchfuhr ein Gefühl von solch unbeschreiblicher Freude und Gewissheit, fast war er versucht, sich zu erheben, über das Fenster zu steigen und Marie in seine Arme zu nehmen.

Ein Kind. Ihr Kind. Sein Kind. Unbefleckt empfangen in dieser Nacht. Kein Zweifel.

Warum sonst hätte ihn dieses Leben nun hierherführen sollen?

Warum sonst hätte ihm Marie, hätte ihm dieses werdende Leben folgen sollen?

Unbedeutend, der aus dem Nebenraum zu hörende, mit einem anderen Mann plaudernde Horst Schubert, unbedeutend das Gerede vom Großen-endlich-gelungen-Glück, das Witzchen-Reißen des hoffentlich männlichen Geschlechtes wegen.

Für Karl Heidemann war plötzlich alles in diesem Dasein Erlebte, Bewirkte nicht vergebens, füllte sich mit Sinn.

Das Ende muss noch warten. Denn nun verstand er die Bedeutung seines Weges bis hierher, jetzt verstand er die Botschaft hinter den Worten:

»Hol dir dein Mädchen und pass auf sie auf.«

Nicht Marie war dieses Mädchen.

# 67 Das Ende

Was wird das Gedächtnis hervorholen, wenn eines Tages die Rückschau ansteht? Welche Erfolge, Eckdaten, Ereignisse sind es, die der Erinnerung als Füllmenge dienen, ganzen Lebensepochen ihren Stempel aufdrücken, sie temperieren, warm, kalt, gut, schlecht?
Sind es die großen Dinge, die hängenbleiben, Nilpferde auf dürren Ästen, oder die Kleinigkeit, diese eine Begegnung vielleicht zwischen Tür und Angel, diese eine überraschende Aussicht, dieser eine Duft, diese eine, alles entscheidende Sekunde?
Ruhig das Kerzenlicht am Grunde des Schachtes. Dunkelheit rundum, nur dieser helle Schein, der die Feder führen lässt Zeile für Zeile über dünnes Papier.
Worte, um das weiterzugeben, was einzig von Bedeutung ist: das Erlebte, das Gedachte, das Gefühlte. Nicht werden wie einer der vielen Toten in all den Gräbern, an dessen Gedenksteinen sich Angehörige tummeln, Ehepartner, Kinder, Enkel, die dennoch Fremde sind, die nichts wissen, die nichts wissen wollen, nichts wissen sollen.
Ein offenes Buch sein. Und wenn auch nicht kraft der eigenen Stimme, dann kraft der eigenen Zeilen.
Und Karl Heidemann schrieb, schrieb in ungefüllte Notizbücher sein Leben hinein und schrieb sich selbst aus seinem

Leben heraus, Buchstabe für Buchstabe. Ordnete seine verbleibende Zeit nur noch diesem Vorhaben unter, der Hitze und Kälte trotzend, den Augen-, den Gliederschmerzen.
Hin und wieder verließ er den Schacht, schlich durch den Wald und das angrenzende Maisfeld, blickte auf Aubruck, auf die glückliche Kindesmutter, wie sie stumm und liebevoll dieses kleine, in ihr hin- und herschaukelnde Geschöpf austrug. Und er blieb, verborgen in den Stauden, bis beide am Rande des Ackers vorbeispazierten, die Mutter kurz stehen bleibt, als wollte sie sagen: »Sieh nur, mein Engel, hier hab ich deinen Vater kennengelernt.«
Ein Engel, den Karl Heidemann begrüßte, ein ums andere Mal, mit sanfter Stimme: »Ich bin hier, mein Kind, hörst du mich, hier.« Worte, die Marie zwar nicht verstehen konnte, aber die dennoch erwidert wurden, aus ihrer Mitte. Kräftiger, schneller werdend stets der Herzschlag, also wollte er sagen: »Ja, Papa, ich kann dich hören, ich weiß, du bist bei mir.«
Glücklich dann Karls Rückweg, froh über das Heranwachsen, besorgt über das eigene Hinauswachsen, das viel zu schnelle Hinauswachsen. Und je fortgeschrittener die Wochen, desto größer seine Eile, voll Angst, die Zeit, die Kräfte könnten vielleicht nicht reichen, um seine Geschichte zu Ende zu schreiben. Nicht mehr reichen, um seinem Kind auszuhändigen, was es auch einzig auszuhändigen gab:
Die Chronik seines Lebens.
»Hol dir dein Mädchen und pass auf sie auf!«
Geholt hatte er sie schon, nicht zu sich, nicht in den Tod, sondern in dieses Leben, geholt von einem Platz irgendwo über den Sternen, wo Seelen darauf warten, eingeladen zu werden, um landen zu können.
Mehr zu erleben würde ihm nicht mehr gegeben sein. Zu fremd war ihm diese Welt, zu fremd war er ihr.
Horst Schubert, der Vater. Der gute Vater, der verlässliche Vater, der liebende Vater, gewiss.

Und Karl Heidemann schrieb und schrieb, während sein Körper an Farbe, an Stärke verlor, schrieb, bis die Seiten gefüllt, die Scheune seines Lebens vollgeräumt, die Ernte eingefahren, alles geordnet war, um es weiterzugeben. Weiterzugeben als die einzige bedeutsame Mitgift eines Lebens. Sein Erbe.
Nur noch ein letzter Dienst, nur noch auf diesen einen Tag warten, nur noch eines geben: Liebe.
Ein Tag, an dem das Leben des Karl Heidemann sich vollenden möge, an dem er die ersten und letzten Seiten seiner Geschichte füllen, ein frankiertes Kuvert versiegeln und in ein Paket stecken würde. Ein Paket, adressiert an Marie Schubert, mit der Bitte, zu lesen, somit zu wissen, all dies gut zu bewahren und eines Tages dem Kind auszuhändigen, was auch des Kindes war.
Ein Tag, an dem er ebenso einen Brief an Horst Schubert versenden würde, um sich finden zu lassen, um der jungen Familie in der Gewissheit seines Todes ein sorgenfreies Leben zu schenken. Der Tod eine Geburt. Sein Tod.
Ein Tag, der in diesem Schacht enden sollte. Zwei Schnitte, langsamer, frostiger Schlaf. Den Tod kommen lassen, wie einen guten Freund, in Ruhe, in Frieden und Dankbarkeit.
Ein Tag, der noch bevorstand:

Wolkenlos der Himmel. In weiter Ferne zog wie ein Brautschleier der aus Backsteinschloten steigende Rauch vorbei. Üppig, ausgedehnt das Grün der Wiesen und Wälder. Nur der Vogelgesang, das Summen der Insekten, das Knistern der Stromleitungen, das Rauschen der Bäume, der Wind. Ein Ort noch des Friedens – doch etwas kündigte sich an.
Karl stand, seine Blätter in der Hand, hinter dem Waldrand, dort wo einst von Hunden gehetzt seine Flucht begonnen hatte. Die Straßen Aubrucks waren gefüllt mit schweigsam wartenden Menschen, groß die Anspannung.
Neues Leben bedeutete neue Hoffnung.

Ohne vernehmbare Marter kam diese Entbindung aus, ohne Klagelaute. Marie Schubert lag in ihren Geburtswehen, und keiner der Aubrucker bekam ein Gefühl vermittelt, wie lange es noch dauern konnte, bis endlich der erhoffte Schrei dieses Tal mit Leben füllt. Neuem Leben. Ein Leben, das sich Zeit ließ, als wollte es den behütenden Leib der Mutter nicht verlassen. Zäh vergingen die Stunden, Unruhe in den Kreisen der Aubrucker, Unruhe in Karl, Sorge.
Dann endlich Gebrüll, die Stimme eines Neugeborenen, kräftig, schrill, nicht außergewöhnlich, und doch lag mehr darin. Karl konnte es hören, so sehr er sich auch dagegen sträubte, nahm die Verzweiflung wahr, den Schmerz. Schmerz, der in den Armen der stummen Mutter gewiss Linderung erfahren würde, Trost, doch niemals in dem benötigten Ausmaß. Nicht in diesem Leben, nicht in dieser Welt.
Linderung in Form von Stille.
Sein Kind, sie war sein Kind, sein Fleisch, sein Blut.
Karl Heidemann sank auf die Knie, betrachtete voll Betroffenheit die in seinen Händen liegenden, gefüllten Seiten, wissend um die Bedeutung dieser Zeilen. Nicht allein das geschriebene Wort war seine Hinterlassenschaft, sondern auch seine Bürde.
Freudig der Ruf des herausstürmenden Horst Schubert:
»Wir haben eine kleine Anna!«
Leise das Schaben der Feder auf Papier.
Zurück an den Start, all diesen Blättern eine Widmung geben, einen Anfang, in den Himmel sehen und es beginnen lassen.
Dein Leben.

*Anna.*
*Welch schöner Name.*
*Anna.*
*Wie klar Deine Stimme ist.*
*Wie kräftig Dein Schrei.*
*Wie groß Dein Schmerz.*

*Lerne ihn erdulden, in Frieden. Lass Dich tragen von der stillen Liebe Deiner Mutter, der Fürsorge Deines Vaters, und von mir.*
*Zeit zu gehen.*
*Die letzte Seite füllen. Es zu Ende bringen.*
*Zurücksehen, auf alles, auf Dich, Anna, und wissen:*
*Heute ist ein guter Tag. Dein Kommen. Mein Abschied.*

*Lebe wohl, mein Kind.*

Thomas Raab

# Der Metzger kommt ins Paradies

Kriminalroman

Jesolo, Caorle, Bibione, egal, das Fegefeuer ist ein Meer aus Sonnenschirmen und Goldkettchen auf öliger Haut – zumindest für den Restaurator Willibald Adrian Metzger. Entführt und seinem eigenen Untergang nahe, bekommt er es am Ufer der Adria mit einer Ausgrabung zu tun. Einer dermaßen makabren, versteht sich, da scheinen die alles andere als harmonisch urlaubenden Alpenländler und Teutonen, allen voran ein vorlauter Berliner unbekannter Profession, das geringste Übel zu sein, möchte man meinen. Und weil es höchst ungesund ist, vom Liegestuhl aus Dinge zu beobachten, die einen nichts angehen, wird für den Metzger und seine Danjela aus dem Fegefeuer dann die reinste Hölle.

»Dieser Metzger ist Kult!«
*Freundin*

DROEMER

Heinrich Steinfest

# Das himmlische Kind

Roman

Zwei kleine Halbwaisen, durchnässt und verfroren, auf der Suche nach Rettung: In einem winterlichen Wald finden sie eine verlassene Hütte. Ohne Essen und trockene Kleidung wird der fünfjährige Elias sterbenskrank. Seine große Schwester weiß mit überirdischer Klarheit, was zu tun ist. Sie erzählt ihm eine Geschichte, die ihn am Leben hält. Der Kampf eines eigenwilligen kleinen Mädchens um seinen todkranken Bruder: ein Wunder zwischen Himmel und Erde.

»Steinfest unterhält nicht nur, er öffnet einem buchstäblich die Augen für – ein großes Wort – die Vielfalt der Schöpfung.«
*Denis Scheck*

*Heinrich Steinfest ist auf der Shortlist für den Deutschen Buchpreis 2014.*

DROEMER

*Eine ergreifende Geschichte über Freiheit, Unabhängigkeit und Weiblichkeit*

Courtney Collins

# Unbändig

Roman

Australien 1921: Eine Farm steht in Flammen, ein Mann ist tot – und eine junge Frau flieht mit blutverschmierten Händen bei strömendem Regen und peitschendem Sturm in die wilden Berge. Ihr viel zu früh geborenes Kind musste sie zurücklassen. Bald werden Männerbanden ihrer Spur folgen, auf sie ist Kopfgeld ausgesetzt.

»Dieser außergewöhnliche Roman einer wirklich brillanten Autorin überwältigt, erstaunt und raubt einem den Atem.«
*Elizabeth Gilbert,*
*Autorin von »Eat, Pray, Love«*

DROEMER

*So oder so hört das Leben für jeden von uns relativ plötzlich auf*

# Friedrich Ani
# Unterhaltung
## Geschichten

Ob es um die Abschaffung der Landbevölkerung geht oder Stüberlbewohner ihre Weltsicht zum Besten geben: In seinen Geschichten erzählt Friedrich Ani von staatlich anerkannten Kriminellen und zufälligen Tätern, ungehörten Thekenphilosophen und fügsamen Schattenexistenzen. Mal nachdenklich, mal bitterböse und stets auf ungewöhnliche Weise unterhaltend.